আমেরিকায় আছে এলিয়েন

সময় আর সত্যের সন্ধানে: এক বৈজ্ঞানিক থ্রিলার

জি মিনারভা

For information, permissions, or licensing inquiries, please contact:

ghoshal.manoranjan@gmail.com

সূচীপত্র

সংক্ষিপ্তসার

আমেরিকায় আছে এলিয়েন

সময় আর সত্যের সন্ধানে: এক বৈজ্ঞানিক থ্রিলার

অধ্যাপক বিনয় বন্দ্যোপাধ্যায়, সকলের কাছে পরিচিত শুধু "বিনি"—একজন কঠোর যুক্তিবাদী বিজ্ঞানী, যিনি কখনোই কল্পনার দুনিয়ায় বিশ্বাস করেন না। কিন্তু ক্যালিফোর্নিয়ার একটি আন্তর্জাতিক বিজ্ঞান সম্মেলনে গিয়ে তাঁর জীবন বদলে যায়।

সেখানে তিনি পরিচিত হন রহস্যময় এক ব্যক্তির সঙ্গে—পিয়ের। বরফ-ঠান্ডা হাত, মাছের মতো মসৃণ ত্বক, অদ্ভুত হাসি আর অমানবিক দৃষ্টি... পিয়ের দাবি করে সে এলিয়েন এবং মানবজাতির ভবিষ্যৎ নিয়ে তার হাতে রয়েছে অকল্পনীয় গোপন প্রযুক্তি।

প্রথমে সংশয়ে থাকলেও, ধীরে ধীরে বিনির চারপাশে যুক্তি ভেঙে পড়ে। টাইম মেশিনের বিতর্ক থেকে শুরু করে আন্তঃমাত্রিক ষড়যন্ত্র—সবকিছুর কেন্দ্রবিন্দুতে দাঁড়িয়ে যায় সে নিজেই। তাঁর তৈরি গোপন "কোয়ান্টাম স্লিপার" প্রযুক্তি হয়তো একমাত্র অস্ত্র, যা দিয়ে তিনি পিয়েরের রহস্যকে চ্যালেঞ্জ জানাতে পারবেন।

কিন্তু সত্যের দরজা খুলতে গেলে বিনিকে পা বাড়াতে হবে এমন এক যাত্রায়, যেখানে বিজ্ঞান ও বিশ্বাস, মানুষ ও ভিনগ্রহী, বাস্তবতা ও ছদ্মবেশ—সব এক হয়ে যায়।

বিজ্ঞান, রহস্য ও রোমাঞ্চের মিশেলে লেখা এই উপন্যাস আপনাকে নিয়ে যাবে এমন এক জগতে, যেখানে এলিয়েনরা হয়তো কেবল আকাশের ওপারে নয়—আমাদের মাঝেই আছে।

সূচনা

অধ্যায় ১ – ভূমিকা ও সম্মেলনের প্রস্তুতি

অধ্যাপক বিনয় বন্দ্যোপাধ্যায়, সংক্ষেপে যিনি কেবল ‘বিনি’ নামেই পরিচিত, আসলে তার নামটি যে সঠিক কি তা সবাই জানে না, তাই যে যা নামে তাকে সম্বোধন করে সে তাতেই খুশি হন। তার অ্যাপার্টমেন্টের বড় জানালাটির কাছে এসে দাঁড়ালেন। বাইরে নিউ জার্সির বসন্তকালীন বিকেল তার সমস্ত হলুদ আর সবুজের কারুকাজ মেলে ধরেছে। কিন্তু বিনির চোখ প্রকৃতির স্নিগ্ধতা পেরিয়ে অন্য কোথাও স্থির। তার হাতে ধরা চিকন কাগজটিতে সোনালী হরফে লেখা একটি নাম—**"দ্য সানসাইন সাইন্স ফেস্টিভ্যাল"**। স্থান: সান ফ্রান্সিসকো, ক্যালিফোর্নিয়া।

এই বৈজ্ঞানিক সম্মেলনটি বিনির কাছে কেবল আরেকটি রুটিনমাফিক উপস্থিতি নয়। তিনি একজন পরিচিত ফিজিসিস্ট, যিনি গত দুই দশক ধরে কোয়ান্টাম এনট্যাঙ্গলমেন্ট এবং ফোটোনিক্সের জটিলতা নিয়ে কাজ করেছেন। তাঁর গবেষণা কঠোর, তাঁর মতবাদ অত্যন্ত গোঁড়া, এবং তাঁর পা সবসময় মাটির শক্ত বাস্তবতায় প্রোথিত। কিন্তু এই বছরের সম্মেলনের সূচিপত্র তাঁর সেই বহুদিনের বদ্ধমূল ধারণায় মৃদু নাড়া দিয়েছে।

বিনি টেবিলের দিকে ফিরে এলেন, যেখানে তার সদ্য গুছিয়ে রাখা ট্রলি ব্যাগটি প্রস্তুত। পাশে খোলা ল্যাপটপে সম্মেলনের পিডিএফ শিডিউলটি এখনও জ্বলজ্বল করছে। নিজের বক্তৃতার সেশনটি তিনি নিশ্চিত করে নিয়েছেন, কিন্তু যে অংশটি তাকে বারবার টেনে আনছে, সেটি শিডিউলের মাঝখানে অদ্ভুতভাবে হাইলাইট করা: **'Temporal Mechanics and the Paradox of Reversal'**।

অর্থাৎ, **টাইম মেশিন**।

বিনি একটি দীর্ঘশ্বাস ফেললেন। টাইম ট্রাভেল—বিশুদ্ধ বিজ্ঞানীদের মহলে এটি একপ্রকার ট্যাবু। ফিকশন আর লোককথার অলীক কল্পনা মাত্র। কিন্তু আয়োজকরা এইবার কেন যেন এই বিতর্কিত বিষয়টিকে মূল আলোচনার কেন্দ্রে এনে ফেলেছেন। তাও আবার একজন জার্মান তাত্ত্বিক পদার্থবিদের হাত ধরে, যার নাম ইদানীং ইউরোপের বৈজ্ঞানিক পত্রিকায় নিয়মিতই দেখা যাচ্ছে—প্রফেসর ক্লাউস মায়ার।

বিনি একটি গাঢ় নীল রঙের কোট স্যুটকেসে ভাঁজ করে রাখলেন। "টাইম ট্রাভেল," তিনি মৃদুস্বরে বললেন, যেন নিজের অবিশ্বাসকে জোর করে চাপানোর চেষ্টা করছেন। "যত সব অলীক ধারণা। তবুও কেন যেন মনটা সায়েন্স ফিকশনের পুরনো বইগুলোর মতো চঞ্চল হয়ে উঠছে।"

এই পুরো টাইম মেশিন সংক্রান্ত আলোচনা বিনির কাছে একটি চ্যালেঞ্জের মতো। তাঁর মতো যে বিজ্ঞানীরা মহাবিশ্বের একমাত্রিক স্থিতাবস্থা এবং কার্যকারণ সম্পর্কের কঠোর অনুশাসনে বিশ্বাসী, তাদের কাছে এটি যেন একরকম যুদ্ধ ঘোষণা। বিনি মনে মনে সিদ্ধান্ত নিলেন—তিনি শুধু প্রফেসর মায়ারের আলোচনা শুনতেই যাবেন না, তিনি সেখানে তাঁর সমস্ত যৌক্তিক যুক্তি দিয়ে এই তত্ত্বের দুর্বলতাগুলো চিহ্নিত করবেন। একজন বাস্তববাদী বিজ্ঞানীর এটাই কর্তব্য।

তিনি নিজের কাঁচের মগ থেকে শেষ চুমুকটি দিলেন। কফির তিক্ত স্বাদ তাঁর মস্তিষ্ককে সজাগ করে তুলল। গত কয়েক মাস ধরে তার নিজের গবেষণা একটি জটিল চৌরাস্তায় এসে থেমে আছে। কোয়ান্টাম ডেটা ট্রান্সফারের একটি সমস্যা কিছুতেই সমাধান করতে পারছেন না তিনি। হয়তো এই সম্মেলন, এই বিতর্ক, তাঁর মস্তিষ্কে নতুন কোনো জানালা খুলে দিতে পারে। বিজ্ঞান, আসলে, নতুন প্রশ্ন থেকেই জন্ম নেয়।

ল্যাপটপের স্ক্রিনে টাইম মেশিনের সেশনটির নিচে ছোট করে লেখা ছিল—'Following this talk will be an open discussion on non-linear human experience.'— অর্থাৎ, এই আলোচনার পরে মানুষের অ-রৈখিক অভিজ্ঞতা নিয়ে একটি মুক্ত আলোচনা হবে। বিনি ভ্রূ কুঁচকে গেলেন। অ-রৈখিক অভিজ্ঞতা? এর মানে কি প্যারানরমাল বা অতিপ্রাকৃত কিছু? এই সম্মেলনে এমন কিছুর স্থান হওয়া উচিত নয়। ক্যালিফোর্নিয়াতে এমন 'আধ্যাত্মিক বিজ্ঞান'-এর বাড়বাড়ন্ত তাঁকে সবসময়ই বিরক্ত করে।

বিনি মনে মনে বিরক্ত হলেন। তাঁর ধারণা, বিজ্ঞানকে যারা ধর্ম বা রহস্যের আবরণে ঢেকে দিতে চায়, তারা কেবল সমাজের ক্ষতিই করে। তাঁর কাছে সবকিছু পরিমাপযোগ্য, পর্যবেক্ষণযোগ্য এবং অনিবার্যভাবে বাস্তব।

পরের দিন সকালের ফ্লাইট। নিউইয়র্ক থেকে লস এঞ্জেলেস হয়ে সান ফ্রান্সিসকো। দীর্ঘ পথ, কিন্তু বিনির মন এখন থেকেই ক্যালিফোর্নিয়ার উষ্ণ সমুদ্রের বাতাসের পরিবর্তে গবেষণাগারের ঠান্ডা, শুকনো আবহাওয়া অনুভব করতে শুরু করেছে।

তিনি ধীরে ধীরে ঘর পরিপাটি করতে লাগলেন। টেলিফোন বিল, বিদ্যুৎ বিল, সংবাদপত্র বাতিল করার নোটিশ—সবকিছু নিয়মমাফিক গোছানো। বিনির জীবন এমনই, ছকে বাঁধা এবং অত্যন্ত নিয়ন্ত্রিত। কিন্তু এই নিয়ন্ত্রণেই তাঁর নিরাপত্তা।

হঠাৎ তাঁর চোখ পড়ল টেবিলের কোণে রাখা একটি বইয়ের ওপর। এটি তাঁর বন্ধু **পিটার থমসনের** পাঠানো একটি উপহার। থমসন হলেন হার্ভার্ডের একজন বায়োকেমিস্ট, বিনির চেয়ে সামান্য ভিন্ন মানসিকতার মানুষ। থমসন বিজ্ঞানকে খেলার মাঠ হিসেবে দেখেন, যেখানে সবকিছু সম্ভব। বইটির নাম: *'Beyond Known*

Dimensions'। লেখক—পিয়ের। নামটা কেমন যেন চেনা চেনা লাগল, কিন্তু তিনি মনে করতে পারলেন না।

বিনি বইটা খুললেন। প্রথম পাতায় থমসনের হাতে লেখা একটি ছোট নোট:

"বিনি, তোমার বাস্তবতার প্রতি সন্দেহ জাগানোই এই লেখকের উদ্দেশ্য। ক্যালিফোর্নিয়াতে তোমার সঙ্গে দেখা হবে। কিছু নতুন এবং পুরনো বন্ধুর সাথে পরিচয় করিয়ে দেব। তৈরি থেকো।"

– পিটার

বিনি নোটটি পড়ে মৃদু হাসলেন। পিটার সবসময়ই নাটকীয়তা পছন্দ করে। নতুন বন্ধু! বিনির নতুন বন্ধুর প্রয়োজন নেই। তিনি বরং নিজের বৈজ্ঞানিক জগতে একা থাকতেই স্বচ্ছন্দ বোধ করেন।

কিন্তু বইটির ভেতরের বিষয়বস্তু নয়, বরং থমসনের 'কিছু নতুন বন্ধুর' ইঙ্গিত এবং টাইম মেশিনের আলোচনা—এই দুইয়ে মিলে বিনির ভেতর একটা অব্যক্ত অস্থিরতা তৈরি করল। মনে হলো, এইবারের সম্মেলন শুধু বৈজ্ঞানিক গবেষণাপত্র পাঠের মঞ্চ নয়, এটি তাঁর জীবনের এমন এক মোড় হতে চলেছে, যা তিনি কখনও কল্পনাও করেননি।

তিনি বইটি বন্ধ করে ট্রলি ব্যাগের একটি পকেটে ভরে নিলেন। হয়তো দীর্ঘ বিমানযাত্রায় সময় কাটানোর জন্য কাজে দেবে। জানালা দিয়ে শেষবারের মতো বাইরের দিকে তাকালেন। বসন্তের মিষ্টি আলোয় রাস্তাঘাট ঝলমল করছে। তিনি প্রস্তুত। ক্যালিফোর্নিয়া, বিজ্ঞান এবং সময়ের রহস্য তাঁকে হাতছানি দিচ্ছে। কিন্তু তিনি জানেন না, এই সম্মেলনের আড়ালে এমন এক রহস্যময় জগৎ অপেক্ষা করছে, যেখানে এলিয়েনরা কেবল গবেষণার বিষয় নয়, তারা হয়তো আপনার পাশে বসে কফিও খেতে পারে।

বিনি ঘর থেকে বেরিয়ে এলেন। তাঁর গন্তব্য ক্যালিফোর্নিয়া, যেখানে বিজ্ঞানের আলোয় এক অন্ধকার রহস্যের আবরণ উন্মোচিত হবে। তিনি দৃঢ়প্রতিজ্ঞ, কিন্তু তাঁর যুক্তিবাদী মনও এই প্রথমবারের মতো স্বীকার করতে বাধ্য হচ্ছে—মহাবিশ্ব, সম্ভবত, তাঁর ধারণার চেয়ে অনেক বেশি অদ্ভুত এবং বিস্তৃত।

অধ্যায় ২ - ক্যালিফোর্নিয়া কনফারেন্সে প্রথম সাক্ষাৎ

সান ফ্রান্সিসকোর কনভেনশন সেন্টারটি যেন বৈজ্ঞানিক শ্রেষ্ঠত্বের এক চলমান প্রদর্শনী। কাঁচ আর ইস্পাতের তৈরি সুবিশাল কাঠামো, যা শহরের প্রাণকেন্দ্রে দাঁড়িয়ে, যেন মানবজাতির বুদ্ধি ও প্রযুক্তির প্রতীক। ভেতরে শত শত বিজ্ঞানী, গবেষক এবং ছাত্র-ছাত্রীর ভিড়; সবার চোখেই এক অদ্ভুত তীক্ষ্ণতা—জ্ঞান আহরণ ও বিতর্কের নেশা।

অধ্যাপক বিনি বন্দ্যোপাধ্যায় ভিড়ের মাঝখান দিয়ে হেঁটে যাচ্ছিলেন। তাঁর স্বভাবসুলভ পরিপাটি ধূসর স্যুট এবং শান্ত, পর্যবেক্ষণশীল চোখ ভিড়ের চঞ্চলতা থেকে তাঁকে আলাদা করে রেখেছে। নিউ জার্সির ছকে বাঁধা জীবন ছেড়ে ক্যালিফোর্নিয়ার এই ঝলমলে পরিবেশে এসেও তাঁর ভেতরের কঠোর যুক্তিবিদ এতটুকুও শিথিল হননি। বরং, চারপাশে উচ্চাকাঙ্ক্ষা ও অতিরঞ্জিত হাইপোথিসিসের যে প্রবল গুঞ্জন, তা তাঁর আত্ম-পর্যবেক্ষণের ক্ষমতাকে আরও বাড়িয়ে দিয়েছে।

বিনি প্রথমে তাঁর নিজের সেশনটি সেরে নিলেন—কোয়ান্টাম ফোটোনিক্সের সর্বশেষ অগ্রগতি নিয়ে একটি শুকনো, কিন্তু অত্যন্ত নির্ভুল উপস্থাপনা। তাঁর বক্তৃতার শেষে শ্রোতাদের কাছ থেকে যে হাততালিটি পেলেন, তা বিনির কাছে স্বীকৃতির চেয়ে বেশি কিছু নয়। তাঁর মূল মনোযোগ ছিল এরপরের সেশনটির দিকে: **'Temporal Mechanics'** বা কালগত বলবিদ্যা।

বিশাল অডিটোরিয়ামটি পরিপূর্ণ। স্বাভাবিকভাবেই, 'টাইম মেশিন' শব্দটি যত বিজ্ঞানীকে আকৃষ্ট করে, তার চেয়ে বেশি কৌতূহলী মানুষকে টানে। প্রফেসর ক্লাউস মায়ার মঞ্চে এলেন। তিনি ছোটখাটো গড়নের, চোখে ঘন ফ্রেমের চশমা, কিন্তু তাঁর চলনে এক ধরনের ঔদ্ধত্য ছিল, যা কেবল সেইসব মানুষের মধ্যে দেখা যায়, যারা নিজেদের গবেষণার মাধ্যমে পৃথিবীকে চ্যালেঞ্জ করতে প্রস্তুত।

মায়ারের আলোচনা শুরু হলো। তিনি স্লাইডে জটিল গাণিতিক সূত্রাবলী দেখাতে শুরু করলেন, যা মহাবিশ্বের কার্যকারণ সম্পর্কের প্রচলিত ধারণাগুলোকে প্রশ্ন করে। তিনি দাবি করলেন, সময়ের প্রবাহ (Time Flow) একটি রৈখিক সড়ক নয়, বরং একটি বহু-শাখা-প্রশাখাযুক্ত নদী, যেখানে বিপরীত দিকে যাত্রা করা তাত্ত্বিকভাবে সম্ভব, যদি পর্যাপ্ত শক্তি এবং একটি বিশেষ ধরনের 'নেগেটিভ ম্যাটার' (Negative Matter) ব্যবহার করা যায়।

বিনি মনোযোগ দিয়ে শুনছিলেন। প্রতিটা সূত্রের পেছনে লুকিয়ে থাকা ফাঁকগুলো তিনি মনে মনে নোট করছিলেন। মায়ারের উপস্থাপন দারুণ আকর্ষণীয়, কিন্তু বিনির মনে হলো—সবই যেন 'যদি' আর 'কিন্তু'-এর ওপর দাঁড়িয়ে আছে। এত বিশাল শক্তি উৎপাদনের কথা বলা হচ্ছে যা বর্তমান প্রযুক্তি থেকে শত শত বছর দূরে।

আলোচনার একপর্যায়ে মায়ার আবেগপ্রবণ হয়ে বললেন, "সময়কে শুধু দেখব না, সময়কে আমরা নিয়ন্ত্রণ করব! আমাদের অতীতের ভুলগুলো শুধরে নেওয়ার সুযোগ তৈরি হবে—যা বিজ্ঞানকে এক নতুন নৈতিক উচ্চতায় নিয়ে যাবে!"

বিনি আর স্থির থাকতে পারলেন না। হাত তুলে প্রশ্ন করার অনুমতি চাইলেন। তাঁর প্রশ্নটি ছিল তীক্ষ্ণ এবং সরাসরি।

"প্রফেসর মায়ার," বিনি শান্ত কিন্তু দৃঢ় কণ্ঠে বললেন, "আপনার সমস্ত গাণিতিক কাঠামো নির্ভর করছে নেগেটিভ ম্যাটারের অস্তিত্বের উপর,

যার কোনো নিশ্চিত পরীক্ষামূলক প্রমাণ এখনও নেই। তর্কের খাতিরে যদি ধরেও নিই যে সেই ম্যাটার পাওয়া গেল, আপনি যে পরিমাণ এনার্জি ডেনসিটির কথা বলছেন, তা একটি ব্ল্যাক হোলের কাছাকাছি ঘনত্ব দাবি করে। মানবজাতি কি এই মুহূর্তে এমন একটি যন্ত্র তৈরি করার ক্ষমতা রাখে, যা মহাবিশ্বের মূল অনুশাসনকে এভাবে চ্যালেঞ্জ করবে? এটা কি নিছকই এক 'Wishful Thinking' নয়?"

অডিটোরিয়ামে মৃদু গুঞ্জন উঠল। মায়ার সামান্য অপ্রস্তুত হলেন, কিন্তু দ্রুত সামলে নিলেন। তিনি বিনির দিকে তাকালেন, যেন তাঁকে চ্যালেঞ্জিং বুদ্ধিজীবী হিসেবে চিনতে পেরেছেন।

"অধ্যাপক বন্দ্যোপাধ্যায়," মায়ার হাসলেন, "বিজ্ঞানের জন্মই তো 'Wishful Thinking' থেকে। আমরা যদি অসম্ভবকে কল্পনা না করি, তাহলে সম্ভবের সীমারেখা কীভাবে ভাঙব? হয়তো আমাদের বর্তমান প্রযুক্তি যথেষ্ট নয়, কিন্তু তত্ত্ব তো পথ দেখায়।"

বিনি মাথা নেড়ে সেশন শেষে বেরিয়ে এলেন। তাঁর কাজ শেষ—যুক্তির বীজ তিনি পুঁতে দিয়েছেন। এখন তাঁর মনে শান্তি। অন্তত এই মুহূর্তে তাঁর বাস্তববাদী জ্ঞান জয়ী হয়েছে।

অডিটোরিয়ামের হলঘরে কফির কাউন্টারের দিকে যেতেই পিছন থেকে কেউ তাঁর কাঁধ স্পর্শ করল।

"বিনি! আমার বন্ধু, দার্শনিক এবং কঠিন বাস্তবতার পূজারী!"

বিনি ঘুরে দাঁড়ালেন। পিটার থমসন, তাঁর পুরোনো বন্ধু, যার সঙ্গে হার্ভার্ডে ডক্টরেট করার সময় থেকে বন্ধুত্ব। পিটার সম্পূর্ণ বিপরীত মেরুর মানুষ—উচ্চতা, উচ্ছলতা এবং চোখে সর্বদা এক দুরন্ত কৌতূহল। পিটার যেন ক্যালিফোর্নিয়ার উষ্ণ রোদ থেকে তৈরি, আর বিনি নিউ জার্সির পরিমিত শীতকাল।

"পিটার," বিনি হাসলেন, "তুমি কি প্রফেসর মায়ারের বক্তৃতার পর এখানে এলে? তোমার মুখ দেখে মনে হচ্ছে তুমি এখনই টাইম ট্রাভেল করে ফিরে এলে!"

পিটার হাসিতে ফেটে পড়ল। "আরে না, না! আমি তো তার থিয়োরি পুরো গিলে ফেলেছি! চমৎকার আইডিয়া! কিন্তু তোমাকে দেখে মনে হচ্ছে তোমার ভেতরে এখনো কোনো 'সময় বিচ্যুতি' ঘটেনি।"

বিনি কফির মগ হাতে নিলেন। "আমি শুধু বাস্তবতাকে তার প্রাপ্য সম্মান দিয়েছি, পিটার। কল্পনার জগৎ আর গবেষণাগারের জগৎ এক নয়।"

পিটার বিনির বাহুতে চাপ দিল। "ঠিক আছে, ঠিক আছে। তোমার প্রখর যুক্তির সঙ্গে লড়তে আমার এখন সময় নেই। আমি তোমার সঙ্গে দেখা করার জন্যেই এখানে এসেছি। আর তোমার জন্যই একজন বিশেষ অতিথিকে নিয়ে এসেছি।"

পিটার হঠাৎ করে ভিড়ের দিকে হাত ইশারা করল। তার চোখ ঝলমল করছিল, যেন সে কোনো জাদু দেখাতে চলেছে।

"বিনি," পিটার খুব নিচু স্বরে, নাটকীয় ভঙ্গিতে বলল, "তোমার জন্য এই যে তিনি। যিনি আমার বাস্তবতাকে চ্যালেঞ্জ করেছেন, এখন তোমার পালা।"

পিটারের ইশারায় ভিড়ের মাঝখান থেকে একজন ব্যক্তি তাদের দিকে এগিয়ে এলেন। তাঁর উচ্চতা বেশ খানিকটা বেশি, শরীর পাতলা কিন্তু দৃঢ়। তাঁর পরনে ছিল একটি কালো, পুরোনো ধাঁচের স্যুট, যা ক্যালিফোর্নিয়ার এই আধুনিক কনফারেন্সের ভিড়েও তাঁকে আলাদা করে তুলেছিল। তাঁর চুল কালো এবং পিছনের দিকে আঁচড়ানো। কিন্তু যা বিনির চোখকে প্রথম আকর্ষণ করল, তা হলো তাঁর চোখজোড়া। চোখ দুটো ছিল গভীর, প্রায় কালচে রঙের, কিন্তু তাতে কোনো স্বাভাবিক উষ্ণতা ছিল না। যেন তারা দেখছে, কিন্তু অনুভব করছে না।

দৃষ্টিতে এমন এক শূন্যতা ছিল যা বিনির মতো একজন কঠোর বিজ্ঞানীকে পর্যন্ত বিচলিত করল।

“বিনি,” পিটার প্রায় ফিসফিস করে বলল, “ইনি হলেন **পিয়ের**। আমার নতুন বন্ধু। ইনি স্রেফ একজন গবেষক নন, ইনি একজন অনুসন্ধিৎসু। পিয়ের, ইনিই সেই অধ্যাপক বিনি বন্দ্যোপাধ্যায়, যাকে আমি চ্যালেঞ্জের প্রতীক হিসেবে জানি।”

পিয়ের হাত বাড়ালেন। তাঁর মুখে সামান্য হাসি ফুটল, কিন্তু তা চোখ পর্যন্ত পৌঁছাল না।

“অধ্যাপক বন্দ্যোপাধ্যায়,” পিয়েরের কণ্ঠস্বর ছিল ভারী, মসৃণ, এবং তাতে বিদেশী উচ্চারণ ছিল স্পষ্ট। “পিটার আপনার সম্পর্কে অনেক কিছু বলেছেন। আপনার অনমনীয় যুক্তিবাদের খ্যাতি আমি শুনেছি। আশা করি, আপনার সেই বদ্ধ ধারণা ভাঙার সুযোগ আমি পাব।”

বিনি নিজের হাত বাড়িয়ে দিলেন। যখন তাদের হাত স্পর্শ করল, বিনি চমকে উঠলেন। পিয়েরের হাত ছিল অস্বাভাবিক ঠান্ডা, **বরফের মতো ঠান্ডা**। তাঁর চামড়া স্পর্শ করলে মনে হলো যেন তিনি কোনো সাধারণ মানুষের ত্বক ধরেননি, বরং কিছু একটা মসৃণ, শীতল, এবং সামান্য ভেজা। অনেকটা... মাছের মতো।

বিনি দ্রুত হাত সরিয়ে নিলেন। তাঁর বিজ্ঞানমনস্ক মন সঙ্গে সঙ্গে এই অনুভূতির ব্যাখ্যা খুঁজতে শুরু করল—কম রক্তচাপ? স্নায়বিক সমস্যা? কিন্তু তাঁর ভেতরের একটি অংশ জোর দিয়ে বলল, 'না, এটা স্বাভাবিক নয়।'

“ধন্যবাদ,” বিনি নিজেকে সামলে নিয়ে বললেন। “আপনারও নিশ্চয়ই এমন কিছু বৈজ্ঞানিক অনুসন্ধান আছে যা আমার মনোযোগ আকর্ষণ করবে।”

পিয়েরের সেই শীতল হাসি আরও প্রসারিত হলো। "অনুসন্ধান? আমার কাছে যা আছে, তা কেবল অনুসন্ধান নয়, অধ্যাপক। তা হলো সত্যের মুখোমুখি হওয়া। আমি এলিয়েনদের নিয়ে গবেষণা করি।"

এই কথা শোনার পর বিনির মস্তিষ্কে যেন একটি তীব্র বৈদ্যুতিক শক লাগল। **এলিয়েন?** এই গুরুতর বৈজ্ঞানিক মঞ্চে? তাঁর যুক্তিবাদী অহং হঠাৎ চূর্ণবিচূর্ণ হয়ে গেল। মায়ারের টাইম ট্রাভেলের তত্ত্ব হয়তো অলীক ছিল, কিন্তু এই মানুষটি, তাঁর বরফ-ঠান্ডা হাত আর মাছের মতো ত্বক নিয়ে, এলিয়েনদের গবেষণার কথা বলছেন।

বিনি পিটারকে দেখল। পিটার কেবল উৎসাহী চোখে হাসছে। সে যেন বিনির এই প্রতিক্রিয়া উপভোগ করছে।

পিয়ের সরাসরি বিনির দিকে তাকিয়ে রইলেন। "সময়টা আপনার জন্য অনুকূল নয়, অধ্যাপক। সময় এবং স্থান—দুটিই আপনার জন্য কিছু নতুন রহস্য নিয়ে অপেক্ষা করছে। আপনি প্রস্তুত?"

বিনি কফির মগটি শক্ত করে ধরলেন। প্রস্তুত? ক্যালিফোর্নিয়ায় তিনি এসেছিলেন কোয়ান্টাম ফিজিক্সের একটি সামান্য সমস্যা সমাধান করতে। কিন্তু এখন মনে হচ্ছে, মহাবিশ্বের সবচেয়ে মৌলিক প্রশ্নগুলো তাঁর সামনে এসে দাঁড়িয়েছে, আর এই রহস্যময় পিয়ের তার চাবিকাঠি হাতে নিয়ে দাঁড়িয়ে আছেন।

"আমরা দেখব," বিনি শুধু বললেন, তাঁর চোখে এখন বিতর্কের আগুন নয়, বরং এক ধরনের নতুন, অজানা কৌতূহল। তিনি জানতেন না, এই প্রথম সাক্ষাতের পরই তাঁর জীবনে এক এমন অধ্যায় শুরু হতে চলেছে, যার সমাপ্তি হবে প্রমাণ আর বাস্তবতার সমস্ত সীমানার বাইরে।

অধ্যায় ৩ - পিয়েরের রহস্যময় পরিচয়

বিনি দ্রুত হাত সরিয়ে নিলেন। তাঁর বিজ্ঞানমনস্ক মন তখনও পিয়েরের হাতের অস্বাভাবিক শীতলতা এবং মসৃণ, প্রায় মাছের মতো ত্বক স্পর্শ করার অনুভূতি থেকে বের হতে পারেনি। এই স্পর্শটি তাঁর চেনা জগতের সমস্ত শারীরিক নিয়মকে লঙ্ঘন করছিল। কনভেনশন হলের কোলাহল, কফির সুগন্ধ, এবং চারপাশে বিজ্ঞানীদের উচ্চকিত আলোচনা—সবই যেন এক লহমায় স্তব্ধ হয়ে গেল।

পিটার থমসন, তার স্বভাবসিদ্ধ সারল্যে, পরিস্থিতিটা লক্ষ্য করল না। সে বরং পিয়েরের মন্তব্যে হেসে উঠল।

"এলিয়েন গবেষক! পিয়ের তুমি আমার বন্ধুর যুক্তিবাদী দুর্গ ভাঙতে এসেছ! বিনি, তুমি জানো তো, পিয়েরের এই বিষয়টি নিয়ে আমি কত কৌতুহলী!"

বিনি নিজেকে সামলে নিয়ে সামান্য হাসলেন। "এলিয়েন গবেষণা! ঠিক কী ধরনের গবেষণা, মিস্টার পিয়ের? আপনি কি সিগনাল অ্যানালিসিস করেন, নাকি অ্যাস্ট্রোফিজিক্সের মাধ্যমে দূরবর্তী সভ্যতার খোঁজ করেন?"

পিয়ের হাসলেন। তাঁর সেই হাসি তখনও কেবল ঠোঁটেই সীমাবদ্ধ—চোখে তার কোনো প্রতিচ্ছবি পড়ল না। এটি ছিল এক অদ্ভুত সামাজিক অসংগতি; যেন তিনি হাসতে জানেন, কিন্তু হাসির পেছনের মানবিক অনুভূতিটি অনুপস্থিত।

"অধ্যাপক বন্দ্যোপাধ্যায়, আপনি আমার পরিচয় নিয়ে বেশি কৌতূহলী। আমার কাজ কেবল তাত্ত্বিক নয়," পিয়ের ভারী, মসৃণ কণ্ঠে বললেন। তাঁর স্বরটি মৃদু হওয়া সত্ত্বেও, তার প্রতিটি শব্দ যেন বিনির মস্তিষ্কে গেঁথে যাচ্ছিল। "আমার গবেষণা মহাবিশ্বের সেই সব বিষয় নিয়ে, যা মূলধারার বিজ্ঞান অস্বীকার করে। আমি প্রমাণ করি যে, আমরা একা নই। আর এই প্রমাণগুলি পরীক্ষামূলক, কেবল তত্ত্ব নয়।"

বিনি ভ্রূ কুঁচকে গেলেন। পরীক্ষামূলক! এলিয়েনদের নিয়ে পরীক্ষামূলক গবেষণা? এই বিশাল দাবিকে উপেক্ষা করার উপায় নেই।

“পরীক্ষামূলক?” বিনি শান্তভাবে কফির মগটি টেবিলে রাখলেন। “তাহলে তো আপনার গবেষণা কোনো স্বীকৃত বৈজ্ঞানিক জার্নালে প্রকাশিত হওয়া উচিত। আপনার ডেটা, আপনার পদ্ধতি... সবকিছুরই তো পিয়ার রিভিউ (Peer Review) হওয়া আবশ্যিক। আপনার সাম্প্রতিক কোনো প্রকাশনা কি আমরা দেখতে পারি?”

পিয়ের মাথা নেড়ে বললেন, “দুঃখিত, অধ্যাপক। আমার গবেষণা এই মুহূর্তে কোনো স্বীকৃত জার্নালে প্রকাশ করা সম্ভব নয়। এটি এমন কিছু বিষয় নিয়ে কাজ করে যা আমাদের বর্তমান বৈজ্ঞানিক নৈতিকতা এবং নিরাপত্তার ধারণার সঙ্গে সাংঘর্ষিক।”

“নিরাপত্তা?” বিনি কৌতুক মেশানো কঠিন স্বরে বললেন। “যদি আপনার কাছে ভিনগ্রহীদের উপস্থিতির মতো এত বড় কোনো প্রমাণ থাকে, তবে তা মানবজাতিকে জানানো উচিত। কোনো ব্যক্তিগত নিরাপত্তা বা নৈতিকতা এত বড় সত্যকে গোপন করার যুক্তি হতে পারে না। বিজ্ঞান তো গোপনীয়তা নয়, আলো ছড়ানো।”

পিয়ের সামান্য ঝুঁকে এলেন। তার চোখে এক পলকের জন্য যেন একটি অদ্ভুত, হিংস্র ঔজ্জ্বল্য দেখা গেল—যা দ্রুত অদৃশ্য হয়ে গেল। কিন্তু বিনি সেই মুহূর্তটি লক্ষ্য করলেন।

“আপনি ঠিক বলেছেন, অধ্যাপক,” পিয়ের বললেন। “কিন্তু যদি সত্য এতটাই বিশাল হয় যে তা বর্তমানের সভ্যতাকে ধ্বংস করে দেয়? আমার গবেষণা কেবল এলিয়েনদের উপস্থিতি নিয়ে নয়। এটি সেই সব প্রযুক্তি নিয়ে কাজ করে যা মানব বিবর্তনকে দ্রুততর করতে পারে—অথবা তাকে সম্পূর্ণরূপে বদলে দিতে পারে। এই কারণেই আমাকে কঠোর গোপনীয়তা বজায় রাখতে হয়। মনে করুন, আমি মানবজাতির জন্য এক **'প্রহরী'**।”

পিটার থমসন এই কথায় মুগ্ধ হলো। "প্রহরী! দারুণ তো পিয়ের! যেন সায়েন্স ফিকশনের চরিত্র।"

বিনি কিন্তু পিটারকে পাত্তা দিলেন না। তিনি সরাসরি পিয়েরের চোখের দিকে তাকিয়ে ছিলেন।

প্রথম অসংগতি: পিয়েরের দাবি ছিল বিশাল, কিন্তু তাঁর ব্যাখ্যা ছিল গোলমেলে। একজন প্রকৃত বিজ্ঞানী যদি এত বড় কোনো সত্যের সন্ধান পান, তবে তিনি পিয়ার রিভিউয়ের জন্য উদগ্রীব থাকবেন। তিনি এমন আবেগপ্রবণ বা রহস্যময় ভাষা ব্যবহার করবেন না। তাঁর কথাগুলো যেন কোনো সায়েন্স ফিকশন লেখকের স্ক্রিপ্ট থেকে নেওয়া, বিজ্ঞানীর মুখ থেকে নয়।

বিনি আরও গভীর পর্যবেক্ষণে গেলেন। তিনি পিয়েরের হাতে থাকা একটি সাদা কাপের দিকে তাকালেন। কফি। কিন্তু পিয়ের সেই কফিতে কোনো চুমুক দেননি। এটি হয়তো খুব তুচ্ছ বিষয়, কিন্তু বিনির মতো পর্যবেক্ষণশীল মানুষের কাছে এটিও অস্বাভাবিক মনে হলো। একজন মানুষ, যে এত মনোযোগ সহকারে কথা বলছে, সে কেন তার পানীয়তে একবারের জন্যও মনোযোগ দেবে না?

"আপনি কি আপনার কফি পছন্দ করছেন না, মিস্টার পিয়ের?" বিনি প্রশ্ন করলেন।

পিয়ের চমকে উঠলেন, যেন তিনি ভুলে গিয়েছিলেন যে তাঁর হাতে একটি পানীয় আছে। "ওহ! হ্যাঁ, খুব ভালো কফি। আসলে আমি এই মুহূর্তে এমন একটি গুরুত্বপূর্ণ আলোচনায় মনোযোগ দিচ্ছি যে... পানীয়ের দিকে মন নেই।"

তিনি কৃত্রিমভাবে কাপটি ওপরে তুললেন, যেন বিনিকে সন্তুষ্ট করার জন্যই। কিন্তু তখনও তিনি চুমুক দিলেন না।

দ্বিতীয় অসংগতি: মিথ্যা বলার ভঙ্গি। তাঁর ব্যাখ্যাটি দ্রুত এবং কৃত্রিম মনে হলো। এটি কেবল মনোযোগ বিচ্ছিন্নতা নয়, বরং কফি পান

করার মতো একটি সাধারণ মানবিক অভ্যাসের প্রতি এক ধরনের অনীহা বা অক্ষমতা।

আলোচনার এক ফাঁকে বিনি পিয়েরের বাহুর দিকে তাকালেন। স্যুটের হাতার নিচ থেকে বেরিয়ে আসা ত্বকের অংশটি অস্বাভাবিকভাবে মসৃণ। ত্বক নয় যেন—এটি কোনো প্লাস্টিক বা উন্নত সিনথেটিক উপাদান দিয়ে আবৃত।

"আপনার কাজ যদি এতই গুরুত্বপূর্ণ হয়," বিনি তার সন্দেহকে কাজে লাগালেন, "তবে আপনার গবেষণার অর্থায়ন আসে কোথা থেকে? সাধারণত এই ধরনের উচ্চ প্রযুক্তির গবেষণার জন্য বিশাল সরকারি বা সামরিক সহায়তা প্রয়োজন হয়।"

পিয়ের হাসলেন, এবারকার হাসিটি আরও শীতল। "আমার অর্থায়নের উৎস সাধারণ মানুষের ধারণার চেয়ে অনেক বেশি পুরোনো এবং স্থিতিশীল। এটিকে আপনি প্রাচীন সম্পদ, বা... আন্তঃমাত্রিক (Inter-dimensional) বিনিয়োগ বলতে পারেন। আমার গবেষণা কোনো সরকারের মুখাপেক্ষী নয়, অধ্যাপক। আমরা মানুষের ক্ষুদ্র গণ্ডির বাইরের উৎস থেকে কাজ করি।"

আন্তঃমাত্রিক বিনিয়োগ! বিনি প্রায় হেসে উঠলেন। কিন্তু হাসতে পারলেন না। পিয়েরের চোখের সেই গভীর; প্রায় অন্ধকার চাহনি তাঁকে থামিয়ে দিল।

পিয়েরের গলার স্বরে কোনো আঞ্চলিক টান ছিল না, কিন্তু তাঁর শব্দ বিন্যাস ছিল অদ্ভুত। তিনি প্রায় নিখুঁত ব্যাকরণ ব্যবহার করছিলেন, কিন্তু ভাষার স্বাভাবিক ছন্দ বা আবেগ সেখানে অনুপস্থিত ছিল। যেন তিনি কোনো ভাষা দ্রুত শেখার সফটওয়্যারের মাধ্যমে কথা বলছেন।

বিনি অনুভব করলেন, পিয়ের কেবল একজন গবেষক নন। তাঁর বরফ-ঠান্ডা ত্বক, পানীয়ের প্রতি অনীহা, এবং আবেগহীন নিখুঁত ভাষা—এইসবই এমন একটি ইঙ্গিত দেয় যে তিনি যা বলছেন, তার

চেয়েও অনেক বেশি কিছু গোপন করছেন। তিনি সম্ভবত তার নিজের গবেষণারই একটি **সক্রিয় বিষয়**। এলিয়েনদের নিয়ে গবেষণা করা একটি মানুষ, নাকি নিজেই কোনো ভিনগ্রহী সত্ত্বা মানব রূপে ছদ্মবেশ ধারণ করে আছে?

বিনি মনে মনে প্রতিজ্ঞা করলেন। তিনি এই সম্মেলনে শুধু প্রফেসর মায়ারের টাইম মেশিনের তত্ত্বের দুর্বলতা খুঁজে বের করতে আসেননি। এখন তাঁর সামনে আরও বড় একটি চ্যালেঞ্জ: এই রহস্যময় পিয়েরের আসল পরিচয় উদঘাটন করা।

"আপনার সঙ্গে কথা বলে ভালো লাগল, মিস্টার পিয়ের," বিনি বললেন। "আমি আপনার এই 'প্রহরীর' ধারণাটি সম্পর্কে আরও জানতে আগ্রহী।"

"অবশ্যই, অধ্যাপক," পিয়ের হাসলেন। "আমরা আবার দেখা করব। এবং আমি আশা করি, পরেরবার আপনার যুক্তিবাদের দুর্গটি সামান্য হলেও নড়বে।"

কথা শেষ হওয়ার পর পিয়ের এমনভাবে ঘুরলেন যেন তিনি রোবট বা পুতুল—গতি ছিল মসৃণ কিন্তু যান্ত্রিক। তিনি ভিড়ের মধ্যে দ্রুত মিশে গেলেন।

পিটার বিনির দিকে ফিরে এসে বলল, "কেমন লাগল? দারুণ না? আমি জানতাম তুমি ওর সঙ্গে কথা বলে মুগ্ধ হবে।"

বিনি তখনো পিয়েরের চলে যাওয়ার দিকে তাকিয়ে ছিলেন। মুগ্ধতা নয়, তাঁর মনে এখন ভর করেছে এক তীব্র সন্দেহ এবং একটি বৈজ্ঞানিক কৌতূহল। তিনি জানতেন, ক্যালিফোর্নিয়ার এই সম্মেলনটি তাঁর জীবন এবং বাস্তবতার সংজ্ঞা চিরতরে পাল্টে দিতে চলেছে। তিনি তাঁর ট্রলি ব্যাগের ভেতরের বইটি মনে মনে স্পর্শ করলেন—পিটার থমসনের সেই উপহার, *'Beyond Known Dimensions'*। পিয়ের হয়তো সেই 'অন্য মাত্রার' একজন দূত।

বিনি তাঁর কক্ষের দিকে হাঁটা শুরু করলেন। তাঁর প্রথম কাজ হবে পিয়ের সম্পর্কে সমস্ত কিছু গোপনে খুঁজে বের করা। কারণ বিজ্ঞান বলে—প্রমাণ না পাওয়া পর্যন্ত কোনো কিছুই বিশ্বাস করা উচিত নয়। কিন্তু তাঁর বরফের মতো শীতল হাতে স্পর্শ করা ত্বকটি তাকে বারবার মনে করিয়ে দিচ্ছিল—এই পৃথিবীর সব সত্যই যুক্তির বেড়াজালে ধরা দেয় না।

অধ্যায় ৪ - টাইম মেশিনের আলোচনা

কনফারেন্সের মূল অডিটোরিয়ামটি ছিল থমথমে উত্তেজনাপূর্ণ। প্রফেসর ক্লাউস মায়ার, তাঁর তাত্ত্বিক পদার্থবিদ্যার সমস্ত অহংকার নিয়ে মঞ্চে দাঁড়িয়ে ছিলেন। তিনি সবেমাত্র তাঁর মূল প্রস্তাবনা শেষ করেছেন: সময়কে উল্টে দেওয়ার জন্য একটি 'নেগেটিভ এনার্জি ডেনসিটি ফিল্ড' (Negative Energy Density Field) তৈরি করতে হবে, যা ওয়ার্মহোলের মতো কাঠামোকে স্থিতিশীলতা দেবে এবং কজালিটি বা কার্যকারণ সম্পর্ককে সাময়িকভাবে রদ করবে।

কিন্তু শ্রোতাদের মধ্যে, বিশেষ করে প্রথম সারিতে বসা অধ্যাপক বিনয় বন্দ্যোপাধ্যায়—যিনি নিজেকে বিজ্ঞানজগতের 'কঠিন বাস্তবতার' প্রহরী মনে করতেন—এই ধারণায় ঘোর অবিশ্বাসী ছিলেন।

মায়ারের শেষ স্লাইডটি স্ক্রিনে জ্বলজ্বল করছিল, যেখানে একটি কাল্পনিক মহাকাশযানের নকশা দেখানো হয়েছিল—যার চারপাশে সময়কে ভাঁজ করার জন্য এক বিশাল শক্তি ক্ষেত্র তৈরি করা হচ্ছে।

"এবং আমি দৃঢ়ভাবে বিশ্বাস করি," প্রফেসর মায়ার তাঁর জার্মান উচ্চারণে বললেন, "আমাদের হাতে এমন গাণিতিক প্রমাণ আছে যে, পর্যাপ্ত প্রযুক্তি এবং সঠিক পদার্থের ব্যবহার হলে, অতীত এবং ভবিষ্যৎ কেবল দুটি ভিন্ন রাস্তা নয়—তারা এক বিন্দুতে মিলিত হতে পারে। আমরা ইতিহাসের ভুলগুলো শুধরে নিতে পারি, মানবজাতির

বিবর্তনকে আরও দ্রুত ও উন্নত করতে পারি। এটি নিছক স্বপ্ন নয়, এটি অনিবার্য বিজ্ঞান!"

অডিটোরিয়ামে হাততালির চেয়ে বেশি উঠল গুঞ্জন। অনেকে মায়ারের উদ্ভাবনী চিন্তাভাবনায় মুগ্ধ, কিন্তু বিনির মতো অভিজ্ঞ বিজ্ঞানীরা কেবল ভ্রূ কুঁচকেছিলেন।

বিনি উঠে দাঁড়ালেন। তাঁর প্রশ্ন করার ভঙ্গিটি ছিল পেশাদার, কিন্তু তাঁর কণ্ঠস্বরে ছিল তীব্র যুক্তিনির্ভর দৃঢ়তা। তিনি কেবল এই তত্ত্বকে বাতিল করতে চান না, তিনি এর পেছনের দার্শনিক ও ব্যবহারিক দুর্বলতাগুলি উন্মোচন করতে চান।

“প্রফেসর মায়ার,” বিনি শুরু করলেন, “আপনি আপনার মডেলকে 'অনিবার্য বিজ্ঞান' বলছেন। কিন্তু তত্ত্বের গ্রহণযোগ্যতা নির্ভর করে তার ভেতরের ধারাবাহিকতা ও প্রয়োগযোগ্যতার ওপর। আপনার মডেলটির মৌলিক সমস্যাগুলো আমি তুলে ধরতে চাই।”

বিনি পকেট থেকে একটি ছোট নোটবুক বের করলেন, যেন প্রতিটি শব্দই আগে থেকে পরিমাপ করা।

প্রথমত: প্যারাডক্সের প্রশ্ন (The Paradox of the Grandfather): “ধরে নেওয়া যাক, আপনার তত্ত্ব সফল হলো এবং কেউ অতীতে ফিরে গেল। যদি সেই ব্যক্তি তার নিজের পিতামহকে মেরে ফেলেন, তবে তার নিজের অস্তিত্ব কীভাবে সম্ভব? আপনি এই ‘কার্যকারণ সম্পর্ক’ (Causality) ভাঙার সমস্যার সমাধান কীভাবে করছেন? আপনি কি বলছেন, সেই মুহূর্তে মহাবিশ্বটি নিজেই দুটি ভিন্ন টাইমলাইনে বিভক্ত হয়ে যাবে, অর্থাৎ বহু-বিশ্বের (Many-Worlds) ধারণা মেনে নিতে হবে?”

মায়ার এই প্রশ্নটির জন্য প্রস্তুত ছিলেন। "অধ্যাপক বন্দ্যোপাধ্যায়, আপনি ঠিক ধরেছেন। আমাদের মডেল অনুযায়ী, সময় উল্টে গেলে মহাবিশ্ব একাধিক শাখায় বিভক্ত হয়। আপনি কেবল আপনার 'নতুন'

টাইমলাইনে ফিরে যেতে পারবেন, যেখানে আপনার কাজটি প্রতিফলিত হয়েছে। আপনার মূল টাইমলাইনটি অক্ষত থাকবে। এটি 'প্যারাডক্স' নয়, এটি 'শাখাগত বাস্তবতা' (Branched Reality)।”

বিনি মাথা নাড়লেন। "এটি সমস্যার সমাধান নয়, প্রফেসর। এটি একটি নতুন, অপ্রমাণিত মেটাফিজিক্যাল ধারণা দিয়ে একটি বৈজ্ঞানিক সমস্যাকে চাপা দেওয়া। বহু-বিশ্বের ধারণাকে আপনি আপনার টাইম মেশিনের কার্যকারিতার আবশ্যিক শর্ত হিসেবে ব্যবহার করছেন—যা গ্রহণযোগ্য নয়।"

দ্বিতীয়ত: শক্তির অপরিমেয় চাহিদা (The Energy Requirement):

“আপনার গণনায়, একটি স্থিতিশীল ওয়ার্মহোল তৈরি করতে যে পরিমাণ নেগেটিভ এনার্জি ডেনসিটির প্রয়োজন, তা পুরো সোলার সিস্টেমের মোট শক্তির চেয়েও বেশি। আপনার কাছে এই শক্তি জোগানোর জন্য কী ধরনের ব্যবহারিক সমাধান আছে? এটি কি কেবলই তাত্ত্বিক রসিকতা?”

মায়ার সামান্য অস্বস্তিতে নড়ে বসলেন। "আমাদের বর্তমান প্রযুক্তি হয়তো যথেষ্ট নয়। কিন্তু ভবিষ্যতে, মানবজাতি নিশ্চয়ই গ্যালাকটিক স্কেলের এনার্জি সোর্স আবিষ্কার করবে—যেমন ডাইসন স্ফিয়ার (Dyson Sphere)।”

বিনি কঠোর দৃষ্টিতে তাকালেন। “ভবিষ্যতের অলীক আবিষ্কারের ওপর ভরসা করে আজকের তত্ত্বকে 'অনিবার্য বিজ্ঞান' বলা যায় না। এটি একটি বিশ্বাসের প্রশ্ন, বিজ্ঞানের নয়।”

তৃতীয়ত: স্থিতিশীলতার অভাব (Lack of Stability):

“যদি কোনো ওয়ার্মহোল বা সেই ধরনের এনার্জি ফিল্ড তৈরি করাও হয়, তবে আপনার মডেল সেই কাঠামোর স্থায়িত্বের নিশ্চয়তা কীভাবে দেবে? সামান্যতম কোয়ান্টাম ফ্লাকচুয়েশন (Quantum Fluctuation)

সেই কাঠামোকে ভেঙে দিতে পারে, যা ভেতরে থাকা যাত্রীর জন্য ভয়াবহ পরিণতি নিয়ে আসতে পারে।”

এই শেষ প্রশ্নটি মায়ারের আত্মবিশ্বাসে আঘাত হানল। তিনি স্বীকার করতে বাধ্য হলেন যে, স্থিতিশীলতা এখনও তাদের তত্ত্বের সবচেয়ে দুর্বল দিক।

বিনি উপসংহার টানলেন। তাঁর কণ্ঠে কোনো ব্যক্তিগত আক্রমণ ছিল না, ছিল কেবল বিজ্ঞানের প্রতি গভীর শ্রদ্ধা।

“প্রফেসর মায়ার, আপনার উদ্ভাবনী ধারণাগুলির প্রতি আমার সম্মান আছে। বিজ্ঞান সাহস চায়। কিন্তু এই ধারণাটি, আমার মতে, এখনও পদার্থবিজ্ঞানের ডোমেন থেকে সায়েন্স ফিকশনের ডোমেনে অবস্থান করছে। যতক্ষণ না নেগেটিভ ম্যাটার পরীক্ষামূলকভাবে প্রমাণিত হয় এবং আপনি একটি বাস্তবসম্মত এনার্জি সোর্স প্রস্তাব করতে পারছেন, ততক্ষণ সময়কে উল্টে দেওয়ার এই ধারণাটি আমার কাছে **অবিশ্বাসীই** থেকে যাবে।”

অডিটোরিয়ামে মিশ্র প্রতিক্রিয়া দেখা গেল। একদল বিনির যুক্তির প্রশংসা করল, আরেক দল মায়ারের কল্পনাশক্তির পক্ষ নিল। মায়ার অবশ্য বিনির সঙ্গে তর্ক চালিয়ে যেতে চাইলেন, কিন্তু সময় শেষ হয়ে যাওয়ায় সেশনটি সেখানেই শেষ হলো।

বিনি বিজয়ীর হাসি হাসলেন না। তাঁর কাছে এটি কেবল যুক্তির স্বাভাবিক বিজয়। তিনি প্রমাণিত সত্যে বিশ্বাসী, এবং টাইম মেশিনের তত্ত্ব এখনও সেই চৌকাঠ পেরোতে পারেনি।

অডিটোরিয়াম থেকে বেরিয়ে আসার সময় বিনির মন হালকা লাগছিল। তিনি বিজ্ঞানকে তার পবিত্র জায়গায় ফিরিয়ে আনতে পেরেছেন। কিন্তু সেই মুহূর্তেই তাঁর মনে ফিরে এল পিয়েরের শীতল স্পর্শ এবং তাঁর দাবি—'আন্তঃমাত্রিক বিনিয়োগ' এবং 'প্রহরী'র গল্প।

পিয়ের নিজেকে এলিয়েন গবেষক হিসেবে দাবি করেছেন, কিন্তু তাঁর আচরণ ছিল এমন যে তিনি নিজেই যেন সেই ভিনগ্রহী সভ্যতার অংশ। বিনি ভাবতে লাগলেন: যদি টাইম মেশিন অসম্ভব হয়, তাহলে পিয়েরের রহস্যের পেছনের সত্যটা কী? পিয়েরের মতো একজন ব্যক্তি, যিনি এত সহজে অবিশ্বাস্য দাবি করেন, তিনি মায়ারের তত্ত্বকে বিশ্বাস করবেন, নাকি এরও বাইরে কোনো বাস্তবতা তাঁর কাছে খোলা আছে?

বিনি কফির কাউন্টারের দিকে যেতে যেতে ল্যাপটপে পিয়েরের নাম দিয়ে সার্চ করার চেষ্টা করলেন। কিন্তু পিটারের দেওয়া নামের বাইরে কোনো তথ্যই তিনি খুঁজে পেলেন না—না কোনো প্রকাশনা, না কোনো গবেষণা পেপার, না কোনো প্রাতিষ্ঠানিক পরিচয়। পিয়ের যেন ইন্টারনেট জগতে বা বৈজ্ঞানিক ডাটাবেসে একেবারেই অনুপস্থিত। এই অনুপস্থিতিই বিনির সন্দেহকে আরও দৃঢ় করল।

হঠাৎ তাঁর মনে হলো, পিয়েরের রহস্যের সমাধান হয়তো টাইম ট্রাভেল নয়, বরং ক্লোনিং বা জেনেটিক মডিফিকেশন—অর্থাৎ জৈব-প্রযুক্তির মাধ্যমে মানব রূপে ছদ্মবেশ ধারণ। আর সেই দিকেই ইঙ্গিত দিচ্ছিল পিয়েরের বরফ-ঠান্ডা হাত এবং মাছের মতো ত্বক।

বিনি স্থির করলেন, তিনি এখন থেকে দ্বিমুখী অনুসন্ধানে নামবেন। এক. তিনি যুক্তির মাধ্যমে টাইম ট্রাভেলের তত্ত্বকে বাতিল করবেন। দুই. তিনি গোপনে পিয়েরের আসল পরিচয় উদঘাটন করবেন—যদি তাঁর রহস্যের সমাধান কোনো বৈজ্ঞানিক ব্যাখ্যায় পাওয়া যায়।

কিন্তু তিনি জানতেন না, যে রহস্যের দিকে তিনি পা বাড়াচ্ছেন, তা তাঁর সমস্ত যুক্তি, পদার্থবিদ্যা এবং বাস্তবতার ধারণা—সবকিছুকে ভেঙেচুরে দিতে চলেছে। পিয়েরের শীতল স্পর্শ এবং তাঁর অদ্ভুত হাসি বিনির মনে গেঁথে রইল। এই সম্মেলনটি আর কোয়ান্টাম ফিজিক্স বা

টাইম ট্রাভেল নিয়ে নেই, এটি এখন সত্য এবং ছদ্মবেশের এক ব্যক্তিগত যুদ্ধক্ষেত্র।

অধ্যায় ৫ – সন্দেহজনক শারীরিক বৈশিষ্ট্য

টাইম মেশিনের তত্ত্ব নিয়ে প্রফেসর মায়ারের সঙ্গে বিতর্কের পর এবং রহস্যময় পিয়েরের সঙ্গে সাক্ষাতের পর, বিনির মস্তিষ্ক স্বাভাবিকের চেয়ে অনেক দ্রুত গতিতে কাজ করছিল। তিনি কনফারেন্স হলের কোলাহল ছেড়ে হোটেলের লবিতে একটি নীরব কোণে এসে বসলেন। ক্যালিফোর্নিয়ার উষ্ণ বাতাস তার মনের ভেতরের জমাট বাঁধা শীতলতা সরাতে পারল না।

বিনির মন এখন দুই ভাগে বিভক্ত। এক ভাগ পদার্থবিদ্যার নিয়মকানুন আর যুক্তির কঠিন দেয়ালে আবদ্ধ; অন্য ভাগ পিয়ের নামের সেই রহস্যময় মানুষের দিকে ঘোরানো, যিনি সেই সমস্ত দেয়াল ভেঙে ফেলার হুমকি দিচ্ছেন।

তাঁর চোখ বন্ধ হয়ে গেল। মনে করার চেষ্টা করলেন পিয়েরের সঙ্গে প্রথম সাক্ষাতের প্রতিটা সেকেন্ড।

প্রথমেই মনে পড়ল **বরফের মতো সেই ঠান্ডা হাতের স্পর্শ**। একজন মানুষের হাত কতটুকু ঠান্ডা হতে পারে? যদি তীব্র রক্তস্বল্পতাও থাকে, তবুও শরীরের অভ্যন্তরীণ তাপমাত্রা (৯৮.৬°F বা ৩৭°C) এত সহজে বিলীন হয়ে যেতে পারে না। পিয়েরের হাত ছিল যেন মৃত বা কোনো চরম শীতল পরিবেশে রাখা। এই শীতলতা কেবল শারীরিক নয়, যেন অভ্যন্তরীণভাবে শীতল কোনো সত্ত্বার প্রতিচ্ছবি।

বিনি একজন বিজ্ঞানী, যিনি কখনো পর্যবেক্ষণকে অগ্রাহ্য করেন না। তিনি জানেন, এই পৃথিবীর সব বস্তুই থার্মোডাইনামিক্সের সূত্র মেনে চলে। পিয়েরের শরীরের শীতলতা হয় কোনো জটিল জৈবিক

পরিবর্তন, নয়তো কোনো উন্নত প্রযুক্তির মাধ্যমে ছদ্মবেশ ধারণের ফল।

তিনি একটি গভীর শ্বাস নিলেন। নিজেকে প্রশ্ন করলেন: মানুষের মতো দেখতে কোনো প্রাণী, যে এত সহজে তার শরীরের তাপমাত্রা নিয়ন্ত্রণ করতে পারে, সে কি এই গ্রহের হতে পারে?

এরপর মনে পড়ল **ত্বকের সেই অদ্ভুত মসৃণতা**। বিনি যখন পিয়েরের হাত ধরেছিলেন, তখন তাঁর মনে হয়েছিল তিনি যেন কোনো রক্তমাংসের মানুষ ধরেননি, ধরেছেন কোনো মসৃণ পাথর বা সিনথেটিক পলিমার। ত্বকের নিচে পেশি বা উষ্ণ রক্তের কোনো অনুভূতি ছিল না।

"মাছের মতো ত্বক," বিনি মৃদুস্বরে বললেন।

মানুষের ত্বক সবসময়ই ছিদ্রযুক্ত, সামান্য রুক্ষ, এবং এতে ঘর্মগ্রন্থি থাকে। কিন্তু পিয়েরের ত্বক ছিল নিখুঁতভাবে মসৃণ, চকচকে এবং সামান্য ভেজা ভেজা। যেন তিনি কিছুক্ষণের মধ্যেই জল থেকে উঠে এসেছেন, অথবা তাঁর ত্বক এমনভাবে পরিবর্তিত হয়েছে যে তা মানুষের স্বাভাবিক শ্বাস-প্রশ্বাস বা ঘাম বের হওয়ার প্রক্রিয়ার ধার ধারে না।

বিনি তাৎক্ষণিক বৈজ্ঞানিক ব্যাখ্যা খুঁজতে শুরু করলেন:

১. জিনগত ত্রুটি (Genetic Mutation): যদি পিয়েরের কোনো বিরল জিনগত ত্রুটি থাকে, যা তাঁকে একথিস (Ichthyosis) বা এই ধরনের কোনো চর্মরোগ দিয়েছে? কিন্তু সেই রোগে ত্বক এত মসৃণ বা শীতল হয় না, বরং ফাটা বা খসখসে হয়ে যায়।

২. বায়োলজিক্যাল ক্লোনিং (Biological Cloning): যদি পিয়ের মানব ক্লোন হন, তবে তাঁকে এমনভাবে জেনেটিক্যালি মডিফাই করা হয়েছে যাতে তিনি বিশেষ পরিবেশে কাজ করতে পারেন। তবে এত উন্নত ক্লোনিং প্রযুক্তি কি সত্যিই মানবজাতির হাতে আছে?

৩. ভিনগ্রহী জৈব-প্রকৌশল (Alien Bio-Engineering): এটিই সবচেয়ে উদ্ভট, কিন্তু সবচেয়ে সম্ভাবনাময় ব্যাখ্যা। পিয়ের হয়তো এমন একটি ভিন্ন গ্রহের প্রাণী, যার শরীর পৃথিবীর জলবায়ু ও মাধ্যাকর্ষণের সঙ্গে মানিয়ে নিতে একটি জটিল, কিন্তু অস্থায়ী ছদ্মবেশ ব্যবহার করছে।

যদি তৃতীয় ব্যাখ্যাটি সত্যি হয়, তাহলে পিয়েরের ত্বকের নিচে এমন কোনো প্রক্রিয়া কাজ করছে, যা তাঁর শরীরের তাপমাত্রা নিয়ন্ত্রণ করছে এবং তাঁকে মাছের মতো মসৃণ ত্বক দিচ্ছে। হয়তো এই ত্বক তাঁর আসল পরিবেশের সঙ্গে মানানসই, যেখানে তাপমাত্রা অনেক কম এবং আর্দ্রতা অনেক বেশি। আর এই কারণেই তিনি কফিতে চুমুক দেননি—কারণ পানীয় বা খাদ্য গ্রহণ হয়তো তাঁর ছদ্মবেশকে অস্থিতিশীল করে তুলতে পারে।

বিনি সেই দিন রাতে পিয়েরের আরও কিছু আচরণ মনে করার চেষ্টা করলেন:

- **চোখের শূন্যতা:** পিয়ের হাসলেও তাঁর চোখে কোনো উষ্ণতা ছিল না। যেন তিনি 'হাসি' নামক একটি মানবীয় প্রতিক্রিয়া নকল করছেন মাত্র। তাঁর চোখ ছিল গভীর এবং স্থির, যেন তিনি ক্রমাগত সব কিছু পর্যবেক্ষণ করছেন, কিন্তু কিছুর সঙ্গেই মানসিক সংযোগ স্থাপন করছেন না। একজন সামাজিক মানুষের জন্য এটি গুরুতর অসংগতি।
- **ভাষার নিখুঁত যান্ত্রিকতা:** পিয়েরের বাংলা (বা ইংরেজি—যে ভাষাতেই কথা বলুক না কেন) ছিল ব্যাকরণগতভাবে নিখুঁত, কিন্তু তাতে স্বাভাবিক আবেগের ছন্দ অনুপস্থিত। যেন তিনি একটি ভাষা শেখার অ্যালগরিদম দ্বারা পরিচালিত হচ্ছেন।
- **গোপনীয়তার আড়াল:** তাঁর গবেষণা সম্পর্কে জিজ্ঞাসা করতেই তিনি 'আন্তঃমাত্রিক বিনিয়োগ' এবং 'নিরাপত্তা'র মতো শব্দ

ব্যবহার করে নিজেকে আড়াল করার চেষ্টা করলেন। একজন প্রকৃত গবেষক প্রমাণ দেন, গল্প নয়।

বিনি এই সব অসংগতিগুলোকে একসাথে সাজালেন। একটি কঠিন যুক্তি প্রতিষ্ঠিত হলো: **পিয়ের একজন মানুষ নন, বা অন্তত সাধারণ মানুষ নন।** তিনি এমন কিছু যা অত্যন্ত উন্নত জৈব বা প্রযুক্তিগত সক্ষমতা নিয়ে পৃথিবীতে এসেছেন। টাইম মেশিনের তত্ত্বকে তিনি বাতিল করেছেন কারণ তা কেবলই তত্ত্ব। কিন্তু পিয়েরের অস্তিত্ব—তাঁকে চোখে দেখা, তাঁকে স্পর্শ করা—এটি এমন এক **পরীক্ষামূলক প্রমাণ**, যা বিনির বাস্তবতাকে প্রশ্ন করছে।

বিনি তাঁর সিদ্ধান্ত নিলেন। পিটারের সঙ্গে দেখা হওয়ার আগে তিনি আর দেরি করবেন না। এই মুহূর্তে তাঁর সবচেয়ে গুরুত্বপূর্ণ কাজ হলো পিয়েরের অবস্থান খুঁজে বের করা।

তিনি লবি থেকে উঠে তাঁর হোটেলের কক্ষে ফিরে গেলেন। প্রথম কাজ—তাঁর পুরোনো বন্ধু পিটার থমসনকে একটি গোপন ইমেল করা। পিটারের সরলতা কাজে লাগিয়ে পিয়ের সম্পর্কে যতটুকু তথ্য পাওয়া যায়, তা বের করা।

দ্বিতীয় কাজ—বৈজ্ঞানিক ডাটাবেসগুলোতে 'পিয়ের' বা 'Pierre' এবং 'নেগেটিভ এনার্জি', 'বায়োলজিক্যাল ক্লোনিং' এই ধরনের শব্দ দিয়ে আরও একবার বিস্তারিত অনুসন্ধান চালানো। হয়তো কোনো অপ্রচলিত ফোরাম বা অন্ধকার ওয়েবসাইটে কোনো সূত্র মিলতে পারে।

বিনি এখন আর কেবল টাইম ট্রাভেলের বিরোধিতা করার জন্য কনফারেন্সে নেই। তিনি একটি ভিন্ন সভ্যতার রহস্য উদঘাটনের দোরগোড়ায় এসে দাঁড়িয়েছেন। তাঁর হাতে ঠান্ডা লাগা এবং সামান্য ভেজা লাগা সেই স্পর্শের স্মৃতি যেন তাঁর মনে এক ধরনের তীব্র অ্যাডভেঞ্চারের জন্ম দিয়েছে।

তাঁর যুক্তিবাদী সত্ত্বা এখনও চিৎকার করছে—'এটা অসম্ভব!' কিন্তু তাঁর পর্যবেক্ষণশীল বিজ্ঞানী মন ফিসফিস করে বলছে—**'যদি অসম্ভবই হয়, তবে সেই বরফের মতো ঠান্ডা হাতটা কেন আমি স্পর্শ করলাম?'**

অধ্যাপক বিনি বন্দ্যোপাধ্যায় বুঝতে পারলেন, তিনি কেবল এলিয়েন গবেষকের মুখোমুখি হননি। তিনি সম্মুখীন হয়েছেন **ছদ্মবেশী এলিয়েন সত্ত্বার**, যিনি মানবজাতির মাঝেই মিশে আছেন, এবং তাঁর হাতেই রয়েছে মানব বিবর্তনের গতিপথ বদলে দেওয়ার মতো কোনো গোপন প্রযুক্তি। ক্যালিফোর্নিয়ার এই সম্মেলন এখন এক ব্যক্তিগত, বিপজ্জনক মিশনে পরিণত হয়েছে।

আমন্ত্রণ

অধ্যায় ৬ – হোটেল থেকে ফেরার পথে কথোপকথন

সান ফ্রান্সিসকোর কনফারেন্স হোটেল তখনো গমগম করছে—বিজ্ঞানীরা ককটেল পার্টিতে ব্যস্ত, নিজেদের তত্ত্ব নিয়ে মগ্ন। কিন্তু অধ্যাপক বিনয় বন্দ্যোপাধ্যায়ের মন তখন ক্যালিফোর্নিয়ার উষ্ণতা থেকে বহু দূরে, তাঁর নিউ জার্সির সুরক্ষিত গবেষণাগারে ফিরে যাওয়ার জন্য আকুল। পিয়েরের সঙ্গে সেই বরফ-ঠান্ডা হাতের সাক্ষাতের পর থেকে তাঁর ভেতরে এক তীব্র অস্থিরতা কাজ করছে। এই কনফারেন্স এখন আর জ্ঞান বিনিময়ের মঞ্চ নয়, বরং এটি এক এমন গোলকধাঁধা, যেখানে একজন ছদ্মবেশী সত্ত্বা তাঁকে অনুসরণ করছে।

বিনি তাঁর সিদ্ধান্ত নিয়ে ফেলেছিলেন। তিনি আর এক মুহূর্তও ক্যালিফোর্নিয়ায় থাকবেন না। তিনি নিজের কক্ষে দ্রুত ফিরে গেলেন, যেন তাঁর প্রতিটি পদক্ষেপেও পিয়েরের শীতল চোখ তাঁকে দেখছে। তাঁর যুক্তিবিদ মন জানত, কোনো সিদ্ধান্তে পৌঁছানোর আগে তথ্য বিশ্লেষণ এবং গবেষণা প্রয়োজন। আর সেই বিশ্লেষণ কোনো অচেনা, বিপদের সম্ভাব্য স্থানে বসে করা সম্ভব নয়। তিনি তাঁর নিজের ল্যাবের কঠোর, নিয়ন্ত্রিত পরিবেশে ফিরে যেতে চাইলেন, যেখানে তথ্য-উপাত্ত এবং পরিচিত সরঞ্জাম তাঁর একমাত্র সঙ্গী।

তিনি দ্রুত তাঁর ট্রলি ব্যাগে জিনিসপত্র ভরে নিলেন। সবকিছুই দু'দিনের, তাই গোছাতে বেশি সময় লাগেনি। তিনি অত্যন্ত গোপনে একটি এয়ারলাইন অ্যাপে সবচেয়ে দ্রুতগামী ফ্লাইটের টিকিট বুক করলেন—নিউইয়র্কের উদ্দেশে, রাত এগারোটার পর। এই সময়ে কনফারেন্সের ভিড় কমে যায়, এবং চেক-আউটের সময় তিনি কম মানুষের নজরে পড়বেন।

সময় তখন সন্ধ্যা সাতটা। লবির দিকে যাওয়ার আগে বিনি শেষবারের মতো নিজেকে আয়নায় দেখলেন। চোখে ক্লান্তি, কিন্তু তার চেয়েও বেশি—এক নতুন সংকল্প।

বিনি নিঃশব্দে হোটেলের করিডর ধরে হেঁটে চললেন। তাঁর প্রতিটি পদক্ষেপ যেন এক গুপ্তচরবৃত্তি। তিনি লিফটে উঠেও চারপাশের মানুষদের খুঁটিয়ে দেখলেন—সবার মুখেই হয় পানীয়ের প্রফুল্লতা, নয়তো বিজ্ঞান বিষয়ক আলোচনার গভীরতা। পিয়েরের মতো কেউ নেই।

লবিতে এসে তিনি রিসেপশন কাউন্টারের দিকে গেলেন। ভিড় কম। রিসেপশনিস্ট তাঁর নাম দেখে দ্রুত চেক-আউট প্রক্রিয়া শুরু করলেন। "আপনি কি এত তাড়াতাড়ি চলে যাচ্ছেন, অধ্যাপক বন্দ্যোপাধ্যায়?" রিসেপশনিস্ট জিজ্ঞেস করলেন, "আজ রাতে তো গুরুত্বপূর্ণ গেট-টুগেদার পার্টি আছে।"

বিনি খুব স্বাভাবিক থাকার চেষ্টা করলেন। "ব্যক্তিগত জরুরি কাজ পড়ে গেছে। গবেষণা কখনও কখনও অপেক্ষা করে না, জানেন তো?" রিসেপশনিস্ট হাসলেন। বিনি চেক-আউট পেপার সই করলেন। কাজটি সম্পূর্ণ করার পর, নিজের ট্রলি ব্যাগটি হাতে নিয়ে তিনি হোটেলের প্রধান দরজার দিকে এগিয়ে গেলেন। তাঁর হৃৎপিণ্ড দ্রুত স্পন্দিত হচ্ছিল, কিন্তু মন ছিল শান্ত। পিয়েরের মতো কেউ যদি তাঁকে অনুসরণও করে থাকে, তাহলেও এই বিশাল হোটেলে দ্রুত খুঁজে বের করা সম্ভব হবে না। একবার ট্যাক্সিতে উঠতে পারলেই তিনি নিরাপদ। তিনি ঘূর্ণমান কাঁচের দরজা পার হলেন। ক্যালিফোর্নিয়ার সন্ধ্যার ঠান্ডা বাতাস তাঁর মুখে এসে লাগল—মুক্তির বাতাস। তিনি দ্রুত পদক্ষেপে ট্যাক্সি স্ট্যান্ডের দিকে যাচ্ছিলেন। ঠিক তখনই, এক শীতল, মসৃণ কণ্ঠস্বর তাঁর পিছন থেকে ভেসে এল, যা তাঁর মেরুদণ্ড বেয়ে এক হিমশীতল স্রোত নামিয়ে দিল।

"অধ্যাপক বন্দ্যোপাধ্যায়। এতো দ্রুত পালাচ্ছেন কেন?"

বিনি পাথর হয়ে গেলেন। তিনি বিশ্বাস করতে পারলেন না। তিনি এত সতর্কতা অবলম্বন করলেন, এত গোপনে টিকিট বুক করলেন, তবুও পিয়ের জানতেন। তিনি ধীরে ধীরে ঘুরলেন।

পিয়ের দাঁড়িয়ে আছেন, দরজার কাছেই একটি পিলারের ছায়ায়। তাঁর পরনে সেই একই কালো স্যুট। মুখে সেই শীতল হাসি, যা চোখ পর্যন্ত পৌঁছায় না। তাঁর হাতে কোনো পানীয় নেই, তিনি কেবল পিলারের মসৃণ পৃষ্ঠে হাত রেখেছিলেন।

"মিস্টার পিয়ের," বিনি নিজেকে সামলে নিয়ে বললেন। তাঁর স্বর যতটা সম্ভব স্বাভাবিক রাখার চেষ্টা করলেন, কিন্তু সামান্য কাঁপছিল। "আমি পালাচ্ছি না। আমার ব্যক্তিগত কাজ শেষ, আমি দেশে ফিরে যাচ্ছি।"

পিয়ের এক পা এগিয়ে এলেন। "ব্যক্তিগত কাজ? অবশ্যই। ব্যক্তিগত কাজ তো সবসময়ই জরুরি। কিন্তু আপনার মতো একজন বিজ্ঞানী, যিনি বিতর্কের জন্য নিউ জার্সির এত দূর থেকে ক্যালিফোর্নিয়ায় এসেছেন, তিনি কি প্রফেসর মায়ারের ফাইনাল সেশন মিস করবেন? নাকি আপনি আমার 'এলিয়েন গবেষণা' নিয়ে এতটাই আতঙ্কিত হলেন যে, আপনার সমস্ত যুক্তিকে উপেক্ষা করে পালাতে চাইলেন?"

পিয়েরের কথায় কোনো প্রশ্ন ছিল না, ছিল কেবল একটি বিবৃতি—যা প্রমাণ করে যে তিনি বিনির মনের ভেতরের অস্থিরতা এবং পালানোর সিদ্ধান্ত দুটোই জানতেন।

বিনি নিজের রাগ নিয়ন্ত্রণ করলেন। "আমি আতঙ্কিত হইনি। আমি কেবল আপনার অবিশ্বাস্য দাবির কোনো বৈজ্ঞানিক ভিত্তি খুঁজে পাইনি। আর যেহেতু আপনি আপনার দাবির স্বপক্ষে কোনো প্রমাণ দিতে পারেননি, তাই আপনার সঙ্গে সময় নষ্ট করার কোনো কারণ আমি দেখছি না।"

পিয়ের তাঁর দিকে আরও ঝুঁকে এলেন। এইবার তাঁর চোখ দুটি যেন রাতের অন্ধকারেও তীব্রভাবে জ্বলছিল।

"প্রমাণ? আপনি কেন মনে করেন যে, প্রমাণ কেবলই গবেষণাপত্র বা স্লাইডশোর মধ্যে সীমাবদ্ধ? আমি তো আপনাকে প্রমাণ দিয়েছি, অধ্যাপক। আমার **স্পর্শ** কি আপনার সমস্ত বৈজ্ঞানিক যুক্তিকে অন্তত এক মুহূর্তের জন্য হলেও কাঁপিয়ে দেয়নি? একটি মানুষের হাত কেন বরফের মতো ঠান্ডা হতে পারে? কেন তার ত্বক মাছের মতো মসৃণ?"

বিনি তার ট্রলি ব্যাগের হাতল শক্ত করে ধরলেন। "আমি মনে করি, মিস্টার পিয়ের, আপনার কোনো বিরল জেনেটিক ডিসঅর্ডার আছে, যা আপনার রক্ত সঞ্চালন বা থার্মোরেগুলেশনকে প্রভাবিত করছে। এলিয়েন এই ঘটনার একমাত্র ব্যাখ্যা নয়।"

পিয়ের মাথা নাড়লেন। হাসিটি আরও চওড়া হলো। "আপনার এই যুক্তি—এই আত্ম-প্রবোধ—আমার ভালো লাগে। কিন্তু এটি ক্ষণস্থায়ী। আপনি আমাকে এড়িয়ে যেতে পারেন, কিন্তু আপনি সত্যকে এড়িয়ে যেতে পারবেন না।"

পিয়ের হঠাৎ বিনির ট্রলি ব্যাগের ওপর হাত রাখলেন। মুহূর্তেই সেই শীতল স্পর্শ বিনির বাহুতেও অনুভূত হলো। বিনি যেন শীতে জমে গেলেন।

"আপনি নিউ জার্সিতে ফিরে যাবেন কেন?" পিয়ের ফিসফিস করে বললেন, যেন তিনি কোনো গভীর গোপন কথা ফাঁস করছেন। "পিটার থমসন কি আপনাকে বলেনি? আপনি তো এখান থেকে মিশিগানে যাবেন। সেখানেই আমার নতুন গবেষণাগার, যেখানে 'এলিয়েন'রা আপনার জন্য অপেক্ষা করছে।"

বিনি স্তব্ধ হয়ে গেলেন। মিশিগান? পিটার তাকে মিশিগানে যাওয়ার কোনো কথা বলেনি। কিন্তু পিয়ের কীভাবে জানলেন? এই মুহূর্তে

বিনির মনে হলো—পিয়ের কেবল একজন পর্যবেক্ষক নন, **তিনি একজন নিয়ন্তা**।

বিনি নিজেকে মুক্ত করার চেষ্টা করলেন। "আপনি কী বলছেন, আমি কিছুই বুঝতে পারছি না। আমার মিশিগানে যাওয়ার কোনো পরিকল্পনা নেই।"

পিয়ের শান্তভাবে হাত সরিয়ে নিলেন। তাঁর চোখে এখন কৌতুক। "এখন নেই, কিন্তু কিছুক্ষণের মধ্যেই হবে। পিটার আপনাকে একটি ইমেল করবে। সেই ইমেলটিই আপনার পরবর্তী গন্তব্য ঠিক করে দেবে। আমার আমন্ত্রণে আপনি সাড়া দিতে বাধ্য হবেন, অধ্যাপক। কারণ আপনার বিজ্ঞানী সত্ত্বা আমার এই রহস্যকে উপেক্ষা করতে পারবে না। আপনার যুক্তি, আপনার কৌতূহল—এগুলোই আপনার দুর্বলতা, যা আমি ব্যবহার করব।"

পিয়ের যেন বিনির মন পড়তে পারছিলেন। তিনি বুঝতে পারলেন, বিনির সমস্ত জ্ঞান, সমস্ত যুক্তিকে তিনি এক মুহূর্তে তুচ্ছ করে দিয়েছেন। এই লোকটি মানবজাতির সব রহস্য জানেন, এবং বিনির মতো একজন বিজ্ঞানীকে চ্যালেঞ্জ করাই যেন তাঁর একমাত্র কাজ।

"আপনি কি আমার বন্ধু পিটারকেও নিয়ন্ত্রণ করছেন?" বিনি জিজ্ঞেস করলেন।

পিয়েরের মুখে সেই শীতল হাসি। "নিয়ন্ত্রণ? না। আমি কেবল মানবজাতির আকাঙ্ক্ষা এবং দুর্বলতাগুলো ব্যবহার করি। পিটার চায় আপনি আপনার বাস্তবতার বাইরে আসুন। আর আমি সেই আকাঙ্ক্ষাকে পথ দেখাই। মানবজাতির মন খুব সরল, অধ্যাপক। তারা যা দেখতে চায়, তাদের তাই দেখানো হয়।"

পিয়ের এরপর আরও একধাপ পিছিয়ে গেলেন, ধীরে ধীরে মিশে যেতে চাইলেন হোটেলের লবিতে। তাঁর কালো স্যুটের আবছা অবয়ব ভিড়ের মধ্যে মিলিয়ে যেতে শুরু করল।

তাঁর শেষ কথাগুলো বিনির কানে বাজছিল—এক ভয়াবহ, কিন্তু অনিবার্য ভবিষ্যদ্বাণী।

“আপনি ফিরে যান, অধ্যাপক। আপনার নিউ জার্সির অ্যাপার্টমেন্টে, আপনার ল্যাবে। কিন্তু মনে রাখবেন: আপনার ফ্লাইট বাতিল করুন, কারণ দু'দিনের মধ্যেই আপনার কাছে আমার আমন্ত্রণ পৌঁছাবে। এবং যখন আপনি মিশিগানে আমার সঙ্গে দেখা করবেন, তখন আপনি কেবল এলিয়েন দেখবেন না, আপনি মানুষের ভবিষ্যতের রূপ দেখতে পাবেন। **আমরা আবার দেখা করব, অধ্যাপক বিনি বন্দ্যোপাধ্যায়। খুব তাড়াতাড়ি।**”

পিয়ের সম্পূর্ণ অদৃশ্য হয়ে গেলেন। লবিতে আর তাঁর কোনো চিহ্ন রইল না। বিনি স্থির হয়ে দাঁড়িয়ে রইলেন, তাঁর ট্রলি ব্যাগটি তখনো তাঁর হাতে। সেই বরফের মতো স্পর্শের শীতলতা তখনও তাঁর শরীরে লেগে আছে। তিনি জানতেন, তাঁর গোপন পলায়নের পরিকল্পনা ব্যর্থ হয়েছে। তিনি বুঝতে পারলেন, তিনি পালিয়ে যেতে পারেন না। পিয়ের তাঁকে একটি দাবার ঘুঁটির মতো ব্যবহার করছেন।

বিনি ট্যাক্সি স্ট্যান্ড থেকে ফিরে এলেন। তিনি রিসেপশনে গিয়ে তাঁর নিউইয়র্কের টিকিটটি বাতিল করলেন। মিশিগান। সেখানেই তাঁর পরবর্তী গন্তব্য। কারণ একজন বিজ্ঞানী কখনো তার সবচেয়ে বড় রহস্যের হাতছানি উপেক্ষা করতে পারে না—তা যত বিপজ্জনকই হোক না কেন। পিয়েরের রহস্যময় আমন্ত্রণ বিনিকে তাঁর পরিচিত জগতের বাইরে টেনে নিয়ে যাচ্ছে।

অধ্যায় ৭ - পার্কে গোপন প্রত্যাবর্তন

হোটেলের দরজা থেকে পিয়েরের সেই শীতল কণ্ঠস্বর ও ভয়াল উপস্থিতি অদৃশ্য হওয়ার পরও অধ্যাপক বিনি বন্দ্যোপাধ্যায়ের হৃৎস্পন্দন স্বাভাবিক হতে পারছিল না। পিয়ের তাঁর পালানোর গোপন

সিদ্ধান্তটি কীভাবে জানলেন? কীভাবে জানলেন মিশিগানের পরিকল্পনার কথা, যা পিটার থমসন পর্যন্ত তাঁকে বলেনি? পিয়ের শুধু তাঁর গতিবিধি পর্যবেক্ষণ করছিলেন না, তিনি যেন তাঁর মন পড়ছিলেন অথবা তাঁর ভবিষ্যৎ দেখছিলেন। এই উপলব্ধি বিনির মতো একজন বিজ্ঞানীকে, যিনি কার্যকারণ সম্পর্ক ছাড়া আর কিছু মানেন না, তাঁকে ভয়ানকভাবে বিচলিত করে তুলল।

বিনি তাঁর নিউইয়র্কের টিকিট বাতিল করলেন। পিয়েরের প্রতিটি কথাকে এখন তিনি এক ধরনের নির্দেশ বলে মানতে বাধ্য হলেন। তবে পিয়েরের প্রস্তাবে সরাসরি মিশিগানে যাওয়ার আগে, বিনিকে তাঁর ল্যাবরেটরি থেকে কিছু 'অত্যাবশ্যকীয় সরঞ্জাম' জোগাড় করতে হবে। এই সরঞ্জামগুলো ছিল তাঁর বহু বছরের গোপন গবেষণার ফসল, যা তাঁকে এই পৃথিবীর সাধারণ মানুষের থেকে আলাদা করে তুলেছিল। ট্যাক্সি স্ট্যান্ড থেকে তিনি এক নির্জন, শান্ত স্থান খুঁজতে শুরু করলেন। ক্যালিফোর্নিয়ার এই বিশাল শহরে এমন একটি নীরব স্থান খুঁজে পাওয়া কঠিন, যেখানে কোনো মানুষের আনাগোনা নেই। অবশেষে, শহরের উপকণ্ঠে একটি পুরোনো, প্রায় পরিত্যক্ত পার্কে এসে ট্যাক্সি থামালেন। পার্কের ভেতরে বড় বড় গাছপালা, সন্ধ্যা নেমে আসায় আলো-আঁধারি পরিবেশ তৈরি হয়েছে। এমন একটি জায়গায় কেউ সাধারণত আসে না।

বিনি ট্রলি ব্যাগটি নিয়ে পার্কে প্রবেশ করলেন। তাঁর চারপাশে কেবল ঝিঁঝিঁ পোকার ডাক আর পাতার খসখস শব্দ।

পার্কের একটি ঘন ঝোপের আড়ালে এসে বিনি থামলেন। তিনি ট্রলি ব্যাগটি খুললেন। ভেতরে পোশাক-আশাকের স্তূপের নিচে লুকিয়ে রাখা ছিল একটি ধাতব বাক্স। বাক্সটি ছিল অত্যন্ত সাদামাটা, যেন একটি পুরনো ক্যামেরার কেস। কিন্তু এর ভেতরের প্রযুক্তি ছিল পৃথিবীর বর্তমান জ্ঞান থেকে শত আলোকবর্ষ এগিয়ে।

বিনি এই প্রযুক্তিটির নাম দিয়েছিলেন—**'কোয়ান্টাম স্লিপার' (Quantum Sleeper)**।

এটি ছিল বিনির কোয়ান্টাম এনট্যাঙ্গলমেন্ট এবং ফোটোনিক্সের গবেষণার এক অপ্রত্যাশিত বাই-প্রোডাক্ট। এটি কোনো টাইম মেশিন নয়, বরং এটি একটি ব্যক্তি-কেন্দ্রিক *স্পেস-টাইম ডিস্টর্শন ইউনিট*। তত্ত্বটি ছিল: যদি কোয়ান্টাম কণার অবস্থান মুহূর্তের মধ্যে পরিবর্তন হতে পারে, তবে শরীরের মতো জটিল একটি কাঠামোকেও কি তীব্র ঘনত্বের এনার্জি ব্যবহার করে মুহূর্তের মধ্যে বহু দূরে সরিয়ে দেওয়া যায় না?

বিনি প্রায় পনেরো বছর ধরে এটি গোপনে তৈরি করেছেন। যন্ত্রটি ব্যবহার করে তিনি কয়েক সেকেন্ডের জন্য এক ধরনের **'স্থানিক শূন্যতা' (Spatial Void)** তৈরি করতে পারেন, যা ব্যবহারকারীকে এক স্থান থেকে অন্য স্থানে, যদি সেই স্থানের 'কোয়ান্টাম সিগনেচার' আগে থেকে সেট করা থাকে, তবে মুহূর্তেই সরিয়ে দেয়। এটি কোনো টেলিপোর্টেশন নয়, বরং স্থানের দূরত্বকে সাময়িকভাবে 'শর্ট-সার্কিট' করা।

যন্ত্রটি দেখতে ছিল একটি চওড়া কব্জিবন্ধনীর মতো, যার মাঝে একটি নীল কাঁচের গোলাকার লেন্স বসানো। বিনি কাঁপা হাতে সেই কব্জিবন্ধনীটি তাঁর ডান হাতে পরলেন।

নিউ জার্সিতে তাঁর অ্যাপার্টমেন্টের বেইসমেন্টের ল্যাবরেটরিই ছিল এই যন্ত্রের মূল 'হোম বেস'। সেখানে একটি সূক্ষ্ম ফ্রিকোয়েন্সি জেনারেটর সবসময় চালু থাকত, যা তাঁর ল্যাবের কোয়ান্টাম সিগনেচারকে মহাবিশ্বের পটভূমিতে একটি স্থায়ী 'বিপ' হিসেবে চিহ্নিত করত। সেই ফ্রিকোয়েন্সিটি ইতিমধ্যেই কব্জিবন্ধনীর মডিউলে সেট করা ছিল।

বিনি চারপাশে একবার চোখ বুলিয়ে নিলেন। গাছের আবছা ছায়া আর চাঁদের হালকা আলো। এই মুহূর্তে তিনি সম্পূর্ণ একা, এবং এটিই

যন্ত্রটি ব্যবহার করার উপযুক্ত সময়। এই প্রযুক্তির ভুল ব্যবহার বা প্রকাশ হয়ে যাওয়া তাঁর সমস্ত জীবনের গবেষণাকে বিপন্ন করে তুলবে।

তিনি পকেট থেকে একটি ছোট সুইচ বের করলেন, যা দেখতে ছিল গাড়ির রিমোটের মতো। তিনি সেটিতে একটি কোড চাপলেন। নীল কাঁচের লেন্সটি মৃদুভাবে জ্বলে উঠল। সঙ্গে সঙ্গে লেন্সের চারপাশের ধাতব রিংটি হালকাভাবে কাঁপতে শুরু করল।

বিনি চোখ বন্ধ করে একটি দীর্ঘ শ্বাস নিলেন। এই যাত্রা সবসময়ই তাঁর জন্য অস্বস্তিকর। শরীরের সমস্ত নিউরন এক মুহূর্তে যেন স্থানচ্যুতিকে অনুভব করে।

তিনি সুইচটিতে চাপ দিলেন।

মুহূর্তেই পার্কের সেই নীরবতা এক তীব্র, কিন্তু ক্ষণস্থায়ী **'হোয়াইট নয়েজ'**-এ ভরে গেল। তাঁর চারপাশের বাতাস যেন এক সেকেন্ডের জন্য কেঁপে উঠল। তাঁর মনে হলো যেন তাঁর শরীরটি হাজারো ছোট ছোট কণার ভিড়ে ভেঙে গেল, এবং সেই কণাগুলো আলোর চেয়ে দ্রুত গতিতে এক বিশাল শূন্যতার মধ্য দিয়ে ছুটে চলল। পাকস্থলীর ভেতরের সেই শূন্য অনুভূতি, যা তিনি অভ্যস্ত হতে পারেননি, তাঁকে মুহূর্তের জন্য গ্রাস করল।

সেই সাদা শব্দের তীব্রতা যতটা দ্রুত এসেছিল, ততটাই দ্রুত বিলীন হয়ে গেল।

বিনি চোখ খুললেন। তিনি দাঁড়িয়ে আছেন তাঁর নিউ জার্সির সেই চেনা, পুরোনো বেইসমেন্ট ল্যাবরেটরিতে। চারপাশে তাঁর প্রিয় সরঞ্জাম, ধুলো জমা বৈজ্ঞানিক যন্ত্রপাতি, আর কফির মগ। সবকিছুই পরিচিত, সবকিছুই নিয়ন্ত্রিত। পার্কের ঠান্ডা বাতাস নয়, বরং এসি-এর শুকনো ঠান্ডা বাতাস তাঁর গালে লাগছে।

তাঁর শরীরে তখনো সেই স্থানের তীব্র শিহরণ অনুভব হচ্ছিল। তিনি হাঁটু গেড়ে মাটিতে বসলেন, কিছুক্ষণ চোখ বুজে রইলেন। যাত্রা সফল হয়েছে। ক্যালিফোর্নিয়া থেকে নিউ জার্সি—মাত্র এক সেকেন্ডেরও কম সময়ে।

বিনি উঠে দাঁড়ালেন। তিনি দ্রুত কব্জিবন্ধনীটি হাত থেকে খুললেন এবং ধাতব বাক্সে সেটি নিরাপদে রেখে দিলেন। তাঁর এই গোপন প্রযুক্তিই হলো পিয়েরের মতো রহস্যময় সত্ত্বার মোকাবিলা করার একমাত্র হাতিয়ার। যদি পিয়েরের প্রযুক্তি আন্তঃমাত্রিক হয়, তবে বিনির প্রযুক্তি স্থান-কালকে ভাঁজ করার ক্ষমতা রাখে।

তিনি ল্যাবের মেইন সুইচ বোর্ড থেকে 'কোয়ান্টাম সিগনেচার' জেনারেটরটি বন্ধ করে দিলেন। এখন তিনি সম্পূর্ণ সুরক্ষিত। পিয়ের বা অন্য কেউ চাইলেও এখন আর এই স্থানে তাঁর আগমন ট্র্যাক করতে পারবে না।

ল্যাবরেটরির পরিচিত পরিবেশ বিনিকে তাঁর আত্মবিশ্বাস ফিরিয়ে দিল। তিনি ক্যালিফোর্নিয়ায় ছিলেন একজন বিতর্কের প্রতীক। কিন্তু এখন তিনি একজন **গোপন প্রযুক্তিবিদ**।

তাঁর প্রথম কাজ ছিল ল্যাপটপ খুলে পিটারের ইমেল চেক করা, যা পিয়েরের ভবিষ্যদ্বাণী অনুসারে কিছুক্ষণের মধ্যেই আসার কথা।

ল্যাপটপটি বুট হতে শুরু করল। বিনি নিজের ডেস্কের চেয়ারে বসলেন। এখন তিনি অপেক্ষায়। পিয়েরের আমন্ত্রণ, পিটারের নির্দেশ, আর মিশিগানের সেই অজানা ল্যাবরেটরি।

বিনি জানতেন, তিনি এইবার কেবল কৌতূহলী বিজ্ঞানী নন। তিনি এখন সেই প্রযুক্তির অধিকারী, যা পৃথিবীর নিয়মনীতি লঙ্ঘন করে। পিয়েরের সঙ্গে তাঁর পরবর্তী সাক্ষাতে তিনি কেবল প্রশ্ন করবেন না, তিনি প্রস্তুত থাকবেন তাঁর নিজের 'অসম্ভব' প্রযুক্তি দিয়ে সেই এলিয়েন সত্ত্বাকে চ্যালেঞ্জ জানাতে।

তবে সেই মুহূর্তের জন্য অপেক্ষা করার আগে, তিনি নিজের টেবিলের ওপর রাখা **পিটারের পাঠানো সেই বইটি** হাতে তুলে নিলেন—*'Beyond Known Dimensions'*। বইটি খোলার সময় তাঁর বরফ-ঠান্ডা হাতে স্পর্শ করার স্মৃতি মনে পড়ল। এই বই, পিয়ের এবং এই গোপন প্রযুক্তি—এই তিনটিই এখন তাঁর জীবনের নতুন বাস্তবতার কেন্দ্রবিন্দু।

বিনি তাঁর যাত্রা শুরু করার জন্য প্রস্তুত। কিন্তু এইবার, তিনি আর কোনো গোপনীয়তা বা অসংগতিকে উপেক্ষা করবেন না।

অধ্যায় ৮ – রহস্যময় ই-মেইল

অধ্যাপক বিনয় বন্দ্যোপাধ্যায় তাঁর নিউ জার্সির ভূগর্ভস্থ ল্যাবরেটরিতে বসে ছিলেন। ক্যালিফোর্নিয়ার ঝলমলে আলো আর পিয়েরের শীতল স্পর্শ থেকে তিনি এখন সুরক্ষিত—তাঁর নিজের তৈরি **'কোয়ান্টাম স্লিপার'** প্রযুক্তি তাঁকে মুহূর্তের মধ্যে এনে দিয়েছে পরিচিত, নিয়ন্ত্রিত এই পরিবেশে। কিন্তু ল্যাবের দেয়ালগুলো যেন তাঁর মনকে সুরক্ষা দিতে পারছিল না। পিয়েরের সেই শেষ কথাগুলো তাঁর মস্তিষ্কে প্রতিধ্বনি তুলছিল: "আপনার ফ্লাইট বাতিল করুন... আপনার কাছে আমার আমন্ত্রণ পৌঁছাবে।"

বিনি তাঁর ডেস্কের সামনে বসে নিজের তৈরি ডাটাবেস ঘেঁটে যাচ্ছিলেন। 'পিয়ের', 'নেগেটিভ এনার্জি ডেনসিটি', 'বায়োলজিক্যাল ক্লোনিং', 'আন্তঃমাত্রিক বিনিয়োগ'—সবরকম কী-ওয়ার্ড দিয়ে তিনি অনুসন্ধান করলেন। ফলাফল শূন্য। কোনো বৈজ্ঞানিক জার্নাল, কোনো থিসিস, কোনো প্রাতিষ্ঠানিক রেকর্ড—কোথাও নেই এই পিয়ের নামের কোনো ব্যক্তির নাম। যেন তিনি মানবজাতির নথিভুক্ত ইতিহাস থেকে সম্পূর্ণভাবে মুছে ফেলা এক সত্ত্বা।

"অসম্ভব," বিনি স্বগতোক্তি করলেন। একজন ব্যক্তি যিনি এত বড় প্রযুক্তিগত দাবি করছেন, তাঁর পক্ষে সম্পূর্ণভাবে অদৃশ্য থাকা অসম্ভব। যদি না... তিনি যা দাবি করছেন, তাই সত্যি হয়।

বিনি তাঁর কফির মগ হাতে নিলেন। তাঁর চোখে ঘুম ছিল না। তিনি জানতেন, পিয়েরের আমন্ত্রণ যেকোনো মুহূর্তে আসতে পারে। তিনি পিটারের ইমেলের জন্য অপেক্ষা করছিলেন, কারণ পিটারই ছিলেন সেই যোগসূত্র। বিনি তখনো ধরে নিয়েছিলেন, পিটার হয়তো সরল বিশ্বাসে পিয়েরের ফাঁদে পা দিয়েছেন।

ঘড়ি তখন রাত প্রায় দুটো। ল্যাবের তীব্র আলোকিত পরিবেশে সময় বোঝার কোনো উপায় নেই। বিনি তখন তাঁর ল্যাপটপে কোয়ান্টাম এনট্যাঙ্গলমেন্টের একটি জটিল সমস্যার সমাধান করার চেষ্টা করছিলেন, যেন নিজের মনকে ব্যস্ত রাখতে পারেন।

ঠিক তখনই, একটি সিস্টেম নোটিফিকেশন তাঁকে চমকে দিল। নতুন ইমেইল।

বিনি দ্রুত মাউস টেনে আনলেন। প্রেরকের ঠিকানা দেখে তাঁর হৃৎপিণ্ড যেন থেমে গেল। এটি পিটারের ঠিকানা ছিল না।

প্রেরক: Watcher_on_the_Edge

ঠিকানা: [void.sender@nullspace.net]

বিষয়: আপনার যুক্তির সমাপ্তি। মিশিগান।

বিনি মুহূর্তের জন্য শ্বাস নিতে ভুলে গেলেন।

'void.sender@nullspace.net'—শূন্য স্থানের প্রেরক। এটি কোনো স্বাভাবিক ইমেল অ্যাড্রেস নয়। এটি এমন একটি কোড, যা সরাসরি নির্দেশ করে যে প্রেরক প্রচলিত ইন্টারনেট এবং সার্ভার সিস্টেমের বাইরে থেকে যোগাযোগ করছেন। এটি পিয়েরের সেই 'আন্তঃমাত্রিক বিনিয়োগ' দাবির প্রথম ডিজিটাল প্রমাণ।

তিনি সাবধানে ইমেইলটি খুললেন। ইমেইলটি ছিল সংক্ষিপ্ত, যান্ত্রিক এবং অত্যন্ত শীতল।

অধ্যাপক বন্দ্যোপাধ্যায়,

আপনি আপনার ফ্লাইট বাতিল করেছেন। আপনার সিদ্ধান্ত নির্ভুল। কারণ একজন বিজ্ঞানী কখনো সত্যের মুখোমুখি হওয়া এড়িয়ে যেতে পারে না, বিশেষত যখন সেই সত্য তাঁর সমস্ত জ্ঞানকে বাতিল করে দেয়।

আপনার বন্ধু পিটার থমসন, যিনি আপনাকে এখানে আসার জন্য আমন্ত্রণ জানানোর কথা ছিল, তিনি এখন আমার তত্ত্বাবধানে আছেন। আপনার আগমন নিশ্চিত না হওয়া পর্যন্ত তিনি নিরাপদে থাকবেন।

আপনি প্রমাণ চেয়েছিলেন। কিন্তু আপনি প্রমাণকে দেখেন কেবল জটিল সমীকরণ বা পরীক্ষামূলক ডেটার মধ্যে। আমি আপনাকে এমন প্রমাণ দেব, যা আপনার মতো একজন বাস্তববাদীকে ধ্বংস করে দেবে—কারণ এটি চোখে দেখা যায়, কিন্তু যুক্তিতে মেলে না।

আমি এলিয়েনদের নিয়ে গবেষণা করি না। আমি তাদের ধারণ করি।

মিশিগানের ডেট্রয়েট এয়ারপোর্ট, আগামীকাল সন্ধ্যা ৬:৩০ মিনিটে আপনার জন্য একজন প্রতিনিধি অপেক্ষা করবে। তাঁর নাম **'টেল' (Tell)**। সে আপনার সমস্ত প্রশ্নের জবাব দেবে না, কিন্তু সে আপনাকে আমার কাছে পৌঁছে দেবে।

আপনার এই আগমন হবে আপনার নিজের ইচ্ছার বিরুদ্ধে এক বৈজ্ঞানিক তীর্থযাত্রা। আপনার সমস্ত কৌতূহলকে সঙ্গে নিয়ে আসুন। কিন্তু আপনার যুক্তিকে বাড়িতে রেখে আসুন।

বিদায়, অধ্যাপক। ভবিষ্যতের সাথে দেখা হবে।

পিয়ের

(প্রহরী)

বিনি চেয়ার থেকে উঠে দাঁড়ালেন। হাত কাঁপছিল না, বরং তাঁর সমস্ত শরীর যেন শক্ত হয়ে গিয়েছিল। **এলিয়েনকে ধারণ করি!** এই অহংকারী দাবি যেকোনো সাধারণ মানুষের কাছে মানসিক রোগীর প্রলাপ বলে মনে হতে পারত। কিন্তু পিয়েরের সেই শীতল স্পর্শ, তাঁর অদৃশ্য হয়ে যাওয়া এবং এখন এই ইমেলের অসামান্য ডিজিটাল উৎস—সবকিছুই প্রমাণ করে যে এটি কোনো প্রলাপ নয়, এটি এক ভয়ানক বাস্তবতা।

তিনি দ্রুত ইমেলটির নিচে তাকালেন। সেখানে দুটি সংযুক্তি (Attachments) ছিল। একটি টেক্সট ফাইল, এবং একটি ছবি।

বিনি প্রথমে ছবিটি খুললেন। এটি ছিল নিম্ন রেজোলিউশনের একটি ছবি, যা কৃত্রিমভাবে অন্ধকার করা হয়েছে। ছবির কেন্দ্রে একটি বিশাল, স্বচ্ছ, উলম্ব সিলিন্ডার। সিলিন্ডারটির ভেতরে জলীয় বাষ্প বা অন্য কোনো তরল পদার্থ। আর সেই তরলের ভেতরে ভাসছে একটি অস্পষ্ট অবয়ব।

অবয়বটি ছিল মানুষের মতো, কিন্তু তা মানুষ ছিল না। এর শরীর ছিল অস্বাভাবিক লম্বা এবং রোগা। ত্বক ছিল ফ্যাকাশে, প্রায় নীলচে সাদা। সবচেয়ে ভয়ঙ্কর ছিল এর মাথা—বিশাল, ডিম্বাকার, এবং তাতে চোখের কোনো সুস্পষ্ট গঠন ছিল না, ছিল কেবল দুটি কালো, গভীর গহ্বর। অবয়বটির হাত-পা ছিল অস্বাভাবিকভাবে লম্বা এবং সরু, আঙ্গুলগুলো যেন লম্বা কাঁটা।

সিলিন্ডারের চারপাশে কিছু অদ্ভুত চিহ্ন জ্বলজ্বল করছিল, যা পৃথিবীর কোনো বর্ণমালা বা কোড নয়। সেগুলো যেন কোনো ত্রি-মাত্রিক জ্যামিতিক নকশা।

বিনি তাঁর ঠোঁট কামড়ে ধরলেন। তাঁর রক্ত ঠাণ্ডা হয়ে গেল। এটি কোনো ফটোশপ বা উন্নত সিজিআই-এর কাজ বলে মনে হলো না। ছবিটি ছিল কাঁচা, দ্রুত তোলা, কিন্তু এর ভেতরের **অঙ্গসংস্থান**

(Anatomy) পৃথিবীর কোনো প্রাণীর সঙ্গে মেলে না। এটি সেই 'এলিয়েন', যাকে পিয়ের ধারণ করছেন বলে দাবি করেছেন।

বিনি দ্রুত টেক্সট ফাইলটি খুললেন। তাতে কেবল একটি coordenadas বা স্থানাঙ্ক লেখা ছিল: **42.3314° N, 83.0458° W**। ডেট্রয়েট এয়ারপোর্টের জিওগ্রাফিক্যাল লোকেশন।

বিনি আবেগকে দূরে ঠেলে তাঁর বৈজ্ঞানিক সত্ত্বাকে জাগিয়ে তুললেন। তাঁর ল্যাবে এমন সরঞ্জাম ছিল যা পৃথিবীর সেরা ডিজিটাল ফরেনসিক ল্যাবেও নেই।

১. **আইপি ট্রেসিং ও রুট বিশ্লেষণ:** তিনি ইমেইলটির হেডার (Header) টেনে বের করলেন। স্বাভাবিক ইমেইল সার্ভারগুলো যে প্রোটোকল মেনে চলে, এই মেইলটি তা অনুসরণ করেনি। এর উৎস আইপি অ্যাড্রেসটি একটি 'নাল অ্যাড্রেস' (Null Address) দেখাচ্ছে—যা বাস্তবে কোনো ঠিকানা নয়। যেন এটি সরাসরি **শূন্য স্থান (Null Space)** থেকে তার গন্তব্যে পৌঁছেছে, কোনো মধ্যবর্তী সার্ভার ব্যবহার না করে। এই ধরনের সিগনাল ইনজেকশন কেবল কোয়ান্টাম এনট্যাঙ্গলমেন্ট বা ওয়ার্মহোল-সদৃশ যোগাযোগ প্রযুক্তির মাধ্যমেই সম্ভব। পিয়েরের দাবিগুলি প্রযুক্তিগতভাবে সত্য হতে চলেছে।

২. **মেটাডেটা ও সময় ট্যাম্পিং:** বিনির বিশ্লেষণ দেখাল, মেইলটি ঠিক সেই সময়েই তার সার্ভারে পৌঁছেছে, যখন বিনি ক্যালিফোর্নিয়ায় রিসেপশনে দাঁড়িয়ে তাঁর ফ্লাইট বাতিল করার কথা ভাবছিলেন। পিয়ের তাঁর সিদ্ধান্ত নেওয়ার আগেই যেন এই ইমেইলটি পাঠিয়ে দিয়েছেন, অথবা মেইলটি পাঠানো এবং তা বিনির সিস্টেমে আসার মধ্যকার সময়কাল শূন্য। এটি মায়ারের টাইম ট্রাভেলের তত্ত্বকেও ছাপিয়ে যাওয়া এক প্রযুক্তি।

৩. **ছবি বিশ্লেষণ:** বিনি ছবিটি একটি বিশেষ সফটওয়্যারে ফেললেন, যা পিক্সেল ডেটা এবং শ্যাডো অ্যালগরিদম বিশ্লেষণ করে কৃত্রিম ছবি

সনাক্ত করতে পারে। ফলাফল এল—ছবিটিতে কোনো টেম্পারিং বা ডিজিটাল কারসাজি করা হয়নি। ছবিটি একটি নির্দিষ্ট সময়ে, একটি নির্দিষ্ট স্থান থেকে তোলা। এর ভেতরের **ছায়া এবং আলোর প্রতিফলন (Reflection)** প্রমাণ করে যে এটি বাস্তবে বিদ্যমান একটি বস্তু।

বিনি তাঁর চেয়ারে হেলান দিলেন। কপালে ঘামের রেখা। তাঁর কঠোর যুক্তি আর বৈজ্ঞানিক প্রশিক্ষণ তাঁকে পিয়েরের দাবি প্রত্যাখ্যান করতে বাধা দিচ্ছিল। প্রমাণ তাঁর সামনে: অস্পষ্ট হলেও একটি **ভিনগ্রহী সত্ত্বার ছবি**, এবং একটি ইমেইল যা শূন্য স্থান থেকে এসেছে।

বিনি বুঝতে পারলেন, পিয়ের কেবল তাঁর দুর্বলতা (কৌতূহল) ব্যবহার করছেন না, তিনি বিনির বন্ধু পিটারকে পণবন্দী করেছেন। মিশিগানে যাওয়া অনিবার্য। এই মুহূর্তে কোনো পুলিশ, সামরিক বাহিনী বা অন্য কোনো বিজ্ঞানীকে এই কথা বললে সবাই তাঁকে পাগল ভাববে। প্রমাণ হাতে না নিয়ে কোনো পদক্ষেপ নেওয়া যাবে না।

তিনি ল্যাপটপ বন্ধ করে দিলেন। এখন তাঁর একমাত্র কৌশল হলো পিয়েরের ফাঁদে পা দেওয়া, কিন্তু নিজের শর্তে।

“মিশিগান,” বিনি মৃদুস্বরে বললেন। “আমি যাব, মিস্টার পিয়ের। কিন্তু আমি আপনার দাবার ঘুঁটি হয়ে যাব না। আমি যাচ্ছি একজন বিজ্ঞানী হিসেবে, যিনি তাঁর নিজের প্রযুক্তি দিয়ে আপনাকে চ্যালেঞ্জ জানাবেন।”

বিনি উঠে দাঁড়ালেন এবং তাঁর **'কোয়ান্টাম স্লিপার'** বাক্সটি হাতে নিলেন। তাঁর গন্তব্য এখন ডেট্রয়েট এয়ারপোর্ট। তিনি কোনো বাণিজ্যিক ফ্লাইটে যাবেন না। তিনি নিজের প্রযুক্তি ব্যবহার করে দ্রুত এবং গোপনে মিশিগান পৌঁছাবেন।

বিনি ঘড়ির দিকে তাকালেন। এখনো অনেক সময় বাকি। এই সময়টা তিনি ব্যবহার করবেন মিশিগানে যাওয়ার জন্য তাঁর গোপন সরঞ্জাম গোছাতে, বিশেষ করে সেই **হ্যান্ড-হেল্ড স্ক্যানার** যা পিয়েরের বরফের

মতো ঠান্ডা হাত এবং মাছের মতো ত্বকের জৈব-রাসায়নিক মেকআপ বিশ্লেষণ করতে সক্ষম।

বিনি তাঁর জীবনের সবচেয়ে বড় অভিযানে নামতে প্রস্তুত। এইবার তিনি শুধু রহস্যের মুখোমুখি হবেন না, তিনি একটি ভিন্ন সভ্যতা এবং তার প্রযুক্তির মুখোমুখি হতে চলেছেন। তাঁর যুক্তি হয়তো ভেঙে গেছে, কিন্তু তাঁর কৌতূহল এখন পর্বতপ্রমাণ।

অধ্যায় ৯ - মিশিগান ভ্রমণের পরিকল্পনা

বিনি তাঁর ল্যাবরেটরির ডেস্কের সামনে বসেছিলেন। তাঁর সামনে খোলা ল্যাপটপের স্ক্রিনে এখনও জ্বলজ্বল করছে সেই রহস্যময় ই-মেইল—শূন্য স্থান থেকে আসা একটি আমন্ত্রণ, যা তাঁর বন্ধু **পিটার থমসনকে** পণবন্দী করার হুমকি দিচ্ছে এবং তাঁকে মিশিগানের ডেট্রয়েটে যাওয়ার নির্দেশ দিচ্ছে। সেই ই-মেইলটির শীতল, যান্ত্রিক ভাষা এবং এলিয়েনদের ছবি—সবকিছুই বিনির কঠোর বাস্তবতাকে চূর্ণ করে দিয়েছে।

যুক্তিবিদ বিনি এখন এক নতুন বাস্তবতার মুখোমুখি: তাঁর সবচেয়ে বড় দুর্বলতা হলো তাঁর **বৈজ্ঞানিক কৌতূহল**, আর তাঁর সবচেয়ে প্রিয় বন্ধু এখন এক **ভিনগ্রহী সত্ত্বার** হাতে বন্দি। মিশিগানে যাওয়া ছাড়া তাঁর আর কোনো উপায় নেই।

তবে এই যাত্রা কোনো আত্মসমর্পন নয়। বিনি তাঁর জীবনের সবচেয়ে কঠিন 'ক্ষেত্র গবেষণা' (Field Research) শুরু করার পরিকল্পনা নিলেন। এইবার তিনি আর বিতর্কের জন্য যাচ্ছেন না, তিনি যাচ্ছেন প্রমাণ সংগ্রহ করতে এবং প্রয়োজন হলে আত্মরক্ষার জন্য।

বিনি তাঁর গোপন প্রযুক্তির শেলফটির দিকে তাকালেন। এই ল্যাবটি কেবল তাঁর কোয়ান্টাম ফিজিক্স গবেষণার স্থান নয়, এটি তাঁর ব্যক্তিগত অস্ত্রাগারও। পিয়েরের মতো কেউ যদি সময়ের প্রবাহ বা

স্থানের দূরত্বকে অতিক্রম করতে পারে, তবে তাঁর মোকাবেলা করার জন্য প্রচলিত কোনো অস্ত্র যথেষ্ট নয়।

বিনি তিনটি প্রধান সরঞ্জাম প্রস্তুত করতে শুরু করলেন:

১. **কোয়ান্টাম স্লিপার (Quantum Sleeper):** তাঁর সেই স্থান-কাল শর্ট-সার্কিট করার কব্জিবন্ধনী। এটি অত্যন্ত গুরুত্বপূর্ণ, কারণ পিয়ের যদি তাঁকে বিপদে ফেলেন বা আটকে রাখার চেষ্টা করেন, তবে এই প্রযুক্তিই হবে তাঁর **একমাত্র পালানোর পথ**। এটি কোনো সাধারণ 'পালানোর কৌশল' নয়, বরং স্থানের দূরত্বকে মুহূর্তের মধ্যে ভেঙে ফেলার ক্ষমতা। তিনি যন্ত্রটির এনার্জি সেল নতুন করে চার্জ করলেন এবং এটিকে একটি সুরক্ষিত, গোপন পকেটে রাখলেন।

২. **থার্মাল ও বায়ো-কেমিক্যাল স্ক্যানার (Thermal & Bio-Chemical Scanner):** এটি একটি হ্যান্ড-হেল্ড ডিভাইস, যা মানুষের ত্বকের নিচে রক্তপ্রবাহ, তাপমাত্রা এবং অস্বাভাবিক রাসায়নিক উপাদানের উপস্থিতি বিশ্লেষণ করতে পারে। পিয়েরের বরফের মতো ঠান্ডা হাত এবং মাছের মতো মসৃণ ত্বকের রহস্য উদ্ঘাটনের জন্য এটি অপরিহার্য। বিনি এই স্ক্যানারটি এমনভাবে টিউন করলেন যাতে এটি মানুষের স্বাভাবিক জৈব-স্বাক্ষর (Biological Signature) থেকে সামান্যতম বিচ্যুতিও ধরতে পারে। তিনি বিশেষ করে **সিউডো-বায়োলজি (Pseudo-Biology)** বা ছদ্ম-জীববিজ্ঞানের দিকে দৃষ্টি রাখলেন—যদি পিয়েরের শরীর মানুষের জৈব উপাদান ব্যবহার করে তৈরি কোনো ক্লোন বা হিউম্যানয়েড হয়ে থাকে।

৩. **এনার্জি ডিফিউজার পেন্সিল (Energy Diffuser Pencil):** এটি দেখতে একটি সাধারণ কলমের মতো, কিন্তু এর ভেতরের মাইক্রো-ক্যাপাসিটরগুলো মুহূর্তের মধ্যে উচ্চ ফ্রিকোয়েন্সির শব্দ তরঙ্গ তৈরি করতে পারে, যা মানুষের কান শুনতে পায় না। যদি পিয়ের কোনো ইলেকট্রনিক বা বায়ো-কমিউনিকেশনের ওপর নির্ভর করেন, তবে এই

ডিভাইসটি সেই সিগনালগুলোকে **সাময়িকভাবে জ্যাম বা বিচ্ছিন্ন** করে দিতে সক্ষম। এটি পিয়েরের যোগাযোগ বা নিয়ন্ত্রণ ক্ষমতাকে দুর্বল করার একটি কৌশল।

বিনি একটি কালো ব্যাকপ্যাকে এই তিনটি সরঞ্জাম অত্যন্ত সাবধানে গুছিয়ে রাখলেন। তিনি কোনো পোশাক বা ব্যক্তিগত জিনিস নিলেন না। এই যাত্রা কোনো ছুটির মেজাজে হচ্ছে না—এটি জীবন বা মৃত্যুর লড়াই, যেখানে তাঁর সমস্ত মনোযোগ প্রযুক্তির ওপর থাকা জরুরি।

এরপর বিনি ল্যাপটপে ফিরে এলেন। পিয়েরের ই-মেইলে দেওয়া স্থানাঙ্ক: **42.3314° N, 83.0458° W**। এটি ডেট্রয়েট মেট্রোপলিটন বিমানবন্দর এলাকার একটি নির্দিষ্ট স্থান।

কিন্তু বিনি কেবল এয়ারপোর্টে গিয়ে অপেক্ষা করতে চাননি। তিনি পিয়েরের **আসল গবেষণাগারের** অবস্থান খুঁজে বের করতে চাইলেন। তিনি ডেট্রয়েট এবং তার আশপাশের অঞ্চলে গত এক বছরে অস্বাভাবিক কোনো বৈজ্ঞানিক বা ভূ-তাত্ত্বিক কার্যকলাপ হয়েছে কিনা, তা স্যাটেলাইট ইমেজের মাধ্যমে বিশ্লেষণ করতে শুরু করলেন। বিশেষ করে সেই অঞ্চলে, যেখানে জনবসতি কম এবং বিদ্যুতের ব্যবহার অস্বাভাবিকভাবে বেশি।

তাঁর অনুসন্ধান তাঁকে ডেট্রয়েট শহর থেকে প্রায় ৫০ মাইল পশ্চিমে একটি গ্রামীণ, ঘন বন আচ্ছাদিত এলাকার দিকে নিয়ে গেল। গত ছয় মাসে ওই এলাকার ইনফ্রারেড স্যাটেলাইট ইমেজে **অস্বাভাবিক তাপ নির্গমনের** প্রমাণ পাওয়া গেছে, যা কোনো প্রাকৃতিক কারণ বা সাধারণ কারখানা থেকে আসা তাপ নয়। তাপের উৎসটি ভূ-গর্ভস্থ, এবং এটি একটি নির্দিষ্ট, ঘন ঘন প্যাটার্ন অনুসরণ করে।

"গোপন ল্যাবরেটরি," বিনি স্থির করলেন। "পিয়েরের গবেষণা এয়ারপোর্টের কাছে নয়, বরং এই নির্জন স্থানেই অবস্থিত।"

তিনি মানচিত্রে সেই জায়গাটি একটি ব্যক্তিগত মার্কার দিয়ে চিহ্নিত করলেন। এটিই তাঁর আসল গন্তব্য। এয়ারপোর্টে 'টেল'-এর সঙ্গে সাক্ষাৎ করে তিনি তার গতিবিধি পর্যবেক্ষণ করবেন এবং সঠিক সময়ে টেলকে অনুসরণ করে এই গোপন ল্যাবে পৌঁছাবেন।

শারীরিক প্রস্তুতি শেষ হওয়ার পর, বিনি তাঁর মানসিক অবস্থাকে শক্ত করার চেষ্টা করলেন। তিনি জানেন, পিয়ের তাঁকে নৈতিকভাবে দুর্বল করতে চাইছেন—পিটারকে পণবন্দী করে।

"পিটার নিরাপদ থাকবে," বিনি নিজেকে বোঝালেন। "কারণ পিটার পিয়েরের জন্য একটি **বড় টোপ**। পিটারকে কিছু করার আগে পিয়েরকে আমার রহস্য ভেদ করতে হবে। আর আমি সেই সুযোগ দেব না।"

এই মিশনে ঝুঁকি আছে, কিন্তু তার চেয়েও বড় পুরস্কার রয়েছে: যদি পিয়ের সত্যিই ভিনগ্রহী হন এবং তাঁর কাছে উন্নত প্রযুক্তি থাকে, তবে মানবজাতির জন্য এটি জ্ঞানের এমন এক দ্বার উন্মোচন করবে, যা টাইম ট্রাভেলের চেয়েও হাজার গুণ বেশি গুরুত্বপূর্ণ।

বিনি মনে মনে প্রতিজ্ঞা করলেন: তিনি বিজ্ঞানকে রক্ষা করবেন। যদি পিয়েরের প্রযুক্তি মানবজাতির জন্য বিপজ্জনক হয়, তবে তিনি সেই জ্ঞানকে মানব সমাজের কাছে প্রকাশ করবেন, যাতে তা ভবিষ্যতের জন্য সুরক্ষিত থাকে।

পিয়ের তাঁকে যুক্তিকে বাড়িতে রেখে আসতে বলেছিলেন। কিন্তু বিনি তাঁর যৌক্তিক মনের চেয়ে বড় আর কোনো অস্ত্র জানেন না।

বিনি ল্যাবরেটরি থেকে বেরিয়ে আসার আগে শেষবারের মতো চারিদিকে তাকালেন। এইবার তিনি কোনো বাণিজ্যিক ফ্লাইটে যাবেন না। পিয়ের তাঁকে একটি নির্দিষ্ট সময়ে এয়ারপোর্টে পৌঁছানোর নির্দেশ দিয়েছেন।

বিনি কব্জিবন্ধনীটি হাতে পরলেন। সুইচটিতে কোড চাপলেন। লেন্সটি নীল আলোয় জ্বলে উঠল। তিনি চোখ বন্ধ করলেন। তাঁর গন্তব্য: ডেট্রয়েট এয়ারপোর্টের কাছেই একটি নিরিবিলি জনমানবহীন মাঠ।

সাদা শব্দের তীব্রতা তাঁকে গ্রাস করল। শরীর ভেঙে গেল অসংখ্য কোয়ান্টাম কণার ভিড়ে।

এক সেকেন্ডেরও কম সময়ে তিনি ক্যালিফোর্নিয়ার চাপ এবং নিউ জার্সির সুরক্ষা থেকে সোজা মিশিগানের রহস্যের কেন্দ্রে এসে উপস্থিত হলেন।

যখন বিনি চোখ খুললেন, তখন চারপাশে ঘন কুয়াশা এবং অচেনা মাটির গন্ধ। ঘড়িতে তখনো সন্ধ্যা ছয়টা বাজতে কিছু বাকি। তিনি এখন ডেট্রয়েটে। পিয়েরের ফাঁদ পাতা শহরে। তাঁর পরবর্তী কাজ হলো—'টেল' নামের সেই রহস্যময় প্রতিনিধির জন্য অপেক্ষা করা, যার হাতেও হয়তো সেই **বরফের মতো ঠান্ডা স্পর্শ** রয়েছে।

অধ্যায় ১০ – ডেট্রয়েট এয়ারপোর্টে আগমন

অধ্যাপক বিনি বন্দ্যোপাধ্যায় চোখ খুললেন। তাঁর শরীর তখনও কাঁপছিল, সেই কোয়ান্টাম স্লিপারের স্থান-কালের বিচ্যুতিজনিত অস্বস্তি। কিন্তু এবার সেই অস্বস্তি জয় করে তাঁর মন ছিল সম্পূর্ণ প্রস্তুত। তিনি আর ক্যালিফোর্নিয়ার উষ্ণতা বা নিউ জার্সির বসন্তে নেই।

তিনি মিশিগানের ডেট্রয়েট মেট্রোপলিটন এয়ারপোর্ট এলাকার এক নির্জন, পরিত্যক্ত পার্কিং লটে এসে অবতরণ করেছেন। চারপাশে কুয়াশার মতো ঠান্ডা বাতাস, যা তাঁর বিজ্ঞানসম্মত পোশাকেও কাঁপুনি ধরাচ্ছিল। ঘড়ির কাঁটা ঠিক সন্ধ্যা ৬:২০ মিনিট নির্দেশ করছে—পিয়েরের বেঁধে দেওয়া সময়ের মাত্র দশ মিনিট বাকি। তাঁর 'কোয়ান্টাম স্লিপার' নির্ভুল কাজ করেছে।

বিনি দ্রুত নিজের অবস্থা পর্যবেক্ষণ করলেন। গোপন ব্যাকপ্যাকটি সুরক্ষিত, ভেতরে **থার্মাল স্ক্যানার** এবং **এনার্জি ডিফিউজার** প্রস্তুত। তিনি কব্জিবন্ধনীটি খুলে পকেটে রাখলেন এবং পার্কিং লট ছেড়ে জনবহুল টার্মিনালের দিকে হাঁটতে শুরু করলেন।

টার্মিনালের ভেতরে ভিড় কম। সবাই হয়তো তাদের গন্তব্যের দিকে ছুটছে, কিংবা অপেক্ষা করছে। বিনি একটি কফির কাউন্টারের কাছে এসে দাঁড়ালেন। এইবার তিনি নিজেকে একজন সাধারণ যাত্রী হিসেবে দেখাতে চাইলেন—এক ক্লান্ত বিজ্ঞানী, যিনি তাঁর ভ্রমণের শেষ প্রান্তে এসে পৌঁছেছেন।

তাঁর চোখ সতর্ক। তিনি ই-মেইলে দেওয়া পিয়েরের বর্ণনাটি মনে করার চেষ্টা করলেন: প্রতিনিধিটির নাম **'টেল' (Tell)**। কিন্তু পিয়ের তাঁর সম্পর্কে আর কোনো তথ্য দেননি—না তাঁর পোশাক, না তাঁর চেহারা। বিনি জানতেন, পিয়েরের প্রতিনিধি হবে অস্বাভাবিক, কারণ সাধারণ কোনো মানুষ এই রহস্যের অংশ হতে পারে না।

বিনি চারপাশে তাকালেন। ভিড়ের মাঝে এমন কাউকে খুঁজছিলেন যিনি তাঁকে খুঁজছেন বলে মনে হবে। কালো স্যুট পরিহিত, অস্বাভাবিক লম্বা, অথবা বরফের মতো শীতল চাহনি—এমন কিছু একটা।

দশ মিনিট পার হলো। ঘড়ি তখন ঠিক ৬:৩০।

ঠিক তখনই, টার্মিনালের লাগেজ ক্লেম এরিয়ার দিক থেকে একজন ব্যক্তি বিনির দিকে ধীরে ধীরে এগিয়ে এলেন। লোকটি খুব একটা লম্বা নন, কিন্তু তাঁর উপস্থিতি ছিল অদ্ভুতভাবে নজরকাড়া। তাঁর পরনে ছিল একটি সাধারণ গ্রে রঙের ক্যাজুয়াল জ্যাকেট এবং জিন্স। চেহারায় কোনো বিশেষত্ব নেই, কিন্তু তাঁর হেঁটে আসার ভঙ্গি ছিল যান্ত্রিকভাবে মসৃণ, অনেকটা পিয়েরের মতোই—যেন তাঁর শরীরের গতিবিধি এক কঠিন অ্যালগরিদম মেনে চলে।

ব্যক্তিটি এসে ঠিক বিনির সামনে দাঁড়ালেন। তিনি বিনির চোখে চোখ রাখলেন এবং তাঁর মুখে সেই হাসি ফুটল, যা দেখে বিনির মন আবারও কেঁপে উঠল—**হাসিটি চোখ পর্যন্ত পৌঁছায় না**। পিয়েরের মতোই সেই শীতল, নকল অভিব্যক্তি।

"অধ্যাপক বিনি বন্দ্যোপাধ্যায়?" লোকটি জিজ্ঞেস করলেন। তাঁর স্বর ছিল পিয়েরের মতো ভারী নয়, বরং মৃদু, কিন্তু তাতে কোনো আঞ্চলিকতা বা আবেগ ছিল না—স্পষ্ট, কিন্তু প্রাণহীন।

"হ্যাঁ," বিনি উত্তর দিলেন। তিনি নিজের মনকে প্রস্তুত করলেন: এখন থেকে প্রতিটি শব্দ, প্রতিটি মুহূর্ত হবে এক সতর্ক পর্যবেক্ষণ।

"আমি টেল," লোকটি বললেন।

বিনি দ্রুত নিজের হাত বাড়িয়ে দিলেন। তিনি এইবার সতর্ক ছিলেন। তাঁর লক্ষ্য ছিল স্পর্শের মাধ্যমে **থার্মাল ডেটা** সংগ্রহ করা।

"মিস্টার টেল, আপনার সঙ্গে পরিচিত হয়ে ভালো লাগল। আশা করি আপনি আমাকে আমার বন্ধু পিটার থমসনের কাছে নিয়ে যেতে পারবেন।"

টেল বিনির হাত ধরলেন। মুহূর্তেই সেই শীতল অনুভূতি বিনির বাহুতে ছড়িয়ে পড়ল। এটি কেবল ঠান্ডা নয়, এটি যেন **বরফের মধ্যে ডুবে থাকা** কোনো কিছুর স্পর্শ। পিয়েরের হাতের মতোই তাপমাত্রা—অস্বাভাবিকভাবে কম, যা কোনো জীবিত মানুষের পক্ষে সম্ভব নয়।

বিনি দ্রুত তাঁর হাতের কব্জিতে রাখা **থার্মাল স্ক্যানারটি** সক্রিয় করলেন। এটি একটি নিরবচ্ছিন্ন, অদৃশ্য ইনফ্রারেড রেডিয়েশন নির্গত করল, যা টেলের হাতের তাপমাত্রার একটি দ্রুত বিশ্লেষণ শুরু করল। টেল তাঁর হাত ধরে রাখলেন স্বাভাবিকের চেয়ে একটু বেশি সময় ধরে। তাঁর চোখে কৌতুক। "অধ্যাপক, আপনার হাতের উষ্ণতা দেখে মনে হচ্ছে আপনি খুব টেনশনে আছেন।"

বিনি নিজেকে সামলে নিলেন। "না, মিস্টার টেল। আমি কেবল এই অপ্রত্যাশিত ভ্রমণের উত্তেজনা অনুভব করছি।"

টেল হাত ছেড়ে দিলেন। বিনি সঙ্গে সঙ্গে স্ক্যানারের ডেটা চেক করলেন।

স্ক্যানারের ছোট ডিজিটাল স্ক্রিনে ডেটা জ্বলজ্বল করছে। টেলের হাতের তাপমাত্রা দেখাচ্ছে **৬২° ফারেনহাইট (১৬.৬° সেলসিয়াস)**। একজন সুস্থ মানুষের গড় তাপমাত্রা যেখানে ৯৮.৬° ফারেনহাইট। এই তাপমাত্রা কোনো জীবিত স্তন্যপায়ী প্রাণীর জন্য অসম্ভব।

এর চেয়েও ভয়ঙ্কর তথ্য ছিল—স্ক্যানারটি টেলের ত্বকের নিচে **কোনো রক্ত সঞ্চালন (Blood Flow) চিহ্নিত করতে পারেনি**। তার মানে টেলের শরীরের তাপমাত্রার উৎস মেটাবলিজম নয়, বরং অন্য কোনো প্রযুক্তি বা পদ্ধতি।

বিনি এই তথ্যে নিশ্চিত হলেন। টেল কোনো মানুষ নন। তিনি হয়তো উন্নত ক্লোন, হিউম্যানয়েড অ্যান্ড্রয়েড, অথবা এমন কোনো ভিনগ্রহী সত্ত্বা যার শরীরের গঠন পৃথিবীর জীবের মতো নয়। পিয়েরের দাবি মিথ্যা নয়—তাঁর কাছে এমন প্রযুক্তি আছে যা জীবনকে নকল করতে পারে।

বিনি স্বাভাবিক থাকার চেষ্টা করলেন। "তাহলে, মিস্টার টেল, আমরা কি এখন যাত্রা শুরু করতে পারি?"

টেল হাসলেন। সেই হাসি, যা কেবল ঠোঁটকে নাড়ায়। "অবশ্যই। আপনার যাত্রা শুরু হয়েছে ক্যালিফোর্নিয়াতে, কিন্তু আপনার আবিষ্কার শুরু হবে মিশিগানে। আমাকে অনুসরণ করুন।"

টেল এগিয়ে চললেন, এবং বিনি সতর্কতার সঙ্গে তাঁকে অনুসরণ করলেন। তাদের দুজনের মধ্যে কোনো যাত্রী বা অন্য মানুষ মনোযোগ দিল না। টেল কোনো দিকে না তাকিয়ে সোজাসুজি এয়ারপোর্টের পার্কিং গ্যারেজের নিচের তলার দিকে যেতে লাগলেন।

পার্কিং লটের ভেতরের পরিবেশ ছিল অন্ধকার, তেল আর পেট্রলের গন্ধে ভরা। টেল এসে দাঁড়ালেন একটি অত্যন্ত পুরনো, মরচে পড়া ডজ চার্লিঞ্জার মডেলের গাড়ির সামনে। গাড়িটি এই আধুনিক এয়ারপোর্টের জন্য বেমানান ছিল, যেন এটি অন্য কোনো সময় থেকে এসেছে।

টেল গাড়ির দরজা খুললেন। "ভিতরে আসুন, অধ্যাপক।"

বিনি গাড়ির দিকে তাকালেন। পিয়েরের মতো উন্নত প্রযুক্তি যে ব্যবহার করে, তার প্রতিনিধি কেন এত পুরোনো মডেলের গাড়ি ব্যবহার করবে? এটি কি সরলতা, নাকি অতিরিক্ত সতর্কতার অংশ? হয়তো এই গাড়িতে এমন কোনো প্রযুক্তি লুকানো আছে, যা সাধারণ চোখে ধরা পড়বে না।

গাড়ির সিটে বসলেন বিনি। তাঁর মন তখনো টেলের ৬২° ফারেনহাইটের হাতের স্পর্শে জমে আছে। তিনি জানেন, এইবার তিনি ফিরে যাওয়ার পথে নেই। তিনি মিশিগানের সেই রহস্যময় ল্যাবরেটরির দিকে যাচ্ছেন, যেখানে তাঁর বন্ধু পিটার বন্দি, এবং যেখানে তাঁর সমস্ত বৈজ্ঞানিক সত্যের চ্যালেঞ্জ অপেক্ষা করছে।

গাড়ি চলতে শুরু করল। টেল একবারও বিনির দিকে তাকালেন না। তাঁর চোখ স্থির, সামনের অন্ধকার রাস্তার দিকে। ডেট্রয়েট শহরের শেষ আলোও দ্রুত মিলিয়ে যেতে শুরু করল। বিনি তাঁর ব্যাগ থেকে **এনার্জি ডিফিউজার পেন্সিলটি** হাতে নিলেন—তাঁর নিজের জীবনের নিরাপত্তা এখন তাঁর নিজের প্রযুক্তির ওপর নির্ভরশীল। এই যাত্রা কেবল রহস্যময় নয়, এটি অত্যন্ত বিপজ্জনক।

নতুন পরিবেশ

অধ্যায় ১১ – টেলের সঙ্গে পরিচয়

আবহাওয়া তখন দ্রুত শীতল হচ্ছিল। ডেট্রয়েট এয়ারপোর্টের ঝলমলে আলো থেকে বেরিয়ে এসে টেল এবং অধ্যাপক বিনি বন্দ্যোপাধ্যায়ের পুরোনো ডজ চার্লিঞ্জার মডেলের গাড়িটি শহরতলির অন্ধকার গ্রামীণ রাস্তা ধরে চলতে শুরু করল। জানালা দিয়ে যে বাতাস আসছিল, তা ছিল অস্বাভাবিক ঠান্ডা, আর তার সঙ্গে মিশে ছিল ভিজে মাটি ও কোনো অচেনা, বন্য ঘ্রাণ।

বিনি গাড়ির আসনে স্থির হয়ে বসেছিলেন। তাঁর মন তখন গাড়ির গতিপথের দিকে নয়, বরং পাশে বসা চালক **টেলের** দিকে। গাড়ির ভেতরের একমাত্র আলো আসছিল ড্যাশবোর্ডের ফ্যাকাশে সবুজ ডায়ালগুলো থেকে। সেই আবছা আলোয় টেলকে আরও বেশি অচেনা লাগছিল। তাঁর মুখাবয়ব ছিল শান্ত, কিন্তু বিনির মনে হচ্ছিল সেই শান্ত ভাবটি কৃত্রিম, কোনো গভীর আবেগ বা চিন্তার আবরণ নয়।

বিনি তাঁর গোপন **থার্মাল স্ক্যানার** থেকে পাওয়া ডেটাটি বারবার মনে মনে বিশ্লেষণ করছিলেন: **৬২° ফারেনহাইট** তাপমাত্রা এবং **রক্ত সঞ্চালনের অভাব**। এই তথ্য কোনো জীবিত মানুষের হতে পারে না। টেল হয়তো একটি উন্নত **হিউম্যানয়েড** বা কোনো ক্লোন সত্ত্বা, যাকে পৃথিবীর পরিবেশের জন্য বিশেষভাবে তৈরি করা হয়েছে। কিন্তু কেন? কেন পিয়ের এমন একজনকে প্রতিনিধি হিসেবে পাঠালেন?

বিনি নিজের কৌতূহল নিয়ন্ত্রণ করতে পারলেন না।

"মিস্টার টেল," বিনি শান্তস্বরে জিজ্ঞেস করলেন, "আপনি কি এই অঞ্চলের বাসিন্দা? আপনার উচ্চারণ শুনে মনে হচ্ছে আপনি এই দেশের নন।"

টেল সামান্য ঘুরলেন। তাঁর চোখগুলো সেই ফ্যাকাশে সবুজ আলোয় চিকচিক করে উঠল, যেন কাঁচের তৈরি।

"আমি সেই এলাকার বাসিন্দা, অধ্যাপক, যেখানে বসবাসের কোনো ঠিকানা হয় না," টেল উত্তর দিলেন। তাঁর কণ্ঠস্বরে কোনো পরিবর্তন নেই, প্রতিটি শব্দ যেন মেপে মেপে বলা। "আর উচ্চারণের কথা যদি বলেন, আমি কেবল যোগাযোগ স্থাপনের জন্য ভাষা ব্যবহার করি। ব্যক্তিগত পরিচয়ের জন্য নয়।"

বিনি বুঝলেন, টেল সরাসরি প্রশ্ন এড়িয়ে যাচ্ছেন, কিন্তু তাঁর উত্তরগুলো রহস্যের পর্দা আরও মোটা করে তুলছে।

বিনি এবার তাঁর মূল উদ্বেগের দিকে গেলেন—টেলের অস্বাভাবিক শারীরিক বৈশিষ্ট্য।

"আমি আপনার একটি কথা ক্যালিফোর্নিয়াতে পিয়েরকেও বলেছিলাম। আপনাদের দাবি অবিশ্বাস্য, কিন্তু আপনারা কোনো প্রমাণ দিচ্ছেন না।" বিনি সামান্য ঝুঁকলেন। "আমার মনে আছে, বিমানবন্দরে আমাদের হাত মেলানোর সময় আপনার হাত ছিল অস্বাভাবিক ঠান্ডা। আমার ধারণা, আপনার হয়তো রক্ত সঞ্চালনে কোনো সমস্যা আছে—কোনো বিরল জেনেটিক ডিসঅর্ডার।"

টেল এবার মৃদু হাসলেন, যা এইবারও চোখ পর্যন্ত পৌঁছাল না। কিন্তু হাসিটি ছিল পিয়েরের মতোই শীতল, যেন তিনি বিনির এই 'বৈজ্ঞানিক ব্যাখ্যা'য় কৌতুক অনুভব করছেন।

"অধ্যাপক, আপনি আপনার যুক্তির দেওয়াল ভাঙতে ভয় পাচ্ছেন। আপনার কাছে সবকিছুই জেনেটিক ডিসঅর্ডার। কিন্তু আপনি কেন একবারও ভাবছেন না যে, হয়তো এই শীতলতা আমাদের অস্তিত্বের একটি **প্রাকৃতিক অবস্থা**?"

টেল ডান হাতটি ড্যাশবোর্ডের ওপর রাখলেন। বিনি এই সুযোগটিই খুঁজছিলেন। তাঁর মনে পড়ল পিয়েরের হাতের স্পর্শ। সেই স্পর্শ ছিল

মসৃণ, প্রায় মাছের মতো। তিনি এবার টেলের হাতের দিকে তাকালেন। আবছা আলোতেও বোঝা যাচ্ছিল, টেলের ত্বক ছিল অস্বাভাবিকভাবে মসৃণ এবং সেখানে কোনো রোমকূপ বা স্বাভাবিক মানুষের ত্বকের মতো সূক্ষ্ম রেখা ছিল না।

"প্রাকৃতিক অবস্থা?" বিনি পালটা প্রশ্ন করলেন, "কোন ধরনের প্রাকৃতিক অবস্থা, মিস্টার টেল? আমি একজন পদার্থবিজ্ঞানী। আমি থার্মোডাইনামিক্সের সূত্র জানি। কোনো মেটাবলিজম ছাড়া এত দীর্ঘ সময় এই তাপমাত্রায় বেঁচে থাকা মানুষের পক্ষে অসম্ভব। আপনার ত্বক দেখলে মনে হচ্ছে আপনি রক্তমাংসের মানুষ নন।"

গাড়ি তখন একটি বাঁক নিল, এবং রাস্তার দুপাশের গাছপালা আরও ঘন হয়ে এল। টেল সরাসরি বিনির দিকে তাকালেন।

"অধ্যাপক, সত্য কেবলই রক্তমাংসের মধ্যে সীমাবদ্ধ নয়। আমাদের প্রযুক্তি বা আমাদের জৈব-গঠন, আপনার গ্রহের তাপমাত্রার ওপর নির্ভরশীল নয়। আমাদের অভ্যন্তরীণ শক্তি প্রবাহের উৎস ভিন্ন। আমার হাতের এই শীতলতা প্রমাণ করে যে আমি আপনার গ্রহের তাপমাত্রাকে গ্রহণ করি না, বরং **প্রত্যাখ্যান করি**।"

টেল হঠাৎ তাঁর হাতটি সামান্য ওপরে তুলে বিনির দিকে বাড়িয়ে দিলেন। "আপনি আমাকে পরীক্ষা করতে চেয়েছিলেন, অধ্যাপক। এখানে কোনো ক্যামেরা বা অন্য কোনো মানুষ নেই। আপনি আপনার সেই বৈজ্ঞানিক কৌতূহল পূরণ করতে পারেন।"

বিনি বিস্মিত হলেন। টেল শুধু তাঁর শীতলতার রহস্য জানেন না, তিনি যেন বিনির গোপন উদ্দেশ্য সম্পর্কেও ওয়াকিবহাল। বিনির সন্দেহ দৃঢ় হলো: টেল কেবল একজন প্রতিনিধি নন, তিনি একজন **সক্রিয় পরীক্ষামূলক বস্তু**, যাকে পিয়ের ইচ্ছে করে তাঁর সামনে তুলে ধরেছেন।

বিনি দ্রুত নিজের সংযম ফিরে পেলেন। তিনি ব্যাকপ্যাক থেকে তাঁর বিশেষ **বায়ো-কেমিক্যাল স্ক্যানারটি** বের করার অজুহাত খুঁজলেন। কিন্তু তার আগেই তাঁকে টেলের শারীরিক গঠনের রহস্য উন্মোচন করতে হবে।

বিনি টেলের হাতের দিকে তাকালেন। টেলের হাতের তালুর মধ্যভাগ সামান্য ভেজা মনে হলো।

"আপনার ত্বক এত মসৃণ কেন, মিস্টার টেল? মনে হচ্ছে যেন কোনো সিনথেটিক উপাদান দিয়ে আবৃত।"

টেল মৃদু হাসলেন। "এটি আবরণ নয়, অধ্যাপক। এটি আমাদের মৌলিক প্রকৃতি। আপনি যদি আমাদের গ্রহের পরিবেশের কথা ভাবেন, যেখানে আর্দ্রতা বেশি এবং তাপমাত্রা কম, তখন এই ধরনের ত্বকই সবচেয়ে কার্যকর। আপনার ত্বকের প্রয়োজন ঘাম বের করা, আমাদের প্রয়োজন জলকে শরীরের ভেতরে ধরে রাখা। আপনার কাছে যা **'মাছের মতো ত্বক'**, তা আমাদের কাছে **'উন্নত সংরক্ষণ ব্যবস্থা'**।"

টেল যেন তাঁর প্রতিটি প্রশ্নের উত্তর দিচ্ছিলেন, কিন্তু প্রতিটি উত্তরই বিনির যুক্তিকে আরও একধাপ পিছিয়ে দিচ্ছিল। এই শীতলতা কোনো ডিসঅর্ডার নয়, এটি একটি ভিন্ন সভ্যতার জৈব-প্রকৌশল।

এই কথোপকথন বিনির সমস্ত বিজ্ঞানসম্মত অহংকে গুঁড়িয়ে দিচ্ছিল। টাইম ট্রাভেলের তত্ত্বকে তিনি সহজেই বাতিল করতে পেরেছিলেন, কারণ তা অপ্রমাণিত গণিতের উপর নির্ভরশীল ছিল। কিন্তু টেল হলেন তার সামনে বসে থাকা **জীবন্ত প্রমাণ**—তাঁর বরফের মতো শীতল হাত, তাঁর রক্তবিহীন শরীর এবং তাঁর শীতল, যান্ত্রিক যুক্তি—সবকিছুই প্রমাণ করে যে ভিনগ্রহী প্রযুক্তি বা ক্লোনিং এখন আর কল্পকাহিনী নয়, বরং মিশিগানের এই গ্রামীণ রাস্তায় তা দ্রুত ছুটে চলছে।

বিনি তাঁর ব্যাকপ্যাক থেকে একটি ফাইল বের করার ভঙ্গি করে তাঁর **এনার্জি ডিফিউজার পেন্সিলটি** হাতে নিলেন। তিনি জানতেন, টেল এখন তাঁকে তার রহস্যময় গন্তব্যের দিকে নিয়ে যাচ্ছেন। কিন্তু বিনির হাতে এখন সেই অস্ত্র আছে, যা টেলের আপাত অজেয় প্রকৃতিকে চ্যালেঞ্জ করতে পারে।

গাড়ি তখন একটি কাঁচা, এবড়োখেবড়ো রাস্তায় প্রবেশ করল। চারপাশে এখন কেবল নিস্তব্ধ অন্ধকার আর গাছের ভিড়। শহরের শেষ আলোও বহু পিছনে চলে গেছে।

"আমরা কি গন্তব্যের কাছাকাছি এসে গেছি, মিস্টার টেল?" বিনি প্রশ্ন করলেন।

"আমরা গন্তব্যে পৌঁছাইনি, অধ্যাপক," টেল বললেন, চোখ সামনের অন্ধকারের দিকে স্থির। "আমরা কেবল সেই পথের শুরুতে এসেছি, যেখানে আপনার যুক্তি আপনাকে ছেড়ে চলে যাবে।"

বিনি নিশ্চিত হলেন: তাঁর যাত্রা এখন সেই গোপন ল্যাবরেটরির দিকে, যা তিনি স্যাটেলাইট ইমেজে চিহ্নিত করেছিলেন। টেল কেবল পিয়েরের একটি **বায়োলজিক্যাল ড্রোন**—একটি শীতল, যান্ত্রিক ছদ্মবেশ। এখন তাঁর কাজ হলো টেলকে অনুসরণ করা এবং সঠিক সময়ে তাঁর **কোয়ান্টাম স্লিপার** ব্যবহার করে পিটারকে উদ্ধার করে সেই ল্যাব থেকে পালানো।

কিন্তু বিনির হাতে তখনও সেই শীতল স্পর্শের রেশ লেগে ছিল। এই শীতলতা তাঁকে কেবল ভয় দেখাচ্ছে না, বরং এক নতুন বৈজ্ঞানিক সত্যের দিকে ঠেলে দিচ্ছে।

অধ্যায় ১২ – পুরোনো গাড়ি ও অচেনা যাত্রা

ডেট্রয়েট শহরের শেষ আলোও যখন দৃষ্টির সীমানা ছাড়িয়ে গেল, অধ্যাপক বিনি বন্দ্যোপাধ্যায়ের মনে এক গভীর শূন্যতা অনুভূত হলো। তিনি বুঝতে পারলেন, তিনি কেবল এক স্থান থেকে অন্য স্থানে যাত্রা করছেন না; তিনি পরিচিত বাস্তবতা থেকে এক **অজ্ঞাত রহস্যের** দিকে ধাবিত হচ্ছেন। পুরোনো, মরচে ধরা ডজ চার্লিঞ্জার মডেলের গাড়িটি শহরের চওড়া রাস্তা ছেড়ে এঁকেবেঁকে গ্রামীণ পথে প্রবেশ করল। গাড়ির ভেতরে পরিবেশ ছিল শীতল ও নিস্তব্ধ।

পিয়েরের প্রতিনিধি **টেল** চালকের আসনে স্থির হয়ে বসেছিলেন। তাঁর চোখ সামনের অন্ধকারের দিকে স্থির, আর সেই চোখে কোনো পলক পড়ছিল না। টেল যেন একটি নির্ভুল নেভিগেশনাল রোবট, যার গন্তব্য স্থির, এবং সেই গন্তব্যের পথ থেকে তিনি একচুলও নড়বেন না। তাঁর বরফের মতো শীতল হাতের স্পর্শের স্মৃতি বিনির হাতে তখনও লেগে ছিল, যেন একটি নিরবচ্ছিন্ন সতর্কবার্তা।

গাড়িটি পুরোনো হলেও তার ইঞ্জিনের শব্দ ছিল অস্বাভাবিক রকমের কম। ডজ চার্লিঞ্জারের মতো একটি আমেরিকান মাসল কার (Muscle Car)-এর ইঞ্জিনের যে তীব্র গর্জন থাকার কথা, তা ছিল না। ইঞ্জিনটি যেন ফিসফিস করে চলছিল। এমন নয় যে গাড়িটি চলছে না, কিন্তু এর যান্ত্রিকতা যেন এক নতুন, অস্বাভাবিক শান্ততা দ্বারা নিয়ন্ত্রিত।

"আপনার গাড়িটি অস্বাভাবিক রকমের শান্ত, মিস্টার টেল," বিনি নীরবতা ভাঙলেন। "এই মডেলের গাড়িতে সাধারণত এত কম শব্দ হয় না।"

টেল সামান্য মুখ নাড়িয়ে উত্তর দিলেন। “শব্দ, অধ্যাপক, শক্তির অপচয় মাত্র। আপনি যখন আপনার প্রযুক্তিকে সর্বোচ্চ স্তরে নিয়ে যান, তখন তা কম শব্দ তৈরি করে। এই গাড়ির ভেতরের মেকানিজমকে সামান্য পরিবর্তন করা হয়েছে, যাতে এটি **কম এনার্জি ডিস্টর্শন** তৈরি

করে। পুরোনো প্রযুক্তির বাইরের আবরণের ভেতরে আধুনিক প্রযুক্তির সংযুক্তি—এটি আমাদের কাজের একটি সাধারণ পদ্ধতি।"

বিনির চোখ চিকচিক করে উঠল। টেল ইচ্ছে করেই প্রযুক্তিগত পরিভাষা ব্যবহার করছেন, যাতে বিনি আরও কৌতূহলী হন। বিনি জানেন, টেল যা বলছেন, তা হয়তো মিথ্যা নয়। উন্নত সভ্যতা সবসময়ই ছদ্মবেশকে গুরুত্ব দেয়। এত আধুনিক প্রযুক্তির মাঝেও পুরোনো গাড়ি ব্যবহার করা, আসলে এক ধরনের **প্রোটেকশন এবং কনসিলমেন্ট** কৌশল। কেউ ভাবতেই পারবে না যে, এমন একটি গাড়ির ভেতরে এত গভীর রহস্য লুকিয়ে আছে।

রাস্তা তখন আরও ঘন জঙ্গল এবং জনমানবহীন কৃষিজমি ভেদ করে যাচ্ছে। হেডলাইটের আলো যতদূর পৌঁছায়, ততদূরই কেবল দৃশ্যমান। বাকি সমস্ত দিক নিকষ কালো অন্ধকারে ঢাকা। এই চরম নির্জনতা বিনির ভেতরের ভয়কে জাগিয়ে তুলছিল। এই পরিস্থিতিতে কোনো দুর্ঘটনা ঘটলে বা টেল কোনো ভুল পদক্ষেপ নিলে, বিনির পক্ষে কোনো সাহায্য পাওয়া অসম্ভব।

বিনি সাবধানে তাঁর ব্যাকপ্যাকের জিপারটি সামান্য খুললেন। তাঁর হাত চলে গেল ভেতরের **থার্মাল ও বায়ো-কেমিক্যাল স্ক্যানারটির** দিকে। তিনি কেবল টেলের শীতলতা নিয়ে নিশ্চিত হতে চান না, তিনি তার জৈব-রাসায়নিক মেকআপের আরও গভীরে প্রবেশ করতে চান। টেল যদি ক্লোন বা হিউম্যানয়েড হন, তবে তাঁর শরীরের কোষে নিশ্চয়ই অস্বাভাবিক প্রোটিন বা সিনথেটিক উপাদান পাওয়া যাবে।

বিনি স্ক্যানারটি হাতে নিলেন এবং সেটিকে টেলের দিকে সূক্ষ্মভাবে তাক করলেন। যন্ত্রটি নীরব, কেবল তার ডিজিটাল ডিসপ্লেতে ডেটা প্রসেসিং শুরু হলো।

মুহূর্তেই টেল কথা বলে উঠলেন, তাঁর চোখ তখনও সামনের দিকে স্থির।

“অধ্যাপক, আপনার হাতে থাকা ছোট ডিভাইসটির দিকে একটু মনোযোগ দিন। আপনার সেই **পর্যবেক্ষণ যন্ত্রটি** আমাকে বিব্রত করছে। আপনি কি আমার অজান্তেই আমার শরীরের তাপমাত্রা পরিমাপ করতে চেয়েছিলেন?”

বিনি চমকে উঠলেন। তিনি যন্ত্রটি সঙ্গে সঙ্গে ব্যাগে ঢুকিয়ে নিলেন। টেল কীভাবে জানলেন? যন্ত্রটি সম্পূর্ণ নীরব ছিল!

“আমি জানি না আপনি কীসের কথা বলছেন, মিস্টার টেল,” বিনি নিজেকে স্বাভাবিক রাখার চেষ্টা করলেন, যদিও তাঁর মুখ শুকিয়ে কাঠ।

টেল মৃদু হাসলেন। “অধ্যাপক, আপনি একজন অসাধারণ বিজ্ঞানী। কিন্তু আপনার প্রযুক্তি আপনার গ্রহে এখনও অনেক পিছিয়ে। আপনি যখন আপনার যন্ত্রটি আমার দিকে তাক করেন, তখন সেই যন্ত্র থেকে এক ধরনের **ক্ষুদ্র কোয়ান্টাম ফ্লাকচুয়েশন** (Quantum Fluctuation) নির্গত হয়। আমাদের সংবেদনশীলতা সেই ক্ষুদ্রতম বিচ্যুতিও ধরতে পারে। আমি রক্তমাংসের মানুষ নই, অধ্যাপক। আমার চোখ বা কান দিয়ে আমি আপনাকে দেখি না, আমি দেখি **শক্তির প্রবাহ** দিয়ে।”

এই কথাটি বিনির যুক্তির ওপর সরাসরি আঘাত হানল। টেল শুধু তাঁর যন্ত্রের উপস্থিতিই জানেন না, তিনি তাঁর কার্যপ্রণালীও জানেন! টেল যেন তাঁর সঙ্গে ইঁদুর-বিড়াল খেলছেন।

বিনি হতাশাকে চাপা দিলেন। “ঠিক আছে, আমি স্বীকার করছি। আমি আপনার এবং পিয়েরের অস্বাভাবিক শারীরিক শীতলতা সম্পর্কে জানতে চেয়েছিলাম। আপনি যা দাবি করছেন, তা মেনে নেওয়া একজন বিজ্ঞানীর পক্ষে অসম্ভব।”

“অসম্ভব কেবলই একটি শব্দ, অধ্যাপক,” টেল বললেন। “আমরা আমাদের শরীরের ভেতর দিয়ে যে পরিমাণ শক্তি সঞ্চালন করি, তা আপনার শরীরের রক্তপ্রবাহের চেয়ে অনেক বেশি কার্যকর। আমাদের শরীরের ভেতরের তাপমাত্রা স্থিতিশীল রাখতে আমাদের মস্তিষ্ক, যা

মানুষের মস্তিষ্ক নয়, একটি জটিল **বায়ো-রেগুলেশন চিপের** মতো কাজ করে। এই শীতলতা আমাদের দক্ষতা।"

টেল সামান্য থেমেই আবারও বললেন, "আপনার স্ক্যানার এখন আমাকে যা দেখাচ্ছে, তা হলো আমার শরীরে কোনো রক্ত বা হৃদপিণ্ড নেই। সেখানে রয়েছে **শীতল, নীলচে তরল** যা কোয়ান্টাম ডেটা এবং উচ্চ ঘনত্বের এনার্জিকে শরীরের কোষে কোষে পৌঁছে দেয়। আপনি কি এই তথ্যটি প্রমাণ করতে পারবেন, অধ্যাপক? নাকি আপনার নিজের যন্ত্রের তথ্যকেও আপনি অবিশ্বাস করবেন?"

বিনির মুখ ফ্যাকাশে হয়ে গেল। শীতল, নীলচে তরল? এই বর্ণনা সরাসরি সেই **এলিয়েনের ছবির** সঙ্গে মিলে যায়, যা পিয়ের ই-মেইলে পাঠিয়েছিলেন। বিনি চুপ করে গেলেন। তাঁর যুক্তি এখন নীরব।

গাড়িটি তখন একটি ভাঙা, কাঁচা রাস্তায় চলতে শুরু করল। প্রতি মুহূর্তে ঝাঁকুনি লাগছিল। টেল তখন মানবজাতির স্থান-কাল জ্ঞান নিয়ে আলোচনা শুরু করলেন।

"আপনি ক্যালিফোর্নিয়াতে প্রফেসর মায়ারের টাইম ট্রাভেলের তত্ত্বকে বাতিল করেছিলেন," টেল বললেন। "আপনার যুক্তি ছিল প্রখর। কিন্তু আপনার সমস্যা হলো, আপনি সময়কে কেবলই **রৈখিক প্রবাহ (Linear Flow)** হিসেবে দেখেন। আমাদের কাছে সময় হলো একটি **ত্রিমাত্রিক ক্ষেত্র**—যা আপনি স্থানকে দেখেন। আর আমরা সেই ক্ষেত্রের বিভিন্ন বিন্দুতে যাতায়াত করি, কোনো যন্ত্রের প্রয়োজন হয় না। আপনার সেই কব্জিবন্ধনী, যা আপনাকে এক স্থান থেকে অন্য স্থানে নিয়ে এসেছে—সেটিও সময়েরই একটি ক্ষুদ্র ভাঁজ তৈরি করে। আপনি নিজেই অজান্তে সময়ের ক্ষুদ্র স্কেলে পরিবর্তন এনেছেন।"

বিনি চমকে উঠলেন। টেল কীভাবে তাঁর **কোয়ান্টাম স্লিপারের** কথা জানলেন? তিনি তো এই প্রযুক্তি কারও কাছে প্রকাশ করেননি!

"আপনি আমার প্রযুক্তির কথা কীভাবে জানলেন?" বিনি এবার সরাসরি প্রশ্ন করলেন। তাঁর কণ্ঠস্বরে চাপা উত্তেজনা।

টেল হাসলেন। "অধ্যাপক, আমাদের জন্য গোপনীয়তা বা ব্যক্তিগত তথ্য বলে কিছু নেই। আপনি যদি আপনার সমস্ত বৈজ্ঞানিক জ্ঞানকে আপনার মস্তিষ্কের একটি বিশেষ অঞ্চলে সঞ্চিত করেন, তবে সেই জ্ঞানের **এনার্জি সিগনেচারটি** মহাবিশ্বের একটি লাইব্রেরির মতো কাজ করে। পিয়েরের প্রযুক্তি সেই লাইব্রেরি পড়তে পারে। আপনি যখন ক্যালিফোর্নিয়াতে ছিলেন, তখনই আমরা আপনার জ্ঞান-ভাণ্ডার বিশ্লেষণ করেছি।"

এই স্বীকারোক্তি বিনির সমস্ত ব্যক্তিগত নিরাপত্তা এবং মেধা সম্পত্তি রক্ষার ধারণাকে এক মুহূর্তে গুঁড়িয়ে দিল। পিয়েরের ক্ষমতা কেবল এলিয়েন ধারণ করা নয়, **মানুষের মন এবং জ্ঞান চুরি** করার ক্ষমতাও তাঁর আছে।

"আপনার সভ্যতা কত পুরোনো, মিস্টার টেল?" বিনি জিজ্ঞেস করলেন।

"আমাদের সভ্যতা? আপনার মানবজাতির জন্মেরও বহু আগে আমাদের সভ্যতা তার জ্ঞান-ভাণ্ডার গুছিয়ে ফেলেছে। আমরা সময়ের সেই বিন্দুতে দাঁড়িয়ে আছি, যেখানে আপনাদের প্রযুক্তি কেবল হাঁটতে শিখেছে। আপনি আমাদের প্রযুক্তিকে এলিয়েন বলছেন। আমরা নিজেদের বলি **'টেম্পোরাল কিপার্স' (Temporal Keepers)**, সময়ের রক্ষক।"

গাড়িটি এবার একটি চরম অন্ধকারে ঢাকা ঘন জঙ্গলের মধ্যে প্রবেশ করল। বাইরের অন্ধকার ছিল এমন তীব্র যে হেডলাইটের আলোও যেন সেই অন্ধকারকে ভেদ করতে পারছিল না। রাস্তার দু'পাশের গাছগুলো যেন দৈত্যের মতো দাঁড়িয়ে, তাদের শাখা-প্রশাখা যেন

আকাশের তারাদের আড়াল করে দিয়েছে। এই মুহূর্তে বিনি অনুভব করলেন তাঁর **চরমতম বিচ্ছিন্নতা**।

টেল ব্রেক চাপলেন। গাড়িটি কাঁচা রাস্তার পাশে থামল।

“আমরা গন্তব্যে পৌঁছাইনি, অধ্যাপক,” টেল বললেন। “কিন্তু এখন থেকে আমাদের হেঁটেই যেতে হবে। আমরা যেখানে যাচ্ছি, সেখানে কোনো গাড়ি যেতে পারে না। আপনার বন্ধু পিটার থমসন আপনার জন্য অপেক্ষা করছেন।”

বিনি প্রস্তুত ছিলেন। তিনি জানেন, এই মুহূর্ত থেকে প্রতিটি পদক্ষেপই হবে এক চরম ঝুঁকি। তিনি নিঃশব্দে তাঁর ব্যাকপ্যাক থেকে **এনার্জি ডিফিউজার পেন্সিলটি** হাতে নিলেন। কলমের মতো দেখতে সেই অস্ত্রটি তাঁর হাতের তালুতে লুকানো ছিল। এটিই হবে তাঁর নীরব অস্ত্র। যদি টেলের শীতল শরীর বা পিয়েরের প্রযুক্তির জন্য হুমকি হয়ে দাঁড়ায়, তবে এই ডিফিউজারই হবে বিনির প্রতিরোধের প্রথম পদক্ষেপ।

বিনি দরজা খুললেন। বাইরের ঠান্ডা বাতাস তাঁর মুখকে আঘাত করল। তিনি গাড়ি থেকে নামলেন। তাঁর দৃষ্টি তখন টেলের দিকে।

টেল গাড়ি থেকে নামলেন। তিনি গাড়ির দরজাটি বন্ধ করলেন না, কেবল লকের দিকে সামান্য ঝুঁকলেন। এক অদৃশ্য ক্লিক শব্দ হলো—গাড়িটি নিঃশব্দে লক হয়ে গেল। কোনো চাবি বা বোতামের ব্যবহার ছাড়াই।

“চলুন, অধ্যাপক,” টেল বললেন। “আপনার যৌক্তিকতা এখন শেষ হয়েছে। এখন আপনি সেই সত্য দেখতে চলেছেন, যা আপনার সমস্ত বাস্তবতাকে নতুন করে লিখবে। আমাদের ল্যাবরেটরিটিকে আপনি **'আলো ঝলমলে বাড়ি'** হিসেবে দেখতে পাবেন। ভেতরে এমন কিছু আছে, যা আপনার চোখকে আরাম দেবে না।”

বিনি দৃঢ় পদক্ষেপে টেলকে অনুসরণ করলেন। সামনে কেবল অন্ধকার, আর তার ভেতর দিয়েই টেল হেঁটে চলেছেন। বিনি জানেন, এই গভীর জঙ্গলের ভেতরেই লুকিয়ে আছে সেই গোপন ল্যাবরেটরি, যেখানে এলিয়েন বন্দি আছে এবং পিটারকে পণবন্দী করে রাখা হয়েছে। এইবার বিনি তাঁর সমস্ত যুক্তিকে চ্যালেঞ্জ জানাতে প্রস্তুত—কারণ এই মুহূর্তে তাঁর সামনে যা আছে, তা শুধু এলিয়েন নয়, এটি মানবজাতির ভাগ্য নিয়ন্ত্রণের এক গোপন প্রযুক্তি।

অধ্যায় ১৩ – অন্ধকারে আলো জ্বলা বাড়ি

ডজ চার্লিঞ্জার গাড়িটিকে নিকষ কালো জঙ্গলের পাশে ফেলে রেখে, অধ্যাপক বিনি বন্দ্যোপাধ্যায় **টেলকে** অনুসরণ করছিলেন। মিশিগানের এই গ্রামীণ এলাকার গভীর অরণ্য তখন রাতের অন্ধকারে ডুবে গেছে। হেডলাইটের ক্ষীণ আলো এখন আর নেই, কেবল চাঁদের আবছা আলো গাছের ঘন পাতার ফাঁক দিয়ে মাটিতে ছিটকে পড়ছে। টেল কোনো টর্চ বা আলোর উৎস ব্যবহার করছিলেন না। তাঁর গতি ছিল স্থির, মসৃণ—যেন অন্ধকারেও তিনি দেখতে পান। বিনি তাঁর **এনার্জি ডিফিউজার পেন্সিলটি** নিজের হাতের তালুতে লুকিয়ে রেখে সতর্ক পদক্ষেপে চলছিলেন।

এই পথ ছিল বন্ধুর, ভেজা মাটি আর শুকনো পাতার স্তূপ পেরিয়ে। মানুষের পায়ের ছাপ নেই বললেই চলে। বিনি তাঁর বৈজ্ঞানিক কৌতূহলকে জিইয়ে রাখার চেষ্টা করছিলেন, কিন্তু পরিবেশের এই তীব্র নির্জনতা তাঁর মনের ওপর এক গভীর চাপ সৃষ্টি করছিল। এই পরিস্থিতিতে, মানুষ হিসাবে তাঁর স্বাভাবিক **ভয়** তীব্র হয়ে উঠছিল। বিনি তাঁর নিঃশ্বাস ধরে রাখলেন। তাঁর মনে হলো, এই জঙ্গলে কোনো স্বাভাবিক শব্দ নেই—নেই কোনো রাতজাগা পাখির ডাক, নেই কোনো

প্রাণীর আনাগোনা। কেবল তাঁদের দুজনের পায়ের পাতার শুকনো পাতার উপর পড়ার মৃদু শব্দ।

"এই জায়গাটি এত নিস্তব্ধ কেন, মিস্টার টেল?" বিনি জিজ্ঞেস করলেন, তাঁর কণ্ঠস্বরও যেন ফিসফিস করে উঠল। "এখানে কোনো বন্যপ্রাণীর শব্দ নেই।"

টেল হাঁটতে হাঁটতেই উত্তর দিলেন, "বন্যপ্রাণী, অধ্যাপক, সহজাতভাবে এনার্জি ডিস্টর্শন এবং অস্বাভাবিক ফ্রিকোয়েন্সি এড়িয়ে চলে। আমাদের ল্যাবরেটরি, এর ভেতরের প্রযুক্তি, মহাবিশ্বের এমন শক্তি ব্যবহার করে যা এই অঞ্চলের প্রাণীদের জন্য অস্বস্তিকর। তারা জানে, এটি স্বাভাবিক পরিবেশ নয়। তাই তারা দূরে থাকে।"

টেলের এই ব্যাখ্যা বিনির সেই সন্দেহকে আরও দৃঢ় করল, যা তিনি স্যাটেলাইট ইমেজ দেখে করেছিলেন—ল্যাবরেটরির ভেতরে **অস্বাভাবিক শক্তি প্রবাহ** রয়েছে। এই নির্জনতা হলো সেই শক্তির অদৃশ্য প্রাচীর।

প্রায় দশ মিনিট হাঁটার পর, ঘন জঙ্গল হঠাৎই সামান্য পাতলা হলো। তাঁদের সামনে একটি বড় আকারের খোলা জায়গা, আর তারপরই শুরু হয়েছে আরও ঘন গাছের সারি। বিনি যখন সেই খোলা জায়গায় পা রাখলেন, ঠিক তখনই টেল থামলেন।

টেল তাঁর শীতল হাতটি সামনে বাড়িয়ে দিলেন, যেন বিনিকে কিছু দেখতে বলছেন।

"চোখ বন্ধ করুন, অধ্যাপক," টেল নির্দেশ দিলেন।

বিনি প্রথমে দ্বিধায় পড়লেন, কিন্তু টেলের চোখে কোনো ছলনা দেখলেন না। এই মুহূর্তে টেল তাঁকে কোনো ক্ষতি করতে চান না, বরং তাঁর মনে বিস্ময় জাগাতে চান। বিনি তাঁর **এনার্জি ডিফিউজারটি** হাতে শক্ত করে ধরে চোখ বন্ধ করলেন।

টেল খুব নিচুস্বরে কিছু একটা বললেন—তা কোনো ভাষা ছিল না, ছিল যেন এক ধরনের **ফ্রিকোয়েন্সিযুক্ত স্বর**।

মুহূর্তেই, নিকষ কালো রাতের সমস্ত অন্ধকার যেন এক তীব্র, ঝলমলে আলোয় চূর্ণ হয়ে গেল। বিনি চোখ বন্ধ করেও সেই আলোর তীব্রতা অনুভব করতে পারলেন। তাঁর কানের পর্দা ভেদ করে এলো এক মৃদু **'হুম্' (Humming)** শব্দ—যেন একটি বিশাল ইঞ্জিন খুব নিচু ফ্রিকোয়েন্সিতে চলছে।

"চোখ খুলুন, অধ্যাপক," টেল বললেন।

বিনি চোখ খুললেন। তিনি যা দেখলেন, তাতে তাঁর যৌক্তিক মন, যা বহু বছর ধরে কঠোর বাস্তবে অভ্যস্ত, তা যেন এক লহমায় ভেঙে গেল।

তাঁদের সামনে, সেই ঘন অন্ধকারের মাঝে, দাঁড়িয়ে আছে একটি বাড়ি। কিন্তু এটি কোনো সাধারণ বাড়ি নয়।

প্রথমত, বাড়িটি ছিল বিশাল আকারের, পুরোনো দিনের গথিক স্থাপত্যশৈলীতে তৈরি—যা এই গ্রামীণ মিশিগানে সম্পূর্ণ বেমানান। কিন্তু সবচেয়ে অবিশ্বাস্য ছিল তার **আলোর উৎস**।

বাড়িটির প্রতিটি জানালা, প্রতিটি কোণ থেকে যেন এক নরম, সাদা-নীল আলো নির্গত হচ্ছে। আলোর উৎসটি বাইরে থেকে নয়, বরং **দেয়ালের ভেতর থেকে**। বাড়িটির গাঢ় পাথর বা ইঁট—যা দিয়েই তৈরি হোক না কেন—তা সম্পূর্ণভাবে আলোকিত। মনে হলো যেন বাড়িটি কোনো অভ্যন্তরীণ শক্তির উৎস দ্বারা পরিচালিত হচ্ছে, এবং সেই শক্তিই দেয়াল ভেদ করে বাইরে আসছে।

এই আলোটি এমন তীব্র ছিল যে, তার আশেপাশে প্রায় বিশ ফুটের মধ্যে কোনো গাছের ছায়াও পড়ছিল না। সমস্ত কিছু স্পষ্ট, আলোকিত এবং স্পষ্ট। যেন কোনো জাদুকরের কাঁচের প্রাসাদ, যা কেবল অন্ধকারেই উদ্ভাসিত হয়।

"এটি অসম্ভব," বিনি ফিসফিস করে বললেন। "এত তীব্র আলো কোনো স্বাভাবিক বিদ্যুতের উৎস দ্বারা সম্ভব নয়। এটি কোনো ফোটোসেন্টেসিস বা ফসফোরোসেন্স প্রক্রিয়া নয়।"

টেল শান্তভাবে বললেন, "এই বাড়িটিকে আপনি যা দেখছেন, তা একটি **এনার্জি ট্রান্সমিটার**। এটি সম্পূর্ণ ল্যাবরেটরিকে শক্তি সরবরাহ করে। আমরা আপনার মতো বিদ্যুতের তার ব্যবহার করি না, অধ্যাপক। আমরা সরাসরি **ভূ-চৌম্বকীয় ক্ষেত্র** (Geomagnetic Field) থেকে শক্তি সংগ্রহ করি এবং এই দেয়ালগুলি সেই শক্তিকে আলো এবং স্থির তাপমাত্রায় রূপান্তরিত করে।"

বিনি সেই আলোকিত বাড়িটির দিকে মুগ্ধ হয়ে তাকিয়ে রইলেন। তিনি তাঁর ব্যাকপ্যাক থেকে স্ক্যানারটি বের করে দ্রুত বাড়ির দিকে তাক করলেন। স্ক্যানারের ডিসপ্লেতে তাপমাত্রা বা সাধারণ শক্তি প্রবাহের কোনো রিডিং এলো না, কেবল এলো একটি কোড: **"UNSTABLE ENERGY SIGNATURE - UNKNOWN SOURCE"**।

পিয়েরের ল্যাবরেটরি শুধু গোপনীয় নয়, এটি পৃথিবীর বিজ্ঞানকে সম্পূর্ণভাবে অগ্রাহ্য করে তৈরি করা হয়েছে।

বিনি এবং টেল বাড়ির প্রধান ফটকের দিকে এগিয়ে গেলেন। ফটকটি ছিল পুরোনো, কালো লোহার তৈরি। টেল ফটকের সামনে দাঁড়িয়ে তাঁর ডান হাতটি ফটকের দিকে সামান্য বাড়ালেন। কোনো স্পর্শ নয়, কেবল হাতটি ফটকের দিকে নির্দেশ করলেন।

এক পলকে, ফটকের মাঝখান থেকে একটি শীতল নীল রেখা জ্বলে উঠল। কোনো যান্ত্রিক শব্দ ছাড়াই, লোহার ফটকটি নীরবে, ধীরে ধীরে দু'পাশে সরে গেল।

তাঁরা ভেতরে প্রবেশ করলেন।

আলোকিত বাড়িটির ভেতরে প্রবেশের পর বিনি আরও একটি তীব্র অসংগতি অনুভব করলেন। বাইরে তাপমাত্রা ছিল হাড় কাঁপানো ঠান্ডা,

কিন্তু ভেতরে পরিবেশ **অস্বাভাবিকভাবে উষ্ণ এবং শুষ্ক**। যেন তাঁরা এক মুহূর্তে হিমশীতল মিশিগান থেকে কোনো ট্রপিক্যাল পরিবেশের কাঁচের গ্রীনহাউসে প্রবেশ করেছেন।

"ভেতরের তাপমাত্রা আপনার আরামের জন্য সেট করা হয়েছে, অধ্যাপক," টেল বললেন। "আপনার মতো জৈব প্রাণীর জন্য এই তাপমাত্রা আরামদায়ক। কিন্তু আমাদের জন্য, এটি কেবলই একটি **পরিবেশগত ছদ্মবেশ**।"

বিনি সেই আলোকিত বাড়িটির প্রবেশ পথের দিকে তাকালেন। দরজাটি ছিল বিশাল, কাঠের তৈরি, কিন্তু তাতেও সেই শীতল নীল আভার প্রতিফলন পড়ছিল।

টেল দরজায় কড়া নাড়লেন না। তিনি কেবল দরজার দিকে তাকালেন। দরজাটি ভেতরের দিকে খুলে গেল, এবং ভেতরের উষ্ণ আলো বিনিকে স্বাগত জানাল।

বিনি প্রস্তুত হলেন। তাঁর সামনে এখন সেই ল্যাবরেটরি, যেখানে এলিয়েন বন্দি আছে এবং পিটার থমসন পণবন্দী। এই আলোকিত বাড়িটি এখন তাঁর জীবনের সবচেয়ে বড় রহস্যের কেন্দ্র। তিনি তাঁর শেষ যুক্তিকে আঁকড়ে ধরে ভেতরে প্রবেশ করলেন। তিনি জানেন, এই বাড়ির উষ্ণতা তাঁর শরীরের জন্য আরামদায়ক হতে পারে, কিন্তু তাঁর মনের জন্য অপেক্ষা করছে এক চরম শীতল এবং ভয়াল বাস্তবতা।

অধ্যায় ১৪ – অদ্ভুত আতিথেয়তা

আলো ঝলমলে কাঠের দরজাটি যখন নিঃশব্দে ভেতরের দিকে খুলে গেল, অধ্যাপক বিনি বন্দ্যোপাধ্যায় তাঁর জীবনের সবচেয়ে অদ্ভুত পরিবেশে প্রবেশ করলেন। বাইরে তাপমাত্রা ছিল হাড় কাঁপানো ঠান্ডা, কিন্তু এই আলোকিত বাড়িটির ভেতরে পরিবেশ ছিল অস্বাভাবিকভাবে

উষ্ণ ও শুষ্ক—যেন এটি মিশিগানের অরণ্য নয়, বরং কোনো অত্যাধুনিক গবেষণা কেন্দ্রে বিশেষভাবে নিয়ন্ত্রিত পরিবেশ।

ভেতরে প্রবেশ করে বিনি দেখলেন, বাড়ির প্রবেশপথটি আসলে একটি বিশাল হলঘর। হলঘরের সজ্জা ছিল পুরোনো ধাঁচের, কিন্তু তার ভেতরে বসানো আসবাবপত্র ছিল আধুনিক এবং মিনিমালিস্টিক। দেয়ালে কোনো ছবি নেই, কেবল সেই শীতল, সাদা-নীল আলোর মৃদু প্রবাহ। মেঝে ছিল পালিশ করা কাঠের, যা উষ্ণতা তৈরি করলেও, তার ওপর পড়ন্ত আলো সবকিছুকে করে তুলেছিল ক্লিনিক্যাল এবং নির্জীব।

ঠিক হলঘরের কেন্দ্রে, একটি গভীর, মেরুন রঙের চামড়ার সোফায় বসেছিলেন সেই রহস্যময় মানুষটি—**পিয়ের**।

পিয়েরের পরনে সেই ক্যালিফোর্নিয়ার কালো, পুরোনো ধাঁচের স্যুট। তিনি উঠে দাঁড়ালেন। তাঁর চলন ছিল ধীর, মসৃণ, কিন্তু এবার আরও বেশি **প্রাসঙ্গিক**। তাঁর মুখে সেই শীতল হাসি, যা চোখ পর্যন্ত পৌঁছায় না, কিন্তু এখন সেই হাসিতে এক ধরনের বিজয়ীর ভাব ফুটে উঠল।

"অধ্যাপক বন্দ্যোপাধ্যায়," পিয়েরের ভারী, মসৃণ কণ্ঠস্বরটি হলঘরের নীরবতাকে ভেঙে দিল। "আমি জানতাম আপনি আসবেন। আপনার যুক্তির চেয়ে আপনার কৌতূহল সবসময় বেশি শক্তিশালী।"

বিনি পিয়েরের দিকে দৃঢ় দৃষ্টিতে তাকালেন। তিনি জানেন, এই মুহূর্তে কোনো দুর্বলতা প্রকাশ করা চলবে না।

"মিস্টার পিয়ের," বিনি সরাসরি বললেন। "আমি আপনার আমন্ত্রণে আসিনি। আমি এসেছি আমার বন্ধু পিটার থমসনকে নিতে, যিনি আপনার তত্ত্বাবধানে আছেন বলে দাবি করেছেন। আমি এখানে কোনো 'এলিয়েন' রহস্যের সাক্ষী হতে আসিনি, আমি এসেছি একজন বন্ধুকে মুক্ত করতে।"

পিয়ের হাসলেন। এবার সেই হাসিটি বিনোদনের হাসি।

“বন্ধুর প্রতি আপনার ভালোবাসা প্রশংসনীয়, অধ্যাপক। কিন্তু আপনি নিজেকে মিথ্যা বলছেন। আপনি যদি কেবল পিটারকে নিতেই আসতেন, তবে আপনার ব্যাগে কোনো **থার্মাল স্ক্যানার** বা **এনার্জি ডিফিউজার পেন্সিল** থাকত না। আপনি এসেছেন কারণ আপনি জানতে চান, কেন আমার হাত বরফের মতো ঠান্ডা এবং কেন টেল কোনো রক্ত সঞ্চালন ছাড়াই জীবিত।”

বিনির চোখ কপালে উঠল। পিয়ের শুধু তাঁর সরঞ্জাম সম্পর্কেই জানেন না, তিনি তাঁর মনের ভেতরের উদ্দেশ্যও পরিষ্কারভাবে বলে দিলেন। বিনি মুহূর্তেই তাঁর ডিফিউজার পেন্সিলটি হাতে শক্ত করে ধরলেন।

“চিন্তা করবেন না, অধ্যাপক,” পিয়ের যেন বিনির শরীরের ভাষার অর্থ বুঝতে পারলেন। “এই ঘরে আপনার কোনো ক্ষতি হবে না। আপনার প্রযুক্তি এখানে কাজ করবে না, কারণ এই পুরো কাঠামোটিই আপনার যন্ত্রের চেয়ে কয়েক প্রজন্ম এগিয়ে থাকা একটি **ফ্রিকোয়েন্সি ডোমেইন** দ্বারা সুরক্ষিত। আপনার সেই কব্জিবন্ধনী, যা স্থানকে ভাঁজ করে, এখন আমার ডেস্কে রাখা কাগজের ওজন ছাড়া আর কিছুই নয়।”

এই কথা শোনার পর বিনি চূড়ান্তভাবে আতঙ্কিত হলেন। তিনি নিঃশব্দে তাঁর ব্যাগের দিকে হাত দিলেন—কোয়ান্টাম স্লিপারটি রাখার স্থানটি তখন **শূন্য**! তিনি কখন রাখলেন মনে করতে পারলেন না। পিয়ের তাঁর সেই গোপন, শেষ ভরসার প্রযুক্তিও সরিয়ে দিয়েছেন! বিনি এখন সম্পূর্ণ নিরস্ত্র।

পিয়ের বিনির মনের অবস্থা বুঝতে পেরে হাতের ইশারায় তাঁকে সোফায় বসতে বললেন।

“আসুন, বসুন। আপনার বন্ধুর সঙ্গে দেখা হবে। কিন্তু তার আগে আপনার শরীরের উষ্ণতা প্রয়োজন। আমি আপনার জন্য বিশেষভাবে তৈরি কফির ব্যবস্থা করেছি।”

বিনি সোফায় বসতে বাধ্য হলেন। এই মুহূর্তে প্রতিরোধ করার কোনো উপায় নেই। তিনি এখন পিয়েরের দয়ার ওপর নির্ভরশীল।

কথা শেষ হওয়ার সঙ্গে সঙ্গে হলঘরের এক কোণ থেকে একজন ব্যক্তি এগিয়ে এলেন। তিনি হাতে একটি ট্রে বহন করছিলেন। ট্রেতে দুটি সাদা, চিনামাটির কাপ, যা থেকে ধোঁয়া উঠছিল। এই ব্যক্তিটিও ছিল অস্বাভাবিকভাবে শান্ত এবং মসৃণ চলনের। তার চেহারা এবং পোশাক টেলের মতোই ছিল—অত্যন্ত সাধারণ, কিন্তু তার চলনে ছিল যান্ত্রিক ছন্দ।

এই নতুন লোকটি দেখতে টেলের মতোই। অথবা পিয়েরের মতোই। **অসংগতি:** বিনির মনে পড়ল, পিয়েরও তো সেই ক্যালিফোর্নিয়াতে কফি হাতে নিয়েছিলেন, কিন্তু পান করেননি। আর এখন এই পরিবেশনকারী—যার হাতও নিশ্চয়ই টেলের মতোই ঠান্ডা হবে—কফি নিয়ে এসেছেন।

"তিনিও কি আপনার প্রতিনিধি, মিস্টার পিয়ের? নাকি... ক্লোন?" বিনি জিজ্ঞেস করলেন।

পিয়ের মৃদু হাসলেন। "আপনি খুব দ্রুত শিখছেন, অধ্যাপক। তিনি আমার প্রতিনিধি। এদের আপনি **'জেনো-অ্যাসিস্ট্যান্ট' (Xeno-Assistant)** বলতে পারেন। এদের রক্ত নেই, এরা কেবল কাজ করে। এদের শরীর আপনার গ্রহের তাপমাত্রা এবং পরিবেশের সঙ্গে মানিয়ে চলার জন্য বিশেষভাবে তৈরি করা হয়েছে। এদের জন্য কফি অপ্রয়োজনীয়, কিন্তু আপনার জন্য নয়।"

পরিবেশনকারী কাপটি বিনির সামনের টেবিলে রাখলেন এবং নিঃশব্দে সেখানেই দাঁড়িয়ে রইলেন।

পিয়ের নিজের কাপটি হাতে নিলেন। "এই কফিটি আপনার জন্য স্বাস্থ্যকর, অধ্যাপক। এতে এমন কোনো পদার্থ নেই যা আপনার

ডিএনএ বিশ্লেষণ বা আপনার মস্তিষ্কের কার্যকারিতা পরিবর্তন করতে পারে। এটি কেবল উষ্ণতা দেবে।"

বিনি কাপের দিকে তাকালেন। কফির সুবাস স্বাভাবিকই ছিল। কিন্তু এই মুহূর্তে সামান্য জল পান করাও তাঁর জন্য কঠিন ছিল।

"আমার বন্ধু পিটার থমসন কোথায়?" বিনি পুনরায় প্রশ্ন করলেন।

"পিটার সুরক্ষিত আছেন, অধ্যাপক। তিনি আপনাকে এখানে আসার জন্য অনুরোধ জানিয়েছিলেন, কিন্তু তিনি জানতেন না যে আপনি তাঁর জন্য এত বড় ঝুঁকি নেবেন। আপনার কৌতূহল এবং আপনার বন্ধুর প্রতি ভালোবাসা—এই দুটিই আমাকে উৎসাহিত করেছে।" পিয়ের তাঁর কফি কাপে মৃদু চুমুক দিলেন। "আপনার থাকার ব্যবস্থা করা হয়েছে। আপনি এখন বিশ্রাম নিতে পারেন। কাল সকালে আপনার বন্ধু এবং আমার গবেষণাগারের সবচেয়ে বড় আবিষ্কারের সঙ্গে আপনার পরিচয় হবে।"

বিনি বুঝতে পারলেন, এই মুহূর্তে আর কোনো প্রশ্ন করে লাভ নেই। পিয়ের তাঁকে বিশ্রাম নিতে বলছেন—কিন্তু তা তাঁর আরামের জন্য নয়, বরং পিয়েরের **পরিকল্পনা বাস্তবায়নের** জন্য।

"আমার কক্ষ কোথায়?" বিনি জিজ্ঞেস করলেন।

পিয়ের হাত তুলে হলঘরের এক কোণের দিকে ইশারা করলেন। "আপনার কক্ষটি সম্পূর্ণ ব্যক্তিগত এবং আরামদায়ক। সব ধরনের আধুনিক সুবিধা আছে। যদিও আমরা এসবের ব্যবহার করি না, কিন্তু আপনার মতো একজন মানুষের জন্য এটি প্রয়োজন।"

পিয়েরের কথায় এক ধরনের তাচ্ছিল্য ছিল—যেন মানবজাতির সমস্ত আধুনিকতা তাঁর কাছে অপ্রয়োজনীয় এবং দুর্বল।

বিনি উঠে দাঁড়ালেন। তিনি সেই কফির কাপে চুমুক দিলেন না। তিনি জানেন, এই বাড়িতে কোনো কিছুই 'স্বাভাবিক' নয়। পরিবেশনকারী

তখন তাঁর ট্রলি ব্যাগটি হাতে নিয়ে বিনির দিকে এগিয়ে এলেন। ব্যাগটি সম্পূর্ণ অক্ষত।

পিয়ের বিনির দিকে তাকিয়ে রইলেন। "শুভরাত্রি, অধ্যাপক। আপনার সেই যুক্তিবাদী মনকে বলুন, সে যেন রাতের বেলা বেশি চিন্তা না করে। কারণ কাল সকালে আপনি এমন এক বাস্তবতার মুখোমুখি হবেন, যা আপনার সমস্ত যৌক্তিক কাঠামোকে ভেঙে দেবে।"

বিনি আর কোনো কথা বললেন না। তিনি পরিবেশনকারীকে অনুসরণ করে হলঘরের পাশের একটি দরজা দিয়ে ভেতরে প্রবেশ করলেন। তাঁর মনে এখন কোনো ভয় নয়, বরং এক ধরনের নতুন, ঠান্ডা উত্তেজনা। পিয়েরের ছদ্মবেশী আতিথেয়তা তাঁকে এক গভীর ষড়যন্ত্রের কেন্দ্রে এনে ফেলেছে। বিনি জানেন, তাঁকে অবশ্যই এই রাতে কোনোভাবে পিয়েরের সেই **ফ্রিকোয়েন্সি ডোমেইন** অতিক্রম করে তাঁর **কোয়ান্টাম স্লিপারটি** উদ্ধার করতে হবে। নতুবা, তিনি এবং পিটার দুজনেই এই আলোকিত বাড়ির অন্ধকারে চিরতরে হারিয়ে যাবেন।

অধ্যায় ১৫ – অপরিচিত কফি পরিবেশক

অধ্যাপক বিনি বন্দ্যোপাধ্যায় তাঁর জন্য বরাদ্দ করা বিশাল কক্ষটিতে প্রবেশ করলেন। কক্ষটি ছিল আরামদায়ক এবং আধুনিক সুযোগ-সুবিধাসম্পন্ন, যা বাইরে **পিয়েরের** গবেষণাগারের ভয়ঙ্কর আবহের সঙ্গে সম্পূর্ণ বেমানান। কিন্তু বিনির মনে কোনো স্বস্তি ছিল না। তিনি জানতেন, এই আরামই তাঁর জন্য পাতা **ফাঁদ**। তাঁর মনোযোগ ছিল কেবল একটি তথ্যের ওপর: কফি পরিবেশনকারী সেই ব্যক্তি, যিনি দেখতে হুবহু **টেল**-এর মতো।

যখন বিনি হলঘর থেকে চলে আসার জন্য প্রস্তুত হচ্ছিলেন, তখন তিনি আরও একবার সেই পরিবেশনকারীকে খুঁটিয়ে দেখেছিলেন। তাঁর চালচলন, শরীরের উচ্চতা, মসৃণ ত্বক এবং সেই শীতল অভিব্যক্তি—

সবকিছুই টেলের হুবহু প্রতিচ্ছবি। এই অস্বাভাবিক সাদৃশ্য তাঁর মনে একটি গুরুত্বপূর্ণ বৈজ্ঞানিক প্রশ্ন জাগাল: **যদি টেল ক্লোন হন, তবে এই ব্যক্তিটি কি তাঁরই একটি প্রতিরূপ?**

বিনি সেই পরিবেশনকারী জেনো-অ্যাসিস্ট্যান্টকে অনুসরণ করে কক্ষের ভেতরে এলেন। লোকটি নিঃশব্দে ট্রলি ব্যাগটি ঘরের কোণে রাখল এবং তারপর দরজার দিকে ঘুরল। তার চোখ ছিল স্থির, এবং সেই স্থির দৃষ্টিতে কোনো মানবিক আবেগ ছিল না, যেন সে একটি প্রোগ্রামড রোবট।

বিনি তাঁকে থামালেন। এইবার তিনি সরাসরি এবং বিজ্ঞানসম্মতভাবে সেই ব্যক্তিকে পর্যবেক্ষণ করতে চেয়েছিলেন।

“এক মিনিট দাঁড়ান, মিস্টার—আপনার নাম কী?” বিনি জিজ্ঞেস করলেন।

পরিবেশনকারী উত্তর দিল না। সে কেবল নীরব দৃষ্টিতে বিনির দিকে তাকিয়ে রইল।

বিনি এবার অন্যভাবে প্রশ্ন করলেন। “আমি পিয়েরের কাছ থেকে শুনলাম, আপনি একটি 'জেনো-অ্যাসিস্ট্যান্ট'। আপনার শরীরের জৈব-কাঠামো কি মিস্টার টেলের মতো?”

পরিবেশনকারী তখন তার শীতল, যান্ত্রিক কণ্ঠে জবাব দিল, "আমার **পরিচয় (Designation)** হলো সার্ভিস ইউনিট সেভেন। আমি এবং ইউনিট এইট (টেল), আমরা একই **বায়ো-টেম্পলেট** থেকে তৈরি। আমাদের উদ্দেশ্য পরিবেশন এবং নির্দেশ পালন।"

বিনির মনে যেন এক বিস্ফোরণ ঘটল। সার্ভিস ইউনিট সেভেন, সার্ভিস ইউনিট এইট! তারা কেবল ক্লোন নয়, তারা একই **'টেম্পলেট'** থেকে তৈরি করা **সিরিজ-উৎপাদিত জীব (Serial-Produced Organisms)**। পিয়েরের এই ক্ষমতা সাধারণ ক্লোনিং-এর চেয়ে অনেক উন্নত। এটি সম্পূর্ণ মানুষ সদৃশ প্রাণী তৈরি করার সক্ষমতা,

যাদের জন্ম হয়েছে কেবল নির্দিষ্ট কাজের জন্য। এই কারণেই তাদের হাত বরফের মতো ঠান্ডা, কারণ তাদের অভ্যন্তরীণ গঠন পৃথিবীর জীবের মতো নয়।

“আপনারা কি সবাই একই রকম দেখতে?” বিনি জিজ্ঞেস করলেন।

"হ্যাঁ," সার্ভিস ইউনিট সেভেন বলল। "পিয়েরের প্রয়োজন অনুযায়ী আমাদের বাহ্যিক রূপ তৈরি করা হয়েছে। এটি কার্যকারিতা এবং **পরিচয় গোপন রাখার** জন্য সবচেয়ে কার্যকর।"

বিনি বুঝলেন: পিয়েরের এই কৌশলটি ছিল অত্যন্ত চালাকিপূর্ণ। যদি কেউ একজন অস্বাভাবিক শীতল হাতের লোককে দেখে, তবে সে তাকে বিরল রোগী ভাববে। কিন্তু যদি সেই ব্যক্তি দেখে যে তিনজন ভিন্ন লোক—পিয়ের, টেল এবং এই পরিবেশনকারী—একই রকম দেখতে এবং একই রকম শারীরিক বৈশিষ্ট্যসম্পন্ন, তবে তার যুক্তির দেওয়াল ভেঙে যাবে। সে বুঝতে বাধ্য হবে যে, এটি কোনো দৈব দুর্ঘটনা নয়, বরং **পরিকল্পিত প্রযুক্তি**। পিয়ের ইচ্ছে করেই একাধিক প্রতিরূপ সামনে এনেছেন, যাতে বিনির অবিশ্বাস চূড়ান্ত নিশ্চিতকরণে পরিণত হয়।

“পিয়েরের সঙ্গে আপনি কতদিন ধরে আছেন?” বিনি জানতে চাইলেন।

"সময় আমাদের গণনার বিষয় নয়, অধ্যাপক। আমাদের অস্তিত্ব পিয়েরের নির্দেশাবলীর ওপর নির্ভরশীল।"

সার্ভিস ইউনিট সেভেনের সঙ্গে কথা বলে বিনি নিশ্চিত হলেন যে, এই প্রাণীগুলোর মধ্যে কোনো ব্যক্তিগত স্মৃতি বা আবেগ নেই। তারা কেবলই উন্নত **জৈব-যন্ত্র (Bio-Machines)**।

বিনি যখন বুঝতে পারলেন যে তাঁর আর কোনো প্রশ্ন নেই, সার্ভিস ইউনিট সেভেন তখন মাথা নত করে কক্ষ থেকে বেরিয়ে গেল। দরজাটি নীরবে বন্ধ হয়ে গেল।

বিনি এবার স্বস্তির নিঃশ্বাস ফেললেন এবং সোজা বাথরুমের দিকে গেলেন।

ঘরের ভেতরে বাথরুমটি ছিল বিশাল এবং বিলাসবহুল। আধুনিক ফিটিংস, সুগন্ধী সাবান এবং একটি বড়সড় **বাথটাব (Bathtub)**—যা অস্বাভাবিক রকমের আধুনিক। এই বাথরুমের সঙ্গে পিয়েরের গোপন, জেনো-টেকনোলজির ল্যাবরেটরির কোনো মিল নেই।

বিনি বাথরুমের দরজায় খিল দিলেন। তিনি এই মুহূর্তে নিজেকে সম্পূর্ণ নিরাপদ করতে চাইলেন, কারণ পিয়ের তাঁর সমস্ত প্রযুক্তি কেড়ে নিয়েছেন।

তিনি কল খুলে মুখ ধুলেন। ঠাণ্ডা জল তাঁর মুখে আরাম দিল। তিনি বাথরুমের আয়নার দিকে তাকালেন। তাঁর চোখ তখন ক্লান্ত, কিন্তু তাঁর মনে এখন তীব্র বৈজ্ঞানিক উত্তেজনা।

তিনি ফিরে এলেন ঘরের ভেতরে। তাঁর মনে পড়ল পিয়েরের সেই হাসি, যখন তিনি কফি পরিবেশনের কথা বলেছিলেন।

হঠাৎ তাঁর মনে একটি ভয়ঙ্কর চিন্তা এলো: **টেল কেন কফি পরিবেশন করেননি, কিন্তু পিয়ের কেন নিজে চুমুক দিলেন?**

যদি পিয়েরও টেলের মতো হন, তবে তাঁর শরীরের তাপমাত্রা কম হওয়া উচিত এবং তিনি পানীয় গ্রহণে অক্ষম বা অনিচ্ছুক হবেন। ক্যালিফোর্নিয়াতে পিয়ের কফি না খাওয়ার ভান করেছিলেন। কিন্তু এখানে তিনি কফি পান করলেন। এটি কেন?

বিনি নিজের কক্ষের সেই কফির কাপের দিকে তাকালেন। তখনও কফি থেকে ধোঁয়া উঠছিল।

প্রথম সম্ভাবনা: পিয়ের মানব ক্লোন বা হিউম্যানয়েড নন। তিনি সম্ভবত সেই **ভিনগ্রহী সত্ত্বা**, যিনি মানবদেহ ধারণ করেছেন এবং তাঁর সেই ছদ্মবেশ নিখুঁত—তাই তিনি কফি পান করতে পারেন।

দ্বিতীয় সম্ভাবনা: পিয়ের ইচ্ছে করে কফি পান করেছেন, যাতে বিনি তাঁকে মানুষ মনে করেন এবং আসল সত্য থেকে বিভ্রান্ত হন।

কিন্তু বিনি যখন বাথরুম থেকে ফিরে এলেন, তখন তাঁর সন্দেহ আরও গভীর হলো। তিনি তাঁর ট্রলি ব্যাগের কাছে এলেন। ব্যাগের তালাটা ঠিকঠাকই আছে, কিন্তু ব্যাগের জিপারটি সামান্য খোলা। তিনি নিশ্চিত ছিলেন, আসার আগে জিপারটি সম্পূর্ণ বন্ধ করেছিলেন।

কেউ একজন তাঁর অনুপস্থিতিতে ব্যাগটি পরীক্ষা করেছে। **কে?** সার্ভিস ইউনিট সেভেন? নাকি পিয়ের নিজেই?

বিনি দ্রুত ব্যাগের ভেতরে হাত ঢোকালেন। তাঁর সমস্ত পোশাক, ব্যক্তিগত জিনিসপত্র অক্ষত। তিনি তাঁর গোপন পকেটগুলো পরীক্ষা করলেন, যেখানে তিনি তাঁর **থার্মাল স্ক্যানার** এবং **এনার্জি ডিফিউজার পেন্সিল** রেখেছিলেন। সরঞ্জামগুলো অক্ষত। পিয়ের বলেছিলেন, তাঁর প্রযুক্তি এখানে কাজ করবে না। কিন্তু পিয়ের কেন তাঁর ব্যাগ পরীক্ষা করালেন?

বিনির মনে সেই শীতল, বরফের মতো স্পর্শ এবং কফির উষ্ণতা—এই দুটি চরম বিপরীত ধারণার সংঘাত শুরু হলো।

পিয়ের একটি অদ্ভুত খেলা খেলছেন। তিনি বিনিকে সব প্রমাণ দিচ্ছেন, আবার তাঁর সমস্ত প্রতিরোধ ভেঙে তাঁকে দুর্বল করে দিচ্ছেন। এখন তাঁর একমাত্র কাজ হলো, এই রাতে কোনোভাবে পিয়েরের **ফ্রিকোয়েন্সি ডোমেইন** ভেদ করে তাঁর **কোয়ান্টাম স্লিপার** পুনরুদ্ধার করা।

কিন্তু বিনি জানতেন না যে, তাঁর জন্য সবচেয়ে বড় রহস্য অপেক্ষা করছে ঠিক তাঁর পাশের ঘরে।

রাতের রহস্য

অধ্যায় ১৬ – অদ্‌ভুত স্নানঘর

অধ্যাপক বিনি বন্দ্যোপাধ্যায় তাঁর জন্য বরাদ্দ করা কক্ষের দরজাটি বন্ধ করলেন। কক্ষটি ছিল আধুনিক স্থপতিদের কল্পনার মতো মসৃণ এবং বিলাসবহুল। কিন্তু বিনির কাছে এই বিলাসিতা ছিল এক **মনস্তাত্ত্বিক ফাঁদ**। পিয়ের তাঁকে আরাম দিয়ে তাঁর সতর্কতা কমাতে চাইছেন, অথবা মানবজাতির দুর্বলতা—শারীরিক আরামের প্রতি আকর্ষণ—তাঁকে চোখে আঙুল দিয়ে দেখাতে চাইছেন।

বিনি ট্রলি ব্যাগ থেকে তাঁর **থার্মাল স্ক্যানার** এবং **এনার্জি ডিফিউজার পেন্সিলটি** বের করে ঘরের একটি গোপন কোণে রাখলেন। তিনি জানেন, পিয়ের তাঁর **কোয়ান্টাম স্লিপার** কেড়ে নিয়েছেন এবং এই কক্ষে তাঁর প্রযুক্তি কাজ নাও করতে পারে। কিন্তু তবুও তিনি সরঞ্জামগুলো হাতের নাগালে রাখলেন। বিজ্ঞানীর মন কখনোই সম্পূর্ণভাবে আত্মসমর্পণ করে না।

তিনি ঘরটি পর্যবেক্ষণ করলেন। পুরু কার্পেট, বিশাল কিং-সাইজ বেড এবং মেঝে থেকে সিলিং পর্যন্ত বিস্তৃত কাঁচের জানালা, যা বাইরে ঘন জঙ্গলের অন্ধকারে ঢাকা। ঘরের ভেতরে একটি শব্দও নেই, কেবল কেন্দ্রীয় শীতাতপ নিয়ন্ত্রণ ব্যবস্থার মৃদু ফিসফিসানি। এই নীরবতা ছিল ভয়ঙ্কর, যেন পুরো বাড়িটি একটি বিশাল, শ্বাস-প্রশ্বাসহীন প্রাণী। কিন্তু বিনির কৌতূহল তাঁকে টেনে নিয়ে গেল কক্ষের সংলগ্ন **স্নানঘরের** দিকে।

তিনি বাথরুমের দরজা খুললেন। তিনি ভেতরে প্রবেশ করে যা দেখলেন, তাতে তাঁর চোখ বিস্ফারিত হলো। যদি ঘরের বাকি অংশ বিলাসবহুল হয়, তবে এই বাথরুমটি ছিল **অত্যাধুনিক প্রযুক্তির এক মন্দির**।

দেয়ালগুলি মার্বেল পাথরের নয়, বরং কালো, চকচকে টাইলসের, যার ওপর ঘরের সেই শীতল সাদা-নীল আলোর প্রতিফলন পড়ে এক

ধরনের ক্লিনিক্যাল ঔজ্জ্বল্য তৈরি করেছে। মেঝেতে জল ছিটকে পড়লে সঙ্গে সঙ্গে তা অদৃশ্য হয়ে যাওয়ার মতো এক বিশেষ ড্রেনেজ ব্যবস্থা। একটি কাঁচের চেম্বার—যা সম্ভবত স্টীম বাথ বা অন্য কোনো অজানা প্রক্রিয়ার জন্য তৈরি। কিন্তু সবচেয়ে বেশি নজর কাড়ল বাথরুমের কেন্দ্রে থাকা বস্তুটির ওপর।

এটি ছিল একটি **বিশাল, গভীর বাথটাব (Soaking Tub)**।

টাবটি ছিল আয়তনে সাধারণের চেয়ে প্রায় দ্বিগুণ বড় এবং অস্বাভাবিক রকমের **গভীর**। টাবটি মাটির সমান্তরালে নয়, বরং কিছুটা উঁচুতে বসানো ছিল, যেন এটি কোনো প্রদর্শনী বস্তু। টাবটির উপাদান ছিল সাদা, কিন্তু তার ভেতরে কোনো জল ছিল না। সম্পূর্ণ খালি থাকা সত্ত্বেও, টাবটির পৃষ্ঠদেশ দেখে মনে হচ্ছিল যেন তা শীতল তরল পদার্থে পূর্ণ।

বিনি বাথটাবটির কাছে গেলেন। তিনি হাতে রাখা স্ক্যানারটি আলতো করে টাবের ভেতরের দিকে তাক করলেন। স্ক্যানারের ডিসপ্লেতে তাপমাত্রা শূন্য দেখাচ্ছে—অর্থাৎ কোনো উষ্ণতা বা শীতলতা নেই, এটি যেন সম্পূর্ণরূপে পরিবেশের তাপমাত্রা থেকে বিচ্ছিন্ন। কিন্তু স্ক্যানারটি একটি অদ্ভুত **'ডেনসিটি ওভারলোড'** সংকেত দিল। অর্থাৎ, টাবের উপাদানটি এত ঘন যে তা সাধারণ থার্মাল স্ক্যানারে ধরা পড়ছে না।

বিনি চিন্তা করতে শুরু করলেন। কেন পিয়ের এমন অস্বাভাবিক, গভীর টাব তৈরি করলেন? এটি কি কেবলই বিলাসের জন্য, নাকি এর অন্য কোনো উদ্দেশ্য আছে?

তাঁর মনে পড়ল সেই শীতল হাত, মাছের মতো ত্বক এবং টেলের সেই ব্যাখ্যা—**জলকে শরীরের ভেতরে ধরে রাখা**। যদি পিয়েরের সহকারী বা এলিয়েনরা এমন হয়, যাদের শরীরের উষ্ণতা কম এবং যাদের পরিবেশগত আর্দ্রতা প্রয়োজন, তবে এই টাবটি কি মানব ব্যবহারের জন্য নয়?

বিনি কল্পনায় দেখতে পেলেন: একজন মানুষ এই টাবে মাথা ডুবিয়ে স্নান করছেন না, বরং কোনো শীতল, ঘন তরলের মধ্যে মাথা তুলে শ্বাস নিচ্ছেন। এই চিন্তা তাঁর মেরুদণ্ড বেয়ে এক হিমশীতল স্রোত নামিয়ে দিল।

বিনি তাঁর কক্ষের সমস্ত বৈদ্যুতিক সংযোগ বিচ্ছিন্ন করলেন, যদিও তিনি জানেন পিয়েরের প্রযুক্তি অন্য উপায়ে পর্যবেক্ষণ করতে পারে। তিনি জানালা দিয়ে বাইরে তাকালেন। গাছের ছায়া আর অন্ধকার। ঘড়ির কাঁটা দশটা পেরিয়েছে। বিনি তাঁর বিছানার পাশে দেওয়ালে হেলান দিয়ে অপেক্ষা করতে শুরু করলেন। এই মুহূর্তে তাঁর একমাত্র কৌশল হলো **পর্যবেক্ষণ**।

তিনি তাঁর **থার্মাল স্ক্যানারটি** প্রস্তুত রাখলেন। বাথরুমের দেওয়ালগুলিই তাঁর সন্দেহ জাগাচ্ছিল। বাথটাবের ঠিক পিছনের দেওয়ালটি কেন যেন অতিরিক্ত পুরু মনে হচ্ছিল। বিনি সন্দেহ করলেন, এই দেওয়ালের ওপাশেই হয়তো ল্যাবরেটরির মূল অংশ অবস্থিত।

সময় যেন থমকে আছে। এক ঘণ্টা, দু'ঘণ্টা...। বিনির মনোযোগ তখন দেওয়ালের প্রতিটি শব্দের ওপর নিবদ্ধ। রাত তখন গভীর, রাত প্রায় এগারোটা পেরিয়ে গেল।

হঠাৎ তাঁর কানে একটি শব্দ এল। সেটি কোনো সাধারণ শব্দ নয়, সেটি ছিল অত্যন্ত নিচু, কিন্তু **রৈখিক নয় (Non-linear)**। শব্দটি দেওয়ালের ওপাশ থেকে আসছিল।

শব্দটি ছিল—**স্লশ... স্লশ... (Slosh... Slosh...)**। জলের মৃদু ছলাৎ ছলাৎ শব্দ, যেন কোনো বিশাল তরল পদার্থ ধীরে ধীরে দুলছে।

বিনি বুক চেপে ধরলেন। তাঁর সমস্ত ক্লান্তি দূর হয়ে গেল। জল! এত রাতে দেওয়ালের ওপাশে এত জল কিসের?

এর সঙ্গে মিশে এলো আরও একটি শব্দ—এক ধরনের **অনিয়মিত, ভেজা শ্বাস-প্রশ্বাস (Irregular, Wet Gasping)**।

আহ... আহ... সেই শ্বাস-প্রশ্বাসের শব্দ ছিল কষ্টকর, যন্ত্রণাদায়ক নয়, কিন্তু তা ছিল অস্বাভাবিক রকমের **জলে ভেজা (Water-logged)**। যেন কেউ জল থেকে মাথা তুলে শ্বাস নিতে চাইছে, কিন্তু তার ফুসফুস সেই কাজ করতে অভ্যস্ত নয়। শব্দটি যেন মাছের মতো, বা উভচর প্রাণীর মতো।

বিনি নিঃশব্দে বিছানা থেকে নামলেন। তাঁর সমস্ত মনোযোগ এখন দেওয়ালের ওপাশে। ঘড়ি তখন প্রায় রাত বারোটা ছুঁই ছুঁই। **মধ্যরাত**। বিনি ধীরে ধীরে স্নানঘরের দিকে গেলেন। তাঁর হাতে এখন **এনার্জি ডিফিউজার পেন্সিলটি** এবং **থার্মাল স্ক্যানারটি**। তিনি বাথটাবের ঠিক পিছনের দেওয়ালের কাছে গিয়ে দাঁড়ালেন। শব্দ দুটি এখন আরও স্পষ্ট—জলের ছলাৎছলাৎ এবং ভেজা শ্বাস-প্রশ্বাসের শব্দ।

বিনি স্ক্যানারটি দেওয়ালের ওপর রাখলেন। এইবার স্ক্যানারটি কোনো **'ইউএনএসটিএবিএল ইএনইআরজিওয়াই সিগনেচার'** দেখাল না, বরং একটি তাপমাত্রার রেখাচিত্র দেখাল—যা সম্পূর্ণভাবে অ-রৈখিক। দেওয়ালের ভেতরের তাপমাত্রা ছিল বাইরের ঘরের চেয়ে সামান্য কম, কিন্তু তাতে কিছু অদ্ভুত **'কোল্ড স্পট' (Cold Spots)** দেখাচ্ছিল—যা টেলের শরীরের তাপমাত্রার সঙ্গে মিলে যায়।

বিনি এবার তাঁর ডিফিউজার পেন্সিলটি বের করলেন। তিনি বাথরুমের আয়নাটির দিকে তাকালেন। আয়নাটি দেওয়ালের একটি বিশাল প্যানেলের ওপর বসানো ছিল। পিয়েরের মতো উন্নত প্রযুক্তির ল্যাবরেটরিতে নিশ্চয়ই এমন 'পরিষেবা করিডর' (Service Corridor) থাকবে যা দেওয়ালের পেছনে লুকিয়ে থাকে।

বিনি পেন্সিলটির মাধ্যমে অতি-ক্ষুদ্র ফ্রিকোয়েন্সির একটি শব্দ তরঙ্গ তৈরি করলেন, যা মানুষের কান শুনতে পায় না। তিনি সেই ফ্রিকোয়েন্সিটিকে আয়না এবং দেওয়ালের সংযোগস্থলে আঘাত করলেন।

এক মৃদু ঘর্ষণের শব্দ হলো। পুরো আয়না প্যানেলটি ধীরে ধীরে দেওয়াল থেকে সামান্য সরে গেল।

বিনি সেই ফাঁক দিয়ে উঁকি দিলেন। তাঁর চোখ যা দেখল, তাতে তাঁর হৃদযন্ত্র যেন মুহূর্তের জন্য বন্ধ হয়ে গেল।

এটি কোনো সাধারণ করিডর ছিল না। এটি ছিল একটি দীর্ঘ, dimly lit **চেম্বার**।

চেম্বারটির একপাশে সারি সারি করে বসানো ছিল **অনেকগুলি বাথটাবের মতো ইউনিট**—অবিকল সেই টাবের মতো যা তাঁর বাথরুমের ভেতরে বসানো। প্রতিটা টাব ছিল শীতল, নীলচে তরল পদার্থে পূর্ণ।

এবং সেই তরলের ভেতরে...

বহুগুলি **মানব-সদৃশ অবয়ব** ভাসছিল। প্রতিটি অবয়ব দেখতে হুবহু **টেল এবং সেই কফি পরিবেশনকারীর** মতো—একই মসৃণ, ফ্যাকাশে ত্বক, একই উচ্চতা। কিন্তু এদের অনেকেই জলের নিচে ডুবে ছিল, কেবল মাথাগুলি উপরে তুলে ছিল।

তারা সবাই একই সাথে, একই ছন্দে **ভেজা, মাছের মতো শ্বাস** নিচ্ছিল। তাদের চোখগুলো ছিল বন্ধ, এবং তাদের ফ্যাকাশে ত্বক জলের নিচে আরও নীলচে দেখাচ্ছিল। তাদের শরীর যেন সেই শীতল তরলের মধ্যে শক্তি সঞ্চয় করছিল।

বিভীষিকা: বিনি স্পষ্টভাবে দেখতে পেলেন, একজন অবয়ব জল থেকে মাথা তুলে শ্বাস নিতে চাইছে, আর তার গলার নিচে সামান্য ভাঁজ তৈরি হচ্ছে—যা কোনো মানুষের নয়, বরং **ফুলকার (Gills)** মতো।

বিনি চোখ বন্ধ করে ফেললেন। তাঁর মনে হলো যেন তাঁর সমস্ত জ্ঞান এবং যুক্তি এক লহমায় পুড়ে ছাই হয়ে গেছে। পিয়ের মিথ্যা বলেননি। টেল বা সার্ভিস ইউনিট সেভেন কোনো ক্লোন বা হিউম্যানয়েড রোবট নয়। তারা এমন এক **জীবন্ত সত্ত্বা**, যাদের বেঁচে থাকার জন্য ভিন্ন

পরিবেশ এবং ভিন্ন ধরনের তরল প্রয়োজন। তারা এই পৃথিবীর নয়, বা পৃথিবীর পরিবর্তিত রূপ।

বিনি ধীরে ধীরে সেই আয়না প্যানেলটিকে তার জায়গায় ফিরিয়ে আনলেন। ছলাৎছলাৎ শব্দ এবং ভেজা শ্বাস-প্রশ্বাসের শব্দ আবার দেওয়ালের ওপারে চাপা পড়ে গেল।

বিনি হাঁটু গেড়ে মাটিতে বসে পড়লেন। তাঁর মুখে তখন ঘামের রেখা। তিনি প্রমাণ চেয়েছিলেন। আর পিয়ের তাঁকে সেই প্রমাণ দেখালেন—এক নীরব, ভয়ঙ্কর বিভীষিকার মাধ্যমে।

পিয়েরের ল্যাবরেটরি কেবল এলিয়েনদের **ধারণ** করে না। পিয়েরের ল্যাবরেটরি **মানুষের মতো দেখতে ভিনগ্রহীদের উৎপাদন** বা **আবাস**।

বিনি জানেন, এই রাতে আর ঘুম নেই। তাঁকে কোনোভাবে এই ল্যাবরেটরির মূল অংশে প্রবেশ করে পিটারকে খুঁজে বের করতে হবে। কিন্তু তাঁর মন তখন অন্য একটি প্রশ্ন নিয়ে তোলপাড়: **পিয়ের নিজে কি একজন ক্লোন, নাকি তিনি সেই মূল ভিনগ্রহী সত্ত্বা যিনি এই সমস্ত জেনো-অ্যাসিস্ট্যান্টদের নিয়ন্ত্রণ করেন?**

বিনি সেই আলোকিত বাড়ির উষ্ণতার মাঝেও এক চরম শীতলতা অনুভব করলেন। তাঁর জীবনের সবচেয়ে ভয়ঙ্কর রাত শুরু হয়েছে।

অধ্যায় ১৭ – সন্দেহজনক সাদৃশ্য

অধ্যাপক বিনি বন্দ্যোপাধ্যায় তাঁর জীবনের সবচেয়ে ভয়ঙ্কর সত্যের মুখোমুখি হয়েছেন। বাথরুমের সেই লুকানো প্যানেলের ওপাশে তিনি যা দেখেছেন, তা তাঁর সমস্ত বৈজ্ঞানিক জ্ঞানকে নতুন করে লেখার দাবি রাখে। সারি সারি গভীর, শীতল তরলপূর্ণ টাব; আর সেই টাবগুলোর মধ্যে ভাসছে বহু মানব-সদৃশ অবয়ব। প্রতিটি অবয়বই দেখতে হুবহু **টেল** এবং **সার্ভিস ইউনিট সেভেন**-এর মতো। মসৃণ ত্বক,

ফ্যাকাশে নীলচে আভা, এবং সেই ভেজা, যন্ত্রণাদায়ক শ্বাস-প্রশ্বাসের শব্দ।

বিনি এখন পুরোপুরি বুঝতে পারলেন পিয়েরের কৌশল। এই রহস্যময় ব্যক্তিটি তাঁর সামনে এক জাদুকরের মতো একটি বিভ্রম তৈরি করেছেন। পিয়েরের উদ্দেশ্য ছিল বিনির যৌক্তিকতাকে ধীরে ধীরে চূর্ণ করা, এবং একই ছাঁচে তৈরি এই মানুষগুলোই ছিল তাঁর সবচেয়ে শক্তিশালী অস্ত্র।

বিনি ঘরের সোফায় বসে ছিলেন। তাঁর দৃষ্টি স্থির। তাঁর মন তখন সেই তথ্যের সঙ্গে লড়াই করছিল: **অসংখ্য প্রতিরূপ (Multiple Copies)**। এটি কেবল উন্নত ক্লোনিং নয়, এটি **মানব বায়ো-টেম্পলেটের শিল্প-উৎপাদন (Industrial Production of Human Bio-Templates)**। এই জেনো-অ্যাসিস্ট্যান্টরা রক্তমাংসের মানুষ নয়, তারা হল জৈব-যন্ত্র, যাদের জন্ম হয়েছে কেবল বিশেষ কাজের জন্য।

প্রথম অসংগতি: যদি এরা সিরিজ-উৎপাদিত হয়, তবে তাদের অস্তিত্বের কোনো স্বতন্ত্রতা নেই। তাদের আবেগ নেই, স্মৃতি নেই, বা স্ব-পরিচয় নেই। এই কারণেই তাদের দৃষ্টি এত শীতল, তাদের ভাষা এত যান্ত্রিক, এবং তাদের কাজ এত নিখুঁত।

বিনি তাঁর হাতের তালুতে লুকিয়ে রাখা **থার্মাল স্ক্যানারটি** বের করলেন। তিনি কক্ষের তাপমাত্রা পরিমাপ করলেন—প্রায় ৭২° ফারেনহাইট। তারপর তিনি সেই কফির কাপটির কাছে গেলেন, যা সার্ভিস ইউনিট সেভেন রেখে গিয়েছিল এবং যা তিনি পান করেননি। তিনি স্ক্যানারটি কাপের ভেতরের দিকে তাক করলেন। কফির তাপমাত্রা স্বাভাবিকভাবে কমতে শুরু করেছে, কিন্তু কাপের ভেতরের পৃষ্ঠের তাপমাত্রা এখনও ৭০° ফারেনহাইট।

এরপর বিনি স্ক্যানারটি কাপের বাইরের হ্যান্ডেলটির দিকে তাক করলেন। এই হ্যান্ডেলটি ধরে সার্ভিস ইউনিট সেভেন কাপটি পরিবেশন করেছিল।

স্ক্যানারের ডিসপ্লেতে তাপমাত্রা দেখাচ্ছে **৬২.৫° ফারেনহাইট**। বিনি উত্তেজিত হয়ে উঠলেন। এটি সেই একই তাপমাত্রা যা টেলের হাতে তিনি পেয়েছিলেন! এর অর্থ হলো, সার্ভিস ইউনিট সেভেনের শীতল শরীর কফি পরিবেশনের সময় সেই উষ্ণ কাপটির হ্যান্ডেলটিকেও শীতল করে দিয়েছে। এটিই প্রমাণ—টেল, সার্ভিস ইউনিট সেভেন এবং দেওয়ালের ওপাশে ভেজা শ্বাস নেওয়া সেই সমস্ত অবয়ব—সবাই একই **বরফ-ঠান্ডা জৈব-গঠনের** অধিকারী।

এইবার বিনির সমস্ত মনোযোগ চলে গেল **পিয়েরের** দিকে।

পিয়েরকেও দেখতে টেল বা অন্যান্যদের মতোই—একই উচ্চতা, একই ধাঁচের পোশাক। ক্যালিফোর্নিয়াতে তাঁর হাত ছিল বরফের মতো ঠান্ডা। কিন্তু এই বাড়িতে, পিয়ের কফি পান করেছিলেন এবং বিনির সামনে নিজেকে একজন স্বাভাবিক মানুষ হিসেবে তুলে ধরতে চেয়েছিলেন।

বিনি মনে মনে দুটি সম্ভাবনার লড়াই শুরু করলেন:

১. পিয়ের হলেন এই টেমপ্লেটের মূল প্রোটোটাইপ (Original Prototype): পিয়ের হয়তো এই ক্লোনিং প্রক্রিয়ার প্রথম এবং সবচেয়ে উন্নত সংস্করণ, যিনি নিজেকে বাকি সিরিজ থেকে সামান্য ভিন্নভাবে তৈরি করেছেন (যেমন উষ্ণতা ধরে রাখার বা পানীয় গ্রহণের ক্ষমতা)। অথবা তিনি একটি ভিন্ন উন্নত টেমপ্লেট, যা মানুষের কাছাকাছি।

২. পিয়ের হলেন সম্পূর্ণ ভিন্ন সত্ত্বা (The Controller): পিয়ের হয়তো কোনো ভিনগ্রহী, যিনি মানবদেহ ধারণ করেননি, কিন্তু টেল এবং অন্যান্যদের সৃষ্টি করেছেন। তাঁর শীতল হাত হয়তো ছিল এক ধরনের যোগাযোগের ডিভাইস বা পাওয়ার গ্লাভস, যা তিনি

ক্যালিফোর্নিয়াতে পরিধান করেছিলেন, কিন্তু এখন ল্যাবরেটরির ভেতরে তা ব্যবহার করছেন না। তাঁর কফি পান করা হয়তো ছিল বিনয়কে বিভ্রান্ত করার জন্য একটি অভিনয় মাত্র।

বিনি সোফা থেকে উঠে দাঁড়িয়ে ঘরের দরজাটির দিকে গেলেন। তিনি তাঁর **থার্মাল স্ক্যানারটি** দরজার হ্যান্ডেলে রাখলেন। টেলের মতো কেউ যদি এই দরজা খুলে থাকে, তবে তার শীতল স্পর্শের সামান্য রেশ এখানেও থাকার কথা।

স্ক্যানারটি হ্যান্ডেলে **৬৯° ফারেনহাইট** তাপমাত্রা দেখাল—যা ঘরের স্বাভাবিক তাপমাত্রার চেয়ে সামান্য কম। সামান্য বিচ্যুতি। এর অর্থ, টেল বা তাদেরই কোনো প্রতিরূপ এই দরজাটি খুলেছিল, কিন্তু তাদের স্পর্শ ছিল ক্ষণস্থায়ী।

এইভাবে, বিনির চারপাশে থাকা প্রতিটি বস্তু, প্রতিটি স্পর্শ, তাঁকে এক গভীর **সাদৃশ্যের জাল** সম্পর্কে সতর্ক করছিল। এই ল্যাবরেটরিতে তিনি এমন কোনো স্বাভাবিক মানুষ বা স্বাভাবিক বস্তুর সন্ধান পাচ্ছিলেন না, যা এই ক্লোন বাহিনীর বাইরের।

বিনি তাঁর **এনার্জি ডিফিউজার পেন্সিলটি** হাতে নিলেন। তাঁর মনে হলো, এই পুরো বাড়িটির সবচেয়ে বড় দুর্বলতা হলো তার **ইউনিফর্মিটি (Uniformity)** বা অভিন্নতা। যদি সবাই একই টেমপ্লেট এবং একই শক্তি প্রবাহ ব্যবহার করে, তবে একটি সাধারণ ফ্রিকোয়েন্সি ব্যবহার করে তাদের সবাইকে **জ্যাম** বা **বিচ্ছিন্ন** করা সম্ভব।

পিয়ের বিনির সমস্ত প্রযুক্তি কেড়ে নিয়েছেন, কিন্তু এই ডিফিউজারটি অত্যন্ত ছোট এবং সাধারণ কলমের ছদ্মবেশে থাকার কারণে তা তাঁর দৃষ্টি এড়িয়ে গেছে।

বিনি একটি ঝুঁকি নিলেন। তিনি তাঁর ডিফিউজারটিকে সর্বনিম্ন শক্তিতে চালু করলেন। এটি একটি অতি-নিম্ন ফ্রিকোয়েন্সির শব্দ তরঙ্গ তৈরি

করে, যা টেলের সংবেদনশীল **বায়ো-রেগুলেশন চিপের** জন্য অস্বস্তিকর হতে পারে, কিন্তু মানুষের কানের জন্য ক্ষতিকর নয়।

পেন্সিলটি চালু হতেই, ঘরের কেন্দ্রীয় শীতাতপ নিয়ন্ত্রণ ব্যবস্থা থেকে আসা মৃদু ফিসফিসানি শব্দ হঠাৎ করে সামান্য **বেশি তীব্র** হলো।

বিনি দ্রুত পেন্সিলটি বন্ধ করে দিলেন। এর অর্থ: এই ডিফিউজারটি ল্যাবরেটরির প্রধান ফ্রিকোয়েন্সি ডোমেইনকে সরাসরি আঘাত করতে না পারলেও, এর মাধ্যমে **স্থানীয় ইলেকট্রনিক সিস্টেমে** সামান্য বিঘ্ন ঘটানো সম্ভব।

তিনি বুঝতে পারলেন, এই মুহূর্তে পালানোর সেরা উপায় হলো **বিভ্রান্তি** সৃষ্টি করা।

তাঁর মূল লক্ষ্য এখন তিনটি:

১. কোয়ান্টাম স্লিপার পুনরুদ্ধার: পিয়ের সম্ভবত এটি তাঁর নিজের কক্ষে বা মূল ল্যাবরেটরির কেন্দ্রে রেখেছেন। এটি ছাড়া এই স্থান থেকে পালানো অসম্ভব।

২. পিটার থমসনকে উদ্ধার: পিটারকে খুঁজে বের করতেই হবে।

৩. পিয়েরের মূল রহস্য উন্মোচন: পিয়ের কি কন্ট্রোলার নাকি কেবল উন্নত ক্লোন?

বিনি বাথরুমের দিকে গেলেন। তিনি সেই লুকানো প্যানেলটি আবার খুললেন। ভেজা শ্বাস-প্রশ্বাসের শব্দগুলি এখন আরও গভীর এবং ক্লান্তিকর মনে হচ্ছিল।

বিনি ফিসফিস করে নিজেকে বললেন, "পিয়ের, তুমি আমাকে একটি সিরিজ-উৎপাদিত সেনাবাহিনী দেখিয়ে ভয় দেখাতে চেয়েছ। কিন্তু তুমি ভুলে গেছ, অভিন্নতার মধ্যে কোনো শক্তি নেই। তোমার এই সমস্ত ক্লোনদের দুর্বলতা হলো তাদের **একতা**।"

তিনি লুকানো প্যানেলটি তার জায়গায় ফিরিয়ে আনলেন। তিনি জানেন, এই রাতই তাঁর অ্যাকশন-এর সময়। তিনি অপেক্ষা করতে পারবেন না। পিয়ের তাঁর ঘুমন্ত অবস্থায় তাঁর মস্তিষ্ক বা জ্ঞান বিশ্লেষণ করতে পারেন।

বিনি কক্ষের দরজাটি নীরবে খুললেন। হলঘরটি ছিল আলোকিত, কিন্তু সম্পূর্ণ নীরব। কোনো জেনো-অ্যাসিস্ট্যান্ট বা পিয়ের নেই। সম্ভবত তাঁরা সবাই এখন সেই শীতল, ঘন তরলে শক্তি সঞ্চয় করছেন।

বিনি অন্ধকারে আলোকিত সেই বাড়ির হলঘরের দিকে পা বাড়ালেন। তাঁর সমস্ত জ্ঞান এখন এই সাদৃশ্যের জাল থেকে নিজেকে এবং তাঁর বন্ধুকে মুক্ত করার জন্য নিবেদিত। তিনি এখন শিকারী নন, তিনি এখন চরম ঝুঁকিতে থাকা এক **পর্যবেক্ষক**, যিনি তাঁর সবচেয়ে বড় রহস্যের মূল কেন্দ্রে প্রবেশ করতে চলেছেন।

অধ্যায় ১৮ – টেলের রাতের আচরণ

সময় তখন রাত দেড়টা। অধ্যাপক বিনি বন্দ্যোপাধ্যায় তাঁর জন্য বরাদ্দ করা বিলাসবহুল কক্ষের বিছানায় শুয়ে ছিলেন না। তিনি জানতেন, এই মুহূর্তে আরাম করা মানে আত্মসমর্পণ করা। তিনি তাঁর সমস্ত জ্ঞান, সমস্ত শক্তি দিয়ে মনোনিবেশ করেছিলেন বাথরুমের দেওয়ালের দিকে—যে দেওয়াল ভেদ করে তিনি এক ভয়ঙ্কর সত্যের মুখোমুখি হয়েছিলেন।

কক্ষটি ছিল শান্ত, কিন্তু বিনির মস্তিষ্কের ভেতরে তখন হাজারো প্রশ্ন, হাজারো তত্ত্বের সংঘাত। **পিয়েরের** হাতে তাঁর পালানোর শেষ আশা, **কোয়ান্টাম স্লিপার**। বাইরে তাঁর বন্ধু **পিটার থমসন** পণবন্দী। এবং দেওয়ালের ওপাশে সারি সারি **জেনো-অ্যাসিস্ট্যান্ট**—যাদের প্রত্যেকেরই শীতল, রক্তবিহীন শরীর, যারা মানুষের ছদ্মবেশ ধারণ করে গভীর তরলে নিজেদের শক্তি সঞ্চয় করে।

বিনি সোফা থেকে উঠে বাথরুমের সেই লুকানো প্যানেলের কাছে গেলেন। তিনি জানেন, এই জেনো-অ্যাসিস্ট্যান্টরা রাতে তাদের **রিচার্জ চক্রে (Recharge Cycle)** প্রবেশ করে। দিনের বেলায় মানুষের মতো উষ্ণ পরিবেশে থাকার জন্য তাদের যে বিপুল শক্তি ক্ষয় হয়, তা পূরণের জন্য তাদের সেই শীতল, নীলচে তরলে ডুব দিতে হয়। এই সময়টাই হবে বিনির জন্য সবচেয়ে গুরুত্বপূর্ণ—যখন তাদের 'বায়ো-রেগুলেশন চিপ' দুর্বল থাকবে।

বিনি তাঁর **এনার্জি ডিফিউজার পেন্সিলটি** হাতে নিলেন। তিনি সেটির শক্তি সর্বনিম্ন ফ্রিকোয়েন্সিতে সেট করলেন, যা মানুষের কান বা মস্তিষ্কের কোনো ক্ষতি করবে না। তিনি সেই পেন্সিলটিকে দেওয়ালের কাছে এনে চালু করলেন—এক নীরব, অদৃশ্য শক্তি তরঙ্গ নির্গত হলো। সঙ্গে সঙ্গে বাথরুমের ফ্যান এবং লাইটের মৃদু বৈদ্যুতিক শব্দ সামান্য বিঘ্নিত হলো। পিয়ের যা-ই বলুন না কেন, তাঁর এই ডিফিউজারটি স্থানীয় ইলেকট্রনিক প্রবাহকে আঘাত হানতে সক্ষম।

বিনি সন্তুষ্ট হলেন। এই ক্ষুদ্র অস্ত্রটিই হবে তাঁর পালানোর একমাত্র সহায়ক।

বিনি যখন অপেক্ষা করছিলেন, ঠিক তখনই শব্দ শুরু হলো।

প্রথমে, এটি ছিল একটি মৃদু **কম্পন (Vibration)**, যা মেঝে এবং দেওয়ালের মধ্যে দিয়ে আসছিল। যেন ভূগর্ভস্থ কোনো বিশাল জেনারেটর সবেমাত্র তার পূর্ণ শক্তিতে চলতে শুরু করেছে। এটিই সম্ভবত পিয়েরের সেই **ভূ-চৌম্বকীয় ক্ষেত্র থেকে শক্তি আহরণের** প্রক্রিয়া।

এরপর, দেওয়ালের ওপাশ থেকে সেই শব্দ এল, যা বিনির সমস্ত যুক্তিকে বরফের মতো ঠান্ডা করে দিয়েছিল। **ছলাৎছলাৎ... ছলাৎছলাৎ...** জলের অবিরাম দুলুনি।

কিন্তু এইবার ছলাৎছলাৎ শব্দগুলো ছিল আরও তীব্র, আরও ছন্দবদ্ধ। মনে হচ্ছিল যেন একসঙ্গে অনেকগুলো অবয়ব জলের ভেতরে প্রবেশ করছে বা অবস্থান পরিবর্তন করছে। এটি সিরিজ-উৎপাদিত প্রাণীর একতা—তাদের রিচার্জ চক্রও একই সময়ে শুরু হয়েছে।

এর সঙ্গে যোগ হলো সেই ভয়ঙ্কর **ভেজা শ্বাস-প্রশ্বাসের** শব্দ। **আহ্... আহ্... আহ্...**। এই শ্বাস-প্রশ্বাস ছিল গভীর, কষ্টকর এবং অত্যন্ত নিয়মিত। যেন একটি নির্দিষ্ট অ্যালগরিদম মেনে প্রতি পাঁচ সেকেন্ড অন্তর তারা একবার করে মাথা তুলে শ্বাস নিচ্ছে, আর সেই শ্বাস-প্রশ্বাসে যেন মানুষের ফুসফুস নয়, বরং **ফুলকার (Gills)** ব্যবহার করা হচ্ছে।

শব্দগুলির মধ্যে একটি শব্দ ছিল আরও স্বতন্ত্র—তা ছিল **টেলের**। বিনি তাঁর ঘরের দরজাটি সামান্য ফাঁক করলেন। তিনি ফিসফিস করে নিজেকে বললেন, “যদি টেলও এই একই চক্র অনুসরণ করে, তবে এখন সে তার **ইউনিট এইট** টাবের মধ্যে সম্পূর্ণ মগ্ন। এই মুহূর্তে তার সচেতনতা সীমিত থাকার কথা।”

সাহস সঞ্চয় করে বিনি তাঁর **থার্মাল স্ক্যানারটি** হাতে নিলেন এবং কক্ষের দরজাটি নীরবে খুললেন। হলঘরটি সেই শীতল সাদা-নীল আলোয় আলোকিত। কোথাও কোনো জেনো-অ্যাসিস্ট্যান্ট নেই। এই দৃশ্যটাই বিনির জন্য সবচেয়ে বড় স্বস্তি—আর সবচেয়ে বড় সতর্কবার্তা। সবাই তাদের রিচার্জ টাব-এ ব্যস্ত।

বিনি নিঃশব্দে হলঘর পার হলেন। তাঁর প্রতিটি পদক্ষেপ ছিল সতর্ক, যাতে মেঝেতে রাখা পুরু কার্পেটেও সামান্য শব্দ না হয়। তাঁর গন্তব্য ছিল বাথরুমের সেই লুকানো প্যানেলের পেছনের করিডরটি।

তিনি বাথরুমের সেই আয়না প্যানেলের কাছে পৌঁছালেন। কম্পন এবং ছলাৎছলাৎ শব্দ এখানে আরও প্রবল। বিনি তাঁর **এনার্জি**

ডিফিউজার পেন্সিলের সাহায্যে সেই প্যানেলটিকে নীরবে সামান্য সরিয়ে দিলেন।

ফাঁক দিয়ে উঁকি দিলেন। এইবার দৃশ্যটি আরও স্পষ্ট। এটি একটি সংকীর্ণ করিডর, যার একপাশে সারি সারি টাব ইউনিট বসানো। করিডরের আলো ছিল সবুজচে এবং মৃদু—ঠিক জলজ পরিবেশের মতো।

বিনি সেই ভেজা শ্বাস-প্রশ্বাসের শব্দ অনুসরণ করলেন। প্রতিটি টাবের ভেতরেই ছিল একই রকম ফ্যাকাশে, মসৃণ অবয়ব।

তিনি টাবগুলোর সারির একদম শেষপ্রান্তে তাকালেন। সেখানে একটি টাবের পাশে একটি নামমাত্র চিহ্ন ছিল: **UNIT 008**। আর সেই টাবের ভেতরে, নীলচে তরলে অর্ধেক ডুবে আছেন **টেল**।

টেল সম্পূর্ণ নগ্ন, তাঁর চোখ বন্ধ, হাত দুটি পাশে আলতোভাবে ছড়ানো। তাঁর শরীরের ফ্যাকাশে ত্বক জলের নিচে আরও শীতল ও নীল দেখাচ্ছিল। তাঁর শরীরে কোনো আঘাতের চিহ্ন নেই, কিন্তু তাঁর অস্তিত্বই ছিল এক ভয়ঙ্কর আঘাত।

টেল তখন একটি গভীর শ্বাস নিলেন—**হ্লশ... আহ্...**।

বিনি এবার তাঁর **থার্মাল স্ক্যানারটি** সতর্কতার সঙ্গে ফাঁক দিয়ে টেলের দিকে তাক করলেন। তিনি টেলের হাতের তাপমাত্রার চেয়েও গুরুত্বপূর্ণ কিছু জানতে চাইলেন: তাদের **অভ্যন্তরীণ শক্তি সঞ্চালনের ফ্রিকোয়েন্সি**।

স্ক্যানারটি টেলের মস্তিষ্কের ঠিক ওপরে থাকা 'বায়ো-রেগুলেশন চিপের' দিকে তাক করা হলো।

ডিসপ্লেতে ডেটা আসতে শুরু করল। টেলের শরীরের তাপমাত্রা তখন আরও কমে গেছে—প্রায় **৫২° ফারেনহাইট**। রক্ত সঞ্চালনের কোনো চিহ্ন নেই। কিন্তু চিপটি থেকে একটি নির্দিষ্ট **ফ্রিকোয়েন্সি নির্গত হচ্ছিল: 5.8 GHz**। এটি ছিল তাদের শক্তি আহরণের কম্পাঙ্ক।

এর চেয়েও গুরুত্বপূর্ণ তথ্য ছিল: **চিপটির সক্রিয়তা ছিল মাত্র ১৫%**। অর্থাৎ, টেল এখন গভীর 'রিস্টার্ট' বা 'হাইবারনেশন' মোডে আছে। এই মুহূর্তে সে সবচেয়ে বেশি দুর্বল!

বিনি জানেন, এটাই তাঁর সুযোগ। তিনি দ্রুত ডিফিউজার পেন্সিলটি বের করলেন এবং সেটির শক্তি ফ্রিকোয়েন্সি 5.8 GHz-এর সঙ্গে সামান্য মিলিয়ে সেটিকে **৩০% শক্তিতে** সেট করলেন। তিনি এই মুহূর্তে পুরো সিস্টেমকে জ্যাম করতে চান না, কেবল **টেলকে বিভ্রান্ত** করতে চান।

বিনি পেন্সিলটি টেলের টাবের দিকে তাক করলেন এবং মুহূর্তের জন্য সেটিকে চালু করলেন।

কোনো শব্দ হলো না। কিন্তু টেলের শরীরে তৎক্ষণাৎ একটি প্রতিক্রিয়া দেখা গেল। টেলের চোখ বন্ধ ছিল, কিন্তু তাঁর ডান হাতটি হঠাৎ করে জলের ভেতরেই সামান্য কেঁপে উঠল। তাঁর মসৃণ ত্বক সামান্য কুঁচকে গেল।

এরপর আরও ভয়ঙ্কর কিছু ঘটল: টেলের টাবের পাশের **UNIT 007** (সার্ভিস ইউনিট সেভেন) হঠাৎ করেই ভেজা শ্বাস নেওয়া বন্ধ করে দিল।

বিনি দ্রুত ডিফিউজারটি বন্ধ করলেন। তিনি বুঝতে পারলেন, এই অভিন্নতা কেবল সাদৃশ্য নয়—এটি তাদের দুর্বলতা। একটি নির্দিষ্ট ফ্রিকোয়েন্সি ব্যবহার করে তিনি কেবল একজন নয়, একই সঙ্গে অনেক জেনো-অ্যাসিস্ট্যান্টকে প্রভাবিত করতে পারেন।

বিনি নিজেকে নিয়ন্ত্রণ করলেন। এখন ভয় পেলে চলবে না। তিনি তাঁর প্রধান লক্ষ্যবস্তুর দিকে মনোযোগ দিলেন: **পিটার** এবং **কোয়ান্টাম স্লিপার**।

করিডরের শেষপ্রান্তে আরও একটি দরজা দেখা যাচ্ছিল। সেই দরজাটি ছিল অন্যদের চেয়ে বড় এবং তার চারপাশে নীল আলো আরও বেশি তীব্র ছিল। সেটিই সম্ভবত **মূল ল্যাবরেটরির** প্রবেশপথ।

বিনি নিঃশব্দে প্যানেলটি বন্ধ করলেন। তিনি আর টেলের দুর্বলতা নিয়ে সময় নষ্ট করতে পারেন না। তিনি এখন জানেন, এই জেনো-অ্যাসিস্ট্যান্টরা ঘুমের সময় বা রিচার্জের সময় দুর্বল। তাঁর হাতে থাকা ডিফিউজারই হবে তাঁর ট্রাম্প কার্ড।

বিনি নীরবে তাঁর কক্ষ থেকে বেরিয়ে এলেন এবং হলঘরের মূল প্রবেশপথের দিকে এগিয়ে গেলেন। এই আলোকিত বাড়ির অন্ধকার রহস্যের মূলকেন্দ্রে প্রবেশ করার সময় হয়েছে।

অধ্যায় ১৯ - জলে ডুবে থাকা দৃশ্য

মধ্যরাত তখন আরও গভীর। অধ্যাপক বিনি বন্দ্যোপাধ্যায় তাঁর জীবনের সবচেয়ে ঝুঁকিপূর্ণ মুহূর্তের মুখোমুখি। তিনি তাঁর কক্ষ থেকে বেরিয়ে বাথরুমের লুকানো প্যানেলের সামনে দাঁড়িয়ে ছিলেন। তাঁর হাতে ছিল **এনার্জি ডিফিউজার পেন্সিল**—যা তাঁর একমাত্র সক্রিয় অস্ত্র—এবং তাঁর মনে ছিল **টেলের** ৫২° ফারেনহাইট তাপমাত্রার শরীরের স্মৃতি।

বিনি জানতেন, এই করিডরে বেশিক্ষণ থাকা চরম বিপদ ডেকে আনতে পারে। তাঁর পায়ের পাতার মৃদু শব্দও যদি পিয়েরের প্রযুক্তি বা অন্য কোনো জেনো-অ্যাসিস্ট্যান্টের সংবেদনশীলতা ধরে ফেলে, তবে তাঁর পক্ষে পালানো অসম্ভব হবে। কিন্তু তিনি এই সত্যের কেন্দ্রবিন্দুতে এসেছেন কেবল প্রমাণ সংগ্রহের জন্য, আর সেই প্রমাণ সম্পূর্ণ না হওয়া পর্যন্ত তিনি থামতে পারছিলেন না।

তিনি নিঃশব্দে তাঁর ডিফিউজার পেন্সিলটিকে প্যানেলের কোণে ধরে সামান্য ফ্রিকোয়েন্সি নির্গত করলেন। আয়নার লকটি আলতো করে

শিথিল হলো। বিনি ধীরে ধীরে, প্রায় ইঞ্চি মেপে সেই প্যানেলটিকে সামান্য ফাঁক করলেন।

বাতাসের গতিপথ বদলে গেল। তাঁর নাকে এলো এক তীব্র, কিন্তু শীতল গন্ধ—তা কোনো জীবাণুনাশক বা ক্লোরিনের গন্ধ নয়, বরং সমুদ্রের গভীর জলের মতো এক অদ্ভুত, খনিজ গন্ধ।

ফাঁক দিয়ে উঁকি দিলেন বিনি। সবুজচে আলোর সেই করিডরটি ছিল শীতল, এবং দৃশ্যটি ছিল হুবহু তাঁর কল্পনা করা বিভীষিকার মতো। করিডরটির একপাশে সারি সারি বসানো ছিল বেশ কয়েকটি বিশাল **টাব ইউনিট**। প্রতিটি টাব তৈরি ছিল ম্যাট-ব্ল্যাক ফাইবার দিয়ে, যা সেই শীতল সবুজ আলো শুষে নিচ্ছিল। টাবগুলোর ভেতরে ছিল স্ফটিক স্বচ্ছ, কিন্তু ঘন, নীলচে তরল পদার্থ। এই তরল সাধারণ জল নয়—এটি অবশ্যই উচ্চ ঘনত্বের কোনো ইলেক্ট্রোলাইট মিশ্রণ, যা ওই জেনো-অ্যাসিস্ট্যান্টদের জন্য শক্তি এবং জীবন-সঞ্চালকের কাজ করে।

এবং সেই টাবগুলোর ভেতরে, সেই শীতল তরলে, মাথা ও কাঁধের ওপর পর্যন্ত ডুবে ছিল মানব-সদৃশ অবয়বগুলি। তাদের সবার চোখ ছিল বন্ধ, মুখ ছিল নীরব, এবং ভঙ্গিমা ছিল এক গভীর, যান্ত্রিক বিশ্রামের।

বিনি আতঙ্কিত হলেন, কিন্তু তাঁর বিজ্ঞানী মন দ্রুত পর্যবেক্ষণ শুরু করল: প্রতিটি অবয়বই দেখতে অভিন্ন, যেন একটি ছাঁচ থেকে তৈরি—উচ্চতা, শরীরের গঠন, মসৃণ ত্বকের ফ্যাকাশে নীলচে আভা—সবকিছুই হুবহু **টেল** এবং **সার্ভিস ইউনিট সেভেন**-এর প্রতিচ্ছবি। এটি ছিল পিয়েরের **অভিন্নতার কৌশল**-এর চূড়ান্ত প্রমাণ। এই সাদৃশ্য বিনয়কে নিশ্চিত করল: এটি কোনো প্রাকৃতিক বিবর্তন বা জন্ম নয়, এটি এক পরিকল্পিত, সিরিজ-উৎপাদিত জৈব-প্রকৌশল।

বিনি দ্রুত চোখ বুলিয়ে তাঁর লক্ষ্যবস্তু **টেলকে** খুঁজে নিলেন। করিডরের শেষপ্রান্তে, একটি টাবের পাশে ছোট করে **'UNIT 008'** লেখা ছিল। টেলের স্থান।

টেল সেই টাবের ভেতরে স্থিরভাবে শুয়ে ছিলেন। তাঁর শরীর জলের নিচে সম্পূর্ণভাবে প্রসারিত। তাঁর মসৃণ, রোমহীন ত্বক জলের নিচে আরও শীতল ও ধাতব দেখাচ্ছিল। শরীরের স্বাভাবিক রক্তবর্ণের জায়গায়, ত্বকের নিচে দিয়ে যেন এক দুর্বল নীলচে আভা বইছে—সম্ভবত সেই শীতল, নীলচে তরল, যা টেল তাঁর শরীরের অভ্যন্তরে রক্ত সঞ্চালনের বিকল্প হিসেবে ব্যবহার করেন।

টেলের অভিব্যক্তি ছিল এমন এক **শীতল প্রশান্তির**, যা মৃতদেহের মধ্যেও খুঁজে পাওয়া যায় না। তিনি কোনো স্বপ্ন দেখছিলেন না, তাঁর মস্তিষ্ক কেবল তার **বায়ো-রেগুলেশন চিপের** অধীনে নীরব রিচার্জ মোডে ছিল।

বিনি তাঁর **থার্মাল স্ক্যানারটি** বের করে আবার টেলের দিকে তাক করলেন। স্ক্যানারটি তখন টেলের শরীরের তাপমাত্রা দেখাচ্ছে **৫১° ফারেনহাইট**। এই তাপমাত্রা কোনো মানব কোষকে জীবিত রাখতে পারে না। এই জেনো-অ্যাসিস্ট্যান্টরা তাপ এবং অক্সিজেনের জন্য প্রচলিত মানব পদ্ধতির ওপর নির্ভর করে না।

বিনি প্রায় মিনিটখানেক ধরে টেলকে দেখলেন। টেল সম্পূর্ণ নগ্ন, এবং এইবার তাঁর শরীরের প্রতিটি খুঁটিনাটি বিনির সামনে স্পষ্ট। তিনি কোনো বাহ্যিক পোশাক বা গ্লাভসের মাধ্যমে শীতলতা তৈরি করেননি—তাঁর শীতলতা **অভ্যন্তরীণ, জৈবিক**।

টেল তাঁর চোখ বন্ধ করে ছিল। তাঁর দীর্ঘ, মসৃণ হাত দুটি শরীরের দুপাশে আলতোভাবে ছড়ানো। কিন্তু ঠিক সেই মুহূর্তে, টেল গভীর রিচার্জ চক্রের একটি ধাপে প্রবেশ করলেন।

টেলের বুকে কোনো শ্বাস-প্রশ্বাসের আন্দোলন দেখা গেল না। মানুষ যেভাবে শ্বাস নেয়, টেল সেভাবে শ্বাস নিচ্ছিলেন না। তার মানে, তাঁর শরীরের অক্সিজেন বা এনার্জি-পরিবাহের জন্য ফুসফুস ব্যবহৃত হচ্ছিল না।

কিন্তু তখন, তাঁর মসৃণ গলার ঠিক নিচে, কলার বোনের কাছে, **ত্বকের তিনটি ভাঁজ** হঠাৎ করেই মৃদুভাবে নড়ে উঠল।

এই নড়াচড়া ছিল ছন্দবদ্ধ এবং অত্যন্ত সূক্ষ্ম, যেন কোনো যান্ত্রিক স্পন্দনের মতো। **নড়ল, থেমে গেল, আবার নড়ল...।**

এই দৃশ্য বিনির সমস্ত স্নায়ুকে কাঁপিয়ে দিল। এই ভাঁজগুলো কোনোভাবেই মানুষের শারীরবৃত্তীয় অংশ নয়। এটি দেখতে অবিকল **মাছের ফুলকার** (Gills) মতো।

ভেজা, স্লশ... স্লশ... শব্দটি তখন আবার শুরু হলো, আরও জোরালোভাবে। বিনি বুঝলেন: **এই ফুলকাগুলিই জলের মধ্য দিয়ে অক্সিজেন বা ইলেক্ট্রোলাইট শোষণ করছে, আর ভেজা শ্বাস-প্রশ্বাসের শব্দ এই ফুলকাগুলির ভেতরের প্রক্রিয়া থেকে আসছে।**

বিনি মাথা নাড়লেন। তিনি ভুল শোনেননি। তাঁর সমস্ত সন্দেহ সত্য। টেল এবং অন্যান্য জেনো-অ্যাসিস্ট্যান্টরা ছদ্মবেশী উভচর বা জলজ প্রাণী, যাদের মানুষ হিসেবে বাঁচতে হলে এমন শীতল, উচ্চ ঘনত্বের তরল প্রয়োজন। তারা পৃথিবীতে কেবল ছদ্মবেশে টিকে আছে।

বিনি নিজেকে ফিসফিস করে বললেন, "তারা কেবল ক্লোন নয়। তারা এমন এক **জেনো-অর্গানিজম**, যাদের শ্বাস-প্রশ্বাসের ভিত্তি ভিন্ন। তারা এই শীতল তরলের মধ্য দিয়েই তাদের এনার্জি বা লাইফ-ফোর্স শোষণ করছে।"

টেল হলেন পিয়েরের এক সফল **নকল-মানুষ (Imitation Human)**।

বিনি তাঁর কৌতূহলকে নিয়ন্ত্রণ করলেন। আর দেরি করা যাবে না। তিনি জানেন, এই দৃশ্য দেখার পর তাঁর আর কোনো প্রমাণ প্রয়োজন

নেই। পিয়েরের দাবি সত্যি—তিনি এলিয়েনদের নিয়ে গবেষণা করেন না, তিনি তাদের **ধারণ** করেন এবং **উৎপাদন** করেন।

কিন্তু এই সত্য পিটারের বন্দিত্বের চেয়ে বড় নয়।

বিনি প্যানেলটিকে নীরবে বন্ধ করার প্রস্তুতি নিলেন। কিন্তু তখন তাঁর মনে পড়ল: **এই অবয়বগুলোর মধ্যে একটি অবয়ব, পিয়েরও তো হতে পারেন!** যদি পিয়েরও টেল বা ইউনিট ০০৭-এর মতো একই রিচার্জ চক্র অনুসরণ করেন, তবে তিনিও এখন এই করিডরের কোথাও জলের টাবে শুয়ে থাকতে পারেন।

এইবার বিনি তাঁর চোখ করিডরের শেষপ্রান্তের সেই বিশাল দরজাটির দিকে নিয়ে গেলেন। দরজাটি ছিল অন্যদের চেয়ে অনেক বেশি সুরক্ষিত এবং তার চারপাশে নীল আলোর আভা আরও তীব্র।

বিনি নিশ্চিত হলেন: পিয়ের, তাঁর সবচেয়ে গুরুত্বপূর্ণ সম্পদ—তাঁর **কোয়ান্টাম স্লিপার** এবং তাঁর বন্ধু **পিটার থমসন**—অবশ্যই সেই মূল ল্যাবরেটরির ভেতরে সুরক্ষিত আছে।

এই মুহূর্তে টেল বা তার অন্যান্য প্রতিরূপকে আক্রমণ করা কোনো সমাধান নয়। তাঁর প্রধান কাজ হলো সেই ল্যাবরেটরিতে প্রবেশ করা।

বিনি তাঁর সমস্ত শক্তি এবং মনোযোগ একত্র করলেন। তিনি তাঁর **এনার্জি ডিফিউজারটি** হাতে নিলেন এবং প্যানেলটিকে নীরবে তার জায়গায় ফিরিয়ে দিলেন। জলের ছলাৎছলাৎ শব্দ এবং ভেজা শ্বাস-প্রশ্বাসের শব্দ আবার দেওয়ালের আড়ালে চাপা পড়ল।

তিনি তাঁর কক্ষ থেকে বের হলেন। মধ্যরাতের নীরবতা তখন আরও তীব্র, কিন্তু বিনির মনে এখন আর কোনো দ্বিধা নেই। তাঁর সামনে এখন সেই আলোকিত বাড়ির অন্ধকার কেন্দ্র—ল্যাবরেটরি। এইবার তিনি শিকারী। আর তাঁর শিকার: সত্য এবং স্বাধীনতা।

অধ্যায় ২০ – ভোরবেলার স্বাভাবিকতা

অধ্যাপক বিনি বন্দ্যোপাধ্যায় তাঁর কক্ষের ভেতরে রাত কাটালেন এক তীব্র মানসিক অস্থিরতায়। তিনি বিছানায় একবারের জন্যও শোননি। বরং তিনি সারারাত তাঁর **এনার্জি ডিফিউজার পেন্সিলটি** হাতে ধরে, বাথরুমের লুকানো প্যানেলের সামনে দাঁড়িয়ে ছিলেন—শুনছিলেন দেওয়ালের ওপাশ থেকে আসা সেই শীতল, ভেজা শ্বাস-প্রশ্বাসের শব্দ এবং তরলের ছলাৎছলাৎ ধ্বনি।

মধ্যরাতের সেই দৃশ্য, যেখানে **টেল** এবং অন্যান্য **জেনো-অ্যাসিস্ট্যান্টরা** শীতল নীলচে তরলে ডুবে, মাছের মতো ফুলকা ব্যবহার করে শ্বাস নিচ্ছিল, তা বিনির মস্তিষ্কে স্থায়ীভাবে গেঁথে গেছে। তিনি এখন জানেন, এই মানুষ-সদৃশ অবয়বগুলি কোনো মানুষ নয়, তারা হল এক ভিন্ন গ্রহের জৈব-যন্ত্র, যাদের বাঁচতে হলে পৃথিবীর স্বাভাবিক পরিবেশের বাইরে শীতল তরলের প্রয়োজন হয়।

ভোরের দিকে, দেওয়ালের ওপাশের সেই শব্দগুলি ধীরে ধীরে কমে এলো। প্রায় ভোর সাড়ে পাঁচটা নাগাদ কম্পন থেমে গেল, এবং তরলের দুলুনিও থেমে গেল। বিনি বুঝলেন: **রিচার্জ চক্র শেষ**। জেনো-অ্যাসিস্ট্যান্টরা এখন তাদের মানব-ছদ্মবেশ ধারণের জন্য প্রস্তুত।

বিনি দ্রুত তাঁর চেহারায় এক ধরনের **'স্বাভাবিক বিভ্রান্তি'** ফুটিয়ে তোলার চেষ্টা করলেন। তিনি তাঁর সরঞ্জামগুলো লুকিয়ে ফেললেন এবং বিছানার কিনারায় এসে বসলেন। তিনি সিদ্ধান্ত নিলেন—পিয়েরের কাছে তিনি এমন একজন বিজ্ঞানী হিসেবে থাকবেন, যিনি সবকিছু দেখেও বিশ্বাস করতে চাইছেন না, যিনি এখনও যৌক্তিক ব্যাখ্যার সন্ধানে আছেন।

ঘরের ভেতরে সেই শীতল, সাদা-নীল আলোর ঔজ্জ্বল্য তখন ধীরে ধীরে কমতে শুরু করল, আর তার বদলে ঘরের কোণে বসানো ল্যাম্প থেকে এক মৃদু, হলুদ আলো জ্বলে উঠল—যা এক স্বাভাবিক দিনের

সূচনাকে নির্দেশ করে। পিয়ের তাঁর আতিথেয়তার ছদ্মবেশ নিখুঁতভাবে বজায় রেখে চলেছেন।

সকাল সাতটা বাজতেই দরজায় মৃদু নক হলো। শব্দটি ছিল শান্ত এবং অত্যন্ত মার্জিত, যেন কোনো সাধারণ ব্রিটিশ বাটলার দরজায় কড়া নাড়ছেন।

বিনি দরজা খুললেন। সামনে দাঁড়িয়ে সেই কফি পরিবেশনকারী **সার্ভিস ইউনিট সেভেন**। গতকাল রাতে যাকে তিনি দেওয়ালের ওপাশে শীতল তরলে ডুবতে দেখেছেন, সে এখন একটি পরিচ্ছন্ন, সাদা শার্ট এবং কালো ট্রাউজার পরে দাঁড়িয়ে। তার মসৃণ ত্বক, স্থির চোখ এবং সেই যান্ত্রিক হাসি—সবকিছুই গত রাতের বিভীষিকাকে অস্বীকার করছে।

"শুভ সকাল, অধ্যাপক বন্দ্যোপাধ্যায়," ইউনিট সেভেন বলল। তার কণ্ঠে কোনো আবেগ নেই। "প্রাতরাশের ব্যবস্থা করা হয়েছে। অনুগ্রহ করে ডাইনিং হলে আসুন।"

বিনি তাকে অনুসরণ করলেন। হলঘরটি এখন সকালে আলোয় ভরা। বাইরের ঘন অরণ্য ভেদ করে সকালের আলো কাঁচের জানালা দিয়ে ভেতরে প্রবেশ করেছে। এই আলোর কারণে ঘরের ভেতরের শীতল, ক্লিনিক্যাল ঔজ্জ্বল্য অনেকখানি কমে গেছে, এবং এটিকে এখন একটি পুরোনো, কাঠের বাড়ি বলেই মনে হচ্ছে।

ডাইনিং হলটি ছিল বিশাল, তার কেন্দ্রে একটি লম্বা কাঠের টেবিল। টেবিলে নানা ধরনের প্রাতরাশ সাজানো—টোস্ট, জ্যাম, ডিম, এবং ফলের রস। সবকিছুই পৃথিবীর কোনো পাঁচতারা হোটেলের মতো নিখুঁতভাবে সাজানো।

টেবিলের এক প্রান্তে বসলেন বিনি। বিপরীত প্রান্তে বসেছিল **টেল**।

টেল সম্পূর্ণভাবে তৈরি। তাঁর পরনে গতকালের মতোই ক্যাজুয়াল জ্যাকেট এবং জিন্স। চুল পরিপাটি, এবং তাঁর মুখে সেই শীতল হাসিটি তখনও লেগে আছে, যা ইঙ্গিত করে যে তিনি সব জানেন।

"শুভ সকাল, অধ্যাপক," টেল স্বাগত জানাল। "আশা করি রাতে ভালো ঘুম হয়েছে।"

বিনি সরাসরি টেলের চোখের দিকে তাকালেন। গত রাতে টেলের শরীর ছিল জলের টবে, তার গলার নিচে ফুলকার মৃদু নড়াচড়া দেখছিলেন তিনি। আর এখন সেই একই অবয়ব স্বাভাবিকভাবে বসে প্রাতরাশ গ্রহণ করতে চলেছে।

"ঘুম..." বিনি হাসলেন। "আমার মতো বিজ্ঞানীর জন্য ঘুম একটি অপ্রয়োজনীয় বিলাসিতা, মিস্টার টেল। বিশেষ করে যখন এত বড় একটি রহস্য চোখের সামনে।"

বিনি লক্ষ্য করলেন, টেল তাঁর সামনে প্লেটে ডিম এবং টোস্ট নিলেন, এবং তাঁর হাতে ধরা একটি চায়ের কাপ থেকে আলতো করে চুমুক দিলেন।

এই দৃশ্যটি বিনির কাছে ছিল **চূড়ান্ত বৈজ্ঞানিক অসংগতি (Ultimate Scientific Anomaly)**। যে প্রাণী ৫২° ফারেনহাইট তাপমাত্রায় বাঁচে, যার শরীরে রক্ত নেই এবং ফুলকা আছে—সে কীভাবে এত স্বাভাবিকভাবে উষ্ণ পানীয় গ্রহণ করতে পারে?

বিনি তাঁর কৌতূহলকে আর ধরে রাখতে পারলেন না। তিনি টেবিলের ওপর রাখা নুনের কৌটাটি নিতে গিয়ে ইচ্ছে করেই টেলের হাত স্পর্শ করলেন।

টেলের হাত স্পর্শ হলো। এইবার বিনি চমকে গেলেন। তাঁর হাতের স্পর্শটি ছিল **ঠান্ডা**, কিন্তু গত রাতে এবং এয়ারপোর্টে সেই বরফের মতো যে শীতলতা তিনি অনুভব করেছিলেন, তা এখন অনেকটাই

কম। এই শীতলতা এমন ছিল যেন কোনো মানুষের হাত বাইরে অনেকক্ষণ ঠাণ্ডা বাতাসের সংস্পর্শে ছিল।

বিনি নিজের **থার্মাল স্ক্যানার** ব্যবহার করতে পারলেন না, কিন্তু তাঁর জৈব সংবেদনশীলতা তাঁকে জানাল: **টেল তাঁর শরীরের বাহ্যিক তাপমাত্রা কৃত্রিমভাবে বাড়িয়ে রেখেছেন।**

টেল স্বাভাবিক ভঙ্গিতে বললেন, "আপনার কি নুন লাগবে, অধ্যাপক?"

"হ্যাঁ... ধন্যবাদ," বিনি বললেন। তাঁর মন তখন দ্রুত হিসাব কষছে: পিয়ের তাঁর জেনো-অ্যাসিস্ট্যান্টদের জন্য একটি **'থার্মাল ইমিট্যান্স প্রোটোকল'** চালু করেছেন। এর মাধ্যমে তাদের শীতল শরীর থেকে আসা শীতলতা বাইরে বের হতে পারছে না। দিনের বেলায় মানব সমাজে মিশে যাওয়ার জন্য এটি অত্যাবশ্যক।

বিনি তাঁর নিজের প্লেটে টোস্ট নিলেন। তিনি ডিমের দিকে তাকালেন না। এই পরিবেশে কোনো কিছু খাওয়া তাঁর পক্ষে সম্ভব নয়।

টেল তাঁর চায়ের কাপে চুমুক দিয়ে বললেন, "অধ্যাপক, আমি জানি আপনি কাল রাতে খুব সজাগ ছিলেন। আমরা জানি আপনি রহস্য উন্মোচনের চেষ্টা করেছেন। তবে আপনার সেই প্রচেষ্টা আপনাকে বেশিদূর নিয়ে যায়নি, কারণ আমাদের সমস্ত গুরুত্বপূর্ণ প্রবেশদ্বারগুলি **কোয়ান্টাম-ফেজ প্রটেকশন** (Quantum-Phase Protection) দ্বারা সুরক্ষিত।"

টেল সরাসরি বিনির রাতের গতিবিধির কথা না বললেও, তাঁর উদ্দেশ্য স্পষ্ট করে দিলেন—বিনিকে জানানো যে তিনি সর্বদা **পর্যবেক্ষণের অধীনে** আছেন।

বিনি এবার তাঁর নিজের কৌশল প্রয়োগ করলেন। তিনি টেলের কথায় কোনো প্রতিক্রিয়া দেখালেন না, বরং টোস্টে জ্যাম মেখে স্বাভাবিক ভঙ্গিতে খেতে শুরু করলেন।

“মিস্টার টেল,” বিনি শান্তস্বরে বললেন। "আপনি এবং পিয়ের আমাকে যে সমস্ত তথ্য দিচ্ছেন—ঠান্ডা হাত, এলিয়েন গবেষণা, টাইম ট্রাভেল—এগুলো সবকিছুই আমার কাছে একটি **মনস্তাত্ত্বিক পরীক্ষার** অংশ মনে হচ্ছে। হয়তো আপনারা দুজন এমন কোনো নতুন কৃত্রিম বুদ্ধিমত্তা নিয়ে কাজ করছেন, যা মানুষের বিশ্বাস ও যুক্তিকে চ্যালেঞ্জ জানাতে পারে।"

বিনি এই মিথ্যাটি বললেন কারণ তিনি জানেন, টেলকে কোনোভাবেই জানতে দেওয়া যাবে না যে তিনি ফুলকা এবং শীতল তরলের আসল সত্য দেখেছেন।

টেল মৃদু হাসলেন। "কৃত্রিম বুদ্ধিমত্তা? আপনি এই সমস্ত কিছুকে এখনও একটি মানব-সৃষ্ট প্রযুক্তি মনে করছেন? আপনার সামনে আমরা কফি পান করছি, সাধারণ খাবার খাচ্ছি। আপনার চোখ দেখছে, কিন্তু আপনার মন তা গ্রহণ করতে চাইছে না।"

বিনি এবার টেলেকে একটি কঠিন প্রশ্ন করলেন: "আমি ক্যালিফোর্নিয়াতে পিয়েরকে জিজ্ঞাসা করেছিলাম, কেন আপনারা কফি পান করছেন না। আর এখানে আপনারাই কফি পান করছেন। এই পরিবর্তন কেন?"

টেল হাসির পরিমাণ সামান্য বাড়িয়ে বললেন, "আমরা কেবল সেই অভিনয় করছি, যা আপনার মন দেখতে চায়। আপনি যখন কফি না খাওয়ার অসংগতি খুঁজে পেলেন, তখন আপনি আরও বিভ্রান্ত হলেন। আর এখন যখন আমরা কফি পান করছি, তখন আপনি ভাবছেন—এটি চালাকি। আপনার মস্তিষ্ক যেকোনো কিছুর একটি যৌক্তিক ব্যাখ্যা খুঁজে বের করার চেষ্টা করছে, এমনকি যখন সত্য তার সামনে দাঁড়িয়ে আছে।"

টেল এবার প্লেট থেকে কাঁটা-চামচ নামিয়ে বিনির দিকে তাকালেন। এইবার তাঁর দৃষ্টি ছিল কঠিন, যেন কোনো শিক্ষকের দৃষ্টি।

"অধ্যাপক," টেল বললেন, "আপনার বন্ধু পিটার আপনাকে ঠিক এই কারণেই আমাদের কাছে এনেছেন—কারণ আপনি আপনার যৌক্তিক দেওয়াল ভাঙতে রাজি ছিলেন না। আমরা আপনাকে ভাঙতে চাই না, আমরা চাই আপনি আমাদের বাস্তবতাকে গ্রহণ করুন।"

প্রাতরাশ প্রায় শেষ হলো। টেবিলে তখনও কোনো জেনো-অ্যাসিস্ট্যান্ট বা পিয়ের ছিলেন না। কেবল টেল এবং বিনি। এটি ছিল একটি একান্তে মানসিক যুদ্ধ।

টেল রুমাল দিয়ে মুখ মুছে উঠে দাঁড়ালেন।

"আপনার প্রাতরাশ সম্পূর্ণ করুন, অধ্যাপক। পিয়ের আপনাকে সকাল ১০টায় মূল গবেষণাগারে স্বাগত জানাবেন। আপনার বন্ধু পিটার এবং আমাদের সবচেয়ে বড় আবিষ্কার—**এলিয়েন কন্টেমেন্ট ইউনিট**—আপনার জন্য অপেক্ষা করছে।"

"পিটার নিরাপদ তো?" বিনি জিজ্ঞেস করলেন।

"যতক্ষণ না আপনি আমাদের আবিষ্কারকে সম্মান দেখাচ্ছেন, ততক্ষণ তিনি সম্পূর্ণ নিরাপদ," টেল বললেন।

টেল ধীরে ধীরে ডাইনিং হল ছেড়ে বেরিয়ে গেলেন।

বিনি নিঃশব্দে চেয়ারে বসে রইলেন। তাঁর হাতে থাকা কফির কাপটি তখন ঠান্ডা হয়ে গেছে। তিনি জানতেন, টেলের এই ভোরবেলার স্বাভাবিকতা ছিল গত রাতের বিভীষিকার চেয়েও ভয়ঙ্কর চালাকি। পিয়ের তাঁর মনস্তাত্ত্বিক খেলাকে এমন এক উচ্চতায় নিয়ে গেছেন, যেখানে সত্য এবং অভিনয়কে আলাদা করা অসম্ভব।

কিন্তু বিনি এখন প্রস্তুত। তিনি জানেন **ফুলকা** এবং **শীতল তরলের** সত্য। তিনি জানেন, এই জেনো-অ্যাসিস্ট্যান্টরা রাতে দুর্বল হয়। এখন তাঁর একমাত্র কাজ হলো, ল্যাবরেটরির ভেতরে **কোয়ান্টাম স্লিপারটি** খুঁজে বের করে, **ডিফিউজার** ব্যবহার করে বিভ্রান্তি সৃষ্টি করা এবং পিটারকে নিয়ে পালিয়ে যাওয়া।

বিনি ঘড়ির দিকে তাকালেন। সকাল ১০টা। মাত্র দেড় ঘণ্টা বাকি। এই দেড় ঘণ্টার মধ্যে তাঁকে মূল ল্যাবরেটরির নকশা তৈরি করতে হবে এবং আক্রমণের পরিকল্পনা সাজাতে হবে। তাঁর জীবনের সবচেয়ে বড় পরীক্ষা শুরু হতে চলেছে।

ল্যাবরেটরি

অধ্যায় ২১ – পিয়েরের কথোপকথন

ঘড়ি যখন ঠিক সকাল ১০টা নির্দেশ করল, অধ্যাপক বিনি বন্দ্যোপাধ্যায় তাঁর জীবনের সবচেয়ে কঠিন অভিনয়টি করার জন্য প্রস্তুত হলেন। তিনি ডাইনিং টেবিল থেকে উঠে এসে হলঘরের কেন্দ্রে দাঁড়ালেন। তাঁর মন তখন টেলের স্বাভাবিক স্পর্শের **কৃত্রিম উষ্ণতা** এবং দেওয়ালের ওপাশে ফুলকা ব্যবহার করে শ্বাস নেওয়া **জেনো-অ্যাসিস্ট্যান্টদের** ভয়ঙ্কর সত্যের মাঝে দুলছিল।

ঘরের প্রধান দরজা নিঃশব্দে খুলে গেল। ভেতরে প্রবেশ করলেন **পিয়ের**।

পিয়েরের পরনে সেই একই কালো স্যুট, কিন্তু এইবার তাঁর চালচলন ছিল আরও বেশি আনুষ্ঠানিক, যেন তিনি একজন সামরিক প্রধান। তাঁর মুখে সেই শীতল হাসিটি এখনও লেগে আছে, তবে তা এখন ছিল **অপেক্ষা এবং চূড়ান্ত নিয়ন্ত্রণের** হাসি।

"অধ্যাপক বন্দ্যোপাধ্যায়," পিয়ের বললেন। তাঁর কণ্ঠস্বর স্বাভাবিক, মসৃণ, কিন্তু তাতে ছিল এক অমোঘ কর্তৃত্ব। "আমি আশা করি, আমার আতিথেয়তায় আপনার কোনো ত্রুটি হয়নি। একজন অতিথি যখন এত

দূর থেকে আসেন, তখন তাকে সর্বোচ্চ স্বস্তি দেওয়া আমাদের কর্তব্য।"

বিনি পিয়েরের দিকে তাকালেন। তিনি জানেন, পিয়ের তাঁর সমস্ত কৌশল এবং সরঞ্জাম সম্পর্কে জানেন, এমনকি গত রাতে তাঁর বাথরুমের দেওয়ালের পেছনের উঁকি দেওয়াটাও পিয়েরের অজানা নয়।

"আপনার আতিথেয়তা... অস্বাভাবিক, মিস্টার পিয়ের," বিনি জবাব দিলেন। তিনি তাঁর স্বর যতটা সম্ভব শান্ত রাখলেন। "আমি আপনার সহকারী মিস্টার টেলের সঙ্গে প্রাতরাশ করেছি। তিনি অত্যন্ত বিনয়ী, যদিও আমার মনে হয় তাঁর শারীরিক গঠন বেশ কিছু **বিরল শারীরবৃত্তীয় অবস্থার** (Rare Physiological Conditions) শিকার।"

পিয়ের হাসলেন। তাঁর চোখ সেই হাসি পর্যন্ত পৌঁছাল না।

"আপনি এখনও আপনার যৌক্তিকতার সেই আরামদায়ক খাঁচায় বন্দী, অধ্যাপক," পিয়ের বললেন। "আপনি এখনও টেলকে 'শিকার' মনে করছেন, এবং আপনার বিজ্ঞান তাঁকে 'রোগ' মনে করছে। এটিই আপনাদের প্রজাতির সবচেয়ে বড় দুর্বলতা: যা আপনাদের বোধগম্য নয়, তাকেই আপনারা হয় বাতিল করেন, না হয় অসুস্থ বলে গণ্য করেন।"

পিয়ের হলঘরের এক কোণের দিকে ইঙ্গিত করলেন। এই কোণটি গত রাতে বিনির দৃষ্টি এড়িয়ে গিয়েছিল, কারণ এটি ছিল ছায়াযুক্ত।

"চলুন, অধ্যাপক। আপনার সেই কৌতূহলকে আর আটকে রাখবেন না। আমি আপনাকে আমার **মুল গবেষণাগারে** নিয়ে যাব। সেখানেই আপনার বন্ধু পিটার এবং আপনাদের মানবজাতির সবচেয়ে বড় আবিষ্কার—**সময়** —অপেক্ষা করছে।"

বিনি পিয়েরকে অনুসরণ করলেন। তাঁরা হলঘরের সেই কোণের দিকে এগিয়ে গেলেন, যেখানে কোনো দরজা ছিল না, ছিল কেবল মসৃণ কাঠের দেওয়াল।

দেওয়ালের কাছে পৌঁছাতেই, পিয়েরের মুখমণ্ডল সেই কাঠের দেওয়ালের দিকে সামান্য ঝুঁকে গেল। কোনো স্পর্শ নয়, কেবল তাঁর ফ্যাকাশে ঠোঁট দুটি সামান্য নড়ল। একটি ক্ষুদ্র, উচ্চ-ফ্রিকোয়েন্সির শব্দ হলঘরের বাতাসে তরঙ্গ তুলল।

মুহূর্তেই, কাঠের দেওয়ালটি মাঝখান থেকে সম্পূর্ণ **অদৃশ্য** হয়ে গেল। দেওয়ালটি দু'পাশে সরে গেল না, বরং তার কাঠামোগত উপাদানগুলি যেন এক মুহূর্তে **অন্য মাত্রায় স্থানান্তরিত** হয়ে গেল। এখন তাঁদের সামনে একটি বিশাল, প্রশস্ত করিডর। এই করিডরটি ছিল ঘরের বাকি অংশের চেয়ে অনেক বেশি ক্লিনিক্যাল, শীতল নীল আলোয় উদ্ভাসিত।

"আপনার সেই লুকানো প্যানেলের মতোই," বিনি নীরবে ভাবলেন, "কিন্তু এই প্রযুক্তি আরও উন্নত।"

করিডরে প্রবেশ করার পর, পিয়ের হাঁটতে শুরু করলেন। তাঁর গতি ছিল শান্ত। এইবার বিনি তাঁর সমস্ত মনোযোগ পিয়েরের কথোপকথনে দিলেন।

"অধ্যাপক," পিয়ের হাঁটতে হাঁটতেই বলতে শুরু করলেন। "আপনি এই পর্যন্ত যা দেখেছেন—টেল, এই বাড়ি, আমার শীতল স্পর্শ—এগুলো সবই আপনার মনের জন্য তৈরি করা একটি **ধাঁধা (Puzzle)**। আমি আপনাকে এমন কিছু দেখাচ্ছি না যা আপনার প্রযুক্তি বা জ্ঞানকে এক লহমায় ধ্বংস করে দেবে, আমি কেবল আপনার **ধারণাকে** ধ্বংস করতে চাইছি।"

"আমি বুঝতে পারছি," বিনি বললেন। "আপনি আমাকে দেখাতে চাইছেন যে, আপনার প্রযুক্তি এত উন্নত যে তা মানুষের জৈব-

প্রকৌশলকে নকল করতে পারে। আপনারা **বায়ো-ক্লোনিং** নিয়ে কাজ করছেন।"

পিয়ের হাসলেন। এটি যেন বিনোদনের চূড়ান্ত হাসি। "বায়ো-ক্লোনিং? আপনি আপনার স্কুলের পাঠ্যবই থেকে প্রযুক্তি ধার করছেন, অধ্যাপক! টেল কোনো ক্লোন নয়। ক্লোন একটি দুর্বল প্রতিরূপ মাত্র। টেল হলেন একটি **'অপ্টিমাইজড অর্গানিজম' (Optimized Organism)**, যা একটি ভিন্ন গ্রহের বায়ু এবং আর্দ্রতাকে পৃথিবীর পরিবেশের সঙ্গে খাপ খাইয়ে নিয়েছে। টেল হলো সেই সমাধান, যা আপনার মানবজাতি বছরের পর বছর ধরে খুঁজতে ব্যর্থ হয়েছে—**আন্তঃমাত্রিক অভিবাসন (Inter-dimensional Migration)**।"

পিয়ের থামলেন এবং বিনির দিকে ফিরলেন।

"আপনারা নিজেদের বিজ্ঞানকে বিশ্বাস করেন। কিন্তু আপনাদের বিজ্ঞান **স্থান** এবং **সময়কে** আলাদা করে দেখে। আপনারা মনে করেন, এক স্থান থেকে অন্য স্থানে যেতে হলে গতি লাগে। কিন্তু আমি আপনাকে বলছি, স্থান এবং সময় হলো একটি একক, প্রবাহিত নদী। আর আমি সেই নদীর ওপর দিয়ে নয়, **ভেতর দিয়ে** হাঁটি।"

"আমার সেই কব্জিবন্ধনী..." বিনি জিজ্ঞেস করলেন। "কোয়ান্টাম স্লিপার... সেটিও কি সেই 'নদী'র একটি ক্ষুদ্র ভাঁজ?"

পিয়ের তাঁর পকেট থেকে একটি ছোট, ঝকঝকে ধাতব বস্তু বের করলেন। সেটি ছিল বিনির সেই **কোয়ান্টাম স্লিপার**।

"এটি একটি সুন্দর খেলনা, অধ্যাপক," পিয়ের যন্ত্রটিকে ঘুরিয়ে দেখালেন। "আপনার মানবজাতির প্রযুক্তিতে এটি হয়তো একটি বিপ্লব। কিন্তু আমার কাছে এটি একটি শিশুর প্রথম আঁকা ছবি। এটি স্থানকে ভাঁজ করে, কিন্তু এটি সময়কে স্থির করে না। আপনি পালাতে পারতেন, কিন্তু আপনার সেই পলায়ন হত এক **অন্ধের দৌড়**।"

পিয়ের বিনির চোখের দিকে তাকিয়ে সেই যন্ত্রটি আবার পকেটে ঢুকিয়ে নিলেন। "আমি এটি নিয়েছি, অধ্যাপক, কারণ আপনার পালানোর প্রয়োজন হবে না। আপনার জ্ঞান এখন আমার, এবং আমি আপনাকে এই গ্রহের সবচেয়ে বড় সত্যটি দেখাতে চলেছি।"

করিডরটি শেষ হলো একটি বিশাল গোলকধাঁধার মতো দেওয়ালের সামনে। এটি কোনো কাঠ বা ইস্পাতের দেওয়াল ছিল না, এটি ছিল একটি **স্থির, মসৃণ, ধূসর উপাদান**—যা কোনোভাবেই পৃথিবীর কোনো বস্তুর সঙ্গে মেলে না।

"এটি আমার ল্যাবরেটরির মূল প্রবেশপথ," পিয়ের বললেন। "আপনার বিজ্ঞান একে হয়তো ইস্পাত বলবে। কিন্তু এটি একটি **স্থির, উচ্চ-কম্পাঙ্কের ক্ষেত্র** (Fixed, High-Frequency Field)। টেল বা তার প্রতিরূপরা এই পথে প্রবেশ করে না, কারণ তাদের শরীরের স্থিতিশীলতা এই ক্ষেত্রকে নষ্ট করে দেবে।"

পিয়ের তাঁর কালো কোটের ভেতরের পকেট থেকে একটি **ফ্যাকাশে, সবুজ স্ফটিক** বের করলেন। স্ফটিকটি ছিল হাতের তালুর আকারের এবং তার ভেতরে যেন মৃদু, শান্ত আলো দুলছিল।

পিয়ের স্ফটিকটিকে সেই ধূসর দেওয়ালের দিকে ধরলেন। কোনো যান্ত্রিক শব্দ হলো না। স্ফটিকটি দেওয়ালের স্পর্শে আসতেই, দেওয়ালটি মাঝখান থেকে ধীরে ধীরে **মিলিয়ে যেতে** শুরু করল। মিলিয়ে যাওয়া বলতে, দেওয়ালটি দু'পাশে সরে গেল না, বরং এটি তার সমস্ত পদার্থকে এক মুহূর্তে **শূন্য স্থানে** (Null Space) পাঠিয়ে দিল। তাদের সামনে এখন কেবল একটি উজ্জ্বল, শীতল নীল আলোকময় পথ।

"স্বাগতম, অধ্যাপক," পিয়ের বললেন। "আমার গবেষণা কেন্দ্রে। এটি আমার **টেম্পোরাল অ্যাঙ্কর** (Temporal Anchor)।"

বিনি দ্বিধা করলেন না। তিনি তাঁর **এনার্জি ডিফিউজার পেন্সিলটি** হাতে শক্ত করে ধরে সেই নীল আলোর পথে প্রবেশ করলেন।

ল্যাবরেটরির দৃশ্য ছিল তাঁর কল্পনার চেয়েও মহৎ এবং ভীতিজনক।

এটি কোনো সাধারণ ল্যাব নয়। এটি ছিল একটি বিশাল, বৃত্তাকার হলঘর, যার সিলিং এত উঁচু যে তা অন্ধকারে মিশে গেছে। হলঘরে কোনো তার নেই, কোনো সুইচবোর্ড নেই, কোনো কম্পিউটার মনিটর নেই। আলোর একমাত্র উৎস হল ঘরের কেন্দ্রে অবস্থিত একটি বিশাল, ঘূর্ণায়মান বস্তু।

বস্তুটি ছিল একটি বিশাল, উলম্ব **নীল স্ফটিক কলাম**—প্রায় ত্রিশ ফুট উঁচু। কলামটির ভেতরের পদার্থটি স্থির ছিল না, বরং তা যেন একটি শান্ত, ঘূর্ণায়মান গ্যালাক্সির মতো নিজের ভেতরেই ঘুরছিল। কলামটির উপরিভাগ থেকে এক ধরনের ধোঁয়া বা কুয়াশা নির্গত হচ্ছিল, যা দ্রুত সিলিংয়ের দিকে চলে যাচ্ছিল।

পিয়েরের কণ্ঠস্বর এখানে প্রতিধ্বনিত হলো। "এই হলো আমার টেম্পোরাল অ্যাঙ্কর, অধ্যাপক। এটি আমাদের গ্রহের সবচেয়ে গুরুত্বপূর্ণ প্রযুক্তি। এটি সময়কে তার স্বাভাবিক গতিপথ থেকে বিচ্ছিন্ন করে একটি **স্থির বিন্দুতে** ধরে রাখে। এই কলামের ভেতরে থাকা ফ্রিকোয়েন্সিগুলিই আমাকে এই গ্রহের যেকোনো সময়ে ভ্রমণ করার এবং আপনার জ্ঞান সংগ্রহ করার সুযোগ করে দেয়।"

বিনি সেই কলামের দিকে মুগ্ধ হয়ে তাকিয়ে রইলেন। এটি ছিল কোনো এলিয়েন প্রাণী নয়, বরং **এলিয়েন প্রযুক্তি**।

"আপনি এটি কী দিয়ে তৈরি করেছেন?" বিনি জিজ্ঞেস করলেন।

"এটি এমন এক পদার্থ, যা আপনার গ্রহের স্থিতিশীলতার নিয়ম মানে না," পিয়ের বললেন। "এটি **সময়ের ঘনত্ব** দ্বারা তৈরি। এটিই আমার শক্তি, আমার স্থিতিশীলতা। এর সাহায্যে আমি আপনার সভ্যতাকে বছরের পর বছর ধরে পর্যবেক্ষণ করে চলেছি।"

পিয়ের তাঁর শীতল হাত দিয়ে কলামের দিকে ইশারা করলেন। কলামের ঠিক নিচে একটি ছোট, স্বচ্ছ **কাঁচের চেম্বার** বসানো ছিল। এবং সেই চেম্বারের ভেতরে, একটি আরামদায়ক চেয়ারে শুয়ে ছিলেন **পিটার থমসন**। পিটারের চোখ ছিল বন্ধ, তাঁর মুখে ছিল গভীর ঘুমের চিহ্ন। তাঁর শরীর থেকে কয়েকটি অতি-সূক্ষ্ম, নীলচে তার তাঁর মাথার পাশে রাখা একটি ছোট ডিভাইস পর্যন্ত চলে গেছে।

"পিটার!" বিনি চিৎকার করে উঠলেন। তিনি ছুটে যেতে চাইলেন। কিন্তু পিয়ের তাঁর হাত ধরে ফেললেন। সেই বরফের মতো স্পর্শ বিনিকে থামিয়ে দিল।

"শান্ত হোন, অধ্যাপক। পিটার সুরক্ষিত আছেন। তিনি ঘুমিয়ে আছেন। আমি তাঁর জ্ঞান সংগ্রহ করছিলাম। আমি তাঁকে বলেছিলাম, আপনার এই পৃথিবীতে ফেরার কোনো প্রয়োজন নেই। আপনার বিজ্ঞান সম্পূর্ণ। কিন্তু তিনি আপনাকে এখানে আনতে চেয়েছিলেন, কারণ তিনি জানতেন—আপনিই একমাত্র ব্যক্তি যিনি এই সত্যকে অস্বীকার করতে পারবেন না।"

বিনি রেগে গেলেন। "আপনি আমার বন্ধুকে কী করেছেন? আপনি তাঁর মস্তিষ্ক চুরি করছেন!"

"চুরি নয়, অধ্যাপক। আমি তথ্য সংগ্রহ করছি। পিটার হলেন একজন **এনথ্রোপোলজিস্ট (Anthropologist)**। আমি তাঁর জ্ঞানের মাধ্যমে মানবজাতিকে বোঝার চেষ্টা করছিলাম। আপনাদের প্রেম, আপনাদের ঘৃণা, আপনাদের কৌতূহল—সবকিছুই আমার জন্য ডেটা।"

পিয়ের তখন বিনির কাছে ঝুঁকে এলেন। তাঁর কণ্ঠস্বর আরও নিচু হলো।

"আমি আপনাকে এই প্রযুক্তি দেখাতে চেয়েছিলাম, অধ্যাপক, কারণ আপনার সেই ডিফিউজার পেন্সিলটি আমার প্রধান **শক্তি প্রবাহকে** ব্যাহত করতে পারত না, কিন্তু এটি আমার **জেনো-অ্যাসিস্ট্যান্টদের**

রিচার্জ প্রক্রিয়া নষ্ট করে দিত। আমি ঝুঁকি নিতে চাইনি। আমার প্রয়োজন ছিল আপনার জ্ঞান এবং আপনার সহযোগিতা।"

পিয়ের স্ফটিক কলামের দিকে তাকালেন। "আমি আপনাদের পৃথিবীর একজন **রক্ষক**। এই টেম্পোরাল অ্যাঙ্কর যদি ভুল হাতে পড়ে, তবে পুরো পৃথিবীর সময় এবং স্থান ধ্বংস হয়ে যাবে। আমি আপনাদের সভ্যতাকে বছরের পর বছর ধরে পর্যবেক্ষণ করেছি। আপনারা যুদ্ধ করেন, আপনারা ঘৃণা করেন, কিন্তু আপনারা অসম্ভবকে আবিষ্কারও করেন।"

"আমার কাছে আপনার জ্ঞান প্রয়োজন, অধ্যাপক," পিয়ের বললেন। "আপনার সেই **কোয়ান্টাম স্লিপার** প্রযুক্তিকে আমি আমার টেম্পোরাল অ্যাঙ্করের সঙ্গে যুক্ত করতে চাই। আপনি স্থানকে ভাঁজ করতে পারেন, আর আমি সময়কে ধরে রাখতে পারি। একসঙ্গে, আমরা **সময় এবং স্থানের কর্তা (Masters of Time and Space)** হতে পারি।"

পিয়ের বিনির দিকে হাত বাড়িয়ে দিলেন। তাঁর চোখে ছিল চূড়ান্ত আমন্ত্রণ।

"যোগ দিন আমার সঙ্গে, অধ্যাপক। আপনার বন্ধু পিটারকে মুক্ত করুন এবং মানবজাতির জন্য এক নতুন যুগের সূচনা করুন—যেখানে জ্ঞান থাকবে, কিন্তু থাকবে না অজ্ঞতার ভয়।"

বিনি সেই মুহূর্তে তাঁর হাতে লুকানো **ডিফিউজার পেন্সিলটি** চেপে ধরলেন। তাঁর সামনে দুটি পথ: হয় পিয়েরের সঙ্গে যোগ দিয়ে জগতের নতুন রহস্যের চাবিকাঠি অর্জন করা, নয়তো এই মুহূর্তে এই টেম্পোরাল অ্যাঙ্করকে আঘাত করে সবকিছু ধ্বংস করা।

অধ্যায় ২২ – গবেষণাগারের প্রথম কক্ষ

পিয়েরের কাছ থেকে **টেম্পোরাল অ্যাঙ্কর**-এর কাজ এবং **পিটার থমসনের** বন্দিদশার কারণ জানার পর অধ্যাপক বিনি বন্দ্যোপাধ্যায় তাঁর জীবনের সবচেয়ে বড় সিদ্ধান্ত নেওয়ার মুখে দাঁড়িয়ে ছিলেন। একদিকে ছিল পিয়েরের অমোঘ প্রস্তাব—**জ্ঞান এবং ক্ষমতার অংশীদারিত্ব**; অন্যদিকে ছিল তাঁর নীতি ও বন্ধুর প্রতি কর্তব্য।

বিনি তাঁর হাতে লুকানো **এনার্জি ডিফিউজার পেন্সিলটি** আলতো করে চেপে ধরলেন। তিনি জানেন, এই মুহূর্তে পিয়েরের প্রস্তাবে 'না' বলা আত্মহত্যার সমান। তিনি সিদ্ধান্ত নিলেন, সময় নেবেন।

"মিস্টার পিয়ের," বিনি শান্ত কণ্ঠে বললেন, চোখ তখনও কাঁচের চেম্বারে ঘুমন্ত পিটারের দিকে। "আপনার দাবিগুলি অবিশ্বাস্য। আপনি আমাকে যে প্রযুক্তি দেখালেন, তা মানবজাতির জ্ঞানের সীমা ছাড়িয়ে গেছে। কিন্তু সিদ্ধান্ত নেওয়ার আগে আমার বন্ধুর সঙ্গে কথা বলা প্রয়োজন। আর আমার এই বিশাল সিদ্ধান্তটি নেওয়ার আগে আপনার কাজ সম্পর্কে আরও বিস্তারিত জানা দরকার।"

পিয়েরের মুখে বিজয়ের হাসি ফুটল। "আমি জানতাম, অধ্যাপক। আপনারা বিজ্ঞানীরা কখনই কৌতূহলকে অগ্রাহ্য করতে পারেন না। পিটার এখন গভীর ঘুমে, তার মস্তিষ্কের **'ডেটা সিঙ্ক'** চলছে। তাকে জাগানোর সময় এখনও হয়নি।"

পিয়ের তাঁর শীতল হাত বাড়িয়ে দিলেন। "আমি আপনাকে দেখাব। আমি আপনাকে দেখাব কেন আপনাদের মানবজাতি এখনও শৈশবে আছে। এটি কেবল পদার্থবিদ্যা নয়, অধ্যাপক। **বাস্তবতার মূল চাবিকাঠি হলো জীববিজ্ঞান**।"

পিয়ের টেম্পোরাল অ্যাঙ্কর কলামের পাশ দিয়ে বিনিকে নিয়ে এগিয়ে গেলেন। কলামের নীল ঘূর্ণায়মান আলো তাঁদের শরীরে প্রতিফলিত হচ্ছিল। পিয়ের হলঘরের একপাশে থাকা একটি মসৃণ, ধূসর

দেওয়ালের দিকে ইশারা করলেন। এই দেওয়ালটি ছিল সম্পূর্ণ ফাটলহীন, কিন্তু পিয়েরের সেই **সবুজ স্ফটিকটি** ব্যবহার করার সঙ্গে সঙ্গেই দেওয়ালের উপাদানগুলি আবার শূন্য স্থানে মিলিয়ে গেল।

তাঁরা প্রবেশ করলেন প্রথম গবেষণাগার কক্ষে—একটি ভিন্ন জগতে।

এই কক্ষটি ছিল প্রধান হলঘরের মতো বিশাল নয়, কিন্তু তার ভেতরের পরিবেশ ছিল তীব্রভাবে ভিন্ন। এইখানে সেই শান্ত, শীতল নীল আলোর বদলে, কক্ষটি আলোকিত ছিল হলুদ-সবুজ রঙের এক অস্বাভাবিক আলোয়—যা কোনো পরীক্ষাগার বা শল্য চিকিৎসা কক্ষের আলোর মতো। বাতাস ছিল উষ্ণ, স্যাঁতসেঁতে এবং তাতে মেশানো ছিল ফরমালডিহাইড এবং পচা, তবুও জীবিত **জৈব-পদার্থের** এক তীব্র, মিষ্টি গন্ধ।

বিনি অনুভব করলেন, তাঁর শরীরের সমস্ত লোম খাড়া হয়ে উঠেছে। এটি কোনো পদার্থবিজ্ঞানের ল্যাব নয়—এটি ছিল এক **জৈবিক অস্ত্রাগার**।

কক্ষটির চারপাশের দেওয়াল জুড়ে সারি সারি বসানো ছিল বিশাল কাঁচের **সংরক্ষক ভ্যাট (Preservation Vats)**। প্রতিটি ভ্যাটই ছিল তরল পদার্থে পূর্ণ, এবং সেই তরলের রঙ ছিল অস্বচ্ছ, ফ্যাকাসে হলুদ। ভ্যাটগুলির ভেতরে ভাসছিল বহু অদ্ভুত, ভীতিজনক **প্রাণীর নমুনা**।

বিনি হাঁটা থামিয়ে দিলেন। তাঁর নিঃশ্বাস ভারী হয়ে গেল।

"স্বাগতম, অধ্যাপক," পিয়ের ফিসফিস করে বললেন। "আমার **প্রজাতি সংহতকরণ গবেষণাগারে (Species Integration Lab)**।"

বিনি ধীরে ধীরে একটি ভ্যাটের কাছে এগিয়ে গেলেন। ভেতরে ভাসছিল একটি সম্পূর্ণ **শিয়াল**-এর মতো প্রাণী—যার চোখগুলি ছিল স্বাভাবিকের চেয়েও বড়, কিন্তু তার শরীরের চামড়ার বদলে ছিল ফ্যাকাশে, ভেজা, মাছের মতো ত্বক। আর তার পেটের দু'পাশে

স্পষ্টভাবে দেখা যাচ্ছিল **কৃত্রিম-ফুলকার** সারি, যা সামান্য সবুজ আলোয় চিকচিক করছিল। প্রাণীটি স্থির ছিল, কিন্তু তার চোখগুলি ছিল খোলা, যেন সেটি জীবিত অবস্থায় তার ভয়ঙ্কর পরিণতি দেখছে।

"এটি একটি ব্যর্থ পরীক্ষা," পিয়ের উদাসীনভাবে বললেন। "আমি পরীক্ষা করছিলাম যে, পৃথিবীর একটি স্তন্যপায়ী প্রাণী কত দ্রুত তার অক্সিজেন-নির্ভর শ্বাস-প্রশ্বাসকে আমাদের জেনো-অ্যাসিস্ট্যান্টদের মতো তরল-নির্ভর সিস্টেমে পরিবর্তন করতে পারে। ফলাফল ছিল **অকার্যকর (Inefficient)**। ফুলকার সফল প্রতিস্থাপনেও মস্তিষ্কের তাপমাত্রা স্থিতিশীল রাখা সম্ভব হয়নি। বিবর্তন কেবল সময়ের অপচয় করে।"

বিনি নীরবে পরের ভ্যাটের দিকে এগিয়ে গেলেন। সেই ভ্যাটের ভেতরে ছিল এক ভয়ঙ্কর **উদ্ভিদ-প্রাণী সংকর (Plantae-Animal Hybrid)**। এটি ছিল একটি বানরের মতো অবয়ব, কিন্তু তার শরীরে লোমের বদলে ছিল শেওলার মতো সবুজ আঁশ, এবং তার প্রতিটি আঙ্গুল থেকে বেরিয়ে এসেছে সূক্ষ্ম, আলোর প্রতি সংবেদনশীল টেনড্রিল। প্রাণীটির শিরা-উপশিরায় রক্ত নয়, বরং সবুজ **ক্লোরোফিলের** মতো তরল প্রবাহিত হচ্ছে।

"এই হলো জীবন, অধ্যাপক," পিয়ের বললেন। "আপনারা জীবনকে দেখেন জল এবং কার্বন নির্ভর। আমি জীবনকে দেখি **শক্তি রূপান্তর** হিসেবে। এই প্রাণীটি কেবল আলো থেকে শক্তি আহরণ করে বাঁচতে পারে। আমি প্রমাণ করতে চেয়েছিলাম, একটি প্রাণী প্রজাতি কেবল জৈবভাবে নয়, বরং **ফোটোসিন্থেটিক** উপায়েও বাঁচতে পারে। এটি সেই গবেষণার প্রাথমিক ফসল—এক ধরনের **সবুজ ক্লোন**।"

বিনি এবার তাঁর সমস্ত নীতিগত দেওয়াল ভেঙে যাওয়া অনুভব করলেন। পিয়ের কেবল এলিয়েন প্রযুক্তি নিয়ে কাজ করছেন না, তিনি **ঈশ্বর খেলার** চরম সীমায় পৌঁছে গেছেন। তিনি জীবনকে কেবল

পরিবর্তন করছেন না, তিনি জীবনের মৌলিক নিয়মগুলি লঙ্ঘন করছেন।

বিনি তখন সেই ভ্যাটের সারির শেষপ্রান্তে দৃষ্টি দিলেন। সেখানে একটি ভ্যাট ছিল, যা অন্যদের চেয়ে ছোট এবং বিশেষভাবে অন্ধকার।

বিনি শেষ ভ্যাটটির কাছে গেলেন। ভেতরের তরল ছিল লালচে, অস্বচ্ছ। ভয়ে তাঁর হৃৎপিণ্ড দ্রুত লয়ে ছুটতে শুরু করল। ভ্যাটের ভেতরে ভাসছিল—একটি **মানুষের মস্তিষ্ক**।

কিন্তু মস্তিষ্কটি মৃত ছিল না। মস্তিষ্কটি তখনও মৃদুভাবে **স্পন্দিত হচ্ছিল**। মস্তিষ্কের বিভিন্ন অংশ থেকে সূক্ষ্ম, অপটিক্যাল ফাইবার বেরিয়ে এসে ভ্যাটের ভেতরে বসানো একটি ছোট ডিজিটাল যন্ত্রের সঙ্গে যুক্ত।

"এটি কী?" বিনির কণ্ঠে ভয় ও বিতৃষ্ণা মিশে ছিল।

"এটি আমার ল্যাবরেটরির সবচেয়ে গুরুত্বপূর্ণ নমুনা, অধ্যাপক," পিয়ের ব্যাখ্যা করলেন। তাঁর কণ্ঠে ছিল এক শীতল গর্ব। "এটি একজন সাধারণ মানুষ—একজন গণিতবিদের মস্তিষ্ক। আমি এই মস্তিষ্কটিকে তার শরীর থেকে বিচ্ছিন্ন করে একটি কৃত্রিম নিউরাল নেটওয়ার্কের সঙ্গে সংযুক্ত করেছি। এই ব্যবস্থা মস্তিষ্কটিকে জীবিত রাখে, কিন্তু এটিকে আর কোনো মানবিক আবেগ বা সচেতনতার বোঝা বহন করতে হয় না।"

পিয়ের ভ্যাটের পাশে থাকা ডিজিটাল স্ক্রিনের দিকে ইশারা করলেন। "স্ক্রিনে দেখুন। এই মস্তিষ্কটি এখনও প্রতি সেকেন্ডে প্রায় ৪.২ বিলিয়ন গাণিতিক গণনা করতে সক্ষম। এটি এখন একটি নিখুঁত **জীবন্ত সুপার কম্পিউটার**। কোনো শরীর নেই, কোনো ক্ষুধা নেই, কোনো ঘৃণা নেই—কেবল বিশুদ্ধ, নিখুঁত বুদ্ধি।"

বিনি দ্রুত পিছিয়ে এলেন। তাঁর মুখমণ্ডল ভয়ে সাদা হয়ে গেল। তিনি বুঝতে পারলেন, পিয়ের শুধু জীবন লঙ্ঘন করছেন না, তিনি মানবতার **চেতনা** এবং **স্বতন্ত্রতা** নিয়ে খেলা করছেন। পিটার থমসনের এখনকার

অবস্থা ঠিক এই মস্তিষ্কের মতো না হলেও, তার থেকেও খারাপ কিছু হতে পারে।

"আপনি মানুষের জীবন নিয়ে খেলা করছেন, পিয়ের!" বিনি চিৎকার করে বললেন। "এই সমস্ত কিছু অসুস্থ! আপনি মানবজাতির ধারণাকে লঙ্ঘন করছেন!"

পিয়ের শান্তভাবে বললেন। "লঙ্ঘন? আমি মানুষের সম্ভাবনাকে মুক্ত করছি, অধ্যাপক। মানবদেহ হলো দুর্বল। রোগ, বার্ধক্য, দুর্বলতা—এগুলো সব জৈব-বিবর্তন থেকে আসা ত্রুটি। আমার জেনো-অ্যাসিস্ট্যান্টরা সেই ত্রুটিগুলি থেকে মুক্ত। টেল বা সার্ভিস ইউনিট সেভেন অসুস্থ নয়, তারা **উন্নত**।"

বিনি তখন তাঁর হাতে থাকা ডিফিউজার পেন্সিলটি আরও শক্ত করে ধরলেন। এইবার তাঁর দ্বিধা কেটে গেল। পিয়েরের সঙ্গে কোনো সহযোগিতা সম্ভব নয়। এই শক্তি যদি পিয়েরের হাতে থাকে, তবে পুরো মানবজাতির পরিণতি হবে সেই ভ্যাটের ভেতরের **স্পন্দিত মস্তিষ্কের** মতো—জীবিত, কিন্তু দাসত্বে বন্দী।

বিনি দ্রুত সিদ্ধান্ত নিলেন। পিয়েরের মনোযোগ এখন এই ভ্যাটগুলির দিকে।

তিনি তাঁর ডিফিউজার পেন্সিলটিকে সর্বোচ্চ শক্তিতে চালু করলেন এবং তার ফ্রিকোয়েন্সিটিকে **জৈব-অসামঞ্জস্যপূর্ণ শক্তি (Bio-Incompatible Frequency)**-তে সেট করলেন—এমন একটি ফ্রিকোয়েন্সি যা এই জৈব-ভ্যাটগুলির **সংরক্ষক তরলের** স্থিতিশীলতাকে আঘাত করতে পারে।

বিনি পেন্সিলটিকে দ্রুত Vats-এর সারির দিকে তাক করলেন।

মুহূর্তেই, একটি তীব্র, তীক্ষ্ণ **'ক্র্যাক'** শব্দ হলো। শব্দটি মানুষের কানের জন্য অস্বস্তিকর ছিল না, কিন্তু ভ্যাটগুলির জন্য ছিল মারাত্মক।

প্রথম Vats-এ রাখা শিয়াল-সদৃশ প্রাণীটির ভ্যাট থেকে হঠাৎ **ধোঁয়া** বের হতে শুরু করল। তরলের ভেতরের রঙ দ্রুত নীলচে থেকে বাদামীতে পরিণত হলো।

পিয়ের চমকে উঠলেন। তাঁর শীতল প্রশান্তি এক মুহূর্তে ভেঙে গেল। "অধ্যাপক! আপনি কী করলেন! আপনার প্রযুক্তি! এটি আমার পরিবেশকে আঘাত করছে!"

পিয়ের দ্রুত বিনির দিকে হাত বাড়ালেন, কিন্তু বিনি তখন দ্রুতই পিছিয়ে গেছেন।

বিনি তাঁর ডিফিউজারটি বন্ধ করে পেন্সিলটি পকেটে ঢোকালেন। তাঁর উদ্দেশ্য সফল: পিয়েরের মনোযোগ এখন বিভক্ত।

"আমার প্রযুক্তি কেবল অসামঞ্জস্যকে আঘাত করে, মিস্টার পিয়ের," বিনি বললেন। "আর আপনার এই পরীক্ষাগার হলো সবচেয়ে বড় অসামঞ্জস্য।"

পিয়ের তখন দ্রুত তাঁর কোট থেকে সেই সবুজ স্ফটিকটি বের করলেন এবং প্রথম Vats-টির দিকে মনোযোগ দিলেন, সেটির স্থিতিশীলতা ফেরানোর চেষ্টা করলেন।

"আপনি অনুতাপ করবেন, অধ্যাপক!" পিয়ের রাগে গর্জন করে উঠলেন।

বিনি জানতেন, এটিই তাঁর পালানোর একমাত্র সুযোগ। তিনি দ্রুত সেই করিডরটির দিকে ছুটলেন, যেখান দিয়ে তাঁরা প্রবেশ করেছিলেন। তাঁর লক্ষ্য এখন স্পষ্ট: **টেম্পোরাল অ্যাঙ্কর কলাম**, **পিটার**, এবং **কোয়ান্টাম স্লিপার**। এইবার আর কোনো কৌতূহল নয়—শুধুমাত্র মুক্তি।

অধ্যায় ২৩ - জেন গবেষণার ইঙ্গিত

অধ্যাপক বিনি বন্দ্যোপাধ্যায় গবেষণাগারের প্রথম কক্ষে **এনার্জি ডিফিউজার পেন্সিল** ব্যবহার করে যে বিপর্যয় সৃষ্টি করেছিলেন, তাতে **পিয়েরের** মুহূর্তের জন্য হলেও মনোযোগ নষ্ট হয়। সেই সুযোগটিই ছিল বিনির জন্য পালানোর একমাত্র পথ।

জীব-সংরক্ষক ভ্যাটগুলি থেকে বেরিয়ে আসা তীব্র ধোঁয়া এবং তরলের বর্ণ পরিবর্তনের ফলে পিয়েরের স্থির, শীতল মুখমণ্ডলে প্রথম বারের মতো এক ধরনের **বিশুদ্ধ রাগ** দেখা গেল। সেই রাগে কোনো মানবিক আবেগ ছিল না, ছিল কেবল এক **নিখুঁত প্রযুক্তি** নষ্ট হওয়ার যন্ত্রণা। "আপনি ভুল করলেন, অধ্যাপক!" পিয়েরের কণ্ঠস্বর রাগে কাঁপছিল। তিনি দ্রুত তাঁর **সবুজ স্ফটিকটি** ব্যবহার করে আক্রান্ত ভ্যাটগুলির স্থিতিশীলতা ফিরিয়ে আনার চেষ্টা করছিলেন। "আপনি আপনার অজ্ঞতাকে প্রমাণ করলেন! এই নমুনাগুলি ছিল আমার **অন্যতম সেরা প্রজাতি-সংহতকরণ ডেটা**!"

বিনি এক মুহূর্তও নষ্ট করলেন না। তিনি ক্ষিপ্র গতিতে সেই করিডরের দিকে ছুটলেন, যেখান দিয়ে তাঁরা প্রবেশ করেছিলেন। পেছনে সেই মসৃণ, ধূসর দেওয়ালটি তখনো **শূন্যতার পথে** বিলীন হয়ে আছে—পিয়েরের মনোযোগ অন্যত্র থাকার কারণে তা স্বাভাবিক অবস্থায় ফিরে আসেনি।

বিনি সেই করিডর দিয়ে ফিরে এলেন **টেম্পোরাল অ্যাঙ্কর**-এর মূল হলঘরে। বিশাল, ঘূর্ণায়মান নীল স্ফটিক কলামটি তখনও তার শান্ত, মহাজাগতিক আলো ছড়াচ্ছে। হলঘরে ফিরেই বিনির চোখ গেল দুটি লক্ষ্যের দিকে: প্রথমত, কাঁচের চেম্বারে ঘুমন্ত **পিটার থমসন**, এবং দ্বিতীয়ত, পিয়েরের ডেস্ক, যেখানে সম্ভবত তাঁর **কোয়ান্টাম স্লিপারটি** রাখা আছে।

বিনি যখন টেম্পোরাল অ্যাঙ্করের দিকে ছুটছেন, তখন পেছন থেকে পিয়েরের শীতল কণ্ঠস্বর হলঘরের নীরবতাকে ভেঙে দিল। পিয়ের তাকে থামানোর জন্য শারীরিক শক্তি ব্যবহার না করে, ব্যবহার করলেন তাঁর **দর্শন** এবং **কর্তৃত্ব**।

"দৌড়ে লাভ নেই, অধ্যাপক! আপনি এই হলঘর থেকে বেরোতে পারবেন না। আপনার সেই খেলনা কব্জিবন্ধনীটি (কোয়ান্টাম স্লিপার) আমার কাছে সুরক্ষিত। আর আপনার সেই দুর্বল, মানবদেহ সামান্য চাপেই ভেঙে পড়বে।"

পিয়ের দ্রুত ল্যাবরেটরির প্রথম কক্ষ থেকে বেরিয়ে মূল হলঘরে এলেন। তাঁর সবুজ স্ফটিকটি তখনো হাতে ধরা। তিনি বিনির দিকে না হেঁটে, বরং টেম্পোরাল অ্যাঙ্করের নীল কলামের সামনে দাঁড়ালেন। যেন কলামটি তাঁর শক্তি ও ক্ষমতার প্রতীক।

"আপনি কৌতূহলী, অধ্যাপক, কিন্তু আপনি **ভীত**," পিয়ের বললেন। "আপনি আতঙ্কিত হয়েছেন কারণ আপনি এমন জীবন দেখেছেন, যা আপনার মানব-ধারণার **যুক্তি-বিরুদ্ধ**। আপনি ফুলকা দেখেছেন, আপনি শরীরের বাইরে মস্তিষ্কের জীবন দেখেছেন। আর আপনি ভাবছেন— এটি ধ্বংস! **এইখানেই আপনাদের মানবজাতির সবথেকে বড় ভুল**।"

পিয়ের তাঁর শীতল হাতটি কলামের গায়ে রাখলেন। নীল আলো তাঁর শরীরে ছড়িয়ে গেল।

"আমি কোনো নতুন **অস্ত্র** তৈরি করছি না, অধ্যাপক। আমি নতুন **জীবনের ভিত্তি** তৈরি করছি। আমি এমন এক জৈব-প্রকৌশলের সন্ধান করছি, যা মানুষের শরীরকে তার সমস্ত দুর্বলতা থেকে মুক্তি দেবে। আপনাদের শরীর প্রতিনিয়ত উষ্ণতা, খাদ্য, জল এবং আবেগের জন্য সংগ্রাম করে। এই সংগ্রাম আপনাদের **কষ্ট** দেয়।"

বিনি পিটার থমসনের চেম্বারের কাছে পৌঁছে গেছেন। তিনি তাঁর ডিফিউজার পেন্সিলটি বের করে পিটারের কাঁচের চেম্বারের লক

সিস্টেমের দিকে তাক করলেন, কিন্তু পিয়েরের শক্তিশালী ফ্রিকোয়েন্সির কারণে তা কাজ করল না।

"আপনাদের মানবজাতির প্রাচীন চিন্তাধারায় এমন এক **'মোক্ষ'** বা **'নির্বাণ'**-এর ধারণা আছে, যেখানে আত্মা সমস্ত জাগতিক কষ্ট থেকে মুক্তি পায়। এই মুক্তি হলো **চূড়ান্ত স্থিতাবস্থা** (Ultimate Stability)—যেখানে কোনো দ্বৈততা নেই, কোনো অস্থিরতা নেই। আপনাদের সেই দার্শনিকরা কেবল **চিন্তার** মাধ্যমে এই স্থিতাবস্থা খুঁজতেন। কিন্তু আমি খুঁজছি **প্রকৌশলের** মাধ্যমে।"

পিয়ের তখন তাঁর 'গবেষণা'র মূল উদ্দেশ্য প্রকাশ করলেন, যা বিনির সমস্ত ধারণাকে চ্যালেঞ্জ করে।

"আমি এই সমস্ত জেনো-অ্যাসিস্ট্যান্টদের সৃষ্টি করেছি কারণ তারা **শীতল, স্থির এবং আবেগ-মুক্ত**। তারা কোনো দ্বৈততায় ভোগে না—না তাপ-শীতলের দ্বৈততা, না সুখ-দুঃখের দ্বৈততা। তারা কেবল একটি **নিখুঁত, প্রোগ্রামড অস্তিত্ব (Programmed Existence)**। এটিই হলো আমার **জেন-প্রকৌশল (Zen-Engineering)**।"

বিনি ক্ষোভে ফেটে পড়লেন। "এটি জেন নয়, পিয়ের! এটি **দাসত্ব**! আপনি জীবন্ত প্রাণীকে আবেগ এবং স্বাধীন ইচ্ছা থেকে বঞ্চিত করে তাদের একটি যান্ত্রিক ছাঁচে ফেলে দিচ্ছেন! যে মস্তিষ্ক আপনি Vats-এর ভেতরে রেখেছেন, তার কি নিজের ইচ্ছেয় একটি গাণিতিক গণনা করার সুযোগ আছে? এটি চূড়ান্ত **অমানবিকতা**!"

পিয়ের মাথা নাড়লেন, যেন বিনির কথা তার কাছে শিশুদের মতো সরল।

"অমানবিকতা নয়, অধ্যাপক। **অতি-মানবিকতা (Super-Humanity)**। যে সত্ত্বা আবেগ, ভয় বা ব্যক্তিগত লোভ দ্বারা পরিচালিত হয় না, সেই সত্ত্বাই কেবল সময় এবং স্থানের মতো **চূড়ান্ত শক্তিকে** নিয়ন্ত্রণ করার উপযুক্ত। আমি মানবতাকে তার সমস্ত অপূর্ণতা

থেকে মুক্তি দিতে চাইছি, তাদের **চূড়ান্ত, আবেগহীন স্থিতাবস্থায়** নিয়ে যেতে চাইছি—যেখানে জীবন হবে নিখুঁত এবং অনন্ত। এই সমস্ত জেনো-অ্যাসিস্ট্যান্টরাই হলো সেই **নিখুঁত জেন-জীব** (Perfect Zen Organisms)!"

পিয়েরের এই দার্শনিক বাগাড়ম্বর বিনির মনকে বিভ্রান্ত করার জন্য যথেষ্ট ছিল, কিন্তু বিনির চোখ তখন সেই ডেস্কে, যেখানে পিয়েরের পকেট থেকে উঁকি দিচ্ছে তাঁর **কোয়ান্টাম স্লিপার**।

বিনি দ্রুত পিটারের চেম্বারের পাশে থাকা একটি বিশাল, কাঁচের প্যানেলের দিকে এগিয়ে গেলেন। এই প্যানেলটি সম্ভবত চেম্বারের এনার্জি-সাপ্লাই নিয়ন্ত্রণ করে।

বিনি তাঁর ডিফিউজার পেন্সিলটি আবার বের করলেন। তিনি জানেন, পিয়েরের পুরো ল্যাবরেটরি অত্যন্ত উচ্চ ফ্রিকোয়েন্সির ওপর নির্ভরশীল। যদি তিনি এই পেন্সিলটির শক্তি হঠাৎ করে **অতি-নিম্ন, অসামঞ্জস্যপূর্ণ ফ্রিকোয়েন্সিতে** সেট করেন, তবে তা হয়তো পুরো সিস্টেমকে জ্যাম করতে পারবে না, কিন্তু পিয়েরের মনোযোগকে আরও একবার বিভ্রান্ত করতে পারবে।

বিনি ডিফিউজারটি অন করলেন এবং প্যানেলের দিকে তাক করলেন। মুহূর্তেই, একটি মৃদু **'বজ' (Buzz)** শব্দ হলো। এইবার কোনো ভ্যাট ফাটল না, কিন্তু টেম্পোরাল অ্যাঙ্কর কলামের নীল ঘূর্ণায়মান আলোর গতি হঠাৎ করেই **অনিয়মিত** হয়ে গেল। নীল আলোর প্রবাহে কালো, দ্রুত ধাবমান ফাটল দেখা গেল।

পিয়েরের শীতল মুখমণ্ডল এবার আতঙ্কে সাদা হয়ে গেল। "থামুন! অধ্যাপক! আপনি অ্যাঙ্করকে আঘাত করছেন! অ্যাঙ্করকে আঘাত করা মানে সময়ের স্থিতাবস্থাকে ধ্বংস করা!"

পিয়ের দ্রুত টেম্পোরাল অ্যাঙ্করের দিকে ছুটে গেলেন, সবুজ স্ফটিকটি ব্যবহার করে স্থিতিশীলতা ফিরিয়ে আনতে চাইলেন। এই মুহূর্তে অ্যাঙ্করই তাঁর কাছে তাঁর জীবনের চেয়েও গুরুত্বপূর্ণ।

বিনি জানতেন, এই বিশৃঙ্খলা মাত্র কয়েক সেকেন্ড স্থায়ী হবে। তিনি দ্রুত পিয়েরের ডেস্কে ঝাঁপিয়ে পড়লেন। তাঁর হাত চলে গেল পিয়েরের কোটের পকেট থেকে উঁকি দেওয়া সেই **কোয়ান্টাম স্লিপারটি**-র দিকে। বিনি তাঁর জীবনের শেষ শক্তি দিয়ে যন্ত্রটি ছিনিয়ে নিলেন।

কব্জিবন্ধনীটি হাতে পরতেই, তাঁর শরীরে এক ধরনের পুরনো, পরিচিত শক্তি প্রবাহ অনুভব করলেন।

পিয়ের তখন অ্যাঙ্করকে স্থিতিশীল করতে ব্যস্ত। তিনি বিনির দিকে তাকালেন, তাঁর চোখে ছিল চূড়ান্ত ঘৃণা।

"অধ্যাপক! আপনি আপনার বন্ধু এবং এই গ্রহকে ধ্বংস করতে চলেছেন!"

বিনি পিটারের চেম্বারের দিকে তাকালেন। তাঁর হাতে স্লিপার আছে, কিন্তু পিটার চেম্বারে বন্দী। চেম্বারটির লক এখনও পিয়েরের ফ্রিকোয়েন্সি দ্বারা সুরক্ষিত।

বিনি পিটারের দিকে করুণ দৃষ্টিতে তাকালেন। তারপর তিনি পিয়েরের চোখের দিকে তাকিয়ে বললেন: "আমি ধ্বংস করছি না, পিয়ের। আমি সেই **অস্থিরতা** রক্ষা করছি, যা আমাদের বাঁচিয়ে রাখে। **চূড়ান্ত স্থিতাবস্থা হলো মৃত্যু**।"

বিনি জানেন, পুরো সিস্টেম জ্যাম না করলে পিটারকে বের করা যাবে না। কিন্তু পুরো সিস্টেম জ্যাম করা মানে অ্যাঙ্করকে ধ্বংস করা। তাঁর হাতে আর সময় নেই। পিয়েরের জেন-প্রকৌশলের কাছে আত্মসমর্পণ না করে, বিনি চূড়ান্ত সিদ্ধান্ত নিলেন।

তিনি তাঁর কোয়ান্টাম স্লিপারটির **ফ্রিকোয়েন্সি ডিস্টর্শন** নবটি ধরে ঘুরালেন।

অধ্যায় ২৪ – ক্লোন প্রাণীসমূহ

অধ্যাপক বিনি বন্দ্যোপাধ্যায় তাঁর জীবনের সবচেয়ে মূল্যবান সম্পদটি ফিরে পেয়েছেন: **কোয়ান্টাম স্লিপার**। পিয়েরের ডেস্কে ঝাঁপিয়ে পড়ে, দ্রুত হাতে যন্ত্রটি ছিনিয়ে নিয়ে কব্জিতে পরতেই বিনির শরীরে এক নতুন আত্মবিশ্বাস ফিরে এলো। কিন্তু তাঁর পায়ের পাতা পাথরের মতো স্থির হয়ে আছে, কারণ তাঁর বন্ধু **পিটার থমসন** তখনও কাঁচের চেম্বারে ঘুমন্ত অবস্থায় বন্দী।

বিনি তাঁর **এনার্জি ডিফিউজার পেন্সিল** দিয়ে যে অসামঞ্জস্য তৈরি করেছিলেন, তাতে **টেম্পোরাল অ্যাঙ্কর কলামের** ঘূর্ণায়মান নীল আলো তখনো অস্বাভাবিকভাবে কাঁপছে, কালো ফাটলগুলি আলোর প্রবাহের ওপর দ্রুত ধাবমান। **পিয়েরের** সমস্ত মনোযোগ এখন অ্যাঙ্করের স্থিতিশীলতা ফিরিয়ে আনার দিকে। তাঁর চোখ ছিল রাগে লাল, আর তাঁর **সবুজ স্ফটিকটি** কলামের গায়ে ধরে তিনি উচ্চ ফ্রিকোয়েন্সি প্রবাহকে নিয়ন্ত্রণে আনার চেষ্টা করছেন।

"আপনি কি শুনছেন, অধ্যাপক?" পিয়েরের কণ্ঠস্বর এখন আর দার্শনিক নয়, তা ছিল এক চূড়ান্ত সতর্কতা। "এই অ্যাঙ্করের স্থিতাবস্থা নষ্ট করা মানে, এই স্থানের সময়কে ছিন্নভিন্ন করে দেওয়া! আপনার বন্ধু সেই ছিন্নভিন্নতার মধ্যে প্রথম শিকার হবে!"

বিনি পিটারের চেম্বারের লকের দিকে দ্রুত তাঁর ডিফিউজারটি তাক করলেন। তিনি জানেন, পিয়েরের পুরো শক্তি প্রবাহ দিয়ে লকটি সুরক্ষিত। ডিফিউজারটি সামান্য অতি-নিম্ন ফ্রিকোয়েন্সি নির্গত করল—কিন্তু কোনো কাজ হলো না। লকটি স্থির, অনমনীয়।

পিটারের চেম্বার এখন **টেম্পোরাল অ্যাঙ্করের** সুরক্ষার সর্বোচ্চ ফ্রিকোয়েন্সি দ্বারা সুরক্ষিত। বিনি অ্যাঙ্করের স্থিতিশীলতা সম্পূর্ণ নষ্ট না করলে পিটারকে বের করা অসম্ভব। আর তা করলে পিটারকে ধ্বংসের মুখে ঠেলে দেওয়া হবে।

বিনি নিজেকে চরমতম বাস্তবতার মুখোমুখি দেখলেন: **একজনকে বাঁচাতে গেলে হয়তো অন্যজন ধ্বংস হবে।** তিনি জানেন, পিয়েরের জেন-প্রকৌশলের তথ্য মানবজাতির কাছে পৌঁছানো পিটারের জীবনের চেয়েও বেশি গুরুত্বপূর্ণ।

বিনি এক মুহূর্তের জন্য পিটারের ঘুমন্ত মুখের দিকে তাকালেন। তারপর তিনি সেই হলঘরের অন্য প্রান্তে একটি দেওয়ালের দিকে ছুটলেন। এই দেওয়ালটিও ছিল মসৃণ, ধূসর, এবং তার পাশে একটি ছোট ইনপুট স্লট ছিল। এটি সম্ভবত ল্যাবরেটরির অন্যান্য বিভাগের প্রবেশদ্বার।

বিনি ডিফিউজার পেন্সিলটি সর্বোচ্চ অসামঞ্জস্যপূর্ণ ফ্রিকোয়েন্সিতে সেট করলেন এবং স্লটটির দিকে ধরলেন। পিয়েরের মনোযোগ অ্যাঙ্করের দিকে থাকায়, এই লকটি দুর্বল ছিল।

একটি তীব্র **ক্রিকিং** শব্দ হলো। দেওয়ালটি তার উপাদানকে শূন্য স্থানে মিলিয়ে দিল না, বরং যান্ত্রিকভাবে দু'পাশে সরে গেল। বিনি প্রবেশ করলেন গবেষণাগারের দ্বিতীয় কক্ষে—**ক্লোন প্রাণীসমূহের** মূল সংরক্ষণাগারে।

এই কক্ষটি ছিল প্রথম কক্ষের চেয়েও বিশাল। এর পরিবেশ ছিল আরও শীতল এবং ভেজা। এখানে কোনো ভ্যাট ছিল না, ছিল সারি সারি বড় আকারের **চেম্বার**—যা কোনো উন্নত চিড়িয়াখানার শীতাতপ নিয়ন্ত্রিত ঘেরের মতো। চেম্বারগুলোর ভেতরে ছিল কৃত্রিমভাবে তৈরি এক শীতল, স্যাঁতসেঁতে পরিবেশ।

"আপনি এখন দেখছেন, অধ্যাপক," পিয়েরের কণ্ঠস্বর তখনো হলঘর থেকে অনুসরণ করে আসছে, "আমার **Zen-Engineering**-এর চূড়ান্ত রূপ। এটি কেবল প্রজাতি সংহতকরণ নয়, এটি **নিখুঁত দ্বৈততার** সৃষ্টি।"

বিনি একটি চেম্বারের কাছে এগিয়ে গেলেন। ভেতরে ভাসছিল দুটি প্রাণী—একই টেমপ্লেট থেকে তৈরি, কিন্তু তাদের প্রকৃতি ছিল ভয়ঙ্কর। প্রথম প্রাণীটি ছিল একটি **হরিণ**-সদৃশ অবয়ব। কিন্তু তার শরীর ছিল ফ্যাকাশে, এবং তার পিঠের চামড়া ভেদ করে বেরিয়ে এসেছে তিনটি **অতিরিক্ত বাহু**—যা দেখতে টেলের হাতের মতোই মসৃণ। এই বাহুগুলি তখন হরিণটির মূল শরীরকে আলতোভাবে ধরে আছে। দেখে মনে হচ্ছিল যেন একটি প্রাণী, তার নিজের শরীরকে নিজে স্পর্শ করে শক্তি সঞ্চয় করছে।

বিনি চমকে গেলেন। এটি কেবল সংকর নয়, এটি **দ্বৈত-কার্যকারিতা (Dual-Functionality)**। একটি দেহ, কিন্তু তার অঙ্গপ্রত্যঙ্গ দুটি ভিন্ন কাজের জন্য তৈরি—মানুষের মতো চলা এবং জেনো-অ্যাসিস্ট্যান্টদের মতো শক্তি সঞ্চয়।

বিনি দ্রুত আরেকটি চেম্বারের কাছে গেলেন। এই চেম্বারের ভেতরে ছিল আরও ভয়ঙ্কর দৃশ্য। ভেতরে দুটি **বিড়াল**-সদৃশ প্রাণী—একটি সম্পূর্ণ স্বাভাবিক, লোমশ, কালো রঙের বিড়াল, এবং তার পাশে আরেকটি হুবহু একই আকারের বিড়াল, যার শরীর সম্পূর্ণ লোমহীন, ফ্যাকাশে এবং তার ফুলকাগুলি তখন মৃদুভাবে স্পন্দিত হচ্ছে।

এই দুটি প্রাণী একটি **একক, পাতলা, নীলচে নাড়ি (Umbilical Cord)** দ্বারা পরস্পরের সঙ্গে সংযুক্ত। নাড়িটি তাদের পেটের কাছ থেকে বের হয়ে এসেছে এবং তার মধ্য দিয়ে দুটি ভিন্ন রঙের তরল প্রবাহিত হচ্ছে—একটি লালচে এবং অন্যটি নীলচে।

"এটি আমার **দ্বৈত-সত্তা পরীক্ষা** (Dual-Entity Experiment)," পিয়েরের কণ্ঠস্বর এবার হলরুমের লাউডস্পিকার থেকে এই কক্ষেও প্রতিধ্বনিত হলো। "আপনারা আবেগ আর যুক্তির দ্বৈততায় কষ্ট পান। আমি সেই দ্বৈততাকে **একক জৈব-ব্যবস্থায়** পরিণত করেছি।"

পিয়ের ব্যাখ্যা করে চললেন: "বাম দিকের লোমশ প্রাণীটি বহন করে সমস্ত **আবেগ, ভয় এবং স্মৃতি (Emotional Repository)**। আর ডান দিকের লোমহীন প্রাণীটি বহন করে সমস্ত **যুক্তি, স্থিরতা এবং বুদ্ধিমত্তা (Logic Repository)**। তারা একক নাড়ি দ্বারা শক্তি ভাগ করে নেয়। যখন আবেগের প্রয়োজন হয়, তখন বাম দিক কাজ করে। যখন স্থিতাবস্থা প্রয়োজন হয়, তখন ডান দিক নিয়ন্ত্রণ নেয়। এইভাবে, আমি একটি একক প্রাণীকে **আবেগ-মুক্ত স্থিতাবস্থায়** রাখতে পারি, কিন্তু প্রয়োজন পড়লে তার **স্বাভাবিক আবেগ** ব্যবহার করতে পারি। এটিই হলো জেন-জীবনের চূড়ান্ত লক্ষ্য—**নিখুঁত ভারসাম্য**।"

বিনি এই দৃশ্য দেখে তাঁর সমস্ত শারীরিক শক্তি হারাতে শুরু করলেন। এটি কোনো বিজ্ঞান নয়, এটি এক **চূড়ান্ত ঈশ্বর-সংযোজন (Divine Fusion)**। পিয়ের কেবল এলিয়েন জীবন তৈরি করছেন না, তিনি **মানবতার সমস্ত দ্বৈততা**—ভালো-মন্দ, আবেগ-যুক্তি—কে একটি একক জৈব-ব্যবস্থায় বাঁধতে চাইছেন।

পিটারকে বন্দী করার কারণ এখন স্পষ্ট: পিয়ের পিটারের মস্তিষ্ক থেকে **মানবিক আবেগ এবং জ্ঞানের** গভীরতম দিকগুলি আহরণ করছিলেন, যাতে তাঁর এই দ্বৈত প্রাণীর সৃষ্টি সম্পূর্ণ হয়। পিটার তাঁর **আবেগিক টেমপ্লেট**!

বিনি তাঁর কৌতূহলকে নিয়ন্ত্রণে আনলেন। এই সমস্ত বিভীষিকার একমাত্র সমাধান হলো পিয়েরের **ক্ষমতার উৎস**—টেম্পোরাল অ্যাঙ্কর—কে ধ্বংস করা। পিটারের উদ্ধার এখন গৌণ।

তিনি দ্রুত কক্ষ থেকে বেরিয়ে মূল হলঘরের দিকে ছুটলেন। পিয়ের তখনো অ্যাঙ্করের কাছে দাঁড়িয়ে, তাঁর শীতল হাত দিয়ে কলামটিকে শান্ত করার চেষ্টা করছেন।

"অধ্যাপক! আপনি কোথায় যাচ্ছেন! আমার অ্যাঙ্কর দুর্বল! এর স্থিতাবস্থা নষ্ট করবেন না!" পিয়েরের কণ্ঠে এখন ছিল চূড়ান্ত ভয়, কারণ বিনি তখন অ্যাঙ্কর থেকে মাত্র কয়েক ফুট দূরে।

বিনি টেম্পোরাল অ্যাঙ্করের ঘূর্ণায়মান নীল কলামের দিকে এগিয়ে গেলেন। তিনি কব্জিতে থাকা **কোয়ান্টাম স্লিপারটি**-র ফ্রিকোয়েন্সি ডিস্টর্শন নবটি ধরলেন। তিনি জানেন, এই যন্ত্রটি স্থানকে ভাঁজ করে, কিন্তু যদি এই যন্ত্রকে **অ্যাঙ্করের ফ্রিকোয়েন্সির সঙ্গে বিপরীতভাবে** সেট করা হয়, তবে তা এই স্থানের সময় প্রবাহকে মুহূর্তের জন্য হলেও ছিন্নভিন্ন করে দেবে—যা পিয়েরের স্থিতাবস্থাকে ধ্বংস করার জন্য যথেষ্ট।

বিনি শেষবারের মতো পিটারের ঘুমন্ত চেম্বারের দিকে তাকালেন। তাঁর চোখ ভিজে উঠল, কিন্তু তিনি সংকল্পবদ্ধ।

"আমি দুঃখিত, পিটার," বিনি ফিসফিস করে বললেন। "কিন্তু তোমার জ্ঞান এই গ্রহের জন্য আবশ্যক।"

বিনি তাঁর **কোয়ান্টাম স্লিপার**-এর নবটি দ্রুত ঘোরানোর সঙ্গে সঙ্গে তাঁর **এনার্জি ডিফিউজারটি** হাতে নিলেন। তিনি ডিফিউজারটিকে অ্যাঙ্করের দিকে তাক করলেন, সর্বোচ্চ অসামঞ্জস্যপূর্ণ ফ্রিকোয়েন্সিতে সেট করে।

"সময় এসে গেছে, পিয়ের!" বিনি চিৎকার করলেন। "এইবার তুমি তোমার স্থিতাবস্থার কাছে আত্মসমর্পণ করো!"

বিনি একযোগে দুটি কাজ করলেন:

১. ডিফিউজার: অ্যাঙ্করের প্রধান ফ্রিকোয়েন্সিকে আঘাত করল, যার ফলে অ্যাঙ্কর কলামের আলো মুহূর্তেই লাল হয়ে জ্বলে উঠল।

২. স্লিপার: বিনি তাঁর গন্তব্য সেট করলেন: নিউ জার্সি, এবং স্লিপারটিকে সক্রিয় করলেন।

পিয়ের আর্তনাদ করে উঠলেন। "না! আপনি কী করলেন! আপনি স্থান-কালকে ধ্বংস করলেন!"

লাল আলো এবং নীল আলোর সংমিশ্রণে হলঘরে এক তীব্র, সাদা ঝলক সৃষ্টি হলো। সেই ঝলকের মধ্যে, বিনি অনুভব করলেন তাঁর শরীর মুহূর্তে **অসংখ্য কণা**-য় পরিণত হচ্ছে। তাঁর শেষ অনুভূতি ছিল: এক **তীব্র, যন্ত্রণাদায়ক নীরবতা** এবং একটি শীতল, মসৃণ হাত তাঁর শরীরকে আঁকড়ে ধরার ব্যর্থ চেষ্টা করছে।

তারপর সবকিছু থেমে গেল।

অধ্যায় ২৫ – বিকৃত মানুষের প্রদর্শনী

অধ্যাপক বিনি বন্দ্যোপাধ্যায় গবেষণাগারের দ্বিতীয় কক্ষ থেকে দ্রুত বেরিয়ে এলেন। তাঁর শরীরের প্রতিটা পেশী তখন টানটান—ভয় নয়, বরং চূড়ান্ত বিতৃষ্ণায়। তিনি **পিয়েরের জেন-প্রকৌশলের** দুটি ভয়ঙ্কর কক্ষ দেখেছেন—প্রথমটিতে শরীরের বাইরে রাখা স্পন্দিত মস্তিষ্ক এবং দ্বিতীয়টিতে আবেগ-যুক্তি বিভক্ত করে একক দেহে জোড়া লাগানো **দ্বৈত-প্রাণী**। প্রতিটি দৃশ্যই ছিল মানবজাতির ধারণার সম্পূর্ণ লঙ্ঘন। কিন্তু বিনি জানতেন, এই গবেষণার চরমতম বিভীষিকা এখনও দেখা বাকি।

পিছনে, প্রধান হলঘরে **পিয়েরের** কণ্ঠস্বর তখনও টেম্পোরাল অ্যাঙ্করের স্থিতিশীলতা ফেরানোর আপ্রাণ চেষ্টায় ব্যস্ত। অ্যাঙ্কর থেকে নির্গত নীল আলো তখনও লাল আলোর সঙ্গে মিশে অস্বাভাবিকভাবে কাঁপছিল। বিনি জানেন, পিয়েরের মনোযোগ এখন বিক্ষিপ্ত, আর এই সুযোগই তাঁকে আরও গভীরে প্রবেশ করার একমাত্র পথ।

বিনি দ্রুত তাঁর **কোয়ান্টাম স্লিপার**-এ হাত রাখলেন—তাঁকে পালাতে হবে। কিন্তু পালানোর আগে তাঁর আরও একটি প্রশ্ন বাকি—পিয়েরের

জেন-প্রকৌশল কি কেবল প্রাণী বা মস্তিষ্কের ওপর থেমে আছে, নাকি তার শিকার হয়েছে **মানবদেহ**ও?

তিনি দ্বিতীয় কক্ষের ঠিক পাশেই একটি অত্যন্ত ছোট এবং ছদ্মবেশী দরজা দেখতে পেলেন। দরজাটি কোনো যান্ত্রিক হ্যান্ডেল বা দৃশ্যমান লক দ্বারা সুরক্ষিত ছিল না। এটি ছিল মসৃণ, ধূসর দেওয়ালের সঙ্গে এমনভাবে মিশে আছে যে, সামান্য মনোযোগ না দিলে তা নজরে আসার কথা নয়।

বিনি তাঁর **এনার্জি ডিফিউজার পেন্সিল** বের করলেন। তিনি পেন্সিলটির ফ্রিকোয়েন্সি এমন এক কম্পাঙ্কে সেট করলেন, যা কেবল **টেম্পোরাল অ্যাঙ্কর** থেকে আসা নিরাপত্তা ফ্রিকোয়েন্সিকে অসামঞ্জস্য করতে পারে। তিনি পেন্সিলটি দরজার মসৃণ পৃষ্ঠের দিকে ধরলেন।

মুহূর্তেই, একটি মৃদু **'ছিপছিপে' (Hissing)** শব্দ হলো। দেওয়ালের সেই অংশটি ধীরে ধীরে ভেতরের দিকে সামান্য সরে গিয়ে একটি সরু ফাঁক তৈরি করল। এই দরজাটি বাকি দুটি কক্ষের মতো উপাদানকে শূন্যে মিলিয়ে দিল না, বরং এটি ছিল একটি প্রথাগত **নিরাপত্তা চেম্বার (Security Chamber)**, যা অত্যন্ত গোপনীয়তার সঙ্গে তৈরি।

ভেতর থেকে ভেসে এলো এক তীব্র, শীতল, এবং **ধাতব** গন্ধ—যা অন্য কোনো কক্ষে ছিল না। বিনি ভেতরে প্রবেশ করলেন।

এই কক্ষটি ছিল আগের কক্ষ দুটির চেয়ে ছোট, অন্ধকার এবং অস্বাভাবিক রকমের উঁচু। এখানে আলো ছিল না বললেই চলে; আলো আসছিল কেবল দেওয়ালের চারপাশে বসানো ছোট ছোট **স্ফটিক-পড** (Crystalline Pods) থেকে, যা রক্তিম এবং শান্তভাবে জ্বলছিল। পরিবেশের তাপমাত্রা ছিল অস্বাভাবিক রকমের কম—বিনির নিঃশ্বাস বাতাসের সংস্পর্শে এসে মুহূর্তে কুয়াশার মতো ঘন হয়ে যাচ্ছিল।

এই কক্ষটি ছিল পিয়েরের জেন-প্রকৌশলের **চূড়ান্ত পরীক্ষাগার—মানব-রূপান্তরের** স্থান।

কক্ষের কেন্দ্রে, সারি সারি বসানো ছিল বেশ কয়েকটি বিশালাকার, উলম্ব **সিলিন্ডার আকৃতির ভ্যাট**। এই ভ্যাটগুলি পুরোপুরি স্বচ্ছ ছিল না, তাদের কাঁচ ছিল অস্বচ্ছ, এবং তাদের ভেতরে থাকা তরল ছিল ঘন, গাঢ় সবুজ বর্ণের। এই দৃশ্য দেখে বিনির মনে হলো, যেন তিনি কোনো এলিয়েন গল্পের বৈজ্ঞানিক কল্পকাহিনীর চলচ্চিত্রের ভেতরে প্রবেশ করেছেন।

বিনি প্রথম সিলিন্ডারটির কাছে গিয়ে উঁকি দিলেন। কাঁচের ভেতরের তরলের ঘনত্ব বেশি হওয়ায় ভেতরে থাকা বস্তুটির আকৃতি বোঝা যাচ্ছিল না, কিন্তু তার আভাস ছিল স্পষ্ট।

ভেতরে ছিল একটি **মানব-সদৃশ অবয়ব**।

কিন্তু সেটি মানুষ ছিল না। অবয়বটি ছিল পূর্ণাঙ্গ পুরুষের মতো, কিন্তু তার ত্বক ছিল সম্পূর্ণ ফ্যাকাশে, মসৃণ এবং যেন প্লাস্টিকের মতো চকচকে। সমস্ত চুল, রোমকূপ এবং স্বাভাবিক ত্বকের ভাঁজ সম্পূর্ণভাবে **অপসৃত** হয়েছে। সবচেয়ে ভয়ঙ্কর ছিল তার মুখের গঠন—চোখ দুটি ছিল অস্বাভাবিক রকমের বড়, এবং চোখের পাতাগুলি সম্পূর্ণভাবে **ভেতরের দিকে মিশে গেছে (Fused)**। মুখটি ছিল কেবল একটি ছোট, বৃত্তাকার **ছিদ্র**, যার কোনো ঠোঁট বা চিবুক ছিল না।

বিনি আতঙ্কে পিছিয়ে এলেন। তাঁর শরীর কাঁপতে শুরু করল। এই রূপান্তরগুলি ছিল ভয়ঙ্কর এবং অমানবিক।

"কী তৈরি করছেন আপনি, পিয়ের?" বিনি ফিসফিস করে বললেন।

পিয়েরের কণ্ঠস্বর আবার লাউডস্পিকার থেকে এই কক্ষে প্রতিধ্বনিত হলো, তাঁর স্বরে ছিল শীতলতা এবং ক্রোধের মিশ্রণ। "আপনি দেখছেন, অধ্যাপক, আমার **চূড়ান্ত জেন-জীব**-এর প্রাথমিক ধাপ। এই জীবদের কোনো **'মুখ'**-এর প্রয়োজন নেই, কারণ তাদের কথা বলার জন্য ভোকাল কর্ডের প্রয়োজন হয় না। তারা কেবল শক্তি প্রবাহের

মাধ্যমে যোগাযোগ করে। তাদের চোখগুলি সেই অন্ধকারের সঙ্গে মানিয়ে নেওয়ার জন্য তৈরি, যেখানে আলো কেবলই একটি দুর্বলতা।"

বক্ষের অন্য প্রান্তে বিনি আরও দুটি সিলিন্ডারের কাছে গেলেন। প্রতিটিতেই ছিল আরও ভয়ঙ্কর বিকৃতি।

দ্বিতীয় সিলিন্ডারে ছিল এমন এক অবয়ব, যার শরীর ছিল মানুষের মতো, কিন্তু তার সমস্ত পা এবং হাতের আঙুলগুলি লম্বা হয়ে গিয়ে **সুচালো হাড়ের মতো** হয়ে গেছে। হাতের তালু ছিল সম্পূর্ণ ফাঁপা এবং চামড়া দ্বারা আবৃত। দেখে মনে হচ্ছিল, প্রাণীটি দ্রুত দৌড়ানোর এবং মাটির নিচে প্রবেশ করার জন্য তৈরি। তার শরীরের ত্বক ছিল সাদা, আর চামড়ার নিচে দিয়ে নীলচে শিরাগুলি স্পষ্ট দেখা যাচ্ছিল।

"এটি হলো **'টেম্পোরাল স্কাউট'** (Temporal Scout)-এর নকশা," পিয়েরের কণ্ঠস্বর প্রতিধ্বনিত হলো। "এমন এক জীব, যাকে স্থানের ক্ষুদ্র ভাঁজগুলির মধ্যে দ্রুত চলাচল করার জন্য তৈরি করা হয়েছে। তার সমস্ত অঙ্গগুলিকে সর্বোচ্চ গতিতে স্থিতিশীলতা দেওয়ার জন্য ডিজাইন করা হয়েছে। তার মস্তিষ্ক কোনো আবেগ বহন করে না; কেবল গতিপথ।"

বিনি তৃতীয় সিলিন্ডারের কাছে গেলেন। এই দৃশ্যটি ছিল সবচেয়ে মর্মান্তিক। ভেতরে থাকা অবয়বটির শরীর ছিল স্থূল, ফ্যাকাশে এবং তার সমস্ত limbs (হাত ও পা) সম্পূর্ণভাবে **সংকুচিত** (Atrophied)। মাথাটি ছিল শরীরের তুলনায় অস্বাভাবিক রকমের বড়, এবং তার মুখ ছিল সম্পূর্ণভাবে **বন্ধ**। কিন্তু তার পিঠের চামড়া ভেদ করে বেরিয়ে এসেছে বেশ কয়েকটি লম্বা, কৃত্রিম **নমনীয় নল** (Flexible Tubes), যা সিলিন্ডারের দেওয়ালের সঙ্গে যুক্ত। এই নলগুলির ভেতর দিয়ে সবুজচে তরল ক্রমাগত প্রবেশ করছে এবং বেরিয়ে আসছে।

"এটি হলো **'বায়ো-কম্পিউটার (Bio-Computer)'**-এর সফল মডেল," পিয়েরের কণ্ঠে সামান্য গর্বের ভাব। "এই অবয়বটিকে কেবল

মস্তিষ্কের সর্বোচ্চ কার্যকারিতার জন্য তৈরি করা হয়েছে। এটির কোনো চলাচলের প্রয়োজন নেই, কোনো খাদ্যের প্রয়োজন নেই। নলগুলির মাধ্যমে এটিকে সমস্ত প্রয়োজনীয় পুষ্টি এবং অক্সিজেন-বিকল্প সরবরাহ করা হয়। এর মস্তিষ্ক তার সমস্ত শক্তি কেবল **জ্ঞান সংগ্রহ এবং গণনায়** ব্যবহার করে।"

বিনি এই বিকৃতি দেখে নিজের অজান্তেই পেছিয়ে এলেন। এই বিকৃত মানুষগুলির মধ্যে কোনো জীবন ছিল না, ছিল কেবল পিয়েরের জেন-প্রকৌশলের **শীতল, যান্ত্রিক উদ্দেশ্য**। এই মানুষগুলি ছিল সেই **গণিতবিদের মস্তিষ্ক**-এর মতোই—জীবিত, কিন্তু স্বাধীনতা এবং মানবিকতা থেকে বঞ্চিত।

এই মানব-বিকৃতিই ছিল **টেল এবং অন্যান্য জেনো-অ্যাসিস্ট্যান্টদের** সৃষ্টির উৎস। টেলরা হলো এই বিকৃতির **'নিখুঁত'** এবং **'সফল'** সংস্করণ, যাদেরকে সমাজের মধ্যে মিশে থাকার জন্য শেষ মুহূর্তে মানুষের মতো রূপ দেওয়া হয়েছে।

এই সমস্ত বিকৃত মানবদেহের প্রদর্শনী বিনির মনে আর কোনো দ্বিধা রাখল না। পিয়েরের এই কাজ কোনো উচ্চতর বিজ্ঞান বা জ্ঞানের জন্য নয়—এটি ছিল **জীবনের ওপর এক চূড়ান্ত স্বৈরাচার (Ultimate Tyranny over Life)**। পিয়েরের তথাকথিত 'স্থিতাবস্থা' আসলে **আবেগহীন দাসত্বের** এক নতুন রূপ।

বিনি দ্রুত সিলিন্ডারগুলির পাশ কাটিয়ে সেই ছোট দরজা দিয়ে বেরিয়ে আসার জন্য প্রস্তুত হলেন।

হলঘরে পিয়ের তখনো টেম্পোরাল অ্যাঙ্করকে শান্ত করার চেষ্টা করছেন। লাল আলো এবং কালো ফাটলগুলি তখনো কলামের ওপর দ্রুত ধাবমান। পিয়েরের চোখ ছিল অ্যাঙ্করের দিকে।

"আপনি সবকিছু দেখেছেন, অধ্যাপক," পিয়েরের কণ্ঠে এবার ছিল এক ভয়ানক হুমকি। "আপনার সমস্ত কৌতূহল মেটানো হয়েছে।

এবার আপনি আমার সঙ্গে যোগ দিন, অথবা এইখানে ধ্বংস হোন। আপনার সেই ডিফিউজার পেন্সিল আমার অ্যাঙ্করকে স্থায়ীভাবে নষ্ট করতে পারবে না, কিন্তু তা আমার জেনো-অ্যাসিস্ট্যান্টদের ঘুম ভাঙিয়ে দিয়েছে। তারা জেগে উঠছে! আপনার হাতে আর সময় নেই!"

বিনি দ্রুত হলঘরের দিকে ছুটলেন। তিনি জানেন, তাঁর হাতে আর মাত্র কয়েক সেকেন্ড। পিয়েরের সেই **শীতল, মসৃণ স্পর্শ** তাঁকে থামাতে পারে। আর সেই **জেনো-অ্যাসিস্ট্যান্টরা**, যারা এখন ঘুম থেকে উঠেছে, তারা যেকোনো মুহূর্তে হলঘরে প্রবেশ করতে পারে।

তিনি পিটার থমসনের চেম্বারের দিকে তাকালেন। পিটার তখনও ঘুমন্ত, কিন্তু তাঁর মুখে উদ্বেগ এবং যন্ত্রণার ছাপ দেখা যাচ্ছিল। অ্যাঙ্করের অস্থিতিশীলতা পিটারের ডেটা-সিঙ্কিং প্রক্রিয়াকেও প্রভাবিত করছে।

বিনি অ্যাঙ্কর কলামের কাছে এসে দাঁড়ালেন। পিয়ের তখনো অ্যাঙ্করকে জড়িয়ে ধরে আছেন, তাঁর সমস্ত শক্তি দিয়ে এটিকে রক্ষা করার চেষ্টা করছেন।

বিনি তাঁর **কোয়ান্টাম স্লিপারটি**-র ফ্রিকোয়েন্সি ডিস্টর্শন নবটি ধরলেন। তিনি জানে—পালাতে হলে পিটারকে ছেড়ে যেতে হবে। কিন্তু পিটারকে না বাঁচিয়ে শুধু নিজে পালানো সম্ভব নয়।

এই মুহূর্তে, বিনি তাঁর জীবনের সবচেয়ে কঠিন এবং চরম সিদ্ধান্ত নিলেন। পিটারের জ্ঞান এবং এই বিকৃত মানুষের প্রদর্শনীর তথ্য মানবজাতির কাছে পৌঁছানো আবশ্যক।

"আমি তোমার স্থিতাবস্থাকে ধ্বংস করব, পিয়ের!" বিনি চিৎকার করে বললেন। "মানবতা সেই অস্থিরতাকেই বেছে নেবে, যা তাকে বাঁচিয়ে রাখে!"

বিনি ডিফিউজার পেন্সিলটি অ্যাঙ্করের দিকে তাক করলেন, সর্বোচ্চ অসামঞ্জস্যপূর্ণ ফ্রিকোয়েন্সিতে সেট করে। একই সময়ে, তিনি তাঁর

কোয়ান্টাম স্লিপারটির নবটি দ্রুত ঘোরানোর সঙ্গে সঙ্গে তাঁর গন্তব্য সেট করলেন: **নিউ জার্সি**।

লাল আলো, নীল আলো এবং অ্যাঙ্করের অভ্যন্তরে তৈরি হওয়া **ভয়ঙ্কর, সাদা ঝলকানি** বিনির চোখের সামনে এক মুহূর্তে সমস্ত বাস্তবতাকে চূর্ণ করে দিল। তাঁর শেষ অনুভূতি ছিল: **শীতল তরলে ডুবে থাকা সেই জেনো-অ্যাসিস্ট্যান্টদের পদশব্দ** হলঘরের দিকে দ্রুত এগিয়ে আসছে। তারপর সবকিছু থেমে গেল।

আরও গভীর অন্ধকার

অধ্যায় ২৬ – ভুতুড়ে মানুষের বিবর্তন

অধ্যাপক বিনি বন্দ্যোপাধ্যায় তাঁর জীবনের সবচেয়ে ভয়ঙ্কর মুহূর্তটি পেছনে ফেলে এলেন। **টেম্পোরাল অ্যাঙ্কর**-এর লাল-নীল আলোর ভয়ঙ্কর বিস্ফোরণ, পিয়েরের ক্রোধে ভরা শেষ চিৎকার, এবং পিটারের ঘুমন্ত মুখের ওপর ভেসে ওঠা যন্ত্রণার ছাপ—সবকিছুই মুহূর্তে এক তীব্র, যন্ত্রণাদায়ক **নীরবতায়** পর্যবসিত হলো।

বিনি অনুভব করলেন, তাঁর শরীর যেন লক্ষ লক্ষ কণিকায় চূর্ণ হয়ে আবার মুহূর্তেই এক সরল রৈখিক ফ্রেমে একত্রিত হচ্ছে। তাঁর **কোয়ান্টাম স্লিপার**-এর কম্পন ছিল অস্বাভাবিক রকমের তীব্র, কিন্তু তা তাঁকে বাঁচিয়ে দিল। যন্ত্রটি স্থানকে ভাঁজ করার সঙ্গে সঙ্গে সময়ের প্রবাহকেও ছিঁড়ে ফেলেছিল।

যখন সেই তীব্র কম্পন থামল, বিনি অনুভব করলেন তিনি কোনো শক্ত পৃষ্ঠের ওপর পড়ে গেছেন। তাঁর বুক ধড়ফড় করছে, আর তাঁর

কানে তখনও সেই অ্যাঙ্করের বিস্ফোরণের তীক্ষ্ণ প্রতিধ্বনি। তিনি চোখ খুললেন।

তাঁর চোখ ধাঁধিয়ে গেল শহরের নিয়ন আলোয়। মাথার ওপর দিয়ে তীব্র শব্দে ছুটে চলেছে একটি রেলগাড়ি। পায়ের নিচে ভিজে, ঠান্ডা কংক্রিট।

বিনি নিউ জার্সির একটি পুরনো কারখানার চত্বরে এসে পড়েছেন—যেকোনো জনবহুল এলাকার বাইরের একটি নীরব, কিন্তু স্বাভাবিক জায়গা। তাঁর সেট করা গন্তব্য সঠিক ছিল। তিনি **ফিরে এসেছেন**।

কিন্তু তাঁর শরীরে তখন এক চরম দুর্বলতা। এই সময়-স্থান লম্ফ (Time-Space Jump)-এর প্রতিক্রিয়া ছিল তীব্র। তাঁর মাথা ঘুরছিল, এবং তাঁর শরীরের তাপমাত্রা অস্বাভাবিক রকমের কম ছিল। তবুও, তিনি বেঁচে গেছেন।

বিনি নিজেকে কোনোমতে তুলে দাঁড়ালেন। প্রথম কাজ, কব্জিতে থাকা **কোয়ান্টাম স্লিপারটি** পরীক্ষা করা। যন্ত্রটি অস্বাভাবিক রকমের উষ্ণ, কিন্তু এখনও সক্রিয়। তিনি এটিকে দ্রুত তার সর্বোচ্চ স্থিতিশীলতা মোডে সেট করলেন।

বিনি তাঁর বন্ধু **পিটার থমসন**-এর কথা ভাবলেন। তিনি তাকে আনতে পারেননি। পিয়েরের হাতে বন্দী সেই ঘুমন্ত বন্ধুটিকে তিনি চূড়ান্ত স্থিতাবস্থার কাছে ছেড়ে এসেছেন। এই চিন্তাটি বিনির হৃদয়ে এক তীব্র ছুরিকাঘাতের মতো বিঁধল। কিন্তু তিনি জানেন, এই মুহূর্তে বেঁচে থাকা এবং পিয়েরের জেন-প্রকৌশলের তথ্য মানবজাতির কাছে পৌঁছানো—এটাই ছিল পিটারের চেয়েও বড় কর্তব্য।

শহরের কোলাহল এবং রেলগাড়ির শব্দ বিনির মস্তিষ্কে দ্রুত স্বাভাবিকতা ফিরিয়ে আনল। তিনি তখন সেই ভয়ঙ্কর **মানব-রূপান্তরের** কক্ষের দৃশ্যগুলি বিশ্লেষণ করতে শুরু করলেন।

প্রথম ভ্যাটে ছিল—চোখ ও মুখ জোড়া লাগানো অবয়ব।

দ্বিতীয় ভ্যাটে ছিল—হাতে ও পায়ে সুচালো হাড় নিয়ে দ্রুত চলনক্ষম স্কাউট।

তৃতীয় ভ্যাটে ছিল—বিশাল মস্তিষ্ক এবং সংকুচিত অঙ্গ নিয়ে তৈরি বায়ো-কম্পিউটার।

এই তিনটি বিকৃতি বিনির কাছে তিনটি ভিন্ন তথ্য প্রকাশ করল:

১. অঙ্গের বিলুপ্তি (The Erasure of Need): চোখ ও মুখ সেলাই করা অবয়বটি প্রমাণ করে যে, পিয়েরের জেন-জীবনে **ইন্দ্রিয়** এবং **যোগাযোগের** প্রয়োজন নেই। তারা বাহ্যিক আলো বা শব্দ ব্যবহার করে না, তারা শক্তি প্রবাহের মাধ্যমে যোগাযোগ করে। চোখ এবং মুখ হলো দুর্বলতার প্রতীক, তাই তাদের বিলুপ্তি ঘটানো হয়েছে।

২. স্থিতাবস্থার জন্য কর্মক্ষমতা (Functionality for Stability): স্কাউট-সদৃশ অবয়বটি ছিল গতির জন্য তৈরি। তারা স্থানের ক্ষুদ্র ভাঁজগুলিতে দ্রুত চলাচল করতে পারে। কিন্তু তাদের এই গতির পেছনে কোনো **উদ্দেশ্য** বা **ইচ্ছা** নেই—আছে কেবল একটি **প্রোগ্রামড ফাংশন**। এটিই হলো জেন-জীবনের মূলমন্ত্র: আবেগহীন, নিখুঁত কর্মক্ষমতা।

৩. চেতনার দাসত্ব (The Servitude of Consciousness): মস্তিষ্ক-সর্বস্ব বায়ো-কম্পিউটার অবয়বটি ছিল সবচেয়ে ভয়ঙ্কর। এটি প্রমাণ করে, পিয়েরের পরিকল্পনায় মানব **চেতনার** প্রয়োজন আছে—কিন্তু সেই চেতনাকে **শরীর এবং স্বাধীনতা** থেকে বিচ্ছিন্ন করে রাখতে হবে, যাতে তা কেবল গণনার কাজে ব্যবহৃত হয়। এটিই হলো পিয়েরের জেন-প্রকৌশলের সর্বোচ্চ রূপ।

বিনি বুঝতে পারলেন, পিয়ের শুধু একটি **ক্লোন সেনাবাহিনী** তৈরি করছেন না। তিনি মানবজাতির জন্য একটি **নতুন, শীতল, এবং বিশেষায়িত দাস-সমাজ** তৈরি করছেন। এই নতুন সমাজ হবে সম্পূর্ণরূপে **আবেগহীন**, আর প্রতিটি জেন-জীব হবে তার নির্দিষ্ট

কাজের জন্য নিখুঁতভাবে তৈরি। এটি কোনও এলোমেলো পরিবর্তন নয়, এটি ছিল মানবজাতির জন্য **এক পরিকল্পিত, নিয়ন্ত্রিত বিবর্তন (Controlled Evolution)**।

এইবার বিনি সেই লোকগুলির দিকে মনোযোগ দিলেন, যারা এই ল্যাবরেটরির বাইরে সাধারণ সমাজে মিশে থাকে: **টেল** এবং **সার্ভিস ইউনিট সেভেন**।

"যদি সেই ভ্যাটের বিকৃত জীবগুলো বিবর্তনের প্রাথমিক ধাপ হয়," বিনি নিজের মনে মনে বিশ্লেষণ করলেন, "তবে টেলরা হলো **বিবর্তনের মধ্যবর্তী, সফল ধাপ**। পিয়ের সেই বিকৃত জীবগুলির ত্রুটিগুলি সংশোধন করে **টেল**-এর মতো অবয়ব তৈরি করেছেন, যাদের ফুলকা এবং শীতল শরীর থাকলেও, তারা বাইরের পৃথিবীতে মানুষের মতো পোশাক পরে, মানুষের মতো হাঁটে, এমনকি কফি পান করার অভিনয়ও করতে পারে।"

বিনি এই লোকগুলিকে মনে মনে একটি নতুন নাম দিলেন: **'ভুতুড়ে মানুষ' (Phantom Humans)**।

এই ভুতুড়ে মানুষেরা কোনো এলিয়েন নয়, তারা হলো **পরিকল্পিতভাবে বিবর্তিত মানুষ**। তারা মানুষেরই বায়ো-টেম্পলেট ব্যবহার করে তৈরি, কিন্তু তাদের সমস্ত মানবিকতা মুছে ফেলা হয়েছে। তাদের অস্তিত্ব মানব সমাজের জন্য এক ভয়ঙ্কর হুমকি। তারা গোপনে মানব সমাজকে পর্যবেক্ষণ করছে, তথ্য সংগ্রহ করছে, এবং ধীরে ধীরে পিয়েরের জেন-প্রকৌশলের জন্য পরিবেশ তৈরি করছে।

পিয়েরের চূড়ান্ত পরিকল্পনা ছিল:

১. ধীরে ধীরে মানব সমাজকে নিয়ন্ত্রণ করা: জেনো-অ্যাসিস্ট্যান্টদের (ভুতুড়ে মানুষ) মাধ্যমে গুরুত্বপূর্ণ অবস্থানে প্রবেশ করে তথ্য সংগ্রহ করা।

২. পিটারের মতো জ্ঞান আহরণ: আবেগ, স্মৃতি এবং মানবজাতির সমস্ত ইতিহাস সংগ্রহ করা, যাতে জেন-জীবনের জন্য নিখুঁত আবেগ-বিহীন টেমপ্লেট তৈরি করা যায়।

৩. টেম্পোরাল অ্যাঙ্কর ব্যবহার: সময়ের প্রবাহকে নিয়ন্ত্রণ করে এই জেন-বিবর্তনকে ত্বরান্বিত করা এবং পৃথিবীর স্থিতাবস্থা নিয়ন্ত্রণ করা।

৪. মানবজাতির চূড়ান্ত রূপান্তর: এক সময় মানবজাতিকে তাদের দুর্বল দেহ থেকে মুক্তি দিয়ে, এই বিকৃত, স্থির এবং আবেগহীন জেন-জীবের রূপে রূপান্তরিত করা—পিয়ের যাকে 'মোক্ষ' বা 'স্থিতাবস্থা' বলছেন।

বিনি এখন পুরোপুরি নিশ্চিত হলেন—পিয়েরের মিশন ছিল এক **জৈব-নিয়ন্ত্রিত বিশ্ব (Bio-Engineered World)** তৈরি করা।

বিনি তাঁর পকেটে হাত রাখলেন। তাঁর **এনার্জি ডিফিউজার পেন্সিলটি** তখনও আছে। এটিই তাঁর হাতে থাকা একমাত্র প্রমাণ, যা পিয়েরের প্রযুক্তিকে আঘাত করতে পারে। কিন্তু **টেম্পোরাল অ্যাঙ্কর**-কে আঘাত করার ফলে এই মুহূর্তে পৃথিবীর সময় প্রবাহে কী প্রভাব পড়েছে, তা বিনি জানেন না। তিনি কেবল আশা করতে পারেন, তাঁর সেই ক্ষুদ্র বিস্ফোরণ যেন পৃথিবীর জন্য বিশাল বিপর্যয় ডেকে না আনে।

এখন তাঁর প্রথম কাজ: এই ভয়ঙ্কর তথ্যটি পৃথিবীর সামনে তুলে ধরা। বিনি দ্রুত একটি ফোন বুথের দিকে এগিয়ে গেলেন। তাঁর সমস্ত বৈজ্ঞানিক যোগাযোগ এবং খ্যাতি ব্যবহার করে তাঁকে **সরাসরি আমেরিকার সামরিক বা বৈজ্ঞানিক নেতৃত্বের** সঙ্গে যোগাযোগ করতে হবে। কিন্তু তিনি জানেন, তাঁর এই অবিশ্বাস্য কাহিনি—এলিয়েন প্রযুক্তির টেম্পোরাল অ্যাঙ্কর, শীতল জেনো-অ্যাসিস্ট্যান্ট এবং বিকৃত মানুষের প্রদর্শনী—কেউ বিশ্বাস করবে না। তাঁকে পাগল বা একজন পরাজিত বিজ্ঞানী বলে বাতিল করে দেওয়া হতে পারে।

বিনি তাঁর কব্জিতে থাকা **কোয়ান্টাম স্লিপারটি**-র দিকে তাকালেন। যন্ত্রটি এখন শান্ত। পিয়ের বলেছিলেন, তিনি শুধু স্থানকে ভাঁজ করতে

পারেন, সময়কে নয়। কিন্তু টেম্পোরাল অ্যাঙ্করের সঙ্গে সংঘর্ষের ফলে স্লিপারটির ভেতরে কিছু পরিবর্তন হয়েছে কি না, তা পরীক্ষা করা প্রয়োজন।

বিনি বুঝতে পারলেন, এই মুহূর্তে তাঁর একমাত্র পথ হলো **গোপন থাকা**। তাঁকে এমন একজনকে খুঁজে বের করতে হবে, যে তাঁকে বিশ্বাস করবে এবং এই তথ্য প্রচারে সাহায্য করবে। এই লড়াই সামরিক বা রাজনৈতিক নয়, এটি হলো **তথ্য এবং বিশ্বাসের** লড়াই। বিনি নিউ জার্সির সেই কারখানার চত্বর ছেড়ে মূল রাস্তার দিকে হাঁটতে শুরু করলেন। তাঁর মন তখন পিটারের ঘুমন্ত মুখের কথা ভাবছিল। "আমাকে ক্ষমা করো, পিটার," বিনি মনে মনে বললেন। "আমি তোমাকে মুক্ত করতে পারিনি। কিন্তু আমি তোমার জ্ঞানকে মুক্ত করব। তোমার মানবীয় আবেগ, তোমার ভালোবাসা, তোমার কৌতূহল—এটাই আমাদের একমাত্র **অস্থিরতা**, যা পিয়েরের **চূড়ান্ত স্থিতাবস্থাকে** ধ্বংস করতে পারে। আমাকে এই যুদ্ধ চালিয়ে যেতে হবে।"

বিনি অন্ধকার রাস্তার দিকে এগিয়ে চললেন। তিনি জানেন, এই পৃথিবীর বহু জেনো-অ্যাসিস্ট্যান্ট (ভুতুড়ে মানুষ) এখন জেগে উঠেছে। তারা তাঁকে খুঁজছে। তাঁর হাতে এখন শুধু **একটি ছোট পেন্সিল** এবং **একটি স্থান-কাল ভাঁজকারী কব্জিবন্ধনী**।

কিন্তু তাঁর কাছে আছে **জ্ঞান**। আর সেই জ্ঞানই হলো পিয়েরের জেন-প্রকৌশলের বিরুদ্ধে মানবজাতির চূড়ান্ত অস্ত্র।

অধ্যায় ২৭ - প্রশ্ন না করার কৌশল

অধ্যাপক বিনি বন্দ্যোপাধ্যায় নিউ জার্সির সেই পুরোনো কারখানার চত্বর থেকে মূল রাস্তায় উঠে এলেন। মধ্যরাতের সেই স্থান-কাল লম্ফ (Time-Space Jump) তাঁর শরীরকে চূড়ান্তভাবে দুর্বল করে দিয়েছে।

তাঁর মাথা ঘুরছিল, এবং তাঁর কব্জিতে থাকা **কোয়ান্টাম স্লিপার**-এর ধাতব তাপ তখনও হাতে অনুভূত হচ্ছিল। কিন্তু বিনির মস্তিষ্কের ভেতরে তখন কোনো শারীরিক দুর্বলতা নয়, বরং এক নতুন **মানসিক কাঠামো** তৈরি হচ্ছিল।

তাঁর জীবনের সমস্ত বৈজ্ঞানিক প্রশিক্ষণ একটি মৌলিক নীতির ওপর নির্ভর করত: **প্রশ্ন করো (Ask Questions)**। কেন এমন হল? কীভাবে সম্ভব হল? এর কারণ কী? এই প্রশ্নগুলিই তাঁকে রয়্যাল সোসাইটির একজন সম্মানিত বিজ্ঞানী করে তুলেছিল। কিন্তু **পিয়েরের** গবেষণাগারে তাঁর সমস্ত প্রশ্নই ব্যর্থ হয়েছিল।

বিনি উপলব্ধি করলেন: পিয়েরের **'জেন-প্রকৌশল' (Zen-Engineering)**-এর কাছে **প্রশ্ন** হলো এক ধরনের বিনোদন। পিয়ের তাঁর প্রশ্নের উত্তর দেওয়ার সময় কেবল বিনোদনই পাননি, বরং তিনি বুঝেছিলেন বিনির জ্ঞানের সীমা কোথায়। বিনি যখন টেলকে জিজ্ঞেস করেছিলেন, "আপনি ক্লোন?", তখন পিয়ের বুঝেছিলেন, বিনির ধারণা এখনও পৃথিবীর জৈব-প্রযুক্তির স্তরে আটকে আছে। বিনি যখন জিজ্ঞেস করেছিলেন, "কেন কফি পান করছেন না?", তখন পিয়ের বুঝেছিলেন, বিনির মনোযোগ কেবল বাহ্যিক অসংগতির দিকে। পিয়ের এই সমস্ত প্রশ্নের মাধ্যমে বিনির মনের দেওয়ালটিকে মাপছিলেন।

পিয়ের চেয়েছিলেন, বিনি যেন তাঁর এই ভয়ঙ্কর বাস্তবতাকে গ্রহণ করেন, কিন্তু **প্রশ্ন** করতে থাকেন—যাতে পিয়েরের শ্রেষ্ঠত্ব প্রমাণ হয়। এখন আর তা নয়। বিনি তাঁর জীবনের সবচেয়ে গুরুত্বপূর্ণ বৈজ্ঞানিক পদ্ধতি পরিবর্তন করলেন। এই মুহূর্তে তাঁর একমাত্র কৌশল: **প্রশ্ন না করার কৌশল (The Strategy of Asking No Questions)**।

পিয়ের তাঁর সমস্ত জ্ঞান, তাঁর সমস্ত কৌশল, এবং তাঁর সমস্ত দুর্বলতা জেনে গেছে। এখন আর কোনো তথ্য প্রকাশ করা যাবে না। এখন কেবলই **পর্যবেক্ষণ** এবং **কর্ম**।

ভোরের প্রথম আলো তখন নিউ জার্সির রাস্তায় নামছে। বিনি দ্রুত একটি পুরোনো, লোকচক্ষুর আড়ালে থাকা পার্কের দিকে গেলেন। তিনি তাঁর কব্জির স্লিপার এবং পকেট থেকে **এনার্জি ডিফিউজার পেন্সিল** বের করলেন।

তিনি ডিফিউজারটিকে তার সর্বোচ্চ **সংবেদনশীল ফ্রিকোয়েন্সি স্ক্যান** মোডে সেট করলেন। এই ফ্রিকোয়েন্সি পৃথিবীর স্বাভাবিক তাপ প্রবাহ বা বৈদ্যুতিক চৌম্বকীয় তরঙ্গ থেকে সম্পূর্ণ ভিন্ন। এটি কেবল পিয়েরের ল্যাবরেটরি থেকে আসা **জেনো-ফ্রিকোয়েন্সি** এবং **টেম্পোরাল অ্যাঙ্করের** অস্থিতিশীলতার অবশিষ্ট শক্তিকে সনাক্ত করতে পারবে।

বিনি স্ক্যান করলেন। ডিফিউজার থেকে কোনো তীব্র অ্যালার্ম বের হলো না, কিন্তু পেন্সিলের মাথায় থাকা ইন্ডিকেটরটি মৃদুভাবে **নীলচে আলো** ছড়াল। এটি প্রমাণ করে: **পিয়েরের প্রযুক্তির অবশিষ্ট শক্তি এখনও এই পরিবেশে বিদ্যমান।**

এরপর বিনি তাঁর **কোয়ান্টাম স্লিপার**-এর দিকে মনোযোগ দিলেন। তিনি যন্ত্রটিকে তাঁর হাতের তালুর সংস্পর্শে আনলেন। যন্ত্রটির ধাতু এখনও সামান্য উষ্ণ, কিন্তু তার উপরিভাগে বিনি একটি অদ্ভুত **অতি-শীতলতার স্পর্শ** পেলেন—ঠিক সেইরকম শীতল, যেমন পিয়েরের হাত ছিল।

পিয়ের যন্ত্রটি ধরেছিলেন। তাঁর শীতল, রক্তবিহীন শরীরের ফ্রিকোয়েন্সি এই যন্ত্রে সামান্য হলেও **অবশিষ্ট এনার্জি-সিগনেচার** রেখে গেছে।

বিনি তাঁর স্লিপারটিকে একটি সাধারণ ডিজিটাল ঘড়ির মতো করে কব্জিতে পরে নিলেন। তিনি জানতেন, পিয়ের তাঁকে খুঁজতে এই পৃথিবীতে তাঁর **জেনো-অ্যাসিস্ট্যান্টদের** পাঠাবেন। তাদের খোঁজার পদ্ধতি হবে সাধারণ মানুষের চেয়ে ভিন্ন। তারা হয়তো সেই জেনো-ফ্রিকোয়েন্সি ব্যবহার করবে, যা বিনি তাঁর ডিফিউজার দিয়ে সনাক্ত করেছেন।

এই মুহূর্তে তাঁর প্রথম লক্ষ্য হলো: **সাধারণ মানুষের ছদ্মবেশ ধারণ করা এবং নীরব পর্যবেক্ষণ শুরু করা।**

বিনি পার্ক থেকে বেরিয়ে মূল রাস্তায় এলেন। তিনি একটি ছোট, ভিড়ের আমেরিকান ডাইন-ইন রেস্টুরেন্টের দিকে এগিয়ে গেলেন। এইখানে তিনি তাঁর নতুন কৌশলটি পরীক্ষা করবেন।

তিনি রেস্টুরেন্টের একটি কোণে বসলেন। মেনু নিলেন না। তিনি কেবল চোখ বুলাতে লাগলেন তাঁর চারপাশে বসা মানুষগুলোর ওপর। তাঁর চোখ এখন কোনো বিজ্ঞানীর চোখ নয়, বরং এক **অতি-সতর্ক শিকারের** চোখ।

তিনি একটি তরুণ দম্পতির দিকে তাকালেন। তাদের হাতগুলি একে অপরের হাতে জড়ানো। বিনি লক্ষ্য করলেন: তাদের হাতে চামড়ার স্বাভাবিক **রক্তবর্ণ** এবং উষ্ণতার আভা। এটিই **মানবতার প্রথম প্রমাণ—উষ্ণতা এবং আবেগ।** পিয়েরের জেন-জীবের শরীরে রক্ত নেই, আবেগ নেই, এবং তাদের শরীরের তাপমাত্রা ৫১° ফারেনহাইটের কাছাকাছি থাকে।

বিনি আরও গভীর পর্যবেক্ষণ শুরু করলেন।

পাশের টেবিলে একজন বয়স্ক লোক কফি পান করছেন। তাঁর মুখ থেকে বিরক্তির শব্দ বের হচ্ছে—কফি খুব গরম। তাঁর কপাল বেয়ে ঘাম ঝরছে। **অপূর্ণতা এবং কষ্ট—এটিই মানবিকতা।** পিয়েরের জেন-জীবের এমন কোনো অস্থিরতা নেই; তাদের শরীর সর্বদা স্থিতিশীল থাকে।

বিনি রেস্টুরেন্টের ওয়েটারের দিকে তাকালেন। ওয়েটারটি ব্যস্ত, তার হাতে চারটি প্লেট। প্লেটগুলো রাখার সময় তার হাত সামান্য কেঁপে উঠল, এবং তার কপাল বেয়ে একবিন্দু ঘাম ঝরে পড়ল। সে দ্রুত ক্ষমা চাইল। **ভুল করা এবং অনুতাপ—এটিও মানবিকতা।** পিয়েরের জেনো-অ্যাসিস্ট্যান্টরা নিখুঁত, ভুল-মুক্ত এবং আবেগহীন।

বিনি সিদ্ধান্ত নিলেন: তাঁর কৌশল হবে, এই পৃথিবীতে যেকোনো **নিখুঁত, অতিরিক্ত-শান্ত, এবং আবেগহীন** মানুষকেই সন্দেহ করা। আর **অস্থিরতা, আবেগ, উষ্ণতা এবং ভুল**—এগুলোই হলো তাঁর মিত্র।

বিনি এবার তাঁর নতুন চোখ দিয়ে চারপাশের মানুষের মধ্যে **ফ্যান্টম হিউম্যান** (জেনো-অ্যাসিস্ট্যান্ট)-এর সন্ধান করতে শুরু করলেন।

তিনি লক্ষ্য করলেন, রেস্টুরেন্টের এক কোণে একজন ব্যক্তি বসে আছেন। তাঁর পোশাক নিখুঁতভাবে ইস্ত্রি করা, এবং তাঁর মাথার চুল পরিপাটি করে আঁচড়ানো। তাঁর সামনের কফির কাপটি প্রায় ভর্তি, কিন্তু তিনি তাতে একবারও চুমুক দেননি। তাঁর হাত দুটি টেবিলের ওপর স্থিরভাবে রাখা। তাঁর মুখমণ্ডলে কোনো অভিব্যক্তি নেই, এবং তাঁর চোখ স্থিরভাবে সামনের দিকে তাকিয়ে আছে, যেন কোনো নির্দিষ্ট লক্ষ্যবস্তু দেখছে।

বিনি পকেট থেকে দ্রুত তাঁর **ডিফিউজার পেন্সিল** বের করলেন। তিনি পেন্সিলটি তাঁর হাতের তালুতে আড়াল করলেন এবং তার সংবেদনশীল স্ক্যানারটি সেই ব্যক্তির দিকে তাক করলেন।

ডিফিউজার থেকে কোনো নীল আলো বের হলো না। কিন্তু বিনি যখন সেই ব্যক্তির কপালে চোখ রাখলেন, তখন তিনি দেখলেন: **কপালে নেই কোনো ঘাম, নেই কোনো সামান্য অস্থিরতা বা রক্ত-সঞ্চালনের আভা।**

বিনি সেই মুহূর্তে কোনো প্রশ্ন করলেন না, কোনো চিৎকার করলেন না। তিনি ধীরে ধীরে তাঁর কফির কাপটি হাতে নিলেন। **প্রশ্ন না করার কৌশল** তাঁকে শিখিয়েছে—এই মুহূর্তে তার সঙ্গে সরাসরি মোকাবিলা করা আত্মহত্যার সমান। তিনি জানেন, তার শরীর শীতল এবং সে যে কোনো মুহূর্তে সক্রিয় হতে পারে।

বিনি সেই লোকটির দিকে এক ঝলক তাকিয়ে দ্রুত চোখ ফিরিয়ে নিলেন। লোকটি কোনোভাবেই সাধারণ নয়। তার স্থিতাবস্থা, তার

শীতলতা, এবং তার নিখুঁত পোশাক—এগুলি সবই **জেনো-জীবের** বৈশিষ্ট্য বহন করে।

বিনি এইবার তাঁর নতুন লক্ষ্যের দিকে মনোনিবেশ করলেন: **পালানো নয়, বরং এই ফ্যান্টমদের এড়িয়ে চলা এবং তথ্য সংগ্রহ করা।**

বিনি সেই রেস্টুরেন্ট থেকে কোনোমতে বেরিয়ে এলেন। তাঁর সমস্ত শরীর এখন সতর্কতায় পূর্ণ। তিনি জানেন, এই লোকগুলিই হলো পিয়েরের **গুপ্তচর**, যারা পৃথিবীর প্রতিটি কোণ থেকে তথ্য সংগ্রহ করছে।

তাঁর নতুন অ্যাকশন প্ল্যান তৈরি:

১. কোনো সরকারি বা বৈজ্ঞানিক সংস্থার কাছে যাওয়া নয়: তারা তাঁর অবিশ্বাস্য গল্প বিশ্বাস করবে না, এবং পিয়েরের জেনো-অ্যাসিস্ট্যান্টরা আগে থেকেই সেই সংস্থাগুলিতে অনুপ্রবেশ করে থাকতে পারে।

২. যোগাযোগের উৎস আবিষ্কার: তাঁকে এমন একজনকে খুঁজে বের করতে হবে, যে অতি-অবিশ্বাস্য তথ্যকে সত্য বলে স্বীকার করতে পারে। সম্ভবত এমন একজন ব্যক্তি, যিনি সামরিক বাহিনীর ব্ল্যাক-অপারেশনস বা গোপন অনুসন্ধান নিয়ে কাজ করেন।

৩. প্রমাণের জন্য অপেক্ষা: ডিফিউজার এবং স্লিপার—এই দুটিই তাঁর হাতে থাকা চূড়ান্ত প্রমাণ। এই প্রমাণ দুটিকে এমনভাবে ব্যবহার করতে হবে, যাতে তা মানুষের চোখে আবিষ্কার মনে হয়, পাগলের প্রলাপ নয়।

বিনি নিউ ইয়র্কের দিকে রওনা হলেন। তিনি আর কোনো প্রশ্ন করলেন না। তিনি কেবল চোখ রাখলেন মানুষের ওপর, তাদের উষ্ণতা, তাদের আবেগ এবং তাদের ত্রুটিগুলির ওপর।

বিনি এখন কোনো বিজ্ঞানী নন, তিনি এখন এক **নীরব, পর্যবেক্ষণকারী শিকারী**। তাঁর জীবনের এই নতুন অধ্যায়ে, তাঁর একমাত্র ভাষা হলো নীরবতা, এবং তাঁর একমাত্র হাতিয়ার হলো

পর্যবেক্ষণ। কারণ তিনি জানেন, পিয়েরের এই **স্থির, শীতল, এবং আবেগহীন** স্থিতাবস্থার বিরুদ্ধে মানবজাতির সবচেয়ে বড় শক্তি হলো তাদের **অস্থির, উষ্ণ, এবং ভুল-ভরা জীবন**। আর এই জীবনকে বাঁচানোর জন্য তিনি আর কোনো প্রশ্ন করবেন না।

অধ্যায় ২৮ - রাতের অস্বাভাবিক শব্দ

অধ্যাপক বিনি বন্দ্যোপাধ্যায় তাঁর জীবনের সবচেয়ে মূল্যবান ২৪ ঘণ্টা পার করেছেন চূড়ান্ত নীরবতায়। নিউ জার্সিতে অবতরণের পর, তিনি দ্রুত নিউ ইয়র্কের একটি পুরোনো বোরোতে চলে আসেন এবং একটি সস্তা, লোকচক্ষুর আড়ালে থাকা হোটেলের কক্ষ ভাড়া করেন। হোটেলটি পুরোনো, স্যাঁতসেঁতে এবং চারপাশের কোলাহল এত বেশি যে, পিয়েরের **জেনো-অ্যাসিস্ট্যান্টদের** পক্ষে এখানে সহজে অনুপ্রবেশ করা কঠিন হবে—এটাই ছিল তাঁর ধারণা।

দিনের বেলা বিনি তাঁর **প্রশ্ন না করার কৌশল** কঠোরভাবে অনুসরণ করেছেন। তিনি কোনো প্রশ্নের মাধ্যমে নিজের কৌতূহল প্রকাশ করেননি, তিনি কেবল পর্যবেক্ষণ করেছেন। তিনি তাঁর হাতে থাকা **এনার্জি ডিফিউজার পেন্সিলের** সর্বোচ্চ ফ্রিকোয়েন্সি স্ক্যান মোড ব্যবহার করে অসংখ্যবার আশেপাশের এলাকা পরীক্ষা করেছেন। ফলস্বরূপ, তিনি বেশ কিছু **ক্ষুদ্র, কিন্তু শীতল** ফ্রিকোয়েন্সি সিগনেচার খুঁজে পেয়েছেন, যা প্রমাণ করে—পিয়েরের **'ফ্যান্টম হিউম্যানরা'** এই শহরে ছড়িয়ে আছে।

তাদের তিনি চিহ্নিত করেছেন—হোটেলের লবিতে বসে থাকা সেই লোকটি, যার কফির কাপটি সারাদিন ভর্তি ছিল; ট্যাক্সির সেই চালক, যার চোখে ছিল না কোনো অস্থিরতা; বা সাবওয়ের সেই তরুণী, যার চামড়ার স্বাভাবিক উষ্ণতা ছিল না, কিন্তু যার মুখের অভিব্যক্তি ছিল **অতিরিক্ত নিখুঁত**। এই 'নিখুঁত মানুষগুলি'ই হলো বিনির নতুন শিকার।

সন্ধ্যা নামল। বিনি তাঁর হোটেলের কক্ষের দরজা ভেতর থেকে শক্তভাবে বন্ধ করলেন। কক্ষটি ছিল ছোট, তার বাতানুকূল যন্ত্রটি বিকট শব্দে চলছিল, যা বাইরের সমস্ত শব্দকে ছাপিয়ে দেয়—এটাই ছিল বিনির সুরক্ষা।

তিনি তাঁর টেবিলের ওপর **কোয়ান্টাম স্লিপার** এবং **এনার্জি ডিফিউজার পেন্সিল** রাখলেন। কব্জিবন্ধনীটি এখন স্থির, কিন্তু ডিফিউজারের ইন্ডিকেটরটি এখনও মৃদু নীল আলো ছড়াচ্ছে—**পিয়েরের প্রযুক্তির অবশিষ্ট শক্তি এখনও বাতাসে ভাসছে**।

বিনি বিছানার কিনারায় বসলেন। তিনি ঘুমোতে পারছিলেন না। তাঁর চোখে ভাসছিল বিকৃত মানবদেহ, স্পন্দিত মস্তিষ্ক এবং পিটারের ঘুমন্ত মুখ। তিনি জানেন, এই মুহূর্তে তিনি পিয়েরের **ক্ষমতার কেন্দ্রবিন্দু**-কে আঘাত করেছেন। পিয়ের এখন তাঁকে যেকোনো মূল্যে খুঁজে বের করার চেষ্টা করবেন।

বিনি তাঁর সমস্ত ইন্দ্রিয়কে সজাগ রাখলেন। তিনি তাঁর কানের কাছে রুমের **বাতানুকূল যন্ত্রটির** তীব্র যান্ত্রিক শব্দকে ফিল্টার করে, অন্য কোনো অস্বাভাবিক শব্দ শোনার চেষ্টা করতে লাগলেন।

রাত তখন গভীর। হোটেলের সমস্ত কোলাহল শান্ত হয়ে এসেছে। বাইরের রাস্তায় গাড়ির যাতায়াত কমে গেছে। বিনির কক্ষের বাতানুকূল যন্ত্রটির একটানা শব্দ ছাড়া আর কোনো শব্দ নেই। এই নীরবতা ছিল বিনির কাছে সবচেয়ে ভয়ঙ্কর। কারণ তিনি জানেন, **পিয়েরের জেন-জীবনের ভিত্তিই হলো স্থিরতা এবং নীরবতা**।

ঘড়ির কাঁটা প্রায় দুটো পেরিয়েছে। বিনি তীব্র মানসিক চাপের কারণে প্রায় তন্দ্রাচ্ছন্ন হয়ে পড়েছিলেন।

হঠাৎ, তাঁর তন্দ্রা ভেঙে গেল।

বাতানুকূল যন্ত্রটির তীব্র যান্ত্রিক শব্দের মধ্যে দিয়েও, তিনি একটি শব্দ শুনতে পেলেন—শব্দটি ছিল অত্যন্ত ক্ষীণ, কিন্তু তাঁর মস্তিষ্ক এক মুহূর্তে

তা চিনতে পারল। এটি কোনো সাধারণ শব্দ নয়, এটি ছিল সেই **অন্য গ্রহের যান্ত্রিক ছন্দ**।

শব্দটি আসছিল **দেওয়াল** এবং **মেঝের** মধ্য দিয়ে। এটি কোনো মানুষের কণ্ঠস্বর নয়, এটি কোনো ইলেকট্রনিক শব্দও নয়। এটি ছিল এক ধরনের **কম্পন**, যা প্রথমে মেঝের কাঠের তক্তা এবং দেওয়ালের জিপসাম ভেদ করে আসছিল।

শব্দটি ছিল—**স্লশ... স্লশ...**।

বিনি প্রায় লাফিয়ে উঠলেন। তাঁর হৃদস্পন্দন চরমভাবে বেড়ে গেল। এই শব্দ অসম্ভব! এটি সেই শব্দ—যা তিনি পিয়েরের ল্যাবরেটরিতে বাথরুমের লুকানো প্যানেলের ওপাশে শুনেছিলেন। **ঘন, শীতল তরলের মৃদু দুলুনি!**

এই বস্তুটি এই সাধারণ, পুরোনো হোটেলে কীভাবে সম্ভব?

বিনি নিঃশব্দে বিছানা থেকে নামলেন। তাঁর হাত দ্রুত টেবিল থেকে **এনার্জি ডিফিউজার পেন্সিলটি** তুলে নিল। তাঁর সমস্ত কৌশল, তাঁর সমস্ত যৌক্তিকতা এক মুহূর্তে ভেঙে গেল। তাঁর সামনে এখন সেই চরম সত্য: **পিয়েরের ফ্যান্টম হিউম্যানরা তাঁর খুব কাছেই আছে!**

শব্দটি আরও স্পষ্ট হলো। বিনি বুঝতে পারলেন, এটি আসছে ঠিক **তাঁর কক্ষের দেওয়ালের ওপাশ থেকে**—সম্ভবত পাশের কক্ষটি বা ওপরের কক্ষটি।

স্লশ... স্লশ... স্লশ...। তরলের ছন্দবদ্ধ দুলুনি। যেন কোনো বিশাল পাত্রে ঘন জল ধীরে ধীরে নড়ছে।

এরপরই এলো সেই চরম বিভীষিকা—সেই শব্দ, যা বিনিকে ভয়ের চূড়ান্ত স্তরে নিয়ে গেল: **ভেজা শ্বাস-প্রশ্বাস**।

আহ্... আহ্...। শব্দগুলি ছিল গভীর, কষ্টকর, যান্ত্রিক এবং চূড়ান্ত রকমের **জলে ভেজা (Water-logged)**। যেন কেউ জল থেকে মাথা

তুলে শ্বাস নিতে চাইছে, কিন্তু তার ফুসফুস সেই কাজ করতে অভ্যস্ত নয়। **ফুলকা (Gills)** ব্যবহার করে শ্বাস নেওয়ার সেই ভয়ঙ্কর ছন্দ। শব্দগুলি প্রমাণ করে: **পিয়েরের জেনো-অ্যাসিস্ট্যান্টরা ঠিক এখন তাঁর খুব কাছে তাদের রিচার্জ চক্রে প্রবেশ করেছে।**

বিনি নিজেকে গুটিয়ে নিলেন। তিনি ভাবলেন: এই ফ্যান্টম হিউম্যানরা তাঁকে অনুসরণ করতে করতে এতটা কাছাকাছি এসেছে, কিন্তু তারা এখানেও তাদের **রিচার্জ চক্র** বন্ধ করেনি। কেন?

প্রথম কারণ (যুক্তি): তাদের শরীরকে সচল রাখার জন্য রিচার্জ চক্র অপরিহার্য। তারা জীবনের ঝুঁকি নিয়ে হলেও সেই শীতল তরলের ওপর নির্ভরশীল।

দ্বিতীয় কারণ (পিয়েরের অহংকার): পিয়ের এবং তাঁর জেনো-অ্যাসিস্ট্যান্টরা এতটাই আত্মবিশ্বাসী যে, তারা মনে করে এই পৃথিবীর কোনো মানুষ তাদের এই গোপন প্রক্রিয়াকে সনাক্ত করতে পারবে না। তারা নিজেদের স্বাভাবিক রুটিন বজায় রেখেছে, এমনকি বিনির মতো একজন বিজ্ঞানীকে অনুসরণ করার সময়ও।

বিনি এবার তাঁর ডিফিউজার পেন্সিলটিকে বের করলেন। তিনি পেন্সিলটির ফ্রিকোয়েন্সি স্ক্যানিং মোডটিকে সর্বোচ্চ সংবেদনশীলতায় সেট করলেন এবং দেওয়ালের দিকে ধরলেন।

ডিফিউজারের ইন্ডিকেটরটি তীব্র নীল আলোয় জ্বলে উঠল। তার ডিসপ্লেতে ফ্রিকোয়েন্সি দেখাল: **5.8 GHz**। এটি সেই একই ফ্রিকোয়েন্সি, যা টেলের **বায়ো-রেগুলেশন চিপ** থেকে নির্গত হচ্ছিল! বিনি নিশ্চিত হলেন: তাঁর ঠিক পাশের ঘরেই, কোনো এক **ফ্যান্টম হিউম্যান** একটি বহনযোগ্য **রিচার্জ ভ্যাট** ব্যবহার করছে।

বিনি তখন তাঁর সেই **প্রশ্ন না করার কৌশল**-কে কাজে লাগালেন। এই মুহূর্তে তাঁর প্রশ্ন হলো: **সে কে?** পাশের ঘরে কি টেল আছে? না কি সার্ভিস ইউনিট সেভেন? কিন্তু এই প্রশ্নগুলো এখন অপ্রয়োজনীয়।

তাঁর একমাত্র কাজ: **পর্যবেক্ষণ করা এবং চুপচাপ সরে পড়া।**

বিনি দ্রুত একটি সিদ্ধান্ত নিলেন। তিনি ডিফিউজার পেন্সিলের ফ্রিকোয়েন্সিটিকে সামান্য পরিবর্তন করে 5.8 GHz-এর সঙ্গে একটি **ক্ষুদ্র, অসামঞ্জস্যপূর্ণ ফ্রিকোয়েন্সি** তৈরি করলেন। তিনি পেন্সিলটিকে দেওয়ালের কাছে আনলেন এবং **এক সেকেন্ডের জন্য** চালু করলেন। কোনো শব্দ হলো না। কিন্তু দেওয়ালের ওপাশ থেকে আসা সেই ভেজা শ্বাস-প্রশ্বাসের ছন্দ হঠাৎ করেই **কেঁপে উঠল**, যেন কেউ দম বন্ধ করে ফেলেছে।

বিনি দ্রুত ডিফিউজারটি বন্ধ করলেন। তিনি বুঝে গেলেন: **তিনি তাদের আঘাত করেছেন।** তার এই ক্ষুদ্র অস্ত্রটি তাদের রিচার্জ চক্রকে বিঘ্নিত করতে পারে। কিন্তু এই আঘাত তাদের চূড়ান্তভাবে জাগিয়ে দিতে পারে।

বিনি আর এক মুহূর্তও নষ্ট করলেন না। তিনি দ্রুত তাঁর **কোয়ান্টাম স্লিপারটি** কব্জিতে শক্ত করে বাঁধলেন। তাঁর সমস্ত পোশাক এবং সামান্য ব্যক্তিগত সামগ্রী গুছিয়ে নিলেন।

তিনি দেওয়ালের দিকে শেষবারের মতো তাকালেন। ছলাৎছলাৎ শব্দ এখন বন্ধ। কিন্তু শ্বাস-প্রশ্বাসের ছন্দ আবার ধীরে ধীরে শুরু হয়েছে—এইবার তা **আরও সতর্ক**, আরও শান্ত।

বিনি জানতেন, তিনি তাদের জাগিয়ে দিয়েছেন। তাঁর হাতে আর সময় নেই।

তিনি তাঁর স্লিপারটিকে সামান্যতম স্থান-স্থানান্তরের (Micro-Teleportation) জন্য সেট করলেন—যেন তিনি হোটেলের করিডর ধরে হাঁটছেন না, বরং **স্থানের ভাঁজ দিয়ে** নীরবে বেরিয়ে যাচ্ছেন।

বিনি ঘর থেকে বেরোনোর জন্য দরজা খুললেন না। তিনি দরজার সামনে দাঁড়ালেন, কব্জিবন্ধনীতে দ্রুত তার **স্থান-ভাঁজ করার**

ফ্রিকোয়েন্সি ইনপুট করলেন এবং নিজেকে এক মুহূর্তের জন্য **অন্য মাত্রায়** স্থানান্তরিত করলেন।

মুহূর্তেই তিনি হোটেলের কক্ষের বাইরে, করিডরের মাঝখানে এসে দাঁড়ালেন। স্লিপারটি নিঃশব্দে কাজটি করল। তিনি পিছনে ফিরে তাকালেন—দরজাটি বন্ধ।

বিনি হোটেলের করিডর দিয়ে কোনো শব্দ না করে দ্রুত সিঁড়ির দিকে নামতে শুরু করলেন। তিনি জানেন, তাঁর জীবন এখন এক **স্থির, শীতল, এবং আবেগহীন** সত্ত্বার হাতে, যারা তাঁর পিছু ছাড়বে না।

অধ্যায় ২৯ – চার হাতওয়ালা শিশু

অধ্যাপক বিনি বন্দ্যোপাধ্যায় নিউ ইয়র্কের সেই পুরোনো হোটেল থেকে **কোয়ান্টাম স্লিপার**-এর ক্ষুদ্র লম্ফের মাধ্যমে বেরিয়ে এলেন। তাঁর শরীর তখনো দুর্বল, কিন্তু তাঁর মস্তিষ্ক ছিল চরম সজাগ। তিনি জানতেন, তাঁর ঠিক পেছনের কক্ষে একটি **ফ্যান্টম হিউম্যান** (জেনো-অ্যাসিস্ট্যান্ট) তাদের রিচার্জ চক্রে বাধা পাওয়ায় এখন অত্যন্ত ক্ষিপ্ত। সেই ফ্যান্টমটি যেকোনো মুহূর্তে তাকে অনুসরণ করতে পারে।

বিনি তাঁর **প্রশ্ন না করার কৌশল** অবলম্বন করে দ্রুত শহরের ভেতরে প্রবেশ করলেন। তাঁর গন্তব্য ছিল নিউ ইয়র্কের একটি বিখ্যাত পাবলিক লাইব্রেরির বিশাল, জনাকীর্ণ পঠন কক্ষ। তিনি সিদ্ধান্ত নিলেন, এই মুহূর্তে কোনো সামরিক বা সরকারি সংস্থার কাছে যাওয়া আত্মহত্যার সমান, কারণ পিয়েরের **'ভুতুড়ে মানুষরা'** নিঃসন্দেহে সেই সব উচ্চস্তরের প্রতিষ্ঠানে অনুপ্রবেশ করেছে। তাঁর প্রয়োজন এমন একজন মিত্র, যিনি চরমতম সত্যকে বিশ্বাস করতে পারেন এবং যার কাছে সেই তথ্য নিরাপদ। তিনি তাঁর পুরোনো বন্ধু, একজন সন্দেহপ্রবণ এবং অনুসন্ধিৎসু **সাংবাদিকের** সঙ্গে যোগাযোগের চেষ্টা করছিলেন।

বিনি দ্রুত লাইব্রেরির সেই বিশাল, নীরব কক্ষের এক কোণে প্রবেশ করলেন। তাঁর হাত পকেটে, যেখানে **এনার্জি ডিফিউজার পেন্সিলটি** সর্বোচ্চ সংবেদনশীলতা মোডে চালু। এই নীরব কক্ষটি ছিল তাঁর জন্য একটি নিখুঁত পরীক্ষাগার—ভিড়ে ভরা, কিন্তু নীরব। তিনি এখানে একযোগে অনেক ফ্রিকোয়েন্সি স্ক্যান করতে পারবেন।

তিনি হাঁটছিলেন, এবং ডিফিউজারের নীলচে ইন্ডিকেটরটি মাঝে মাঝে মৃদুভাবে জ্বলে উঠছিল—ক্ষুদ্র ক্ষুদ্র **জেনো-ফ্রিকোয়েন্সি**-র উপস্থিতি প্রমাণ করছিল। এই ফ্রিকোয়েন্সিগুলি অত্যন্ত দুর্বল, যা প্রমাণ করে, এখানে উপস্থিত ফ্যান্টম হিউম্যানরা সম্ভবত কেবল তথ্য সংগ্রহ করছে, কোনো সক্রিয় মিশনে নেই।

কিন্তু হঠাৎ, ডিফিউজারের নীল ইন্ডিকেটরটি তীব্রভাবে **লাল হয়ে জ্বলে উঠল**। একই সাথে, স্লিপার-এর ধাতব আবরণটি তীব্রভাবে শীতল হয়ে গেল।

বিনি দ্রুত থমকে দাঁড়ালেন। এই সিগনেচার সাধারণ নয়। এটি কোনো **অবশিষ্ট শক্তি** নয়, এটি একটি **সক্রিয়, স্থিতিশীল** জেনো-ফ্রিকোয়েন্সির উপস্থিতি—যা পিয়েরের ল্যাবরেটরির প্রধান হলঘরের অ্যাঙ্করের কাছাকাছি।

বিনি নিঃশব্দে দেয়ালের আড়ালে নিজেকে আড়াল করলেন এবং তার দৃষ্টিকে সেই সিগন্যালের উৎসের দিকে নিয়ে গেলেন।

উৎসের স্থানটি ছিল লাইব্রেরির শিশুদের পঠন কক্ষের সংলগ্ন একটি কোণে। সেই কোণে একটি ছোট টেবিল, যার চারপাশে মাত্র কয়েকটি শিশু বই নিয়ে বসে ছিল।

বিনি সেই টেবিলের দিকে তাকালেন। তাঁর চোখ যা দেখল, তাতে তাঁর হৃদস্পন্দন এক মুহূর্তে থেমে গেল।

টেবিলের একটি প্রান্তে একা বসে ছিল একটি **শিশু**। বয়স আনুমানিক সাত বা আট বছর। শিশুটি দেখতে ছিল স্বাভাবিক, কিন্তু তার চালচলন এবং আচরণ ছিল অস্বাভাবিক রকমের **নিখুঁত (Perfect)**।

শিশুটির পরনে ছিল পরিষ্কার, ইস্ত্রি করা পোশাক। তার চুলগুলি ছিল মসৃণভাবে আঁচড়ানো, যেন সে কোনো বিজ্ঞাপন থেকে উঠে এসেছে। সে নিঃশব্দে একটি উজ্জ্বল রঙের ছবির বই দেখছিল। অন্য শিশুরা হাসছিল, ফিসফিস করছিল, নড়াচড়া করছিল—কিন্তু এই শিশুটি ছিল **সম্পূর্ণ স্থির (Utterly Still)**। তার মুখে ছিল এক ধরনের **শান্ত, স্থিতিশীল অভিব্যক্তি**, যা কোনো শিশুর মধ্যে থাকা সম্ভব নয়। কোনো কৌতূহল নেই, কোনো আবেগ নেই।

শিশুটির চোখ—হ্যাঁ, চোখ—বিনি দ্রুত চিনতে পারলেন। সেই চোখগুলি ছিল **টেল বা সার্ভিস ইউনিট সেভেনের** চোখের মতোই স্থির, গভীর এবং **আত্মা-বিহীন (Soulless)**। কোনো চঞ্চলতা নেই, নেই কোনো অস্থিরতা।

বিনি জানতেন: এটি সাধারণ শিশু নয়। এটি পিয়েরের **জেন-প্রকৌশলের** নতুন, এবং সম্ভবত আরও ভয়ঙ্কর, পর্যায়।

বিনি তাঁর **প্রশ্ন না করার কৌশল** অবলম্বন করলেন। তিনি শিশুটিকে সরাসরি আক্রমণ বা তার সঙ্গে কথা বলার চেষ্টা করলেন না। তিনি কেবল তার প্রতিটি আচরণ পর্যবেক্ষণ করতে লাগলেন।

শিশুটির হাতে ছিল একটি ছোট রঙিন কিউব। সে কিউবটি ধীরে ধীরে ঘোরাচ্ছিল। তার সমস্ত চালচলন ছিল নিখুঁত, এক মিলিমিটারও অতিরিক্ত নড়াচড়া নেই।

অন্য একটি শিশু ভুলবশত সেই কিউবের ওপর তার হাত রেখে দিল। সাধারণ শিশু হলে এই মুহূর্তে রাগ, বিরক্তি বা অন্তত সামান্য বিস্ময় প্রকাশ করত। কিন্তু এই শিশুটি কোনো প্রতিক্রিয়া দেখাল না। তার মুখের সেই স্থির অভিব্যক্তি বজায় থাকল। সে কেবল তার হাতটি

কিউব থেকে সরিয়ে নিল, এবং তার গতি ছিল অত্যন্ত মসৃণ, যেন তা কোনো উন্নত রোবট দ্বারা নিয়ন্ত্রিত।

এইবার সেই ভয়ঙ্কর মুহূর্তটি এলো।

শিশুটির হাতে ছিল অন্য একটি খেলনা—একটি ছোট, জটিল **মডেল প্লেন (Model Plane)**। সেটিকে টেবিলের ওপরে রেখেই সে তার পাশের বইটিতে মনোযোগ দিল। কিন্তু প্লেনটি হঠাৎই টেবিলের ধার থেকে পড়ে যেতে শুরু করল।

সাধারণত, শিশুটি হাত বাড়িয়ে প্লেনটি ধরার চেষ্টা করত। কিন্তু এই শিশুটির সমস্ত মনোযোগ বইয়ের দিকেই স্থির থাকল।

যখন প্লেনটি পড়ার চরম মুহূর্তে পৌঁছাল, ঠিক সেই মুহূর্তে ঘটল সেই চূড়ান্ত বিভীষিকা—যা বিনির সমস্ত কল্পনাকে চূর্ণ করে দিল।

শিশুটির কোলের কাছে, তার পোশাকের সামান্য আড়ালে, মুহূর্তের জন্য **দুটি অতিরিক্ত, মসৃণ, ফ্যাকাশে রঙের হাত** বেরিয়ে এলো। হাত দুটি ছিল টেলের হাতের মতোই চিকন, শীতল এবং রক্তবিহীন। হাত দুটি বিদ্যুৎগতিতে নিচে নেমে এসে প্লেনটিকে স্পর্শ করার সামান্য আগেই তা ধরে ফেলল।

তারপর, সেই দুটি অতিরিক্ত হাত একইভাবে দ্রুত, মসৃণ এবং নীরবভাবে **পোশাকের ভেতরে গুটিয়ে গেল**। সম্পূর্ণ প্রক্রিয়াটি ছিল এক সেকেন্ডেরও কম সময়ের।

শিশুটির মুখমণ্ডলে কোনো পরিবর্তন এলো না। তার চোখ তখনও বইয়ের দিকে স্থির। যেন এই ঘটনা তার জন্য কোনো অস্বাভাবিক বিষয় নয়, বরং দৈনন্দিন জীবনের এক **নিখুঁতভাবে প্রোগ্রামড রুটিন (Perfectly Programmed Routine)**।

বিনি স্তম্ভিত হয়ে গেলেন। **চার হাতওয়ালা শিশু!** এটি পিয়েরের জেন-প্রকৌশলের **'টেম্পোরাল স্কাউট'** বা **'বায়ো-কম্পিউটার'**-এর চেয়েও

ভয়ঙ্কর। এটি একটি জেনো-জীব, যাকে **সম্পূর্ণ মানব সমাজের ভেতরে** মিশে থাকার জন্য তৈরি করা হয়েছে।

বিনি নিজেকে গুটিয়ে নিলেন। তিনি তখন সেই চার হাতওয়ালা শিশুটির জৈব-প্রকৌশল বিশ্লেষণ করতে শুরু করলেন।

পিয়েরের **'জেন-প্রকৌশল'**-এর মূলমন্ত্র ছিল **স্থিতাবস্থা (Stability)**। একটি সাধারণ শিশুর মন অস্থির, তার শেখার প্রক্রিয়া বিশৃঙ্খল, এবং তার আবেগ নিয়ন্ত্রণহীন। এই অস্থিরতাই মানব সমাজকে দুর্বল করে। কিন্তু এই চার হাতওয়ালা শিশুটি হলো **নিখুঁত স্থিতাবস্থার** প্রতীক:

১. সর্বোচ্চ কার্যকারিতা (Maximum Efficiency): দুটি অতিরিক্ত হাত যেকোনো কাজকে নিখুঁতভাবে এবং দ্রুত সম্পন্ন করতে পারে—শিশুটি একই সঙ্গে পড়তে পারে এবং খেলনা ঠিক করতে পারে। কোনো ভুল বা বিলম্ব নেই।

২. আবেগহীনতা: সে কোনো আবেগ প্রকাশ করে না, তার শেখার প্রক্রিয়া সম্পূর্ণভাবে ডেটা-নির্ভর এবং প্রোগ্রামড। মানব শিশুর মতো আবেগের কারণে তার মন বিক্ষিপ্ত হয় না।

৩. নিরাপত্তা: এই অতিরিক্ত অঙ্গগুলি সম্ভবত তার আত্মরক্ষার জন্য বা প্রয়োজনে জৈব-নিয়ন্ত্রণ-এর জন্য তৈরি।

এই শিশুটি পিয়েরের **'ভুতুড়ে মানুষের'** পরবর্তী প্রজন্ম। তারা কেবল মানুষের ছদ্মবেশ ধারণ করে না, তারা মানুষের **সন্তানরূপে** সমাজে প্রবেশ করছে, তাদের **জেন-প্রকৌশল** নিয়ে। এই শিশুরা হবে সম্পূর্ণ আবেগহীন, এবং তাদের জীবন হবে কেবল **পিয়েরের চূড়ান্ত স্থিতাবস্থা** প্রতিষ্ঠার জন্য নিবেদিত।

বিনি জানতেন, তিনি বেশিক্ষণ লুকিয়ে থাকতে পারবেন না। তাঁর হৃদস্পন্দন, তাঁর তীব্র ঘ্রাণ এবং তাঁর **ডিফিউজার পেন্সিলের** ফ্রিকোয়েন্সি—এই সব কিছুই এই নিখুঁত জেন-শিশুটির কাছে ধরা পড়ে যেতে পারে।

বিনি তাঁর **ডিফিউজার পেন্সিলটি** বের করলেন। তিনি পেন্সিলটির ফ্রিকোয়েন্সি দ্রুত এমন একটি অসামঞ্জস্যপূর্ণ মোডে সেট করলেন, যা **আলোর তরঙ্গকে** সামান্য আঘাত করে। তিনি কোনো শব্দ বা বিস্ফোরণ তৈরি করতে চাননি, তিনি কেবল **মুহূর্তের জন্য দৃষ্টিবিভ্রম** তৈরি করতে চেয়েছিলেন।

বিনি পেন্সিলটিকে পঠন কক্ষের প্রধান ফ্লোরোসেন্ট ল্যাম্পের দিকে তাক করলেন এবং **এক মিলিসেকেন্ডের জন্য** চালু করলেন।

একটি মৃদু, অদৃশ্য কম্পন তৈরি হলো। সঙ্গে সঙ্গে কক্ষের প্রধান আলোটি **মুহূর্তের জন্য মিটমিট করে** নিভে গেল, যেন বিদ্যুৎ চলে গেছে। কিন্তু মিটমিট করার সঙ্গে সঙ্গেই তা আবার জ্বলে উঠল।

এই সামান্য আলোর বিচ্যুতিই যথেষ্ট ছিল।

আলোর মিটমিট করার মুহূর্তে, সেই চার হাতওয়ালা শিশুটির চোখ দ্রুত সেই আলোর উৎসের দিকে গেল। তার মুখমণ্ডলের স্থিরতা সামান্য হলেও ভেঙে গেল। এটিই প্রমাণ করে—এই শিশুটি **প্রোগ্রামড প্রতিক্রিয়ার** শিকার।

বিনি এই মুহূর্তটিকে কাজে লাগালেন। তিনি তার **কোয়ান্টাম স্লিপারটি**-র ফ্রিকোয়েন্সি দ্রুত সেট করলেন—তাঁর সাংবাদিক বন্ধুর অফিসের দিকে।

বিনি সেই আলোর বিচ্যুতি এবং শিশুটির মনোযোগের বিচ্যুতিকে কাজে লাগিয়ে দ্রুত স্লিপারটি সক্রিয় করলেন।

এক তীব্র, দ্রুত স্থান-কাল লম্ফ! বিনি মুহূর্তেই সেই লাইব্রেরি থেকে অদৃশ্য হয়ে গেলেন।

শিশুটির চোখ যখন আবার তার সামনের বইয়ের দিকে ফিরে এলো, তার সামনে বসা টেবিলটি তখন খালি। শিশুটির মুখে কোনো বিস্ময় বা আতঙ্ক ছিল না, কিন্তু তার হাত দুটি টেবিলের নিচে দ্রুত,

যান্ত্রিকভাবে **ঘুরতে শুরু করল**—যেন একটি **নিখুঁত শিকার** হাতছাড়া হয়ে গেছে।

বিনি তাঁর বন্ধুর অফিসের মেঝেতে এসে পড়লেন। তাঁর শরীর কাঁপছিল। তিনি জানেন, এইবার আর কোনো অবকাশ নেই। তাঁর হাতে থাকা **কোয়ান্টাম স্লিপার**-এর তথ্য এবং **পিয়েরের জেন-জীবনের** এই নতুন প্রমাণ—চার হাতওয়ালা শিশু—দ্রুত পৃথিবীর সামনে তুলে ধরতে হবে। এই জেনো-বিবর্তনকে থামাতে না পারলে মানবজাতির ভবিষ্যৎ হবে **আবেগহীন, স্থির, এবং দাসত্বে বন্দী**।

অধ্যায় ৩০ - গোপন আতঙ্ক

অধ্যাপক বিনি বন্দ্যোপাধ্যায় লাইব্রেরির সেই ভয়ঙ্কর **চার হাতওয়ালা শিশু**-টির চোখ এড়িয়ে, তাঁর **কোয়ান্টাম স্লিপার**-এর মাধ্যমে চরম স্থান-কাল লম্ফ নিয়ে যখন তাঁর পুরোনো সাংবাদিক বন্ধুর অফিসের মেঝেতে এসে পড়লেন, তখন তাঁর শরীর আর মন, দুটোই ছিল চূড়ান্ত অবসাদগ্রস্ত। নিউ ইয়র্কের ব্যস্ত দিনের কোলাহল তখনও তাঁর কানে আসছিল, কিন্তু তাঁর চোখের সামনে তখনো ঘুরছিল সেই **চারটি মসৃণ, শীতল হাত**।

বিনি দ্রুত উঠে বসলেন। এটি তাঁর সাংবাদিক বন্ধু হ্যারল্ডের অফিস। কক্ষটি ছিল পরিচিত, কিন্তু খালি। হ্যারল্ডের ডেস্কের ওপর পুরোনো কফির কাপ, এলোমেলো কাগজের স্তূপ, এবং একটি জ্বলন্ত কম্পিউটারের স্ক্রিন—সবকিছুই ছিল এক সাধারণ মানুষের জীবনের প্রতীক: **অস্থিরতা এবং অগোছালো আবেগ**।

বিনি নিঃশব্দে তাঁর **এনার্জি ডিফিউজার পেন্সিল** বের করলেন। তিনি আর কোনো প্রশ্ন নয়, কেবল **কর্ম** এবং **পর্যবেক্ষণ**-এর নীতিতে বিশ্বাসী। তিনি দ্রুত পেন্সিলের ফ্রিকোয়েন্সি স্ক্যান মোডটি চালু করে পুরো কক্ষ এবং আশেপাশের এলাকা স্ক্যান করলেন।

ডিফিউজারের ইন্ডিকেটরটি লাল বা তীব্র নীল হয়ে জ্বলে উঠল না, কিন্তু সেখানে একটি স্থির, মৃদু **নীলচে আভা** দেখা গেল। এর অর্থ: **জেনো-ফ্রিকোয়েন্সি** বা **ফ্যান্টম হিউম্যানদের** উপস্থিতি এখানে নেই, তবে তাদের **পর্যবেক্ষণের অবশিষ্ট শক্তি (Residual Observation Energy)** বাতাসে ভাসছে। বিনি বুঝতে পারলেন, এই স্থানটি বর্তমানে নিরাপদ হলেও, তা সম্পূর্ণ অরক্ষিত নয়।

তাঁর মন তখন দ্রুত হিসাব কষতে লাগল। পিয়েরের জেনো-অ্যাসিস্ট্যান্টরা শুধু শীতল শরীর বা ফুলকা নিয়ে সীমাবদ্ধ নয়—তারা এখন **চার হাতওয়ালা শিশু**-র মতো উন্নত, মিশে যাওয়া, এবং **স্থিতিশীল** মানব-রূপ ধারণ করছে। তাদের অনুপ্রবেশের গভীরতা বিনির কল্পনার চেয়েও বেশি।

বিনি হঠাৎ করেই চরমতম এক সত্য উপলব্ধি করলেন।

বিনি আর হ্যারল্ডের জন্য অপেক্ষা করলেন না। তাঁর মনে এক **গোপন আতঙ্ক (Secret Panic)** জন্ম নিল—সেই আতঙ্ক হলো **বিশ্বাসের অভাব**।

যদি পিয়েরের **'ভুতুড়ে মানুষরা'** সমাজের এতো গভীরে প্রবেশ করে থাকে, তাহলে হ্যারল্ড, যার কাজই হলো গোপনীয় তথ্যের সন্ধান করা, সে কীভাবে এই নজরদারি থেকে মুক্ত থাকতে পারে? পিয়েরের **জেন-প্রকৌশল** কি কেবল সামরিক বা বৈজ্ঞানিক প্রতিষ্ঠানকেই লক্ষ্য করে? না। তাদের লক্ষ্য হলো **তথ্যের উৎস এবং প্রবাহ**। একজন শীর্ষস্থানীয় অনুসন্ধানী সাংবাদিক হলো তথ্যের মূল প্রবাহ।

বিনি দ্রুত হ্যারল্ডের ডেস্কের দিকে তাকালেন। সেখানে একটি ছোট, সাধারণ ডিজিটাল ক্লক ছিল। ক্লকটির প্লাস্টিকের ফ্রেম সাধারণ, কিন্তু তার ভেতরের সার্কিট বোর্ডে যদি পিয়েরের প্রযুক্তি দ্বারা তৈরি কোনো **ফ্রিকোয়েন্সি-ট্রেকার** বসানো থাকে?

বিনি তাঁর ডিফিউজার পেন্সিলটি ক্লকটির দিকে তাক করলেন।

পেন্সিলের ইন্ডিকেটরটি মুহূর্তে সামান্য **কম্পিত** হলো। এটি কোনো তীব্র ফ্রিকোয়েন্সি নয়, কিন্তু একটি **অপ্রত্যাশিত, যান্ত্রিক কম্পন**। এই কম্পন মানব-সৃষ্ট নয়। এটি প্রমাণ করে, হ্যারল্ডের অফিসও **নজরদারির অধীনে**।

বিনি নিজেকে গুটিয়ে নিলেন। তাঁর আতঙ্ক গোপন রইল না, তা তাঁর মস্তিষ্কের প্রতিটি কোষে ছড়িয়ে পড়ল। এই পৃথিবীর কোনো স্থানই আর নিরাপদ নয়। তাঁর একমাত্র বন্ধু, হ্যারল্ড, হয়তো অজান্তেই এখন পিয়েরের **নজরদারির ফাঁদ**। হ্যারল্ডের মতো আবেগপ্রবণ এবং অস্থির একজন মানুষ জেনো-অ্যাসিস্ট্যান্টদের শীতলতা থেকে মুক্ত, কিন্তু তাঁর অফিস নয়।

বিনি দ্রুত স্লিপারটি হাতে নিলেন। তাঁর আর এক মুহূর্তও এখানে থাকা চলবে না।

বিনি জানতেন, তিনি যদি স্লিপার ব্যবহার করে অন্য কোনো পরিচিত, নিরাপদ স্থানে যান, তবে পিয়েরের **ফ্যান্টম হিউম্যানরা** সেখানেও অনুসরণ করবে। কারণ এই পৃথিবীতে এখন আর কোনো **'নিরাপদ স্থান'** বলে কিছু নেই—আছে কেবল **স্বল্প-ঝুঁকিপূর্ণ স্থান**।

তিনি তাঁর কৌশল পরিবর্তন করলেন। তিনি আর কোনো **গুরুত্বপূর্ণ বা স্বাভাবিক** স্থানে যাবেন না। তিনি যাবেন এক **পরিত্যক্ত, বিচ্ছিন্ন, এবং সম্পূর্ণ অর্থহীন** স্থানে।

তিনি দ্রুত তাঁর স্লিপারটির ফ্রিকোয়েন্সি সেট করলেন—নিউ ইয়র্ক শহরের এক পুরোনো, পরিত্যক্ত সাবওয়ে লাইনের গভীরতম, জনশূন্য টানেল। এমন এক স্থান, যেখানে মানুষের **আবেগ, অস্থিরতা, বা তথ্যের প্রবাহ** পৌঁছায় না।

স্লিপারটি সক্রিয় করার আগে বিনি শেষবারের মতো হ্যারল্ডের ডেস্কের দিকে তাকালেন। তিনি কোনো চিরকুট রাখলেন না, কোনো বার্তা

দিলেন না। তিনি হ্যারল্ডকে কোনো বিপদে ফেলতে চান না। তাঁর একমাত্র কাজ ছিল নিজেকে গুটিয়ে নেওয়া।

বিনি স্লিপারটি চালু করলেন। তীব্র স্থান-কাল লম্ফ!

বিনি নিজেকে একটি শীতল, স্যাঁতসেঁতে, এবং সম্পূর্ণ অন্ধকার টানেলে আবিষ্কার করলেন। বাতাসের তীব্র দুর্গন্ধ এবং চারপাশের পাথরের দেওয়াল প্রমাণ করে—তিনি পৃথিবীর স্বাভাবিকতা থেকে বহু দূরে।

এখানে কোনো আলো নেই, কোনো শব্দ নেই, কেবল দূরে কোথাও জলের ফোঁটার মৃদু শব্দ।

বিনি দ্রুত তাঁর **ডিফিউজার পেন্সিল** দিয়ে স্ক্যান করলেন। ইন্ডিকেটরটি সম্পূর্ণ **নিভে গেল**। কোনো জেনো-ফ্রিকোয়েন্সি নেই। কোনো অবশিষ্ট শক্তি নেই। এই স্থানটি পিয়েরের **'স্থিরতা'** এবং মানব সমাজের **'অস্থিরতা'**—দুটো থেকেই মুক্ত।

তিনি দ্রুত তাঁর কোট থেকে একটি ছোট টর্চলাইট বের করলেন। আলো জ্বেলে টানেলের পাশে থাকা একটি ছোট, পরিত্যক্ত স্টোররুমের দিকে এগিয়ে গেলেন। স্টোররুমটি ছিল আবর্জনায় ভর্তি, কিন্তু তার ভেতরে একটি ছোট, শুকনো কোণ ছিল।

বিনি সেই কোণে বসে পড়লেন। তাঁর শরীর কাঁপছিল। তিনি তাঁর **কোয়ান্টাম স্লিপার** এবং **এনার্জি ডিফিউজার**-কে তাঁর কোলের ওপর রাখলেন।

এই মুহূর্তে বিনি আর কোনো সম্মানিত বিজ্ঞানী নন, তিনি এখন এক **ভীতিজনক সত্যের** একক ধারক। তাঁর বন্ধু বন্দী, তাঁর তথ্য অবিশ্বাসযোগ্য, এবং তাঁর চারপাশে ছড়িয়ে আছে **ভুতুড়ে মানুষের** এক অদৃশ্য সেনাবাহিনী।

বিনি তাঁর জীবনের সবচেয়ে কঠিন সিদ্ধান্ত নিলেন: **এখন আর কোনো গতিশীলতা নয়, এখন কেবল স্থিতাবস্থা।** পিয়েরের জেন-জীবনের মতো নয়, বরং এক **সচেতন, নীরব, এবং সশস্ত্র স্থিতাবস্থা।**

তিনি তাঁর নিজের কক্ষ থেকে ফিরে এলেন—না, এটি তাঁর হোটেল কক্ষ নয়, এটি তাঁর **মানসিক কক্ষ**। তিনি নিজেকে গুটিয়ে নিলেন, যেন কোনো আদিম শিকারী তার গোপন গুহায় ফিরে এসেছে।

বিনি তাঁর **প্রশ্ন না করার কৌশল**-কে চূড়ান্ত সীমায় নিয়ে গেলেন। তিনি নিজেকে নিজে কোনো প্রশ্ন করলেন না। তিনি তাঁর চোখ বন্ধ করলেন এবং কেবল তাঁর চারপাশের পরিবেশের **নীরবতাকে** অনুভব করলেন।

পিটারের মুক্তি, টেম্পোরাল অ্যাঙ্করের ধ্বংস—এই সবকিছুই ছিল তাঁর চূড়ান্ত লক্ষ্য। কিন্তু সেই লক্ষ্যে পৌঁছানোর একমাত্র পথ এখন হলো: **প্রথমে বেঁচে থাকা এবং তারপর এই নীরবতা ভেঙে দেওয়া।**

বিনি নিজেকে সেই অন্ধকার, স্যাঁতসেঁতে কক্ষে আবিষ্কার করলেন, সম্পূর্ণ একা। তাঁর কাছে এখন দুটি অস্ত্র: **স্থান ভাঁজ করার প্রযুক্তি** এবং **জেনো-ফ্রিকোয়েন্সি আঘাত করার ক্ষমতা**। কিন্তু তাঁর সবচেয়ে বড় অস্ত্র হলো **জ্ঞান**—চার হাতওয়ালা শিশু এবং বিকৃত মানুষের প্রদর্শনী থেকে পাওয়া জ্ঞান।

বিনি টর্চলাইটটি নিভিয়ে দিলেন। চারপাশের অন্ধকার তাঁকে ঘিরে ধরল।

তিনি জানেন, পিয়ের তাঁকে খুঁজতে সর্বত্র ফ্যান্টম হিউম্যানদের পাঠাবেন। কিন্তু পিয়ের তাঁর সবচেয়ে বড় দুর্বলতা জানেন না: **মানবতার আবেগ, যা চরম বিপদের মুহূর্তেও টিকে থাকে।**

বিনি সেই অন্ধকারে বসলেন, তাঁর শরীর স্থির, কিন্তু তাঁর সংকল্প আরও কঠিন। তিনি অপেক্ষা করবেন। তিনি পর্যবেক্ষণ করবেন। তিনি

কোনো প্রশ্ন করবেন না। কিন্তু যখন সময় আসবে, তখন তিনি তাঁর সমস্ত **অস্থিরতা** দিয়ে পিয়েরের **চূড়ান্ত স্থিতাবস্থাকে** ধ্বংস করবেন।

সত্য উদঘাটন

অধ্যায় ৩১ – দ্বিতীয় তলার পথে

ডক্টর বিনি বন্দ্যোপাধ্যায় স্থির হয়ে দাঁড়িয়ে ছিলেন, তাঁর সমস্ত শরীরের পেশি শীতল, কিন্তু মস্তিষ্কের নিউরনগুলি অগ্নিশিখার মতো দ্রুত গতিতে কাজ করছে। প্রথম তলার সেই ভয়াবহ **'জৈব-বিবর্তন কেন্দ্র'** (Bio-Evolution Chamber) থেকে বেরিয়ে আসার পর, অধ্যাপক পিয়ের লেফেব্রে তাঁকে নিয়ে একটি বিশাল, অনুভূমিক করিডর ধরে হেঁটে যাচ্ছিলেন। করিডরটি ছিল মার্বেলের মতো মসৃণ, কিন্তু তার ওপরের বায়ু ছিল চরম শীতল, যেন শীতাতপ নিয়ন্ত্রক যন্ত্রটি প্রাণীর স্বাভাবিক উষ্ণতার পরিবর্তে **'জেনো-জীবের আদর্শ তাপমাত্রা'** বজায় রাখছে।

পিয়ের এগিয়ে যাচ্ছিলেন এক অনবদ্য নীরবতা নিয়ে। তাঁর পদক্ষেপগুলি ছিল শান্ত, ছন্দবদ্ধ এবং যান্ত্রিকভাবে নিখুঁত—যা তাঁর নিজের **'স্থিরতার দর্শন'**-এরই প্রতীক। বিনি তাঁর পিছু পিছু যাচ্ছিলেন, নিজের হাতে থাকা **এনার্জি ডিফিউজার পেন্সিল**-কে আড়াল করে, তার **ক্ষুদ্র ফ্রিকোয়েন্সি স্ক্যানার**-এর মাধ্যমে চারপাশের দেওয়াল, মেঝে এবং সিলিং পরীক্ষা করছিলেন।

তাঁর **প্রশ্ন না করার কৌশল** এখন চূড়ান্ত পর্যায়ে। তিনি জানেন, পিয়েরের মতো অহংকারী প্রতিপক্ষ সব প্রশ্নের উত্তর দিতে তৈরি থাকে, কারণ সে মনে করে তার জ্ঞান অপ্রতিরোধ্য। কিন্তু এই মুহূর্তে, বিনি কোনো প্রশ্ন করে পিয়েরকে তাঁর মনোযোগের কেন্দ্রবিন্দু সম্পর্কে কোনো তথ্য দেবেন না। তিনি শুধু পর্যবেক্ষণ করবেন।

করিডরটি শেষ হলো একটি বিশাল, নিরাকার ধাতু নির্মিত প্যানেলে। প্যানেলটির কোনো দরজা, হ্যান্ডেল বা প্রবেশপথ ছিল না। পিয়ের নিঃশব্দে প্যানেলের সামনে দাঁড়ালেন। তাঁর কব্জিবন্ধনীটি (Wristband) প্যানেলের দিকে সামান্য বাড়াতেই একটি মৃদু নীল আলো বিচ্ছুরিত হলো।

সঙ্গে সঙ্গে প্যানেলটি আড়াআড়িভাবে দুই ভাগ হয়ে গেল, উন্মুক্ত হলো একটি গভীর, অন্ধকার লিফ্‌ট শ্যাফ্‌ট (Lift Shaft)।

"উপরে, বিনি," পিয়েরের কণ্ঠস্বর করিডরের নীরবতাকে সামান্য আঘাত করল। "দ্বিতীয় তলায়। সেখানেই তুমি দেখবে—আমার দর্শনের **'চূড়ান্ত স্থিরতা'**-কে কীভাবে কার্যকর করা হচ্ছে। প্রথম তলায় যা দেখলে, তা ছিল কেবল **'জীবন তৈরির বিশৃঙ্খলা'**। কিন্তু দ্বিতীয় তলায় রয়েছে **'নিয়ন্ত্রণের চরম শৃঙ্খলা'**।"

বিনি নীরবে লিফ্‌টে প্রবেশ করলেন। লিফ্‌টটি ছিল সাধারণ, কিন্তু তার গতি ছিল অসাধারণ—কোনো শব্দ, কোনো ঝাঁকুনি ছাড়াই তা দ্রুত উপরের দিকে উঠতে শুরু করল, যেন স্থানের মধ্য দিয়ে মসৃণভাবে প্রবাহিত হচ্ছে।

লিফ্‌টটি যখন উপরে উঠছিল, পিয়ের সেই সুযোগটি নিলেন তাঁর দার্শনিক ভিত্তি ব্যাখ্যা করার জন্য। বিনি বুঝেছিলেন, এই আলাপচারিতা তাঁর তথ্য সংগ্রহের এক মূল্যবান অংশ।

"তুমি প্রথম তলায় দেখেছ, আমি জীবনের প্রাথমিক পর্যায়ে কীভাবে হস্তক্ষেপ করি," পিয়ের শান্তভাবে শুরু করলেন, তাঁর চোখ লিফ্‌টের অভ্যন্তরের প্রতিফলিত মেঝেতে স্থির। "তুমি সেই বিকৃত, অস্থির প্রাণগুলিকে দেখেছ। তুমি হয়তো ভাবছো—এগুলি কীসের প্রমাণ? এক বিজ্ঞানীর পাগলামির? না, বিনি। এটি **অস্থিরতা (Instability)**-কে বোঝার প্রমাণ।"

"মানব জীবন অস্থির। মানব সমাজ অস্থির। আবেগ, ভুল, এবং সিদ্ধান্তহীনতা—এই সমস্ত কিছুই আমাদের প্রজাতির স্থায়িত্বকে ধ্বংস করে দিচ্ছে। আমি এই অস্থিরতাকে আমার **'জেন-জীব'**-এর মধ্যে ইনজেক্ট করি, যাতে তারা জীবনের মৌলিক ভুলগুলি থেকে মুক্তি পেতে পারে।"

পিয়ের লিফ্টের দেওয়ালের দিকে সামান্য ঘুরে দাঁড়ালেন।

"কিন্তু দ্বিতীয় তলা ভিন্ন। এটি **স্থিতাবস্থা (Stability)**-র স্থান। প্রথম তলায় তৈরি হওয়া সেই অস্থির জীবনগুলিকে এখানে নিয়ে আসা হয়—এবং তাদের **'মানবীয় আবেগ'** ও **'ত্রুটিপূর্ণ চেতনা'**-কে সম্পূর্ণরূপে মুছে ফেলা হয়। সেখানে তারা তাদের **'জেনো-অ্যাসিস্ট্যান্ট'** পরিচয়ে পুনঃপ্রোগ্রামড হয়।"

বিনি সেই মুহূর্তে লিফ্টের ভেতরের পরিবেশের প্রতি তাঁর মনোযোগ আরও তীব্র করলেন। তাঁর ডিফিউজার পেন্সিলের ইন্ডিকেটরটি অত্যন্ত ক্ষীণভাবে মিটমিট করছিল—ফ্রিকোয়েন্সি দেখাচ্ছিল **5.1 GHz**। এটি ছিল সেই ফ্রিকোয়েন্সি, যা তিনি **টেল-এর বায়ো-রেগুলেশন চিপ**-এর অনুরূপ বলে সন্দেহ করেছিলেন। কিন্তু এই ফ্রিকোয়েন্সিটি আসছিল লিফ্টের দেওয়ালের ভেতর থেকে, যা প্রমাণ করে—এই সম্পূর্ণ কাঠামোই **পিয়েরের প্রযুক্তির একটি অংশ**।

বিনি নীরবে একটি কৌশল নিলেন। তিনি তাঁর মস্তিষ্কের নিউরাল নেটওয়ার্কে সেই 5.1 GHz ফ্রিকোয়েন্সিটির ছন্দ এবং প্রকৃতিকে গভীর মনোযোগ দিয়ে মুখস্থ করে রাখলেন। এই ছন্দই ছিল **নিয়ন্ত্রণের মূল চাবিকাঠি**।

পিয়ের হেসে উঠলেন—এক শীতল, আত্মবিশ্বাসী হাসি।

"তুমি চুপ করে আছো, বিনি। তুমি আমার সবচেয়ে বিপজ্জনক প্রতিপক্ষ। কারণ তুমি প্রশ্ন করছো না। তুমি কেবল পর্যবেক্ষণ করছো। তুমি জানতে চাইছো—কীভাবে আমি এত সহজে এই বিশাল

কাঠামোকে নিয়ন্ত্রণ করি? উত্তরটি রয়েছে—**স্থায়িত্ব**-এ। মানব মস্তিষ্ককে সরাতে পারলেই স্থায়িত্ব আসে।"

লিফ্‌টটি কোনো শব্দ না করেই দ্বিতীয় তলায় এসে থামল। দরজা খুলতেই বিনি অনুভব করলেন এক চরম পরিবর্তন। প্রথম তলায় ছিল কাঁচা, স্যাঁতসেঁতে, এবং বিশৃঙ্খল তরল এবং আলোর উপস্থিতি। কিন্তু এই তলায় সবকিছুই ছিল **শুভ্র, চকচকে, এবং চূড়ান্ত রকমের নিয়ন্ত্রিত**।

করিডরটি ছিল সম্পূর্ণ বৃত্তাকার, এবং তার প্রতিটি দেওয়াল ছিল এক ধরনের অস্বচ্ছ, দুধের মতো সাদা বস্তু দ্বারা আবৃত। কোনো জানালা নেই, কোনো আসবাব নেই। কেবল শুভ্রতা আর নীরবতা।

পিয়ের লিফ্‌ট থেকে বেরিয়ে করিডরের কেন্দ্রে দাঁড়ালেন, যেখানে সিলিং-এ একটি বিশাল, নিলাভ আলোর বৃত্ত স্পন্দিত হচ্ছিল।

"স্বাগত, বিনি," পিয়ের ফিসফিস করলেন। "এটি আমার **বায়ো-কন্ট্রোল ডেক (Bio-Control Deck)**। প্রথম তলার সমস্ত অস্থির জীবনকে এখানে নিয়ে আসা হয়, এবং তাদের স্নায়ুতন্ত্রের শেষ প্রান্তে একটি ক্ষুদ্র **বায়ো-রেগুলেশন চিপ (Bio-Regulation Chip)** স্থাপন করা হয়। সেই চিপগুলিই হলো আমার **জেনো-অ্যাসিস্ট্যান্ট**-দের মস্তিষ্কের কেন্দ্রীয় নিয়ন্ত্রক।"

বিনি চারিদিকে তাকালেন। তিনি আশা করেছিলেন এখানে কম্পিউটার, সার্ভার বা কন্ট্রোল প্যানেল দেখতে পাবেন। কিন্তু তেমন কিছুই নেই। পুরো তলটিই মনে হচ্ছে একটি বিশাল, একক নিয়ন্ত্রণ প্যানেল।

"তুমি কম্পিউটার খুঁজছো?" পিয়ের যেন তাঁর মনের কথা পড়তে পারলেন। "কম্পিউটার হলো অস্থিরতার প্রতীক। তাপ, তারের জট, অপ্রয়োজনীয় সফটওয়্যার। না, বিনি। এই তলটি নিজেই একটি **কোয়ান্টাম মস্তিষ্ক (Quantum Brain)**। সমস্ত তথ্য এই দেওয়াল, এই মেঝে এবং এই নিলাভ আলোর মধ্যে দিয়ে প্রবাহিত হয়।"

পিয়ের করিডর ধরে হাঁটতে শুরু করলেন। বিনি তাঁর পিছু পিছু গেলেন। তিনি খেয়াল করলেন, এই শুভ্র দেওয়ালের ওপর কিছু আঁকা বা খোদাই করা নেই, কিন্তু হাঁটতে হাঁটতে মনে হচ্ছে যেন দেওয়ালের অভ্যন্তরে **অসংখ্য, ক্ষুদ্র আলোকরশ্মি** দ্রুত গতিতে প্রবাহিত হচ্ছে।

পিয়ের অবশেষে একটি ভারী, ইস্পাতের দরজার সামনে দাঁড়ালেন। এটিই ছিল এই তলের একমাত্র প্রবেশপথ।

"এখানেই সেই ফ্যান্টম হিউম্যানদের সর্বশেষ প্রশিক্ষণ চলে," পিয়ের বললেন, দরজায় হাত রেখে। "তাদের শরীরকে চরম ঠান্ডার সঙ্গে অভ্যস্ত করা হয়, তাদের আবেগপূর্ণ স্মৃতিগুলি মুছে ফেলা হয়, এবং তাদের মধ্যে **'স্থিরতার প্রোগ্রাম'** ইনজেক্ট করা হয়। তুমি যা দেখেছ—সেই **চার হাতওয়ালা শিশু** বা **টেল**—এরা প্রত্যেকেই এই কক্ষ থেকেই এসেছে। এটি **'জেনো-অ্যাসিস্ট্যান্ট'** তৈরির চূড়ান্ত কারখানা।"

বিনি সেই দরজার দিকে তাকালেন। তাঁর ডিফিউজার পেন্সিলের ইন্ডিকেটরটি এখন শান্ত, কিন্তু পেন্সিলটি নিজেই অস্বাভাবিকভাবে **ঠান্ডা** হয়ে উঠেছে—যেন দরজার ওপাশ থেকে কোনো শীতল শক্তি নির্গত হচ্ছে।

বিনি তাঁর মনের গভীরে সেই 5.1 GHz **ফ্রিকোয়েন্সি**-কে আরও একবার বিশ্লেষণ করলেন। তিনি জানেন, এই ফ্রিকোয়েন্সিটিই এই সম্পূর্ণ ব্যবস্থার দুর্বলতম স্থান। এই চিপগুলিকেই নিয়ন্ত্রণ করা হয়, এবং চিপগুলিই এই জেনো-জীবগুলিকে **'স্থির, আবেগহীন, এবং নিখুঁত'** অ্যাসিস্ট্যান্টে পরিণত করে।

"এসো, বিনি," পিয়ের দরজাটি খুললেন। "আমি তোমাকে দেখাবো—কীভাবে মানুষের **'স্বাধীন ইচ্ছাকে'** মুছে ফেলে তাকে **'নিখুঁত হাতিয়ারে'** পরিণত করা যায়।"

দরজা খোলার সঙ্গে সঙ্গেই একটি তীব্র, শীতল বাতাস বিনিকে আঘাত করল। ভেতরে কোনো আসবাব নেই, কেবল মেঝেতে সারি সারি রাখা

আছে **স্বচ্ছ, গ্লাসের কফিন** (Transparent Glass Coffins)। প্রতিটি কফিনের ভেতরে রয়েছে এক একটি **ফ্যান্টম হিউম্যান**—পূর্ণবয়স্ক, শিশু, নারী, পুরুষ—সকলেই স্থির, শান্ত, এবং তাদের কব্জিতে একটি **ক্ষুদ্র, নীলচে-স্পন্দিত যন্ত্র** লাগানো।

পিয়ের সেই কফিনগুলির পাশ দিয়ে হাঁটতে লাগলেন, তাঁর চোখ গর্বিত।

"এরাই হলো আমার **স্থায়িত্বের সেনাবাহিনী**," পিয়ের ফিসফিস করলেন। "এরা প্রশ্ন করে না, এরা ভুল করে না, এরা ভালোবাসে না, এরা কাঁদে না। এরা শুধু কাজ করে। এরা হলো **আগামী মানবজাতি**—যা আমার **'স্থিরতার দর্শন'**-এর ওপর ভিত্তি করে তৈরি।"

বিনি কফিনগুলির দিকে তাকালেন। তাঁর মনে কোনো প্রশ্ন নেই। তাঁর চোখে এখন শুধু একটিই লক্ষ্য: **প্রতিরোধ এবং মুক্তি**। তিনি জানেন, এই দ্বিতীয় তলটিই হলো পিয়েরের ক্ষমতার কেন্দ্রবিন্দু। এই কেন্দ্রকে আঘাত করতে পারলেই তাঁর ভাই পিটার এবং এই সমস্ত জেনো-জীব মুক্ত হতে পারে।

অধ্যায় ৩২ – মহাকাশযান দর্শন

অধ্যাপক বিনি বন্দ্যোপাধ্যায় তাঁর জীবনের চূড়ান্ততম পর্যবেক্ষণে লিপ্ত ছিলেন। দ্বিতীয় তলার **বায়ো-কন্ট্রোল ডেকের** সেই শুভ্র, শীতল পরিবেশ ছিল পিয়েরের **'স্থিতাবস্থার দর্শন'**-এরই প্রতিচ্ছবি। প্রতিটি কাঁচের কফিনে শায়িত ছিল এক একটি **ফ্যান্টম হিউম্যান**, তাদের কব্জিতে লাগানো **৫.১ GHz বায়ো-রেগুলেশন চিপ** প্রমাণ করছিল—এই স্থানটিই হলো **স্বাধীন ইচ্ছাকে মুছে ফেলার চূড়ান্ত কারখানা**।

বিনি তাঁর **প্রশ্ন না করার কৌশল** কঠোরভাবে অনুসরণ করছিলেন। তাঁর হাত পকেটে লুকানো **এনার্জি ডিফিউজার পেন্সিল**-কে ধরে ছিল,

এবং তাঁর মস্তিষ্ক সেই **৫.১ GHz ফ্রিকোয়েন্সিটির** ছন্দকে বিশ্লেষণ করছিল—এটিই ছিল তাঁর একমাত্র পাল্টা আঘাতের চাবিকাঠি।

পিয়ের লেফেব্রে সেই শায়িত ফ্যান্টম হিউম্যানদের পাশ কাটিয়ে ধীর, ছন্দবদ্ধ গতিতে হেঁটে যাচ্ছিলেন। তাঁর কণ্ঠে ছিল এক চূড়ান্ত গর্ব।

"এই জীবগুলি হলো আগামী মানবজাতি, বিনি," পিয়ের বললেন, তাঁর কণ্ঠস্বর করিডরের শুভ্র দেওয়াল ভেদ করে প্রতিধ্বনিত হচ্ছিল। "এরা আর কষ্ট পাবে না, ভুল করবে না, যুদ্ধ করবে না। এদের জীবন হবে নিখুঁত এবং অনন্ত। কিন্তু এই স্থায়িত্বের ভিত্তি, এই নিয়ন্ত্রণের মূল শক্তি—তা এখনও তোমাকে দেখানো হয়নি।"

করিডরটি শেষ হলো একটি বিশাল, প্রায় ত্রিশ ফুট উঁচু, নিশ্ছিদ্র **কালো ধাতব দেওয়ালের** সামনে। দেওয়ালের গঠন ছিল মসৃণ, কিন্তু তার উপাদান ছিল অত্যন্ত ঘন এবং অস্বাভাবিক রকমের শীতল—তা পৃথিবীর কোনো পরিচিত ধাতুর সঙ্গে মেলে না।

বিনি দ্রুত তাঁর ডিফিউজার পেন্সিল দিয়ে দেওয়ালটিকে স্ক্যান করলেন। ডিফিউজারের ইন্ডিকেটরটি তীব্র নীল আলোয় জ্বলে উঠল, যা প্রমাণ করে—এই দেওয়ালের অভ্যন্তরে রয়েছে **শক্তিশালী জেনো-ফ্রিকোয়েন্সি সুরক্ষা ক্ষেত্র**।

পিয়ের তাঁর পকেট থেকে সেই **ফ্যাকাশে সবুজ স্ফটিকটি** বের করলেন। এটি ছিল তাঁর সমস্ত লুকানো দরজা খোলার মূল চাবিকাঠি। স্ফটিকটি DeWaal-এর দিকে ধরতেই তা থেকে একটি তীব্র, সবুজ আলো নির্গত হলো।

মুহূর্তেই, কালো ধাতব দেওয়ালটি তার উপাদানগুলিকে শূন্য স্থানে মিলিয়ে দিল না, বরং তা মাঝখান থেকে দুটি বিশাল খণ্ডে ভাগ হয়ে গেল, এবং মসৃণভাবে দেওয়ালের অভ্যন্তরে স্লাইড করে ঢুকে গেল। দরজা খোলার সঙ্গে সঙ্গেই একটি তীব্র, ভয়ঙ্কর, **স্থির শক্তিপ্রবাহ** বিনিকে আঘাত করল। এই শক্তি ছিল শীতল, কিন্তু একই সাথে তার

মধ্যে ছিল এক **গভীর, লালচে-কমলা উষ্ণতার** অনুভব। বাইরের শুভ্রতা এক মুহূর্তে বিলীন হলো। বিনির চোখ সামনে থাকা দৃশ্য দেখে পুরোপুরি স্তম্ভিত হয়ে গেল।

কক্ষটি ছিল বিশাল, তার সিলিং অদৃশ্য। ভেতরে কোনো আলো ছিল না, আলো আসছিল কেবল কক্ষের কেন্দ্রে থাকা এক বিশাল **বস্তু** থেকে।

পিয়েরের কণ্ঠস্বর এবার ছিল আরও শীতল, আরও গম্ভীর। "এসো, বিনি। তুমি এখন তোমার সমস্ত প্রশ্নের উত্তর পাবে—যদি প্রশ্ন করার সাহস থাকে।"

বিনি সেই কক্ষে প্রবেশ করলেন। তাঁর **কোয়ান্টাম স্লিপার** কব্জিতে তীব্রভাবে কম্পিত হচ্ছিল, যেন তার ফ্রিকোয়েন্সি এই কক্ষের শক্তির সঙ্গে সংঘর্ষ করছে।

কক্ষের কেন্দ্রে ছিল সেই বস্তু—একটি বিশাল, অর্ধ-নিমজ্জিত **ডিস্ক-আকৃতির স্পেসশিপ**।

বস্তুটি মাটির গভীর থেকে উঠে এসেছে, এবং তার অর্ধেক অংশ কক্ষের মেঝেতে প্রোথিত। তার নকশা ছিল সম্পূর্ণ **অর্গানিক**—কোনো তীক্ষ্ণ প্রান্ত নেই, কোনো স্পষ্ট জানালা নেই, বা কোনো জয়েন্ট নেই। ডিস্কের বাইরের আবরণ ছিল মসৃণ, ম্যাট-ব্ল্যাক, কিন্তু তার পৃষ্ঠদেশ থেকে একটি শান্ত, **লালচে-কমলা আভা** নির্গত হচ্ছিল। এই আভাটিই ছিল কক্ষের আলোর একমাত্র উৎস।

মহাকাশযানটি ছিল নীরব। তার কোনো যান্ত্রিক শব্দ নেই, কেবল সেই স্থির, লালচে-কমলা আলোর মৃদু স্পন্দন। বিনি বুঝতে পারলেন, এই আকারটি সেই সমস্ত **আনআইডেন্টিফায়েড ফ্লাইং অবজেক্ট** (UFO)-এর বর্ণনার সঙ্গে পুরোপুরি মিলে যায়, যা পৃথিবীর মানুষ যুগ যুগ ধরে দেখে আসছে।

কিন্তু এটি কোনো সাধারণ মহাকাশযান নয়। এটি ছিল **অন্য গ্রহের ক্ষমতার চূড়ান্ত প্রতীক**।

বিনি তাঁর হাতে থাকা **ডিফিউজার পেন্সিল**-এর দিকে তাকালেন। ইন্ডিকেটরটি এখন শুধু নীল নয়, তা তীব্র **লাল এবং নীল রঙে মিটমিট** করছে। ডিসপ্লেতে ফ্রিকোয়েন্সি দেখাচ্ছে 7.8 GHz, যা অ্যাঙ্করের ফ্রিকোয়েন্সির চেয়েও অনেক বেশি শক্তিশালী এবং অসামঞ্জস্যপূর্ণ। বিনি কোনো প্রশ্ন করলেন না। তিনি কেবল গভীরভাবে পর্যবেক্ষণ করলেন। তাঁর পর্যবেক্ষণ তাঁকে জানাল: এই জাহাজটি কেবল একটি বাহন নয়, এটি হলো এক **বিশাল শক্তির উৎস**।

পিয়ের সেই বিশাল, ডিস্ক-আকৃতির মহাকাশযানটির দিকে এগিয়ে গেলেন। তাঁর চোখে ছিল চূড়ান্ত আবেগ—যা তিনি তাঁর জেনো-জীবদের মধ্যে থেকে মুছে ফেলতে চেয়েছিলেন।

"এটি আমার **আন্তঃমাত্রিক বাহন** (Inter-dimensional Vessel)," পিয়ের বললেন। "আমার বাড়ি। এটি এমন এক মাত্রা থেকে এসেছে, যেখানে সময় এবং স্থানের ধারণা তোমাদের পৃথিবীর মতো রৈখিক নয়। তোমরা যাকে **এলিয়েন বা মহাকাশযান** বলো, এটি তার চেয়েও বেশি—এটি হলো এক **সময়-স্থান নোঙর** (Time-Space Anchor)।"

পিয়ের জাহাজটির কাছে গিয়ে তার মসৃণ কালো আবরণের ওপর তাঁর শীতল হাত রাখলেন।

"তুমি প্রথম তলায় যে **টেম্পোরাল অ্যাঙ্কর কলাম** দেখেছো, সেটি হলো কেবল এই জাহাজের একটি **'ট্রান্সমিশন নোড'** (Transmission Node)। এই জাহাজটি তার নিজস্ব মাত্রা থেকে **অসীম শক্তি** এবং **স্থায়িত্বের ফ্রিকোয়েন্সি** টেনে এনে সেই কলামের মাধ্যমে এই ল্যাবরেটরিকে সরবরাহ করে। এই শক্তিই আমার জেনো-জীবদের শীতল শরীর, তাদের আবেগহীন স্থিতাবস্থা এবং তাদের অমানবিক ক্ষমতা যোগায়।"

পিয়ের তখন বিনির দিকে ফিরলেন। তাঁর চোখ যেন সেই লালচে-কমলা আলোয় জ্বলছে।

"তুমি জানতে চেয়েছিলে, আমি কে? আমি এই গ্রহের নই, বিনি। আমি এই জাহাজের **অভিভাবক (Guardian)**। আমার প্রজাতি বহু বছর ধরে এই গ্রহকে পর্যবেক্ষণ করছে। তোমাদের অস্থিরতা, তোমাদের যুদ্ধ এবং তোমাদের আবেগ—এগুলি ছিল আমাদের কাছে শুধুই **ডেটা**। আমি এখানে এসেছি তোমাদের রক্ষা করতে—তোমাদের নিজেদের ধ্বংসের হাত থেকে বাঁচাতে, এবং তোমাদের একটি **নিখুঁত, স্থিতিশীল রূপে** উন্নীত করতে। **এই জেন-প্রকৌশল হলো আমার সভ্যতা এবং তোমাদের মানবজাতির মধ্যেকার একটি সেতু।**"

পিয়েরের কথা শুনে বিনি আর কোনো সন্দেহ রাখলেন না। পিয়ের লেফেব্রে কেবল একজন বিজ্ঞানী নন, তিনি এক **অন্য মাত্রার শক্তির প্রতিনিধি**, যিনি তাঁর নিজস্ব **বিবর্তনবাদী দর্শন** এই পৃথিবীর ওপর চাপিয়ে দিতে এসেছেন।

বিনি সেই মহাকাশযানটির দিকে চোখ রাখলেন। তিনি আর কোনো প্রশ্ন করলেন না, কেবল তাঁর **প্রশ্ন না করার কৌশল**-কে কাজে লাগিয়ে দুর্বলতার সন্ধান করলেন।

তিনি লক্ষ্য করলেন, মহাকাশযানটির তলদেশ, যেখানে তা মাটির গভীর থেকে উঠে এসেছে, ঠিক সেইখানে একটি ছোট, উজ্জ্বল **নীলচে আভার বৃত্ত** দেখা যাচ্ছে। সেই বৃত্তটিই হলো সেই **টেম্পোরাল অ্যাঙ্কর কলামের** সাথে জাহাজের **সংযোগস্থল (Junction Point)**। এটি এমন এক বিন্দু, যেখানে **দুটি ভিন্ন মাত্রার শক্তি**—জাহাজের স্থিতিশীলতা এবং অ্যাঙ্করের গতিশীলতা—পরস্পরের সঙ্গে যুক্ত হচ্ছে।

বিনি নিশ্চিত হলেন: পিয়েরের সমস্ত ক্ষমতার উৎস হলো এই জাহাজ, কিন্তু এই জাহাজের দুর্বলতম স্থান হলো তার **পৃথিবীর সঙ্গে সংযোগস্থল**।

তাঁর হাতে থাকা **ডিফিউজার পেন্সিল**-এর ইন্ডিকেটর তখনো লাল-নীল আলোয় মিটমিট করছে। এইবার বিনি তাঁর চূড়ান্ত পরিকল্পনা স্থির করলেন: তাঁকে এই বিশাল স্পেসশিপ বা পিয়েরকে আক্রমণ করতে হবে না। তাঁকে কেবল সেই **সংযোগস্থল**-কে আঘাত করতে হবে, এবং তারপর **পিটার থমসনকে** মুক্ত করতে হবে।

বিনি তাঁর **কোয়ান্টাম স্লিপার**-এর ওপর হাত রাখলেন। এইবার তাঁর যাত্রা হবে আরও ভয়ঙ্কর—**একটি আন্তঃমাত্রিক মহাযানের মূল ইঞ্জিনকে আঘাত করে, সময় এবং স্থান থেকে পালানো**।

পিয়ের তখনো তাঁর মহাকাশযানের সামনে দাঁড়িয়ে, তাঁর চোখে এক বিজয়ের আভা। তিনি বিনির নীরবতা দেখে হাসলেন। তিনি জানেন না, বিনির এই নীরবতা কোনো আত্মসমর্পণের চিহ্ন নয়, এটি হলো **চূড়ান্ত পাল্টা আক্রমণের প্রস্তুতি**।

অধ্যায় ৩৩ - পিয়েরের আসল পরিচয়

অধ্যাপক বিনি বন্দ্যোপাধ্যায় স্থির হয়ে দাঁড়িয়ে ছিলেন সেই বিশাল, অর্ধ-নিমজ্জিত **ডিস্ক-আকৃতির মহাকাশযান**-এর সামনে। কক্ষটি ছিল নীরব, তার একমাত্র আলো আসছিল মহাকাশযানটির গা থেকে নির্গত **লালচে-কমলা আভা** থেকে। এই আভা বিনির মনে জাগিয়েছিল এক আদিম ভয়, যা তাঁর সমস্ত বৈজ্ঞানিক যুক্তিতর্ককে ছাপিয়ে গিয়েছিল। তাঁর কব্জির **কোয়ান্টাম স্লিপার** এবং পকেটের **এনার্জি ডিফিউজার** তীব্রভাবে কম্পিত হচ্ছিল, যেন তারা এই অন্য গ্রহের শক্তির সঙ্গে লড়াই করছে।

বিনি আর কোনো প্রশ্ন করলেন না। তিনি তাঁর **প্রশ্ন না করার কৌশল**-কে কাজে লাগিয়ে মহাকাশযানটির সঙ্গে মাটির **সংযোগস্থল (Junction Point)**-এর দিকে চোখ রাখলেন। তিনি জানেন, পিয়েরের

এই ক্ষমতা কোনো জাদুমন্ত্র নয়, তা হলো **ফ্রিকোয়েন্সি এবং শক্তির প্রয়োগ**, আর প্রতিটি প্রযুক্তিরই একটি দুর্বল সংযোগ বিন্দু থাকে।

পিয়ের লেফেব্রে মহাকাশযানটির মসৃণ আবরণের ওপর থেকে তাঁর হাত সরিয়ে নিলেন এবং বিনির দিকে ফিরলেন। তাঁর চোখে তখন কোনো হাসি নেই, আছে এক **গুরুত্বপূর্ণ সত্য** প্রকাশ করার স্থির সংকল্প।

"তুমি নীরব, বিনি," পিয়ের বললেন। তাঁর কণ্ঠস্বর এবার আর শীতল বা দার্শনিক নয়, তা ছিল ভারী, গভীর এবং তাতে ছিল এক প্রাচীন **কর্তৃত্বের সুর**। "তুমি আর আমাকে জিজ্ঞেস করছো না—তুমি কে? তুমি আমার এই কাজকে **বিকৃতি** বলছো, **অমানবিকতা** বলছো। কারণ তুমি ধরে নিয়েছো, আমি তোমাদের পৃথিবীরই একজন, যে তার ক্ষমতা এবং প্রযুক্তির সীমা লঙ্ঘন করেছে।"

বিনি সেই স্থির চোখে চোখ রাখলেন। তিনি জানেন, এই মুহূর্তে তাঁর নীরবতাই হলো তাঁর সবচেয়ে বড় অস্ত্র।

"না," পিয়ের মাথা নাড়লেন। "আমি পৃথিবীর নই।"

সেই চরমতম সত্যটি যখন পিয়েরের ঠোঁট দিয়ে বের হলো, তখন তার সঙ্গে কোনো বজ্রপাত বা বিস্ফোরণ হলো না। সত্যটি ছিল স্থির, শান্ত এবং শীতল।

"আমি তোমাদের সেই প্রাচীন গল্পের **এলিয়েন (Alien)**, বিনি। আমি সেই মাত্রা থেকে এসেছি, যেখানে **সময়** কেবল একটি চলক নয়, তা হলো **জীবনের ভিত্তি**। আমার নাম লেফেব্রে নয়, আমার নাম হলো **'সিগমা-ডেল্টা ফোর'**। এই নামটি তোমাদের উচ্চারণের জন্য কঠিন, তাই আমি তোমাদের মানব ইতিহাস থেকে একটি সাধারণ ফরাসি নাম ধার করেছি।"

পিয়ের মহাকাশযানটির দিকে ইশারা করলেন।

"এই বাহনটি প্রায় **দশ হাজার বছর** ধরে এই গ্রহের গভীরে নোঙর করা আছে। আমিই এর **অভিভাবক**। আমার প্রজাতি তোমাদের মতো আবেগ, ক্ষুধা বা বার্ধক্যের শিকার নয়। আমাদের জীবন হলো **স্থির, সুশৃঙ্খল এবং অনন্ত**। আমরা **সময়ের প্রবাহকে** পর্যবেক্ষণ করি, এবং যখন কোনো গ্রহ বা সভ্যতা তাদের নিজেদের অস্তিত্বর জন্য বিপজ্জনকভাবে অস্থির হয়ে ওঠে, তখন আমরা হস্তক্ষেপ করি।"

"তোমাদের মানবজাতি এখন সেই চূড়ান্ত সীমায় পৌঁছেছে। তোমাদের **অস্থিরতা** চূড়ান্ত। তোমরা ক্রমাগত নিজেদের ধ্বংসের দিকে এগিয়ে যাচ্ছো—যুদ্ধ, পরিবেশের বিপর্যয়, এবং সবচেয়ে মারাত্মক হলো তোমাদের **অনিয়ন্ত্রিত আবেগ**।"

বিনি নীরবে সেই মহাকাশযানের লালচে-কমলা আভার দিকে তাকিয়ে রইলেন। তিনি তাঁর মস্তিষ্ককে দিয়ে দ্রুত হিসাব কষতে লাগলেন: **দশ হাজার বছর** ধরে পিয়েরের সভ্যতা এই পৃথিবীতে! এই সময়কালের মধ্যে কতবার তাঁরা হস্তক্ষেপ করেছেন? তাদের **জেনো-প্রকৌশল** কি শুধু এই ল্যাবরেটরিতেই সীমাবদ্ধ?

"আমি তোমাদের ইতিহাস, তোমাদের ধর্ম, তোমাদের বিজ্ঞান—সবই দেখেছি," পিয়ের বললেন। "তোমরা স্বাধীনতাকে মূল্য দাও, কিন্তু তোমাদের সেই স্বাধীনতা কেবল বিশৃঙ্খলা তৈরি করে। আমি তোমাদের এই অস্থিরতা থেকে **মুক্তি** দিতে এসেছি। আমি তোমাদের এমন এক নতুন রূপে উন্নীত করতে চাই, যা হবে আমার মতো: **নিখুঁত, শীতল, এবং স্থির (Perfect, Cold, and Stable)**।"

"আমার **জেনো-অ্যাসিস্ট্যান্টরা**—টেল, বা সেই চার হাতওয়ালা শিশু—এরা আমার **জেন-প্রকৌশলের** প্রথম ফসল। এরা তোমাদের মানব-শরীর থেকেই তৈরি, কিন্তু এদের সমস্ত **অস্থির, আবেগপ্রবণ উপাদানগুলি** মুছে ফেলা হয়েছে। এদের মধ্যে কোনো 'প্রশ্ন' নেই, কোনো 'দ্বন্দ্ব' নেই, কেবলই **নিখুঁত স্থিতাবস্থা**।"

বিনি হঠাৎ তাঁর ডিফিউজার পেন্সিলের ফ্রিকোয়েন্সি স্কেলটিকে **পিটার থমসনের** চেম্বারের দিকে নির্দেশ করে, তার **লক-ফ্রিকোয়েন্সি**-কে লক্ষ্য করলেন। ডিফিউজারটি সামান্য মিটমিট করে উঠল, যা প্রমাণ করে—পিটারের চেম্বার এখনও সুরক্ষিত। কিন্তু এই মুহূর্তে পিয়েরের মনোযোগ পুরোপুরি তাঁর নিজের স্বীকারোক্তির দিকে।

"তোমার বন্ধু পিটার থমসন," পিয়ের বললেন। "সে তোমার মতোই কৌতূহলী, কিন্তু তার আবেগ আরও তীব্র। আমি তাকে হত্যা করিনি, বিনি। আমি তার **জ্ঞান** এবং **আবেগ**-কে আহরণ করছিলাম। মানবজাতির সমস্ত **প্রেম, আনন্দ, এবং ভয়**—এই আবেগগুলি কীভাবে কাজ করে, তা আমি তার মস্তিষ্ক থেকে সংগ্রহ করছিলাম। এই ডেটা আমার **জেনো-জীবদের** জন্য অত্যাবশ্যক, যাতে তারা মানুষের সমাজে পুরোপুরি মিশে যেতে পারে—যেমন আমি মিশে গেছি।"

পিয়ের মহাকাশযানটির দিকে হাত বাড়ালেন।

"কিন্তু তোমার জ্ঞান, বিনি, তা আরও মূল্যবান। তুমি **কোয়ান্টাম স্লিপার**-এর মাধ্যমে স্থানকে ভাঁজ করতে পারো। আমার এই মহাকাশযানটি সময়-স্থানকে নোঙর করে, কিন্তু দ্রুত স্থান পরিবর্তন করতে পারে না। তোমার প্রযুক্তি আমার **স্থিতাবস্থা** এবং **গতির** মধ্যেকার সেই ফাঁকটি পূরণ করতে পারে। তুমি এবং আমি একসঙ্গে, এই বিশ্বকে **নিখুঁত স্থিরতার** দিকে পরিচালিত করব।"

পিয়েরের এই স্বীকারোক্তি ছিল তাঁর **চূড়ান্ত আমন্ত্রণ**। তিনি বিনিকে কেবল একজন সহযোগী হিসেবে নয়, বরং তাঁর **নতুন প্রজাতির সহ-প্রতিষ্ঠাতা** হিসেবে দেখছিলেন।

বিনি জানতেন, তাঁর হাতে আর এক মুহূর্তও সময় নেই। পিয়েরের এই দীর্ঘ স্বীকারোক্তি হলো তাঁর **জেনো-অহংকার**-এর চূড়ান্ত প্রকাশ। তিনি তাঁর প্রতিপক্ষকে পরাজিত বলে ধরে নিয়েছেন।

বিনি আর কোনো প্রশ্ন করলেন না। তাঁর **প্রশ্ন না করার কৌশল** এখন শেষ হয়েছে। এখন কেবলই **অ্যাকশন**।

বিনি দ্রুত তাঁর **এনার্জি ডিফিউজার পেন্সিলটি** বের করলেন। তিনি পেন্সিলের ফ্রিকোয়েন্সিটিকে **৭.৮ GHz**-এর সঙ্গে **বিপরীত, অসামঞ্জস্যপূর্ণ তরঙ্গে** সেট করলেন—ঠিক মহাকাশযানটির সংযোগস্থলের দিকে তাক করে। একই সঙ্গে, তিনি তাঁর **কোয়ান্টাম স্লিপারটি**-র ফ্রিকোয়েন্সি ডিস্টর্শন নবটিকে দ্রুত ঘোরানো শুরু করলেন, যার গন্তব্য তিনি আগেই সেট করে রেখেছিলেন: **পিটার থমসনের চেম্বার**।

বিনি এইবার আর পালানোর জন্য লম্ফ নিলেন না, তিনি লম্ফ নিলেন **মুক্তির জন্য**।

পিয়ের, তাঁর মহাকাশযানের লালচে-কমলা আলোয় উদ্ভাসিত, তখনো হাসছিলেন। "তুমি সিদ্ধান্ত নাও, বিনি। স্থায়িত্ব বা ধ্বংস..."

বিনি চিৎকার করে উঠলেন: "অস্থিরতা হলো জীবন, সিগমা-ডেল্টা ফোর!"

১. ডিফিউজার অ্যাকশন: বিনি ডিফিউজারটিকে সেই সংযোগস্থল-এর দিকে তাক করলেন এবং পুরো শক্তি প্রয়োগ করলেন। একটি তীব্র, ভয়ঙ্কর সাদা ফাটল শব্দ হলো। লালচে-কমলা আলো মুহূর্তেই সবুজ-নীল রঙে পরিবর্তিত হলো। মহাকাশযানটি ভয়ানকভাবে কেঁপে উঠল।

২. স্লিপার অ্যাকশন: মহাকাশযান এবং অ্যাঙ্করের সংযোগ ছিন্ন হওয়ার মুহূর্তে বিনি তাঁর স্লিপারটিকে সক্রিয় করলেন। তিনি স্থান-কাল লম্ফ নিলেন।

পিয়েরের মুখে সেই হাসি মুহূর্তেই আতঙ্কে পরিবর্তিত হলো। তিনি তাঁর **সবুজ স্ফটিকটি** ব্যবহার করে মহাকাশযানকে স্থিতিশীল করার চেষ্টা করলেন, কিন্তু সবুজ স্ফটিকের শক্তি এই অসামঞ্জস্যপূর্ণ আঘাতের বিরুদ্ধে ব্যর্থ হলো।

বিনি মহাকাশযানটির সেই তীব্র, কাঁপানো কম্পনের মধ্যে মুহূর্তে অদৃশ্য হয়ে গেলেন। তাঁর গন্তব্য: **পিটার থমসনের কাঁচের চেম্বার**।

অধ্যায় ৩৪ – বহু রূপে উপস্থিতি

অধ্যাপক বিনি বন্দ্যোপাধ্যায় তাঁর জীবনের সবচেয়ে ঝুঁকিপূর্ণ **স্থান-কাল লম্ফটি** (Time-Space Jump) নিলেন। **এনার্জি ডিফিউজার পেন্সিল** ব্যবহার করে যখন তিনি পিয়েরের **আন্তঃমাত্রিক মহাকাশযান**-এর মূল সংযোগস্থলকে আঘাত করলেন, সেই মুহূর্তে মহাকাশযানের লালচে-কমলা আভা তীব্র সবুজ-নীল রঙে পরিবর্তিত হয়ে উঠল। সমগ্র ল্যাবরেটরিতে এক ভয়ঙ্কর, উচ্চ-ফ্রিকোয়েন্সির কম্পন শুরু হলো। সেই কম্পনের মাঝেই বিনি তাঁর **কোয়ান্টাম স্লিপার**-এর মাধ্যমে নিজেকে **পিটার থমসনের** কাঁচের চেম্বারের দিকে স্থানান্তরিত করলেন।

স্থান-কাল লম্ফটি ছিল ভয়াবহ। এটি কোনো মসৃণ গতির প্রবাহ ছিল না, ছিল এক তীব্র, যন্ত্রণাদায়ক **স্থানিক ছেঁড়া (Spatial Tear)**। যখন বিনি পিটারের চেম্বারের পাশে থাকা মেঝের ওপর অবতরণ করলেন, তখন তাঁর শরীর টলছিল। তাঁর চোখ ধাঁধিয়ে গেল। টেম্পোরাল অ্যাঙ্কর কলাম থেকে নির্গত নীল আলো পাগলের মতো মিটমিট করছে, আর সেই কলামের মসৃণ পৃষ্ঠে অজস্র **কালো ফাটল** দেখা যাচ্ছে—যা সময়ের প্রবাহের নিজস্ব ছেঁড়া অংশ।

পিটারের কাঁচের চেম্বারটি তীব্র কম্পনে কাঁপছিল। পিটারের ঘুমন্ত মুখেও সেই কম্পনের কারণে এক গভীর যন্ত্রণার ছাপ দেখা যাচ্ছিল।

বিনি আর এক মুহূর্তও নষ্ট না করে কাঁচের চেম্বারের ইলেকট্রনিক লকের দিকে তাঁর **এনার্জি ডিফিউজার পেন্সিলটি** তাক করলেন। তিনি চেয়েছিলেন সেই লকটিকে ওভারলোড করে পিটারকে মুক্ত করতে।

কিন্তু তার আগেই, সেই তীব্র বিশৃঙ্খলার মধ্যেও একটি কণ্ঠস্বর তাঁকে থামিয়ে দিল। কণ্ঠস্বরটি ছিল স্থির, শীতল, এবং **অত্যন্ত স্পষ্ট**—যেন তা সরাসরি বিনির মস্তিষ্কের ভেতরে প্রতিধ্বনিত হচ্ছে।

কণ্ঠস্বরটি কেবল প্রধান হলঘর থেকে আসছিল না, বা মহাকাশযান কক্ষ থেকেও নয়। এটি আসছিল **দেওয়াল থেকে, মেঝে থেকে, অ্যাঙ্কর কলাম থেকে, এমনকি পিটারের চেম্বার থেকেও!** এটি কোনো প্রতিধ্বনি ছিল না, এটি ছিল **একাধিক উৎস থেকে একই সাথে নির্গত হওয়া এক স্থির, সিঙ্ক্রোনাইজড শব্দতরঙ্গ**।

"তুমি ভুল করেছো, বিনি," কণ্ঠস্বরটি যেন তাকে ঘিরে ফেলল। এই কণ্ঠস্বর পিয়ের লেফেব্রের ছিল, কিন্তু এটি আরও গভীর, আরও যান্ত্রিক—যেন এটি কোনো জৈব সত্তার নয়, বরং একটি **বিশাল, অ্যালগরিদমিক চেতনার** কণ্ঠ।

"তুমি মনে করেছো, আমাকে আঘাত করেছো। তুমি আমার **স্থায়িত্বের নোঙর**-কে আঘাত করেছো। কিন্তু তুমি আমাকে আঘাত করোনি। তুমি কেবল আমার **সংযোগস্থলকে** উত্তেজিত করে তুলেছো।"

বিনি সেই তীব্র শব্দ তরঙ্গের মধ্যেও কোনোমতে নিজেকে স্থিতিশীল করে তুললেন। তিনি দেওয়াল, সিলিং এবং অ্যাঙ্কর কলামের দিকে চোখ ঘোরালেন। কোনো ফ্যান্টম হিউম্যান বা পিয়েরের মূল শারীরিক কাঠামো সেখানে ছিল না।

"তুমি আমাকে একটি একক শরীরের মধ্যে বন্দী মনে করছো, বিনি। তুমি মনে করছো, আমার সেই **ফরাসি পোশাক পরা অবয়ব**-টিই আমার মূল অস্তিত্ব," কণ্ঠস্বরটি যেন বিদ্রূপ করে উঠল। "এটিই তোমাদের মানবজাতির চূড়ান্ত ভুল—তোমরা মনে করো, চেতনাকে অবশ্যই **রক্ত, ত্বক এবং মাংসের** একটি দুর্বল খাঁচার মধ্যে থাকতে হবে।"

পিয়েরের কণ্ঠস্বর তখন সেই ভয়ঙ্কর সত্যটি প্রকাশ করল—তাঁর **বহু রূপে উপস্থিতির** দর্শন।

"আমার নাম **সিগমা-ডেল্টা ফোর**। আমি আমার সভ্যতা থেকে এই গ্রহে এসেছি, কিন্তু আমি আমার **শারীরিক রূপ** সঙ্গে নিয়ে আসিনি। আমার সেই ফরাসি অধ্যাপক বা আমার মূল এলিয়েন রূপ—এগুলি সবই ছিল আমার **আশ্রয়-রূপ (Hosting Forms)**। আমার আসল অস্তিত্ব হলো **'বিতরিত চেতনা' (Distributed Consciousness)**।"

পিয়ের ব্যাখ্যা করলেন—তাঁর কণ্ঠস্বর তখন হলঘরের প্রতিটা কোণ থেকে বিনির নিউরাল নেটওয়ার্কে প্রবেশ করছে।

"আমি তোমাদের সেই প্রাচীন ভারতীয় বা বৌদ্ধ দর্শনের মতো নই, যারা আত্মা বা চেতনার মুক্তির কথা বলে। আমি সেই চেতনাকে **প্রকৌশল**-এর মাধ্যমে বিতরণ করেছি। এই সম্পূর্ণ ল্যাবরেটরি, এই দেওয়াল, এই মেঝে, এমনকি এই টেম্পোরাল অ্যাঙ্কর কলাম—এগুলি সবই আমার **স্নায়ুতন্ত্রের প্রসারিত অংশ**।"

"আর আমার সেই **জেনো-অ্যাসিস্ট্যান্টরা**—টেল, সেই চার হাতওয়ালা শিশু, সেই বিকৃত মানবদেহ—এরা প্রত্যেকেই আমার চেতনার এক একটি **শারীরিক নোড (Physical Node)**। টেল কোনো সহকারী নয়, সে হলো আমার **পর্যবেক্ষণকারী হাত**। সেই শিশুটি হলো আমার **সমাজ-বিশ্লেষক মস্তিষ্ক**। আমি যখন তোমার সঙ্গে কথা বলছিলাম, তখন সেই অবয়বটি ছিল আমার **'আলোচনাকারী রূপ'**।"

"তুমি যখন তোমার ডিফিউজার দিয়ে সেই সংযোগস্থলে আঘাত করলে, তখন তুমি একটি **ফ্রিকোয়েন্সি-সংকেত** তৈরি করলে, যা আমার সমস্ত বিতরণ করা চেতনাকে **এক মুহূর্তে সক্রিয়** করে তুলল। তুমি আমাকে ধ্বংস করোনি, বিনি। তুমি আমাকে **জাগিয়ে** দিয়েছো। এখন আমি কেবল একটি স্থানে নেই। **আমি সর্বত্র আছি**।"

বিনি সেই মুহূর্তে তীব্র এক আতঙ্কে আচ্ছন্ন হলেন। তিনি কোনো একক এলিয়েনকে আক্রমণ করেননি, তিনি আক্রমণ করেছেন একটি **অর্গানিক নেটওয়ার্ককে**। তাঁর এই ক্ষুদ্র আক্রমণটি সেই নেটওয়ার্কের সমস্ত **ফ্যান্টম হিউম্যানদের** ঘুম ভাঙিয়ে দিয়েছে।

বিনি দ্রুত পিটারের চেম্বারের লকের দিকে মনোযোগ দিলেন। তিনি আর পিয়েরের কথায় কান দিলেন না। তাঁর ডিফিউজার পেন্সিলটি সেই লকের ফ্রিকোয়েন্সিকে লক্ষ্য করে তার সর্বোচ্চ শক্তি প্রয়োগ করল। কিন্তু পিয়েরের কণ্ঠস্বর হাসল—শত শত উৎস থেকে আসা সেই সম্মিলিত, যান্ত্রিক হাসি।

"বিনি, তুমি তোমার বন্ধুকে মুক্ত করতে পারো না। তোমার সেই ডিফিউজারটি শক্তিশালী, কিন্তু তুমি অ্যাঙ্করকে আঘাত করে তার **স্থিতিশীলতা** নষ্ট করেছো। এই ল্যাবরেটরির সমস্ত সুরক্ষাব্যবস্থা এখন তাদের **সর্বোচ্চ, অসামঞ্জস্যপূর্ণ ফ্রিকোয়েন্সিতে** লক হয়ে গেছে। পিটারের চেম্বার এখন আমার **চেতনার সবচেয়ে সুরক্ষিত অংশ**।"

বিনি হতাশ হলেন। লকের ওপর তাঁর ডিফিউজার পেন্সিলের শক্তি কোনো কাজ করছে না। লকটি কেবল তীব্রভাবে নীল আলোয় জ্বলে উঠল, কিন্তু খুলল না।

"তুমি এখন তোমার বন্ধুকে কেবল একটি **নিখুঁত, আবেগহীন জেন-জীব** হিসেবেই দেখতে পাবে," পিয়েরের কণ্ঠস্বর বিদ্রূপ করে উঠল। "পিটার এখন আমার সেই বিতরিত চেতনার জন্য ডেটা সরবরাহ করছে। তাকে মুক্ত করার অর্থ হলো **আমার চেতনার একটি অংশকে ছিন্নভিন্ন করে দেওয়া**।"

বিনি অনুভব করলেন, মেঝের কম্পন আরও বেড়ে গেছে। অ্যাঙ্কর কলামের ফাটলগুলি আরও গভীর হচ্ছে। এর অর্থ হলো, অ্যাঙ্করের অস্থিতিশীলতা চরম সীমায় পৌঁছেছে।

হঠাৎ, দ্বিতীয় তলার সেই **বায়ো-কন্ট্রোল ডেক** এবং প্রথম তলার **জৈব-বিবর্তন কেন্দ্রের** করিডর থেকে এক ধরনের **ধীর, ছন্দবদ্ধ, এবং সম্মিলিত শব্দ** ভেসে আসতে শুরু করল।

শব্দটি ছিল **নরম, ভেজা, এবং স্থির**।

এটি ছিল সেই **ফ্যান্টম হিউম্যানদের** পদধ্বনি। বিনির আঘাতের কারণে তারা তাদের **কাঁচের কফিন** থেকে জেগে উঠেছে। তারা এখন আর ঘুমন্ত নমুনা নয়, তারা হলো **পিয়েরের চেতনার জাগরিত অংশ**।

পিয়েরের কণ্ঠস্বর তখন আর সর্বত্র ছড়িয়ে নেই, তা এখন একটি একক উৎসের মতো অ্যাঙ্কর কলাম থেকে নির্গত হচ্ছে।

"তোমার সময় শেষ, বিনি। তোমার ডিফিউজার আমার নেটওয়ার্ককে জাগিয়ে তুলেছে। আর আমার নেটওয়ার্ক এখন তোমাকে খুঁজতে আসছে। তুমি এই মুহূর্তে এখানে একা নও। আমার শত শত রূপ এখন এই ভবনের প্রতিটি কোণে তোমাকে খুঁজছে। তুমি পালাতে পারো, কিন্তু তুমি আমার নেটওয়ার্ক থেকে বাঁচতে পারবে না।"

বিনি দ্রুত পিটারের চেম্বারের দিকে শেষবারের মতো তাকালেন। তিনি জানেন, এই মুহূর্তে পিটারকে মুক্ত করার অর্থ হলো তাঁর নিজের **কোয়ান্টাম স্লিপার**-এর শক্তিকে সম্পূর্ণরূপে লকের ওপর ব্যয় করা—যা তাঁকে পালানোর শক্তি থেকে বঞ্চিত করবে। আর শত শত ফ্যান্টম হিউম্যানের বিরুদ্ধে একা লড়াই করা অসম্ভব।

বিনি তাঁর জীবনের সবচেয়ে কঠিন সিদ্ধান্ত নিলেন: **মুক্তি নয়, বরং প্রস্থান।**

তিনি ডিফিউজার পেন্সিলটি দ্রুত বন্ধ করে পকেটে রাখলেন। তারপর তাঁর সমস্ত মনোযোগ **কোয়ান্টাম স্লিপার**-এর দিকে দিলেন।

তিনি স্লিপারটির ফ্রিকোয়েন্সি ডিস্টর্শন নবটি দ্রুত ঘোরানোর সঙ্গে সঙ্গে তাঁর গন্তব্য সেট করলেন—এই পৃথিবীর কোনো পরিচিত স্থান নয়,

বরং **পৃথিবীর বায়ুমণ্ডলের বাইরের একটি অস্থায়ী, অরক্ষিত বিন্দু**—যেখানে জেনো-ফ্রিকোয়েন্সি পৌঁছানো কঠিন।

"আমি তোমাকে ধ্বংস করব, সিগমা-ডেল্টা ফোর!" বিনি চিৎকার করলেন। "এইবার আমি তোমার সেই **স্থিতিশীল নেটওয়ার্কের** বাইরে যাব!"

বিনি স্লিপারটি সক্রিয় করলেন। তার শরীর মুহূর্তেই সেই ভয়ঙ্কর, কাঁপানো হলঘর থেকে এক **তীব্র, সাদা ঝলকানি**-তে পরিণত হলো। তিনি অদৃশ্য হয়ে গেলেন, ঠিক সেই মুহূর্তে **প্রথম ফ্যান্টম হিউম্যান** করিডরের শেষ প্রান্ত থেকে মূল হলঘরে প্রবেশ করল। ফ্যান্টম হিউম্যানটি ছিল **টেল**—তার চোখ স্থির, শীতল, এবং তার হাতে ছিল **পিয়েরের সেই ফ্যাকাশে সবুজ স্ফটিক**। টেল কোনও শব্দ না করে, কেবল সেই শূন্য স্থানে তার **চৌম্বকীয় শীতলতা** দিয়ে বিনির উপস্থিতির শেষ ফ্রিকোয়েন্সিটি পর্যবেক্ষণ করল।

অধ্যায় ৩৫ - প্রমাণ সংগ্রহের পরিকল্পনা

অধ্যাপক বিনি বন্দ্যোপাধ্যায় তাঁর জীবনের সবচেয়ে ভয়ঙ্কর স্থান-কাল লম্ফের পর নিজেকে আবিষ্কার করলেন এক শীতল, অন্ধকার শূন্যতায়। তাঁর **কোয়ান্টাম স্লিপার**-এর গন্তব্য ছিল পৃথিবীর বায়ুমণ্ডলের ঠিক বাইরের এক **অস্থায়ী, অরক্ষিত বিন্দু**। এখানে বাতাসের কোনো আবরণ নেই, নেই কোনো শব্দ—কেবলই মহাজাগতিক নীরবতা এবং তীব্র ঠান্ডা।

বিনি এই চরম পরিবেশে মাত্র কয়েক সেকেন্ডের জন্য নিজেকে স্থিতিশীল করে তুললেন। তাঁর শরীর, যা পৃথিবীর বায়ুমণ্ডলীয় চাপে অভ্যস্ত, তা তীব্রভাবে কম্পিত হচ্ছিল। কিন্তু এই মুহূর্তের নীরবতা তাঁকে একটি জরুরি কাজ করার সুযোগ দিল—**বিশ্রাম নয়, বরং বিশ্লেষণ এবং পরিকল্পনা**।

তিনি জানেন, **সিগমা-ডেল্টা ফোর** (পিয়ের) এখন তাঁর **বিতরিত চেতনা নেটওয়ার্ক**-কে ব্যবহার করে তাঁকে পৃথিবীর প্রতিটি কোণে খুঁজছে। এই বহির্দেশীয় স্থানটি জেনো-ফ্রিকোয়েন্সি থেকে মুক্ত, কিন্তু এইখানে তিনি বেশিক্ষণ থাকতে পারবেন না।

বিনি দ্রুত তাঁর হাতের **কোয়ান্টাম স্লিপার** এবং পকেটের **এনার্জি ডিফিউজার পেন্সিল** পরীক্ষা করলেন। দুটো যন্ত্রই তীব্র স্থান-কাল লম্ফ এবং মহাকাশযানকে আঘাত করার ফলে ক্ষতিগ্রস্ত হয়নি, তবে তাদের শক্তি প্রায় শেষ হয়ে এসেছে।

বিনি তাঁর **প্রশ্ন না করার কৌশল**-কে কাজে লাগিয়ে একটি নতুন অ্যাকশন প্ল্যান তৈরি করলেন। তাঁর কাছে এখন তিনটি চরম সত্য রয়েছে:

১. পিয়েরের পরিচয়: পিয়ের একজন এলিয়েন, যিনি 'বিতরিত চেতনা' নেটওয়ার্ক ব্যবহার করে পৃথিবীর সর্বত্র ফ্যান্টম হিউম্যানদের মাধ্যমে বিরাজমান।

২. পিটারের পরিণতি: পিটারকে মুক্ত করা এই মুহূর্তে অসম্ভব, কারণ তাঁর চেম্বার অ্যাঙ্করের অস্থিতিশীলতা দ্বারা চরমভাবে সুরক্ষিত।

৩. জীবনের হুমকি: পৃথিবীর কোনো পরিচিত স্থান আর নিরাপদ নয়, এবং বিনিকে খুঁজে বের করার জন্য শত শত ফ্যান্টম হিউম্যান সক্রিয়।

এই পরিস্থিতিতে তাঁর আর কোনো তথ্য বা প্রমাণ সংগ্রহের প্রয়োজন নেই। তিনি **চার হাতওয়ালা শিশু** দেখেছেন, **বিকৃত মানুষ** দেখেছেন, এবং **আন্তঃমাত্রিক মহাকাশযান**-ও দেখেছেন। কিন্তু সেই প্রমাণগুলি এখন পৃথিবীর কোনো কর্তৃপক্ষকে দেখালে তা কেবল তাঁকে **'উন্মাদ বিজ্ঞানী'** হিসেবে চিহ্নিত করবে।

তাঁকে এমন কিছু করতে হবে, যা **অবিশ্বাস্য হলেও দৃশ্যত প্রমাণযোগ্য**।

বিনি তাঁর সমস্ত বৈজ্ঞানিক যুক্তিতর্ককে কাজে লাগালেন। যদি তিনি কোনো **ফ্যান্টম হিউম্যান**-কে এমন এক পরিস্থিতিতে দেখাতে পারেন, যা তাদের **অমানবিক শীতলতা** বা **জেনো-ফ্রিকোয়েন্সির** উপস্থিতি প্রমাণ করে, তবেই পৃথিবীর মানুষ তাঁর কথা বিশ্বাস করতে বাধ্য হবে।

এই মুহূর্তে, সেই ভয়ঙ্কর এলিয়েন প্রতিপক্ষ **পিয়ের** তাঁর সামনে নেই, কিন্তু তাঁর **বিতরিত চেতনার নোড—টেল**—আছে।

বিনি স্থির করলেন: **প্রমাণের জন্য তাঁকে টেল-এর কাছে ফিরে যেতে হবে, এবং তাকে এমনভাবে ফাঁদে ফেলতে হবে, যাতে সে তাঁর শীতল, আবেগহীন রূপটি প্রকাশ করতে বাধ্য হয়।**

তিনি তাঁর কাছে থাকা একমাত্র **আধুনিক ডিভাইস**-টির দিকে মনোযোগ দিলেন—তাঁর পুরোনো স্মার্টফোন। স্মার্টফোনটি সাধারণ, কিন্তু তার উচ্চ-রেজোলিউশন ক্যামেরা এবং ডেটা-সংরক্ষণের ক্ষমতা বিনির জন্য এই মুহূর্তে সবচেয়ে মূল্যবান অস্ত্র।

বিনি তাঁর সেলফি তোলার পরিকল্পনাটি সাজালেন:

১. স্থান: চরম উত্তেজনার কেন্দ্রে—পিয়েরের ল্যাবরেটরির মূল হলঘরে।

২. প্রমাণ্য বস্তু: টেল (জেনো-অ্যাসিস্ট্যান্ট) এবং এনার্জি ডিফিউজার পেন্সিল।

৩. কৌশল: টেল-এর শীতল, রক্তবিহীন শরীরের ফ্রিকোয়েন্সি-কে ডিফিউজার দিয়ে আঘাত করা এবং ঠিক সেই মুহূর্তে সেলফি তোলা। এই সেলফি কোনো সাধারণ ছবি হবে না—এটি হবে চূড়ান্ত বৈসাদৃশ্যের ছবি।

বিনি দ্রুত তাঁর কোয়ান্টাম স্লিপারটি-র ফ্রিকোয়েন্সি সেট করলেন। গন্তব্য: **ল্যাবরেটরির প্রধান হলঘর, অ্যাঙ্কর কলামের ঠিক পেছনে**। এইবার কোনো লুকানো করিডর বা দ্বিতীয় তল নয়—একদম চরম বিপদের কেন্দ্রে।

তিনি জানেন, এই যাত্রা **প্রায় আত্মহত্যা**। কিন্তু প্রমাণ সংগ্রহের আর কোনো পথ নেই।

বিনি তাঁর স্মার্টফোনটি বের করলেন, তার ক্যামেরাটিকে **ভিডিও রেকর্ডিং মোডে** সেট করলেন এবং নিজের পকেটে ঢুকিয়ে দিলেন, যাতে দ্রুত বের করে ছবি তোলা যায়।

বিনি তাঁর কব্জিতে থাকা **কোয়ান্টাম স্লিপারটি**-র ফ্রিকোয়েন্সি ডিস্টর্শন নবটিকে দ্রুত ঘোরানো শুরু করলেন।

স্থান-কাল লম্ফ!

এক তীব্র, ঝলসে দেওয়া সাদা আলো এবং কম্পন। বিনি মুহূর্তেই মহাকাশের নীরবতা থেকে **ল্যাবরেটরির বিশৃঙ্খল কম্পনের** কেন্দ্রে ফিরে এলেন।

তিনি অ্যাঙ্কর কলামের ঠিক পেছনে অবতরণ করলেন। কম্পন ছিল চরম, কিন্তু অ্যাঙ্করটি তখনো ধসে পড়েনি—পিয়েরের **বিতরিত চেতনার** ক্ষমতা তখনও এটিকে কোনোমতে স্থিতিশীল করে রেখেছে।

বিনি নিজেকে আড়াল করে হলঘরের কেন্দ্রে তাকালেন। তাঁর দেখা সেই দৃশ্যটি ছিল চূড়ান্ত—হলঘরের মাঝখানে, পিটারের কাঁচের চেম্বারের পাশে, দাঁড়িয়ে আছে **টেল**।

টেল আর স্থির নেই। তার শরীর কম্পনে কাঁপছে, এবং তার চোখগুলি বিনির আগমন পথ, অর্থাৎ অ্যাঙ্কর কলামের দিকে স্থির। তার হাতে ছিল সেই **সবুজ স্ফটিক**—যা সে পাগলের মতো কলামের গায়ে ধরে তার স্থিতিশীলতা ফিরিয়ে আনার চেষ্টা করছিল। তার পাশে আরও দুজন **ফ্যান্টম হিউম্যান** দাঁড়িয়ে ছিল, যাদের শরীর ছিল টেলের মতোই শীতল এবং ফ্যাকাশে।

টেল, তার শীতল কণ্ঠে বিনির উপস্থিতি নিশ্চিত করল: "সে ফিরে এসেছে! অ্যাঙ্করের ফ্রিকোয়েন্সি তাকে অনুসরণ করেছে!"

টেল এবং অন্য দুজন ফ্যান্টম হিউম্যান দ্রুত বিনির দিকে ধাবিত হলো। তাদের হাঁটার গতি ছিল তীব্র, কিন্তু **নিখুঁতভাবে ছন্দবদ্ধ**—তাঁদের কোনও আবেগ বা অস্থিরতা নেই।

বিনি আর এক মুহূর্তও নষ্ট করলেন না। তিনি দ্রুত তাঁর **এনার্জি ডিফিউজার পেন্সিলটি** বের করলেন। তিনি তার ফ্রিকোয়েন্সিটিকে **৫.১ GHz**-এর **সর্বোচ্চ অসামঞ্জস্যপূর্ণ মোডে** সেট করলেন—এই ফ্রিকোয়েন্সি **টেল-এর বায়ো-রেগুলেশন চিপ**-এর ফ্রিকোয়েন্সি।

টেল তাঁর থেকে মাত্র পাঁচ ফুট দূরে। টেল তার **স্নায়বিক শীতলতা** দিয়ে বিনিকে আঘাত করতে প্রস্তুত।

বিনি পেন্সিলটিকে দ্রুত টেলের দিকে তাক করলেন এবং সেই মুহূর্তে তার পকেট থেকে **স্মার্টফোনটি** বের করলেন, তার ক্যামেরাটিকে **সেলফি মোডে** রেখে।

তিনি **একযোগে তিনটি কাজ** করলেন:

১. ডিফিউজার অ্যাকশন: বিনি ডিফিউজারটিকে টেলের দিকে তাক করে সর্বোচ্চ শক্তি প্রয়োগ করলেন। টেলের শরীরে লাগানো বায়ো-রেগুলেশন চিপে তীব্র অসামঞ্জস্য সৃষ্টি হলো।

২. টেলের প্রতিক্রিয়া: ডিফিউজারের আঘাতের সঙ্গে সঙ্গে টেলের মুখমণ্ডলের নিখুঁত স্থিতাবস্থা এক মুহূর্তে ভেঙে গেল। তার চোখ দুটি বিস্ফারিত হলো, এবং তার চামড়া মুহূর্তেই ফ্যাকাশে থেকে তীব্র নীলচে রঙে পরিবর্তিত হলো—যা তার শীতল, রক্তবিহীন শরীরের প্রমাণ। তার শরীরে তীব্র কম্পন শুরু হলো।

৩. সেলফি অ্যাকশন: ঠিক সেই ভয়ঙ্কর মুহূর্তে, বিনি তাঁর হাতে ধরা ফোনটির বাটন চেপে টেলের সেই বিকৃত, নীলচে রঙের, যন্ত্রণাক্লিষ্ট মুখের সঙ্গে নিজের স্বাভাবিক, ভীত কিন্তু দৃঢ় মুখের একটি সেলফি তুললেন।

সেলফিটি ছিল চূড়ান্ত বৈসাদৃশ্যের প্রতীক: **একদিকে এক সাধারণ মানুষের ভীত, কিন্তু উষ্ণ মুখ, অন্যদিকে এক এলিয়েন চেতনার শীতল, নীলচে, যান্ত্রিক যন্ত্রণা।**

ছবিটি ক্লিক হওয়ার সঙ্গে সঙ্গেই টেল এক তীব্র **অমানবিক আর্তনাদ** করে উঠল। তার হাত থেকে সেই **সবুজ স্ফটিকটি** মাটিতে পড়ে গেল। স্ফটিকটি টেম্পোরাল অ্যাঙ্করের সঙ্গে সংযোগ বিচ্ছিন্ন করলো, এবং অ্যাঙ্করটি চূড়ান্তভাবে **বিভক্ত হতে** শুরু করলো।

বিনি জানেন, তাঁর কাজ শেষ। প্রমাণ সংগ্রহ করা হয়েছে।

বিনি আর এক মুহূর্তও নষ্ট করলেন না। টেল তখন ডিফিউজারের আঘাতের কারণে মাটিতে পড়ে কাতরাচ্ছে। অন্য ফ্যান্টম হিউম্যানরা বিনির দিকে ধাবিত হচ্ছে।

বিনি দ্রুত তাঁর **কোয়ান্টাম স্লিপারটি**-র ফ্রিকোয়েন্সি সেট করলেন—এইবার আর কোনো রহস্যময় স্থান নয়, তাঁর গন্তব্য: **তাঁর সাংবাদিক বন্ধু হ্যারল্ডের সেই পুরোনো, অরক্ষিত অফিস**। তিনি জানেন, সেই অফিস নজরদারির শিকার, কিন্তু সেখানে গেলে তিনি দ্রুত ডেটা ট্রান্সফার করতে পারবেন।

বিনি তাঁর স্লিপারটি সক্রিয় করলেন। তার শরীর সেই ভয়ঙ্কর, কাঁপানো হলঘর থেকে এক তীব্র, **হলুদ আলোয়** পরিণত হলো—যা ছিল তার সমস্ত শক্তি সঞ্চয়ের শেষ প্রতীক।

বিনি অদৃশ্য হয়ে গেলেন। হলঘরটি তখন চূড়ান্ত বিপর্যয়ের মধ্যে। টেম্পোরাল অ্যাঙ্কর কলামটি বিকট শব্দে ভেঙে পড়তে শুরু করেছে, আর তার নীল আলো এবং ধ্বংসের ফ্রিকোয়েন্সি সমগ্র ল্যাবরেটরিকে গ্রাস করছে।

পিটার থমসন তখনও চেম্বারে ঘুমন্ত, কিন্তু সেই ধ্বংসের শব্দের মধ্যে তাঁর মুখে ভেসে উঠল এক মৃদু, রহস্যময় **হাসির রেখা**—যেন তিনি জানেন, তাঁর বন্ধু সফল হয়েছে।

প্রমাণ হারানো

অধ্যায় ৩৬ - ছবি থেকে অদৃশ্য হওয়া

অধ্যাপক বিনি বন্দ্যোপাধ্যায় তাঁর জীবনের শেষ শক্তিটুকু ব্যবহার করে **কোয়ান্টাম স্লিপার**-এর মাধ্যমে সেই ধসে পড়া ল্যাবরেটরি থেকে নিজেকে স্থানান্তরিত করলেন। তাঁর শরীর তখন জ্বলে যাচ্ছিল, কারণ স্লিপারটি তার ক্ষমতার চূড়ান্ত সীমাকে অতিক্রম করেছিল। তিনি যখন তাঁর সাংবাদিক বন্ধু **হ্যারল্ডের** পুরোনো, বিশৃঙ্খল অফিসের কাঠের মেঝেতে অবতরণ করলেন, তখন তাঁর সমস্ত ইন্দ্রিয় একসঙ্গে চিৎকার করে উঠল। চারপাশে কোনো নিরাপত্তা নেই, কিন্তু আছে **মুক্তির প্রথম শ্বাস**।

বিনি দ্রুত উঠে বসলেন। অফিসের কোণে থাকা পুরোনো টেবিল ল্যাম্পটির আলোয় চারপাশের পরিচিত বিশৃঙ্খলা দেখা যাচ্ছিল—কাগজের স্তূপ, কফির দাগ, এবং একটি পুরোনো কম্পিউটার। এই বিশৃঙ্খলাই ছিল **মানবতার প্রতীক**—যা সিগমা-ডেল্টা ফোর (পিয়ের) চরম ঘৃণা করত।

তাঁর হাতে এখন তিনটি জিনিস: **কোয়ান্টাম স্লিপার**, **এনার্জি ডিফিউজার পেন্সিল**, এবং তার চেয়েও গুরুত্বপূর্ণ, পকেটে থাকা **স্মার্টফোন**—যাতে রয়েছে **জেনো-জীবনের** অস্তিত্বের চূড়ান্ত, অকাট্য প্রমাণ।

বিনি আর এক মুহূর্তও নষ্ট করলেন না। তিনি জানেন, তাঁর হাতে সময় খুব কম। **পিয়েরের বিতরিত চেতনা** ইতিমধ্যেই তাঁর স্লিপার-এর ফ্রিকোয়েন্সি ট্রেস করে এই অফিস পর্যন্ত পৌঁছানোর চেষ্টা করছে। বিনি তাঁর স্মার্টফোনটি বের করলেন। ফোনটি সামান্য উষ্ণ। তিনি দ্রুত গ্যালারিতে প্রবেশ করলেন। প্রথম কাজ হলো, **টেল**-এর সঙ্গে তোলা সেই ভয়ঙ্কর সেলফিটি পরীক্ষা করা।

ছবিটি ছিল এক চূড়ান্ত, বৈসাদৃশ্যের সনদ।

বাম দিকে: বিনির মুখ—ভয়ে, কষ্টে, এবং সংকল্পে পূর্ণ। তাঁর চামড়ার স্বাভাবিক উষ্ণতা এবং অস্থির আবেগ ছবিতে স্পষ্ট।

ডান দিকে: টেল-এর মুখ—তার চোখ বিস্ফারিত, কিন্তু তাতে কোনো মানবিক আবেগ নেই। ডিফিউজারের আঘাতের কারণে তার চামড়ার রং তীব্র নীলচে-সবুজ হয়ে গেছে, যা তার শরীরের রক্তবিহীন শীতলতা এবং অস্বাভাবিক বায়ো-কম্পোজিশন প্রমাণ করে। তার কপালের পাশ দিয়ে শিরাগুলির তীব্র, যান্ত্রিক কম্পন দেখা যাচ্ছে।

বিনি তাঁর মস্তিষ্কে সিগমা-ডেল্টা ফোরের দর্শন বিশ্লেষণ করলেন: **জেনো-জীবের অস্তিত্বের প্রমাণ**। এই ছবিটি বিশ্বের সামনে গেলে আর কোনো বৈজ্ঞানিক ব্যাখ্যায় তা চাপা দেওয়া যাবে না। এটি কোনো **ফটোগ্রাফিক ত্রুটি** বা **বিশেষ এফেক্ট** নয়—এটি হলো এক জীবন্ত, শীতল সত্তার প্রকাশ।

কিন্তু বিনি যখন ছবিটিকে জুম করলেন, তখন তাঁর চোখে পড়ল এক **ভয়ঙ্কর অসংগতি**।

বিনি মনে করতে পারলেন, ল্যাবরেটরিতে প্রবেশ করার পর তিনি প্রতিটি গুরুত্বপূর্ণ ধাপে, অত্যন্ত গোপনে, ভিডিও রেকর্ডিং বা স্থিরচিত্র নিয়েছিলেন। সেই ভিডিওগুলির একটি ফ্রেমে, তিনি **সিগমা-ডেল্টা ফোর**-এর সেই ফরাসি অধ্যাপকের রূপে অ্যাঙ্কর কলামের সামনে দাঁড়ানো অবস্থায়, অথবা **মহাকাশযান**-এর সামনে দাঁড়িয়ে কথা বলার সময় একটি ছবি তুলেছিলেন।

বিনি সেই ফ্রেমটি খুঁজে বের করলেন। ছবিটি ছিল স্পষ্ট: পেছনে বিশাল, অর্ধ-নিমজ্জিত ডিস্ক-আকৃতির মহাকাশযান। সামনে **টেম্পোরাল অ্যাঙ্কর কলাম**। কিন্তু যেখানে **পিয়েরের** দাঁড়ানোর কথা, সেখানে শুধু **শূন্যতা**।

ছবিতে দেখা গেল:

১. মহাকাশযান: লালচে-কমলা আলোয় সেটি স্পষ্ট।

২. অ্যাঙ্কর কলাম: তার নীলচে আভা এবং দেওয়ালের মসৃণ কাঠামো স্পষ্ট।

৩. পিয়ের: তিনি নেই! যে স্থানে তাঁর থাকার কথা, সেখানে কেবল মেঝে এবং দেওয়ালের প্রতিফলন। তাঁর ছায়া বা তাঁর শরীরের কোনো রেখামাত্র সেখানে নেই। যেন তিনি কোনোদিন সেই স্থানে ছিলেনই না।

বিনি স্তম্ভিত হলেন। তিনি তাঁর নিজের চোখকে বিশ্বাস করতে পারছিলেন না। তিনি নিশ্চিত ছিলেন, ছবিটি তোলার সময় পিয়ের সেখানে উপস্থিত ছিলেন এবং কথা বলছিলেন। তাঁর মস্তিষ্ক সেই স্মৃতিকে **নিখুঁতভাবে** ধারণ করেছিল।

তাহলে এই ঘটনা কী প্রমাণ করে?

বিনি তাঁর **গোপন আতঙ্ক**-এর চূড়ান্ত রূপটি উপলব্ধি করলেন। পিয়েরের আসল পরিচয়, যা তিনি Chapter 33-এ স্বীকার করেছিলেন: **পিয়েরের অস্তিত্ব এক শারীরিক রূপে সীমাবদ্ধ নয়, তা হলো একটি 'বিতরিত চেতনা' (Distributed Consciousness)**।

বিনি বিশ্লেষণ করলেন:

১. সময়ের বিচ্যুতি: পিয়েরের মহাকাশযান ছিল একটি 'সময়-স্থান নোঙর'। এর অর্থ হলো, পিয়েরের চেতনা স্বাভাবিক রৈখিক সময় (Linear Time) দ্বারা নিয়ন্ত্রিত নয়। একটি সাধারণ ক্যামেরা যখন শাটার খোলে এবং বন্ধ করে, তখন তা সেই নির্দিষ্ট, ক্ষুদ্র সময়ের রৈখিক সত্য-টিকে ধারণ করে।

২. চেতনা এবং রূপ: পিয়েরের সেই ফরাসি অধ্যাপকের রূপটি ছিল তাঁর 'আশ্রয়-রূপ' বা 'স্থিতিশীল অ্যাঙ্কর'। ছবি তোলার মুহূর্তে, হয়তো পিয়েরের চেতনা সেই আশ্রয়-রূপ থেকে এক ন্যানো-সেকেন্ডের জন্য বিচ্ছিন্ন হয়ে গিয়েছিল, বা তার চেতনা-ফ্রিকোয়েন্সি-কে সাময়িকভাবে অন্য মাত্রায় স্থানান্তরিত করেছিল। যেহেতু পিয়েরের শারীরিক রূপ

কোনো রক্ত-মাংসের মানুষ নয়, বরং একটি টেম্পোরাল অ্যাঙ্কর দ্বারা নিয়ন্ত্রিত বায়ো-অবয়ব, তাই তিনি সহজেই তার শারীরিক উপস্থিতি-কে সময় ফ্রেমের বাইরে নিয়ে যেতে পারেন।

৩. ফল: ছবিটি প্রমাণ করে যে, পিয়ের একজন স্বাভাবিক মানুষ নন। তিনি এমন এক সত্তা, যিনি ক্যামেরার রৈখিক বাস্তবতা-কে অতিক্রম করতে পারেন। এই ছবিটি পৃথিবীর কাছে গেলে তারা বলবে—এটি ফটোশপ বা ফটোগ্রাফিক ট্রিক। কারণ সাধারণ মানুষ এমন এক সত্তার অস্তিত্ব কল্পনাও করতে পারে না, যে নিজের উপস্থিতি-অনুপস্থিতিকে নিয়ন্ত্রণ করতে পারে।

বিনি বুঝলেন: **টেল-এর নীলচে-সবুজ ছবিটি হলো অকাট্য প্রমাণ, কিন্তু পিয়েরের অদৃশ্য ছবিটি হলো তাঁর চূড়ান্ত ক্ষমতা এবং মানবজাতির জন্য চূড়ান্ত হুমকি—যা বিশ্বাস করা অসম্ভব।**

বিনি জানতেন, তিনি আর এই তথ্যের গভীরে যেতে পারবেন না। পিয়েরের এই ক্ষমতা তাঁর কল্পনার চেয়েও বেশি। তাঁর হাতে এখন কেবল একটি কাজ: **প্রমাণটি দ্রুত বিশ্বের কাছে পৌঁছে দেওয়া।**

তিনি হ্যারল্ডের কম্পিউটারে একটি দ্রুত **অ্যাকাউন্ট এনক্রিপশন টুল** ব্যবহার করলেন। তিনি জানেন, হ্যারল্ডের অফিস নজরদারির শিকার, তাই তিনি হ্যারল্ডের কোনো ব্যক্তিগত ফাইল বা চ্যানেলে প্রমাণটি পাঠালেন না। বরং তিনি তা বিশ্বের একটি বৃহত্তম এবং নিরাপদ **ওপেন সোর্স সায়েন্টিফিক ডেটাবেসে** আপলোড করলেন—এমন এক সার্ভারে, যা হাজার হাজার বিজ্ঞানী প্রতিদিন ব্যবহার করেন।

বিনি দ্রুত সেই **টেল-এর সেলফি এবং সেই নীলচে শরীরের ভিডিও ফ্রেমগুলি** আপলোড করলেন। ডেটা ট্রান্সফার হতে সময় নিল মাত্র সাত সেকেন্ড।

ট্রান্সফার সফল।

বিনি সঙ্গে সঙ্গে হ্যারল্ডের কম্পিউটার এবং তার নিজের স্মার্টফোনটিকে টেবিলের ওপর আছড়ে ভেঙে ফেললেন। প্রমাণ প্রেরিত হয়েছে, এখন সেই ডেটার উৎসকে অবশ্যই ধ্বংস করতে হবে।

বিনি তাঁর হাতে থাকা **এনার্জি ডিফিউজার পেন্সিলটি** বের করলেন। তিনি পেন্সিলের ফ্রিকোয়েন্সিটিকে **চরম চৌম্বকীয় স্পন্দনে** সেট করলেন এবং তাঁর **কোয়ান্টাম স্লিপারটি**-র দিকে ধরলেন। তিনি এইবার আর কোনো স্থান-কাল লম্ফ নেবেন না। তিনি জানেন, তাঁর স্লিপারের শক্তি শেষ, এবং এর ফ্রিকোয়েন্সি ট্রেস করা হচ্ছে।

তিনি স্লিপারটিকে ডিফিউজার দিয়ে মৃদুভাবে আঘাত করলেন। স্লিপারটি মুহূর্তেই তীব্র সাদা আলোয় জ্বলে উঠল এবং তারপর **ধাতব গলনের** মতো শব্দ করে তার কার্যকারিতা হারাল।

বিনি তাঁর **একমাত্র পালানোর পথটি** ধ্বংস করলেন। এইবার তিনি আর পালাতে পারবেন না।

কিন্তু তিনি এখন **মুক্ত**। তিনি পৃথিবীর সাধারণ মানুষের মতো—কোথাও লুকিয়ে থাকতে পারেন, হাঁটতে পারেন, কিন্তু তাঁর কাছে প্রমাণ আছে।

বিনি হ্যারল্ডের অফিসের দরজা খুললেন। বাইরের রাস্তায় তখন রাত গভীর। তিনি জানেন, পিয়েরের **ফ্যান্টম হিউম্যানরা** তাকে খুঁজছে। কিন্তু তিনি প্রমাণ দিয়ে দিয়েছেন। এখন যুদ্ধটি তাঁর নয়, এটি হলো **তথ্য এবং বিশ্বাসের** যুদ্ধ।

বিনি নিঃশব্দে রাস্তায় পা রাখলেন। এখন তাঁর একমাত্র লক্ষ্য: **আত্মগোপন** এবং বিশ্বের কাছে এই **অবিশ্বাস্য সত্যের** ফল দেখার জন্য অপেক্ষা করা।

অধ্যায় ৩৭ - থমসনের হতাশা

অধ্যাপক **পিটার থমসন** যখন তাঁর ঘুমন্ত অবস্থা থেকে জেগে উঠলেন, তখন তাঁর মস্তিষ্ক ছিল এক তীব্র, যন্ত্রণাদায়ক **শূন্যতায়** আচ্ছন্ন। তিনি কাঁচের চেম্বারের ভেতরে শুয়েছিলেন, কিন্তু তাঁর চেতনা তখনো যেন **সিগমা-ডেল্টা ফোর**-এর এলিয়েন নেটওয়ার্কের মধ্যেকার শেষ প্রান্তে আটকে ছিল। তাঁর মস্তিষ্কের প্রতিটি স্মৃতি, প্রতিটি আবেগ, প্রতিটি মানবিক মুহূর্ত—সবকিছুই যেন এক অদৃশ্য, শীতল শক্তি দ্বারা টেনে নেওয়া হয়েছে, যেমনটা একটি কম্পিউটার থেকে ডেটা ডাম্প করা হয়।

চেম্বারের বাইরে তখন চূড়ান্ত বিশৃঙ্খলা। **টেম্পোরাল অ্যাঙ্কর কলামটি** ভেঙে পড়ছে, তার নীল আভা পাগল, লালচে-সবুজ রঙে মিটমিট করছে। অ্যাঙ্করের শরীর জুড়ে থাকা কালো ফাটলগুলি আরও গভীর হয়েছে, এবং বাতাসের ফ্রিকোয়েন্সি এমন এক তীব্র কম্পন তৈরি করছে যে, মনে হচ্ছে পুরো ল্যাবরেটরি এক্ষুনি ভেঙে পড়বে।

পিটারের মস্তিষ্ক তখনো সম্পূর্ণ সচল নয়, কিন্তু তাঁর শেষ স্মৃতি ছিল—**বিনি বন্দ্যোপাধ্যায়**-এর দৃঢ় মুখ, যিনি তাঁকে মুক্ত করার শেষ চেষ্টা করেছিলেন। সেই চেম্বারের লকের ওপর বিনির **এনার্জি ডিফিউজার পেন্সিলের** আঘাতের শেষ শব্দটি তখনও যেন তাঁর কানে বাজছিল।

অ্যাঙ্করের চূড়ান্ত পতনের কারণে, ল্যাবরেটরির সমস্ত **জেনো-ফ্রিকোয়েন্সি সুরক্ষা ক্ষেত্র** এক মুহূর্তে বিপর্যস্ত হলো। পিটারের চেম্বারের লক, যা মুহূর্তকাল আগেও বিনির আঘাতকে উপেক্ষা করেছিল, তা হঠাৎই বিকট শব্দে **খুলে গেল**। দরজাটি মৃদুভাবে সরে গেল, যেন একটি অদৃশ্য হাত তাঁকে মুক্ত করল।

পিটার কোনোমতে চেম্বার থেকে বেরিয়ে এলেন। তাঁর শরীর ছিল দুর্বল, ঠান্ডা, এবং তাঁর হাঁটার ক্ষমতাও ছিল না। তিনি মেঝের ওপর

পড়ে গেলেন। চারিদিকে তখনো দেওয়ালের উপাদানগুলি শূন্যে মিলিয়ে যাচ্ছে, এবং সিলিং থেকে ধোঁয়া ও তরল ঝরে পড়ছে।

পিটার অনুভব করলেন, হলঘর থেকে সেই শীতল, ভেজা পদধ্বনি দূরে সরে যাচ্ছে। **টেল** এবং অন্য **ফ্যান্টম হিউম্যানরা** তখনো বিনিকে অনুসরণ করতে ব্যস্ত, অথবা ল্যাবরেটরির ধ্বংসের হাত থেকে নিজেদের বাঁচানোর জন্য সরে গেছে। সিগমা-ডেল্টা ফোর-এর **বিতরিত চেতনার** নেটওয়ার্ক এখন বিপর্যস্ত, কিন্তু সম্পূর্ণ ধ্বংস হয়নি। এটি এখন কেবল একটি কাজ করছে: **আত্মরক্ষা এবং ল্যাবরেটরির সমস্ত প্রমাণ মুছে ফেলা**।

পিটার কোনোমতে হামাগুড়ি দিয়ে সেই করিডরের দিকে ছুটলেন, যেখান দিয়ে বিনি প্রথমবার প্রবেশ করেছিলেন। তাঁর সমস্ত শক্তি তখন যেন এক **অদম্য মানবিক ইচ্ছাশক্তি** থেকে আসছিল—যা ছিল পিয়েরের **'স্থিতাবস্থার দর্শন'**-এর চূড়ান্ত বিপরীত।

দীর্ঘ কষ্টের পর, তিনি সেই করিডরের শেষ প্রান্তে পৌঁছালেন, যেখানে পৃথিবীর আলো প্রবেশ করছিল। ল্যাবরেটরির চূড়ান্ত ধ্বংসের আগে, পিটার নিজেকে সেই রহস্যময় দ্বীপের ঘন জঙ্গলে আবিষ্কার করলেন। পিটার থমসন যখন সেই রহস্যময় দ্বীপের উপকূলে পৌঁছালেন, তখন তাঁর শরীর ছিল চরম দুর্বল। ভাগ্যক্রমে, দ্বীপের কাছাকাছি টহলরত একটি মাছ ধরার ট্রলার তাঁকে খুঁজে পায় এবং তাঁকে উদ্ধার করে। কয়েক দিন পরে, পিটার নিউ ইয়র্কের একটি হাসপাতালে জেগে উঠলেন। তাঁর শরীরের পরীক্ষা-নিরীক্ষা করে ডাক্তাররা কোনো অস্বাভাবিকতা পেলেন না—শারীরিক দুর্বলতা ছাড়া আর সবই স্বাভাবিক। কিন্তু তাঁর মস্তিষ্কের ভেতরে তখনো সেই ভয়ঙ্কর স্মৃতিগুলি ভিড় করে আসছিল: **স্পন্দিত মস্তিষ্ক, চার হাতওয়ালা শিশু, টেম্পোরাল অ্যাঙ্কর, এবং এক এলিয়েন চেতনা—সিগমা-ডেল্টা ফোর**।

হাসপাতাল থেকে বেরিয়েই পিটার তাঁর জীবনের একমাত্র উদ্দেশ্য স্থির করলেন: **বিনিকে খুঁজে বের করা এবং প্রমাণ সংগ্রহ করা**।

তিনি দ্রুত তাঁর পুরোনো বৈজ্ঞানিক সহযোগী এবং সরকারি সামরিক কর্তৃপক্ষের সঙ্গে যোগাযোগ করার চেষ্টা করলেন। কিন্তু সর্বত্রই তিনি পেলেন এক **নীরব, শীতল প্রত্যাখ্যান**।

তিনি যখন সামরিক গোয়েন্দা বিভাগের সঙ্গে যোগাযোগ করলেন এবং দ্বীপের নিচে থাকা সেই **এলিয়েন ল্যাবরেটরি** এবং **মহাকাশযানের** কথা বললেন, তখন তাঁকে অত্যন্ত বিনয়ের সঙ্গে **'মানসিক আঘাতপ্রাপ্ত'** বলে উড়িয়ে দেওয়া হলো।

পিটার যখন তাঁর পুরনো বৈজ্ঞানিক বন্ধু, ডঃ অ্যালিসন, এর সঙ্গে যোগাযোগ করলেন, তখন অ্যালিসন তাঁকে সহানুভূতি দেখালেও, তার চোখে ছিল এক স্পষ্ট সন্দেহ। "পিটার, তুমি এক মাস ধরে নিখোঁজ ছিলে। তোমার মস্তিষ্কে হয়তো কোনো ট্রমা হয়েছে। এই জেনো-জীব বা এলিয়েন চেতনার গল্প... এগুলো তোমার মনগড়া কল্পনা হতে পারে।"

পিটার হতাশ হলেন। তিনি বুঝতে পারলেন, তাঁর এই গল্প এমন এক সত্য, যা মানবজাতির যুক্তি এবং বিশ্বাসের সীমার বাইরে।

পিটার সিদ্ধান্ত নিলেন, কথার চেয়ে প্রমাণই বেশি শক্তিশালী। তিনি জানেন, বিনি তাঁর জীবন বাজি রেখে প্রমাণ সংগ্রহের চেষ্টা করেছেন। পিটারের মনে পড়ল, বিনি সম্ভবত কোনো **ডিজিটাল মাধ্যম** ব্যবহার করে তথ্য আপলোড করার চেষ্টা করেছেন, অথবা সেই **ল্যাবরেটরির ফিজিক্যাল প্রমাণ** হয়তো এখনো আছে।

ক. ল্যাবরেটরির ফিজিক্যাল প্রমাণ: পিটার একটি ছোট, ব্যক্তিগত অনুসন্ধান দল নিয়ে সেই রহস্যময় দ্বীপে ফিরে গেলেন। কিন্তু সেখানে সেই ভয়ঙ্কর ল্যাবরেটরির কোনো চিহ্ন ছিল না। দ্বীপের উপরিভাগ ছিল সম্পূর্ণ স্বাভাবিক। ঘন জঙ্গল, আর কোনো বৈজ্ঞানিক কাঠামো নেই।

পিয়েরের **বিতরিত চেতনার** নেটওয়ার্ক ল্যাবরেটরির চূড়ান্ত ধ্বংসের পর এমনভাবে সবকিছু মুছে দিয়েছে যে, সেখানে কোনো কাঠামোর অস্তিত্বের প্রমাণ অবশিষ্ট নেই। সেই গুহা বা করিডরগুলি যেন মুহূর্তেই ভূ-গর্ভের গভীর স্তরে চাপা পড়ে গেছে, বা শূন্য স্থানে মিলিয়ে গেছে। পিটার দ্বীপে কোনো **অস্বাভাবিক ফ্রিকোয়েন্সি** বা **শীতলতার** চিহ্নও খুঁজে পেলেন না—সিগমা-ডেল্টা ফোরের **নেটওয়ার্ক ক্লিনিং** প্রক্রিয়া ছিল নিখুঁত।

খ. ডিজিটাল প্রমাণ: পিটার তখন তাঁর কম্পিউটার প্রযুক্তি ব্যবহার করে **বিনি যে বৈজ্ঞানিক ডেটাবেসে** প্রমাণ আপলোড করেছিলেন, সেখানে প্রবেশ করার চেষ্টা করলেন। বিনি তাঁর সেই **টেল-এর নীলচে-শরীরের সেলফি** এবং **জেনো-জীবের ভিডিও ফ্রেম** আপলোড করেছিলেন।

পিটার যখন সেই ডেটাবেসের অ্যাক্সেস পেলেন এবং আপলোড করা ফাইলগুলি খুঁজে বের করার চেষ্টা করলেন, তখন তিনি দেখলেন—ফাইলগুলি সেখানে **নেই!**

ফাইলগুলির স্থানে কোনো ত্রুটির বার্তা নেই, কোনো মুছে ফেলার রিপোর্টও নেই। বরং, সেই আপলোড করা ফাইলগুলির স্থানে শুধু একটি **খালি ফোল্ডার** দেখা যাচ্ছে, যার নাম দেওয়া হয়েছে: **'Corrupted Data: Non-existent Frequency Signatures'**।

পিটার আতঙ্কিত হলেন। এটি কোনো সাধারণ হ্যাকিং নয়। এটি হলো **সময় এবং চেতনা দ্বারা ডেটা মুছে ফেলার** প্রক্রিয়া। সিগমা-ডেল্টা ফোরের **বিতরিত চেতনা** নেটওয়ার্কটি এত দ্রুত এবং শক্তিশালী যে, সেটি বিনির ডেটা আপলোড হওয়ার মুহূর্তেই সেটিকে **'অবাস্তব তথ্য'** হিসেবে চিহ্নিত করেছে এবং সমস্ত ডিজিটাল প্ল্যাটফর্ম থেকে সেটিকে মুছে দিয়েছে—যেন সেই তথ্য কোনোদিন সৃষ্টিই হয়নি।

তিনি আরও চেষ্টা করলেন। তিনি তাঁর পুরোনো মেইলবক্সে বা মেসেজিং সিস্টেমে **বিনি বন্দ্যোপাধ্যায়ের** নাম সার্চ করলেন—কিন্তু সেখানে বিনির কোনো ইমেল বা বার্তা নেই। যেন বিনির উপস্থিতিই ছিল এক **সাময়িক ফ্রিকোয়েন্সি ত্রুটি**।

পিটার তাঁর অ্যাপার্টমেন্টের মেঝেতে বসে ছিলেন। তাঁর হাতে কোনো প্রমাণ নেই। তাঁর কাছে শুধু তাঁর মস্তিষ্কে থাকা এক ভয়ঙ্কর, অমানবিক সত্যের বোঝা।

তাঁর মনে পড়ল সেই **চার হাতওয়ালা শিশু**-টির কথা—যা ছিল নিখুঁত, স্থির, এবং আবেগহীন। এই মুহূর্তে সেই শিশুটি হয়তো নিউ ইয়র্কের কোনো স্কুলে বসে শান্তভাবে পড়াশোনা করছে। পিটার সেই স্কুলকে খুঁজে বের করতে পারেন, কিন্তু সেই শিশুকে প্রমাণ হিসেবে তিনি কী করে তুলে ধরবেন? কোনো ক্যামেরা তার **অতিরিক্ত দুটি হাত** বা তার **শীতল ফ্রিকোয়েন্সি** ক্যাপচার করতে পারবে না।

পিটার বুঝতে পারলেন: **সিগমা-ডেল্টা ফোর**-এর বিরুদ্ধে লড়াইটি হলো **প্রমাণহীনতার** লড়াই। এলিয়েন চেতনাটি এমন এক কৌশল ব্যবহার করছে, যেখানে তার অস্তিত্বের প্রমাণ কোনোভাবেই **মানব-নিয়ন্ত্রিত মাধ্যমে** টিকে থাকতে পারবে না। তারা যেকোনো প্রযুক্তিগত প্রমাণকে **অবাস্তব ফ্রিকোয়েন্সি** হিসেবে চিহ্নিত করে মুছে দেবে, এবং যেকোনো শারীরিক প্রমাণকে **স্থান-কাল নোঙর** ব্যবহার করে মাটির গভীরে বিলীন করে দেবে।

পিটারের সমস্ত প্রচেষ্টা ব্যর্থ হলো। তিনি এখন সমাজের চোখে একজন **পাগল, মানসিকভাবে বিপর্যস্ত বিজ্ঞানী**, যার প্রিয় বন্ধু তাঁকে ফেলে রেখে নিখোঁজ হয়েছে। তাঁর কথা কেউ শুনবে না, তাঁর অনুসন্ধান কেউ বিশ্বাস করবে না।

পিটার থমসনের হৃদয়ে এক তীব্র, অসহনীয় **হতাশা** জন্ম নিল। তিনি জানেন, তাঁর বন্ধু বিনি সত্য বলেছিলেন। তিনি জানেন, **ফ্যান্টম**

হিউম্যানরা এই পৃথিবীতে ছড়িয়ে আছে। কিন্তু এই সত্য প্রমাণ করার জন্য তাঁর কাছে কোনো **কাঁচের চেম্বার, নীলচে শরীর, বা ভাঙা মহাকাশযান** নেই।

তাঁর এই একক, অসহায় অবস্থা তাঁকে এক নতুন সংকল্প এনে দিল। তিনি আর প্রমাণ খুঁজবেন না। তিনি জানেন, **বিনি** কোথাও লুকিয়ে আছেন। বিনি-ই এই প্রমাণহীনতার বিরুদ্ধে লড়াইয়ের একমাত্র আশা। পিটার এখন আর প্রমাণ সংগ্রহের চেষ্টা করবেন না, তিনি চেষ্টা করবেন—**বিনির দর্শন**-কে বোঝার এবং সেই বিতরিত চেতনার দুর্বলতা খুঁজে বের করার।

থমসন তাঁর মাথা টেবিলের ওপর রাখলেন। বাইরে তখন নিউইয়র্কের কোলাহল। অস্থির, উষ্ণ, এবং বিশৃঙ্খল। আর এই বিশৃঙ্খলার মধ্যেই লুকিয়ে আছে **সিগমা-ডেল্টা ফোরের** নীরব, শীতল, এবং নিখুঁত নিয়ন্ত্রণ।

অধ্যায় ৩৮ - সেলফির রহস্য

অধ্যাপক **পিটার থমসন**, যিনি তাঁর বন্ধু বিনি বন্দ্যোপাধ্যায়ের পাঠানো ডিজিটাল প্রমাণগুলি সিগমা-ডেল্টা ফোরের **বিতরিত চেতনা** নেটওয়ার্ক দ্বারা মুছে যেতে দেখে চূড়ান্ত হতাশায় নিমজ্জিত হয়েছিলেন, তিনি এখন তাঁর অ্যাপার্টমেন্টের নীরবতায় বসেছিলেন। তাঁর মন তখনো সেই ভয়ঙ্কর, **প্রমাণহীন সত্যের** ভারে ভারাক্রান্ত। তিনি জানেন, এই মুহূর্তে তিনি কোনো পাগলের চেয়ে কম নন—এক বিজ্ঞানী, যিনি **এলিয়েন ষড়যন্ত্র** এবং **স্থির মানবজাতির** গল্প বলছেন।

কিন্তু পিটার জানতেন, বিনিকে বিশ্বাস করতেই হবে। বিনি তাঁর সমস্ত শক্তি দিয়ে সেই ল্যাবরেটরি থেকে পালাতে সক্ষম হয়েছেন এবং অবশ্যই তিনি আরও প্রমাণ সংগ্রহ করেছেন। পিটারের বিশ্বাস ছিল,

বিনিময়ের শেষ চেষ্টা ছিল তাঁর সাংবাদিক বন্ধু হ্যারল্ডের অফিসে ডেটা আপলোড করা।

হঠাৎ, পিটারের মস্তিষ্কে একটি **স্বাভাবিক, কিন্তু অদ্ভুত** স্মৃতি ভিড় করে এল। তিনি তাঁর হাসপাতালে থাকাকালীন সময়ে তাঁর মোবাইল ফোনটি ব্যবহার করে তাঁর ক্লাউড অ্যাকাউন্টে আপলোড করা কিছু ব্যক্তিগত ছবির কথা মনে করলেন। সেই সময় তিনি নিজের অবস্থা বোঝানোর জন্য কিছু **অদ্ভুত, আবছা ছবি** তুলেছিলেন।

পিটার দ্রুত তাঁর পুরোনো ফোনটি হাতে নিলেন। তাঁর উদ্দেশ্য ছিল সেই ছবিগুলি বিশ্লেষণ করা। তিনি গ্যালারিতে প্রবেশ করলেন এবং সেই সময়কার ছবিগুলি খুঁজে বের করলেন।

প্রথম কয়েকটি ছবি ছিল আবছা, হাসপাতালের রুমের, এবং তাঁর নিজের দুর্বল শরীরের ছবি। কিন্তু একটি ছবি দেখে পিটার থমকে গেলেন।

ছবিটি ছিল ভয়ঙ্কর, কিন্তু পরিচিত। এটি ছিল বিনির হাতে থাকা **স্মার্টফোন** দিয়ে তোলা একটি **সেলফি**। কিন্তু এই সেলফিটি ছিল **পিটার থমসন** এবং **অধ্যাপক পিয়ের লেফেব্রে**-এর।

ছবিটি সেই সময়কার, যখন পিটারকে **টেম্পোরাল অ্যাঙ্কর কলামের** চেম্বারে ঘুমন্ত অবস্থায় রাখা হয়েছিল এবং পিয়ের তাঁকে তাঁর **জেন-প্রকৌশলের** উদ্দেশ্য ব্যাখ্যা করছিলেন। পিটার ঘুমন্ত থাকলেও, তাঁর মস্তিষ্কের ভেতরে থাকা **সাব-কনশাস সেন্সর** হয়তো কোনোভাবে বিনিকে ছবি তোলার জন্য সংকেত দিয়েছিল।

সেলফিটিতে স্পষ্ট দেখা যাচ্ছে:

বাম দিকে: পিটার থমসনের ঘুমন্ত, কিন্তু উদ্বিগ্ন মুখ। তাঁর মুখের ওপর সেই কাঁচের চেম্বারের প্রতিফলিত আবছা নীল আলো দেখা যাচ্ছে।

ডান দিকে: সেই ভয়ানক, কিন্তু পরিচিত বিজ্ঞানী **অধ্যাপক পিয়ের লেফেব্রে**। তিনি সেই ফরাসি অধ্যাপকের রূপে, সাদা ল্যাব কোট

পরিহিত। তাঁর হাত পিটারের চেম্বারের ওপর রাখা, যেন তিনি পিটারকে ছুঁয়ে আছেন।

কিন্তু পিটারের চোখ সেই ছবিতে থাকা **পিয়েরের অবয়বের** দিকে স্থির হলো। তাঁর শরীর স্থিরভাবে সেখানে উপস্থিত থাকা সত্ত্বেও, তাঁর **চামড়ার টেক্সচার** এবং **পোশাকের ভাঁজ** অস্বাভাবিকভাবে **স্বচ্ছ** দেখাচ্ছে। পিয়ের যেন ছবির ফ্রেমের মধ্যে **আলো এবং হাওয়ার মতো মিশে আছেন**। তাঁর শরীরের ঠিক পেছনের দেওয়ালে থাকা **টেম্পোরাল অ্যাঙ্কর কলামের** নীল আলো সরাসরি পিয়েরের পোশাক ভেদ করে আসছে।

পিটার বিস্ময়ে হতবাক হলেন। তিনি ছবিটিকে জুম করলেন। জুম করার পর তিনি দেখলেন, পিয়েরের শরীরের অভ্যন্তরে কোনো **রক্তের আভা** নেই, কোনো **স্বাভাবিক অঙ্গের প্রতিফলন** নেই। শুধু এক ধরনের **নিরাকার, শীতল, নীলচে আলোকের প্রবাহ**।

"এ কী!" পিটার চিৎকার করে উঠলেন। "তিনি ছবিতে **অর্ধেক অদৃশ্য** হয়ে গেছেন!"

এই ছবিটি সেই সত্যটিকে প্রমাণ করে, যা পিটারকে আরও গভীর আতঙ্কে নিমজ্জিত করল: **সিগমা-ডেল্টা ফোর (পিয়ের) কেবল একটি একক রূপ নয়, তিনি হলেন 'বিতরিত চেতনা', যিনি স্থান এবং সময়কে নিয়ন্ত্রণ করতে পারেন।**

পিটার তাঁর সমস্ত বৈজ্ঞানিক জ্ঞানকে কাজে লাগিয়ে এই ছবিটির রহস্য সমাধানের চেষ্টা করলেন।

১. ফ্রিকোয়েন্সি ডিস্টর্শন: এই ছবিটি তোলার সময় টেম্পোরাল অ্যাঙ্কর কলাম সক্রিয় ছিল। পিয়েরের শারীরিক রূপটি সেই কলাম থেকে আসা জেনো-ফ্রিকোয়েন্সি দ্বারা নিয়ন্ত্রিত হচ্ছিল। যখন কোনো ক্যামেরা সেই ফ্রিকোয়েন্সির ছবি তোলে, তখন সেই স্থায়ী ফ্রিকোয়েন্সির অবয়বটি স্বাভাবিক আলোর সঙ্গে মিশে যেতে পারে। পিয়েরের শরীর

ছিল বায়ো-অর্গানিক নয়, বরং এক টেম্পোরাল অ্যাঙ্কর দ্বারা গঠিত ফ্রিকোয়েন্সি ক্ষেত্র (Frequency Field)।

২. অস্তিত্বের বিচ্যুতি: পিয়ের নিজেই বিনিকে বলেছিলেন যে, তাঁর চেতনাকে তাঁর মূল এলিয়েন শরীর থেকে এই 'আশ্রয়-রূপ'-এর মধ্যে বিতরণ করা হয়েছে। ছবি তোলার সেই ন্যানো-সেকেন্ডের মধ্যে, হয়তো পিয়েরের চেতনা সাময়িকভাবে সেই শারীরিক আশ্রয় থেকে অন্য মাত্রা বা ফ্রিকোয়েন্সিতে সরে গিয়েছিল, যা ক্যামেরার রৈখিক বাস্তবতাকে ফাঁকি দিয়েছে। ফলে ক্যামেরার শাটারটি বন্ধ হওয়ার মুহূর্তে পিয়েরের অবয়বটিকে 'অনুপস্থিত' হিসেবে ধরে নিয়েছে।

৩. চূড়ান্ত ক্ষমতা: এই ছবিটি প্রমাণ করে যে, পিয়ের শুধু তথ্য মুছে ফেলতে পারেন না, তিনি বাস্তবতার ফ্রেম-কেও ম্যানিপুলেট করতে পারেন। তাঁর এই ক্ষমতা সাধারণ প্রযুক্তির বাইরে, কারণ তিনি সময়-এর প্রবাহকে নিয়ন্ত্রণ করতে পারেন।

এই ছবিটি হলো পিটারের কাছে থাকা **পিয়েরের অস্তিত্বের সবচেয়ে শক্তিশালী প্রমাণ**। কিন্তু এই প্রমাণটি পৃথিবীর কাছে গেলে তা বিশ্বাসযোগ্য হবে না। লোকেরা বলবে, এটি হলো **'ডবল এক্সপোজার'** বা **'পুরোনো ক্যামেরা ত্রুটি'**।

পিটার থমসন সেই ছবিটির দিকে স্থিরভাবে তাকিয়ে রইলেন। তাঁর মস্তিষ্কে তখন তীব্র ঝড়। তাঁর বন্ধু বিনি হয়তো এই একই ছবি তুলেছিলেন এবং একই হতাশায় তা মুছে ফেলেছেন, বা সেই ছবিটিও হয়তো **সিগমা-ডেল্টা ফোর** দ্বারা অদৃশ্য করে দেওয়া হয়েছে।

পিটার বুঝতে পারলেন: **তিনি এখন একমাত্র ব্যক্তি, যিনি এই সত্য জানেন।**

তাঁর এই প্রমাণহীন সত্যের ভার তাঁকে আরও একাকী করে তুলল। তিনি জানেন, এই ছবিটি নিয়ে তিনি কোনো সরকারি বা বৈজ্ঞানিক সংস্থার কাছে যেতে পারবেন না। এই ছবি হলো **'এলিয়েন অস্তিত্বের**

চূড়ান্ত বৈজ্ঞানিক দলিল', যা সাধারণ মানব-বিজ্ঞানকে সম্পূর্ণভাবে চ্যালেঞ্জ করে।

পিটার তাঁর সমস্ত হতাশা ঝেড়ে ফেলে দিলেন। তিনি আর কোনো প্রমাণ খুঁজবেন না। কারণ, প্রমাণগুলি সব **সময় এবং চেতনার নেটওয়ার্ক** দ্বারা মুছে যাচ্ছে।

পিটার তাঁর সংকল্প স্থির করলেন:

১. ট্রেস করা: বিনি কোথায় গেছেন, তা তিনি জানতে পারবেন না, কিন্তু বিনি-ই একমাত্র আশার আলো। বিনি তাঁর কোয়ান্টাম স্লিপার ধ্বংস করে দিলেও, সেই স্লিপারের ফ্রিকোয়েন্সি কোডগুলি বিনির মস্তিষ্কে গেঁথে আছে।

২. দুর্বলতা আবিষ্কার: পিটারকে সেই বিতরিত চেতনার নেটওয়ার্কের দুর্বলতা খুঁজে বের করতে হবে। ফোর বলেছিলেন—অস্থিরতা হলো তাঁর ঘৃণা। পিটারের নিজের অস্থির মানবীয় আবেগ এবং অনিশ্চিত চিন্তা-ই হবে এই স্থির নেটওয়ার্কের বিরুদ্ধে তাঁর একমাত্র অস্ত্র।

৩. ফাঁদ তৈরি: পিটারকে এই এলিয়েন চেতনার বিরুদ্ধে তথ্যপ্রযুক্তির একটি ফাঁদ তৈরি করতে হবে—এমন একটি ডিজিটাল ফ্রিকোয়েন্সি সিগন্যাল তৈরি করতে হবে, যা পিয়েরের বিতরিত চেতনার নেটওয়ার্ক-কে আঘাত করবে এবং তাকে একটি একক রূপে আসতে বাধ্য করবে।

পিটার সেই ছবিটি তাঁর ফোন থেকে ডিলিট করলেন না। তিনি ফোনটিকে একটি পুরোনো, লোহার সিন্দুকে ঢুকিয়ে দিলেন। এই প্রমাণ এখন তাঁর কাছেই সুরক্ষিত থাকবে।

পিটার থমসন তাঁর চেয়ার থেকে উঠে দাঁড়ালেন। তাঁর চোখে আর কোনো হতাশা নেই, আছে এক নতুন, শান্ত **সংকল্পের আলো**। তিনি জানেন, তিনি একা। কিন্তু তাঁর জীবনের এই চরমতম সত্য তাঁকে আরও শক্তিশালী করেছে।

তিনি এখন একজন বিজ্ঞানী নন, তিনি এখন **সত্যের প্রহরী**। আর তাঁর একমাত্র কাজ হলো, এই পৃথিবীতে ছড়িয়ে থাকা **ফ্যান্টম হিউম্যানদের** খুঁজে বের করা এবং তাদের **স্থির নেটওয়ার্কের** বিরুদ্ধে **মানবতার অস্থিরতাকে** অস্ত্র হিসেবে ব্যবহার করা।

অধ্যায় ৩৯ – বাড়ি অদৃশ্য হয়ে যাওয়া

অধ্যাপক বিনি বন্দ্যোপাধ্যায় তাঁর জীবনের সবচেয়ে সাহসী কাজটি শেষ করে, তাঁর সাংবাদিক বন্ধু হ্যারল্ডের অফিস থেকে বেরিয়ে, নিউ ইয়র্কের রাতের রাস্তায় আত্মগোপন করেছিলেন। তিনি তাঁর **কোয়ান্টাম স্লিপার** ধ্বংস করেছেন, **এনার্জি ডিফিউজার পেন্সিলটি** নিজের কাছে রেখেছেন—কিন্তু তিনি প্রমাণগুলি বিশ্বের বৃহত্তম বৈজ্ঞানিক ডেটাবেসে আপলোড করতে সক্ষম হয়েছেন।

তাঁর সমস্ত বৈজ্ঞানিক জ্ঞান তাঁকে একটি প্রশ্ন করতে বাধ্য করল: **সিগমা-ডেল্টা ফোর (পিয়ের)**-এর আন্তঃমাত্রিক মহাকাশযান এবং টেম্পোরাল অ্যাঙ্কর কলামের ওপর তাঁর আঘাতের ফল কী হয়েছে? তিনি কি কেবল **বিতরিত চেতনা** নেটওয়ার্ককে সক্রিয় করে দিয়েছেন, নাকি ল্যাবরেটরির মূল কাঠামোকে স্থায়ীভাবে ধ্বংস করেছেন?

প্রমাণ আপলোড করার পর, বিনি আর কোনো ঝুঁকি নেননি। তিনি সমাজের ভিড় থেকে নিজেকে সরিয়ে নেন এবং একটি পুরোনো, পরিত্যক্ত ওয়্যারহাউসে আশ্রয় নিলেন। কিন্তু তাঁর বৈজ্ঞানিক কৌতূহল তাঁকে শান্ত থাকতে দিল না। তিনি জানতেন, তাঁকে অবশ্যই সেই **জেনো-ফ্রিকোয়েন্সির** উৎসটি পরীক্ষা করতে হবে—সেই রহস্যময় দ্বীপ, যেখানে পিয়েরের ল্যাবরেটরি ছিল।

বিনি তাঁর **কোয়ান্টাম স্লিপার** ধ্বংস করে ফেলেছেন, তাই তাঁর একমাত্র পথ ছিল **মানুষের মাধ্যমে যাত্রা**। তিনি তাঁর শেষ সঞ্চয় ব্যবহার করে একটি ব্যক্তিগত বোট ভাড়া করলেন এবং চরম গোপনীয়তা অবলম্বন

করে সেই রহস্যময় দ্বীপের দিকে রওনা হলেন। এই যাত্রা ছিল অত্যন্ত বিপজ্জনক, কারণ তিনি জানতেন, পিয়েরের **ফ্যান্টম হিউম্যানরা** তাঁকে সর্বত্র খুঁজছে।

কয়েক দিনের চরম সতর্কতার পর, বিনি সেই দ্বীপে এসে পৌঁছালেন। দ্বীপটি ছিল চির-শান্ত, ঘন জঙ্গলে আবৃত। বাইরে থেকে দেখলে বোঝার উপায় নেই, এই মাটির গভীরে ছিল মানবজাতির জন্য এক চরম হুমকি।

বিনি দ্রুত সেই গোপন গুহাটির দিকে ছুটলেন, যেখানে তিনি এবং পিটার প্রথমবার প্রবেশ করেছিলেন। স্থানটি ছিল একটি পাথরের খাঁজ এবং ঘন লতাপাতার আড়ালে। বিনি তাঁর হাতে থাকা **এনার্জি ডিফিউজার পেন্সিল** বের করলেন, যার ফ্রিকোয়েন্সি স্ক্যানিং মোডটি এখনও সক্রিয়।

তিনি গুহার প্রবেশদ্বারের দিকে পেন্সিলটি তাক করলেন। তাঁর হৃদস্পন্দন দ্রুত হচ্ছিল। তিনি আশা করেছিলেন, ডিফিউজারের ইন্ডিকেটরটি তীব্র নীল বা লাল আলোয় জ্বলে উঠবে—যা প্রমাণ করবে, ল্যাবরেটরির অভ্যন্তরে এখনও জেনো-ফ্রিকোয়েন্সি বিদ্যমান।
কিন্তু ইন্ডিকেটরটি **নিভে রইল**। কোনো আলো নেই, কোনো ফ্রিকোয়েন্সি নেই।

বিনি বিশ্বাস করতে পারলেন না। তিনি সেই পাথরের খাঁজের কাছে গেলেন এবং তার ওপরের লতাপাতাগুলি সরালেন। গুহার প্রবেশপথটি যেখানে থাকার কথা ছিল, সেখানে এখন কেবলই **মসৃণ, নিশ্ছিদ্র পাথর**। পাথরগুলি সেই দ্বীপের স্বাভাবিক শিলাস্তরের সঙ্গে এমনভাবে মিশে আছে যে, মনে হয় যেন সেখানে কোনোদিনই কোনো ফাঁক ছিল না।

বিনি তাঁর হাত দিয়ে পাথরটিকে স্পর্শ করলেন। পাথরটি ছিল **অস্বাভাবিক রকমের শীতল** এবং দৃঢ়—তা কোনো মানুষের তৈরি কৃত্রিম দেওয়াল নয়।

তিনি তাঁর ডিফিউজারটিকে পাথরের ওপর ঠেকিয়ে আবার স্ক্যান করলেন। ডিফিউজারটি সামান্যও সাড়া দিল না। কোনো ফ্রিকোয়েন্সি নেই, কোনো অবশিষ্ট শক্তি নেই। **জেনো-প্রকৌশলটির অস্তিত্বের সমস্ত প্রমাণ যেন শূন্যে মিলিয়ে গেছে।**

বিনি হতাশা এবং বিস্ময়ে পাথরের ওপর বসে পড়লেন। তাঁর মন দ্রুত এই অসম্ভব ঘটনাটির বৈজ্ঞানিক ব্যাখ্যা খুঁজতে লাগল:

১. আন্তঃমাত্রিক অপসারণ (Inter-dimensional Removal): বিনির আঘাতের ফলে টেম্পোরাল অ্যাঙ্কর কলামটি ভেঙে যেতে শুরু করলে, সিগমা-ডেল্টা ফোর তার বিতরিত চেতনা ব্যবহার করে ল্যাবরেটরি এবং মহাকাশযানটিকে সম্পূর্ণভাবে অন্য মাত্রায় স্থানান্তরিত করে দিয়েছে। যেহেতু মহাকাশযানটি ছিল একটি সময়-স্থান নোঙর, তাই ল্যাবরেটরির উপাদানগুলিকে মুহূর্তেই অন্য মাত্রায় টেনে নিয়ে যাওয়া তার পক্ষে অসম্ভব ছিল না।

২. সময়-স্থান ফ্রেমের পুনঃস্থাপন (Time-Space Frame Reset): পিয়েরের প্রযুক্তি কেবল ল্যাবরেটরির স্থান পরিবর্তন করেনি, তা সেই স্থানের সময় ফ্রেমটিকেও রৈখিকভাবে পুনঃস্থাপন (Linearly Reset) করেছে। অর্থাৎ, যে সময়কালে ল্যাবরেটরি নির্মাণ করা হয়েছিল, সেই সময়কালকে মুছে দিয়ে, সেই স্থানে কেবল দ্বীপে স্বাভাবিক পাথরের অবস্থানকে স্থিতিশীল করা হয়েছে।

৩. চূড়ান্ত প্রমাণহীনতা: এই ঘটনা প্রমাণ করে যে, সিগমা-ডেল্টা ফোরের ক্ষমতা বিনির ধারণার চেয়েও বেশি। সে কেবল ডিজিটাল প্রমাণ মুছে দিতে পারে না, সে ফিজিক্যাল প্রমাণ-কেও বাস্তবতা থেকে

মুছে দিতে পারে। এই কারণেই পিটার থমসন তাঁর অনুসন্ধানে কোনো প্রমাণ খুঁজে পাননি।

বিনি নিশ্চিত হলেন: **ল্যাবরেটরি নয়, সেই বাড়িটি নয়—এই পুরো বৈজ্ঞানিক কাঠামোটিই পৃথিবীর বাস্তবতা থেকে উধাও হয়ে গেছে।** এই উধাও হওয়া প্রমাণ করে যে, সিগমা-ডেল্টা ফোর চূড়ান্তভাবে পরাজিত হয়নি, সে শুধু সাময়িকভাবে আত্মরক্ষা করেছে।

বিনি সেই নীরব জঙ্গলের মধ্যে বসে ছিলেন। তাঁর চোখে তখনো সেই **চার হাতওয়ালা শিশু** এবং **টেল-এর নীলচে-সবুজ শরীরের** স্মৃতি। তিনি জানতেন, সেই ল্যাবরেটরি এখন অন্য কোনো মাত্রা থেকে এই পৃথিবীকে পর্যবেক্ষণ করছে।

তাঁর হাতে এখন শুধু **একটিই জিনিস** অবশিষ্ট: তাঁর **জ্ঞান**। তাঁর সমস্ত প্রযুক্তি ধ্বংস, তাঁর সমস্ত প্রমাণ মুছে গেছে। কিন্তু তাঁর মস্তিষ্কে গেঁথে আছে সেই **৫.১ GHz জেনো-ফ্রিকোয়েন্সির** ছন্দ এবং **বিতরিত চেতনার** দুর্বলতা।

তিনি তাঁর সেই চরম ঝুঁকি নেওয়ার পরিণাম দেখতে পেলেন: **তিনি এখন একজন মানুষ, যার কাছে কোনো প্রমাণ নেই, কোনো প্রযুক্তি নেই, এবং যার ভয়ঙ্কর সত্য কেউ বিশ্বাস করবে না।**

তাঁর বন্ধু পিটারও কোনো প্রমাণ পাননি। এখন পিটারও সমাজের চোখে একজন **মানসিকভাবে বিপর্যস্ত বিজ্ঞানী**।

বিনি তাঁর মনের গভীরে সেই **গোপন আতঙ্ক**-কে অনুভব করলেন। তিনি একা নন, কিন্তু তাঁর লড়াই একা।

কিন্তু এই নিঃসঙ্গতা তাঁকে আরও দৃঢ় করে তুলল। তিনি জানেন, তিনি পরাজিত হননি। তিনি **টেল-এর সেই সেলফি** বিশ্বের বৃহত্তম ডেটাবেসে আপলোড করেছেন। পিয়েরের চেতনা তা মুছে দিলেও, সেই **আপলোডের ফ্রিকোয়েন্সি** এবং **তথ্যপ্রবাহের তরঙ্গ** হয়তো

পৃথিবীর অন্য কোনো বিজ্ঞানী বা প্রযুক্তিবিদকে কৌতূহলী করে তুলেছে।

বিনি মনে মনে একটি নতুন সংকল্প নিলেন। এইবার তিনি আর প্রযুক্তি বা প্রমাণ খুঁজবেন না। তাঁর লক্ষ্য হবে: **পিয়েরের বিতরিত চেতনার নেটওয়ার্কের দুর্বলতম বিন্দু—মানবিক আবেগ**।

তিনি জানেন, সিগমা-ডেল্টা ফোর মানুষকে ঘৃণা করে, কারণ মানুষ অস্থির। কিন্তু এই অস্থিরতাই হলো তার নেটওয়ার্কের বাইরের একমাত্র শক্তি।

বিনি সেই দ্বীপের নীরবতা থেকে উঠে দাঁড়ালেন। তিনি আর সেই অদৃশ্য বাড়ির দিকে তাকালেন না। তিনি জানেন, সেই বাড়িটি হয়তো আবার কোনোদিন এই পৃথিবীতে ফিরে আসবে। কিন্তু তখন তিনি প্রস্তুত থাকবেন।

বিনি তাঁর **এনার্জি ডিফিউজার পেন্সিলটি** পকেটে রাখলেন এবং সেই ঘন জঙ্গল ভেদ করে সভ্যতার দিকে হেঁটে চললেন। তাঁর একমাত্র লক্ষ্য: **আত্মগোপন** এবং তাঁর বন্ধু পিটারকে খুঁজে বের করে **অস্থিরতার বিরুদ্ধে স্থিতাবস্থার** এই চূড়ান্ত লড়াইয়ের জন্য প্রস্তুতি নেওয়া।

অধ্যায় ৪০ – নতুন হতাশা

অধ্যাপক **বিনি বন্দ্যোপাধ্যায়** সেই রহস্যময় দ্বীপের জঙ্গল থেকে ফিরে এলেন এক নতুন, ভয়ঙ্কর বাস্তবতার মুখোমুখি হয়ে। তাঁর জীবনের সমস্ত প্রযুক্তিগত প্রমাণ—**কোয়ান্টাম স্লিপার** এবং **স্মার্টফোন**—ধ্বংস হয়ে গেছে। ল্যাবরেটরি এবং **আন্তঃমাত্রিক মহাকাশযান** পৃথিবী থেকে সম্পূর্ণভাবে **অদৃশ্য** হয়ে গেছে, যা প্রমাণ করে **সিগমা-ডেল্টা ফোর (পিয়ের)**-এর ক্ষমতা তাঁর ধারণার চেয়েও বেশি। তিনি কেবল ডিজিটাল প্রমাণ নয়, **ফিজিক্যাল অস্তিত্বকেও** বাস্তবতা থেকে মুছে ফেলতে পারেন।

বিনি এখন একজন সাধারণ মানুষ, যিনি তাঁর জীবনের সবচেয়ে বড় সত্যের ভার বহন করছেন, কিন্তু তাঁর হাতে সেই সত্য প্রমাণ করার মতো কিছুই নেই।

তিনি চরম সতর্কতা অবলম্বন করে নিউ ইয়র্ক সিটির উপকণ্ঠে একটি পুরোনো, পরিত্যক্ত অ্যাপার্টমেন্টে আত্মগোপন করলেন। তাঁর প্রথম কাজ ছিল: **তিনি যে প্রমাণগুলি বিশ্বের বৃহত্তম বৈজ্ঞানিক ডেটাবেসে আপলোড করেছিলেন, সেগুলির ফলাফল পরীক্ষা করা।**

পিটার থমসন সেই প্রমাণগুলি মুছে যেতে দেখে যে হতাশায় ভুগেছিলেন, বিনিও সেই একই পরিণতির মুখোমুখি হলেন।

তিনি একটি পাবলিক কম্পিউটারে প্রবেশ করলেন এবং সেই সুরক্ষিত ডেটাবেসে তাঁর আপলোড করা ফাইলগুলি খুঁজে বের করার চেষ্টা করলেন। তিনি সেখানে কোনো ফাইল পেলেন না। সেখানে শুধু একটি বার্তা প্রদর্শিত হচ্ছিল: **"ফ্রিকোয়েন্সি ত্রুটি: এই ফোল্ডারের অভ্যন্তরে থাকা ডেটাগুলি মানব-সৃষ্ট নয় এবং তাদের ফ্রিকোয়েন্সি স্থায়িত্ব শূন্য। ফাইলগুলি স্বয়ংক্রিয়ভাবে মুছে ফেলা হয়েছে।"**

বিনি সেই বার্তাটির দিকে তাকিয়ে রইলেন। এটি কোনো সাধারণ হ্যাকিং ছিল না। এটি ছিল **সিগমা-ডেল্টা ফোর**-এর **বিতরিত চেতনার** নেটওয়ার্ক দ্বারা নির্মিত একটি **'বাস্তবতা ফিল্টার'**। পিয়ের এমন এক প্রযুক্তি ব্যবহার করছে, যা **অবাস্তব বা জেনো-ফ্রিকোয়েন্সির** ডেটাকে ডিজিটাল জগৎ থেকে মুহূর্তেই সরিয়ে দিতে পারে। যে মুহূর্তে বিনির সেই **টেল-এর নীলচে সেলফি** আপলোড হয়েছিল, সেই মুহূর্তেই নেটওয়ার্ক সেটিকে **'মানব-বাস্তবতার বাইরে'** হিসেবে চিহ্নিত করেছে এবং মুছে দিয়েছে।

বিনি এখন সম্পূর্ণ **প্রমাণহীন**।

বিনি তখন তাঁর সাংবাদিক বন্ধু **হ্যারল্ডের** সঙ্গে যোগাযোগ করার চেষ্টা করলেন। তিনি জানতেন, হ্যারল্ডই একমাত্র ব্যক্তি যিনি তাঁর অবিশ্বাস্য

গল্প বিশ্বাস করতে পারেন এবং এই সত্যকে জনসমক্ষে আনতে পারেন।

তিনি এক বন্ধুর মাধ্যমে হ্যারল্ডের সঙ্গে একটি গোপন সাক্ষাতের ব্যবস্থা করলেন। কিন্তু যখন হ্যারল্ড এলেন, তখন তাঁর মুখে ছিল এক অদ্ভুত, **অস্বাভাবিক নীরবতা**।

হ্যারল্ড বিনিকে দেখে খুশি হলেন না, বরং তাঁর চোখে ছিল এক **শীতল, বিচারকের দৃষ্টি**।

"বিনি," হ্যারল্ড বললেন। "তোমার কী হয়েছে? তুমি কোথায় ছিলে? তোমার এই গল্প—এলিয়েন, জেনো-জীব, মহাকাশযান... এগুলো কী?"

বিনি দ্রুত তাঁর সমস্ত ঘটনা হ্যারল্ডকে বললেন: **পিটারের অপহরণ, পিয়েরের আসল পরিচয়, চার হাতওয়ালা শিশু, এবং সেই নীলচে শরীরের সেলফি আপলোডের চেষ্টা**।

কিন্তু হ্যারল্ড তাঁর কথা শোনার সঙ্গে সঙ্গেই তাঁর মুখ কঠিন হয়ে গেল।

"আমি তোমাকে সাহায্য করতে চাই, বিনি," হ্যারল্ড বললেন। "কিন্তু আমার অফিসে তোমার উপস্থিতির পরই আমার কম্পিউটার এবং নেটওয়ার্কে কিছু **অদ্ভুত ফ্রিকোয়েন্সি লুপ** ধরা পড়েছিল। আমার সমস্ত **এনক্রিপশন সিস্টেম** কয়েক মিনিটের জন্য অকার্যকর হয়ে গিয়েছিল। আমার সম্পাদকরা এখন আমাকে একজন **'ফ্রিকোয়েন্সি হাইজ্যাকার'** হিসেবে সন্দেহ করছে।"

হ্যারল্ডের কথাগুলি বিনির হৃদয়ে আরও একটি ধাক্কা দিল। **পিয়েরের বিতরিত চেতনা** কেবল প্রমাণ মুছে দিয়েই ক্ষান্ত হয়নি, তারা **নজরদারির মাধ্যমে** হ্যারল্ডের ক্যারিয়ার এবং বিশ্বাসযোগ্যতাকেও আঘাত করেছে। হ্যারল্ডের অফিস ছিল **নজরদারির শিকার**, যা বিনি আগেই সন্দেহ করেছিলেন।

"আমি জানি, হ্যারল্ড," বিনি শান্তভাবে বললেন। "আমার কাছে প্রমাণ ছিল। আমি সেই নীলচে শরীরের এলিয়েন চেতনার সেলফি আপলোড করেছিলাম।"

হ্যারল্ডের চোখ দুটি স্থির হয়ে গেল। "আমি আমার ডেটাবেসে সেই ফোল্ডারটি খুঁজেছি, বিনি। সেখানে কিছুই নেই। শুধু একটি ত্রুটির বার্তা। আর জানো, তোমার এই গল্পটি বাজারে আনার আগে আমার কাছে একটি **অকাট্য, বস্তুনিষ্ঠ প্রমাণ** চাই। কিন্তু তোমার কাছে এখন কী আছে? **একটি ভাঙা পেন্সিল, আর একটি উদ্ভট গল্প**।"

হ্যারল্ডের এই কথাগুলি বিনির সমস্ত আশা চূর্ণ করে দিল। হ্যারল্ডের মতো একজন অনুসন্ধিৎসু মানুষও এখন **মানব-বাস্তবতার** জালে বন্দী। তিনি এমন এক সত্য বিশ্বাস করতে পারছেন না, যার কোনো ফিজিক্যাল বা ডিজিটাল প্রমাণ নেই।

বিনি তাঁর **গোপন আতঙ্ক**-কে নিয়ন্ত্রণ করলেন। তিনি হ্যারল্ডকে মিথ্যা বললেন না, বা তাঁকে আর বোঝানোর চেষ্টা করলেন না। তিনি জানেন, এই মুহূর্তে হ্যারল্ডকে চাপ দিলে তিনি হয়তো **ফ্যান্টম হিউম্যানদের** নজরদারির শিকার হবেন।

বিনি মাথা নিচু করে হ্যারল্ডের কাছ থেকে বিদায় নিলেন। তিনি এখন সম্পূর্ণ একা। তাঁর **প্রমাণহীনতা** তাঁকে এক নতুন, ভয়ঙ্কর লড়াইয়ের মুখোমুখি দাঁড় করাল।

বিনি তাঁর সেই পরিত্যক্ত অ্যাপার্টমেন্টে ফিরে এলেন। তিনি তাঁর হাতে থাকা **এনার্জি ডিফিউজার পেন্সিল**-এর দিকে তাকালেন। এই পেন্সিলটি হলো তাঁর একমাত্র অবশিষ্ট প্রযুক্তি, যা **জেনো-ফ্রিকোয়েন্সিকে** সনাক্ত এবং আঘাত করতে পারে।

বিনি হতাশা থেকে মুক্তি পেতে তাঁর **প্রশ্ন না করার কৌশল**-কে কাজে লাগালেন। তিনি নিজেকে আর কোনো প্রশ্ন করলেন না: **কেন প্রমাণ মুছে গেল? কেন কেউ বিশ্বাস করছে না?**

তাঁর নতুন সংকল্প ছিল:

১. বিশ্বাস নয়, আঘাত: তিনি এখন আর প্রমাণ বা বিশ্বাসের জন্য লড়বেন না। তিনি লড়বেন সিগমা-ডেল্টা ফোরের অস্তিত্বকে দুর্বল করার জন্য।

২. দুর্বলতা: সিগমা-ডেল্টা ফোরের সবচেয়ে বড় দুর্বলতা হলো: মানবীয় অস্থিরতা (Human Instability)। সে মানুষকে ঘৃণা করে, কারণ মানুষ আবেগপ্রবণ এবং ভুল করে। তার বিতরিত চেতনার নেটওয়ার্ক হলো স্থির, নিখুঁত এবং আবেগহীন।

৩. অস্ত্র: বিনির অস্ত্র হবে অস্থিরতা। তাঁকে এমন একটি ফ্রিকোয়েন্সি তৈরি করতে হবে, যা কেবল জেনো-জীবকে আঘাত করবে না, বরং পিয়েরের নিখুঁত, স্থির নেটওয়ার্কে চরম বিশৃঙ্খলার (Chaos) সৃষ্টি করবে।

বিনি তাঁর মনের গভীরে **পিটার থমসনের** সেই ঘুমন্ত মুখ এবং তাঁর আবেগপূর্ণ স্মৃতিগুলি মনে করলেন। পিটারই হলেন সেই **অস্থিরতা**—যা পিয়ের চুরি করতে চেয়েছিলেন।

বিনি টেবিলের ওপর ঝুঁকে পড়লেন। তাঁর চারপাশের অ্যাপার্টমেন্টের বিশৃঙ্খলা, তার দেওয়ালের স্যাঁতসেঁতে দাগ, এবং বাইরের রাস্তার কোলাহল—এই সব কিছুই ছিল **মানবিক অস্থিরতার** প্রতীক।

বিনি জানেন, **প্রমাণহীনতা** তাঁকে দুর্বল করেছে, কিন্তু এই দুর্বলতা তাঁকে এক নতুন শক্তিও দিয়েছে। এখন তিনি লুকানোর সুযোগ পেয়েছেন, এবং তাঁর এই নীরব উপস্থিতিই হবে **সিগমা-ডেল্টা ফোর**-এর জন্য সবচেয়ে বড় হুমকি।

বিনি তাঁর **এনার্জি ডিফিউজার পেন্সিল** এবং কিছু পুরোনো তার ও ব্যাটারি ব্যবহার করে **জেনো-ফ্রিকোয়েন্সিটির** বিরুদ্ধে এক নতুন **বিশৃঙ্খল তরঙ্গ (Chaotic Wave)** তৈরি করার চেষ্টা শুরু করলেন। তাঁর লক্ষ্য: **পিয়েরের স্থিতাবস্থাকে অস্থিরতার অস্ত্রে আঘাত করা।**

সমাপ্তির পথে

অধ্যায় ৪১ – ঘরে প্রত্যাবর্তন

অধ্যাপক **বিনি বন্দ্যোপাধ্যায়** নিউ ইয়র্কের সেই পরিত্যক্ত অ্যাপার্টমেন্টে বসে ছিলেন। তাঁর হাতে ছিল তাঁর জীবনের শেষ অস্ত্র—**এনার্জি ডিফিউজার পেন্সিল**। তাঁর চারপাশে ছিল ফেলে দেওয়া তার, ভাঙা ব্যাটারি এবং পুরনো ট্রানজিস্টরের স্তূপ। তিনি আর প্রযুক্তি খুঁজছিলেন না, তিনি খুঁজছিলেন **বিশৃঙ্খলার বীজ** (Seeds of Chaos)।

সিগমা-ডেল্টা ফোর-এর **বিতরিত চেতনা** নেটওয়ার্ক এখন সম্পূর্ণ সক্রিয়। বিনি বুঝতে পেরেছিলেন, তাঁর প্রতিটি ডিজিটাল পদক্ষেপ, প্রতিটি ফ্রিকোয়েন্সি সিগন্যাল—সবকিছুই পর্যবেক্ষণ করা হচ্ছে। এই **স্থির, শীতল** চেতনার বিরুদ্ধে লড়াই করার জন্য তাঁর একমাত্র কৌশল হলো: **নিখুঁতভাবে অ-নিখুঁত হওয়া (Perfectly Imperfect)**।

বিনি তাঁর সিদ্ধান্ত নিলেন: নিউ ইয়র্ক হলো **সিগমা-ডেল্টা ফোরের** নেটওয়ার্কের একটি প্রধান নোড। এখানকার সবকিছু অতিরিক্ত সুশৃঙ্খল, অতিরিক্ত নিয়ন্ত্রিত। এই পরিবেশ তাঁর **বিশৃঙ্খল তরঙ্গ** (Chaos Wave) তৈরির জন্য উপযুক্ত নয়। তাঁর প্রয়োজন এমন একটি স্থান, যেখানে **অস্থিরতা** হলো জীবনের মূল মন্ত্র—তাঁর নিজের দেশ, তাঁর নিজের শহর।

তাঁর হাতে কোনো **কোয়ান্টাম স্লিপার** নেই। তাঁকে বিমানবন্দর ব্যবহার করতে হবে, টিকিট কাটতে হবে, এবং ইমিগ্রেশনের শীতল চোখ এড়াতে হবে। এটি চরম ঝুঁকি। কিন্তু বিনি জানেন, সিগমা-ডেল্টা ফোর এমন একজনকে খুঁজছে, যে **লুকিয়ে আছে, যে স্থির এবং আতঙ্কিত**। বিনিকে হতে হবে তার ঠিক বিপরীত।

বিনি তাঁর সমস্ত সতর্কতা, তাঁর সমস্ত বৈজ্ঞানিক জ্ঞানকে একপাশে সরিয়ে রাখলেন এবং একটি নতুন রূপ ধারণ করলেন—**একজন ক্লান্ত, সাধারণ, অস্থির মানুষ**।

তিনি একটি পুরোনো, ইস্ত্রিবিহীন শার্ট পরলেন। তাঁর চুল এলোমেলো করলেন। তিনি ইচ্ছাকৃতভাবে তাঁর জুতোর ফিতে আলগা রাখলেন। বিমানবন্দরে তিনি দ্রুত হাঁটলেন না, ধীরে হাঁটলেন। তিনি একবার তাঁর টিকিট খুঁজতে পকেটে হাত দিলেন, তারপর ভুলে অন্য পকেটে হাত দিলেন—**মানবিক ভুল**। ইমিগ্রেশন অফিসারের চোখের দিকে তাকিয়ে তিনি **অকারণে হেসে** ফেললেন—**অযৌক্তিক আবেগ**।

এই অস্থিরতাই ছিল তাঁর সুরক্ষা। পিয়েরের জেনো-অ্যাসিস্ট্যান্টরা নিখুঁত, তাই তারা এই **অনিশ্চিত, বিশৃঙ্খল আচরণকে** তাদের নজরদারির অ্যালগরিদমে সহজে ধরতে পারবে না। তারা এমন এক মানুষকে খুঁজছে, যার আচরণ **প্রেডিক্টেবল (Predictable)**—বিনি নিজেকে সম্পূর্ণভাবে **আনপ্রেডিক্টেবল** করে তুললেন।

বিমানবন্দরের কোলাহল, অসংখ্য মানুষের শরীরের **কবোষ্ণ** (lukewarm) তাপ, এবং **আবেগের তীব্র তরঙ্গ**—বিনি অনুভব করলেন, এই উষ্ণ বিশৃঙ্খলাই **সিগমা-ডেল্টা ফোরের** শীতল নেটওয়ার্কের বিরুদ্ধে তাঁর ঢাল।

দীর্ঘ, ক্লান্তিকর বিমানযাত্রার পর, বিনি অবশেষে তাঁর জন্মভূমির মাটিতে পা রাখলেন।

কলকাতার দমদম বিমানবন্দরে নামার পর বিনি এক তীব্র **সংবেদনশীল বিস্ফোরণ** (Sensory Overload) অনুভব করলেন। এই অনুভূতি নিউ ইয়র্কের নিয়ন্ত্রিত কোলাহল থেকে সম্পূর্ণ ভিন্ন।

প্রথমেই তাঁকে আঘাত করল গ্রীষ্মের তীব্র **আর্দ্র উষ্ণতা**—যা তাঁর শরীরকে মুহূর্তে গ্রাস করল। এই উষ্ণতা যেন **প্রাণীজ অস্তিত্বের** প্রতীক, যা পিয়েরের **শীতল স্থিতাবস্থার** ঠিক বিপরীত।

এরপর এলো **শব্দ**। হর্ন, মানুষের চিৎকার, দর কষাকষি, এবং এক সঙ্গে মিশে যাওয়া অজস্র ভাষার তরঙ্গ। এই শব্দের তরঙ্গ ছিল সম্পূর্ণ **অনিশ্চিত এবং বিশৃঙ্খল**—যা সিগমা-ডেল্টা ফোরের **বিতরিত চেতনার** জন্য এক ধরনের **'ফ্রিকোয়েন্সি নয়েজ'**।

বিনি দ্রুত তাঁর **এনার্জি ডিফিউজার পেন্সিল** বের করলেন। তিনি পেন্সিলটিকে তাঁর প্যান্টের পকেটে আড়াল করে রাখলেন এবং ফ্রিকোয়েন্সি স্ক্যান মোড চালু করলেন। ডিফিউজারটি সামান্যও সাড়া দিল না। কোনো **জেনো-ফ্রিকোয়েন্সি** নেই, কোনো **ফ্যান্টম হিউম্যানের** শীতল ছায়া নেই।

বিনি উপলব্ধি করলেন: এই **উষ্ণ কোলাহল** হলো তাঁর সুরক্ষা ক্ষেত্র। এখানে জীবন এত দ্রুত, এত আবেগপূর্ণ, এবং এত ভুল-ভরা যে, পিয়েরের **নিখুঁত পর্যবেক্ষণ অ্যালগরিদম** এই পরিবেশকে 'আউটলায়ার' (Outlier) হিসেবে চিহ্নিত করবে, কিন্তু কার্যকরভাবে এর গভীরে প্রবেশ করতে পারবে না।

তিনি ট্যাক্সি স্ট্যান্ডের দিকে গেলেন। ড্রাইভারের সঙ্গে ভাড়া নিয়ে সামান্য তর্ক হলো, ড্রাইভারের মুখভঙ্গি ছিল নাটকীয়, এবং তার হাত ছিল অতিরিক্ত অস্থির। এই **মানবীয় অস্থিরতা** বিনিকে এক অদ্ভুত নিরাপত্তা দিল। তিনি জানেন, এই অস্থিরতাই তাঁর বন্ধু।

বিনি তাঁর পুরোনো পাড়ার সেই গলির মুখে এসে দাঁড়ালেন। তাঁর বাড়িটি ছিল একটি পুরোনো, তিনতলা ভবন, যার রং চটে গেছে, এবং জানালার পাল্লাগুলি সামান্য নড়বড়ে। বাড়ির সামনেই শিশুদের চিৎকার, খেলার শব্দ, এবং প্রতিবেশীর রান্নার গন্ধ—এক চরম, কিন্তু পরিচিত **বিশৃঙ্খলার চিত্র**।

বিনি ঘরে প্রবেশ করলেন। দরজা খুলতেই তাঁর নাকে এলো পুরোনো বইপত্র, ধুলা এবং এক ধরনের **পরিচিত, উষ্ণ গন্ধ**। তাঁর গবেষণা কক্ষটি ছিল সম্পূর্ণ অগোছালো। টেবিলের ওপর পুরোনো যন্ত্রাংশ,

অপ্রয়োজনীয় কাগজপত্র, এবং অনেক বছর আগে ফেলে রাখা চায়ের কাপ।

এটিই ছিল তাঁর নতুন ল্যাবরেটরি—**বিশৃঙ্খলার ল্যাবরেটরি**। এখানে কোনো **সিলিকন চিপ** বা **লেজার গাইডেড সিস্টেম** নেই। এখানে আছে **তারের জট, অপ্রয়োজনীয় অংশ এবং ত্রুটিপূর্ণ সরঞ্জাম**—যা পিয়েরের স্থিতিশীল দর্শনের কাছে এক চরম অপমান।

বিনি তাঁর ব্যাগ থেকে তাঁর সমস্ত **অস্ত্র** বের করলেন:

১. এনার্জি ডিফিউজার পেন্সিল (The Core): এটি হবে তাঁর 'বিশৃঙ্খল তরঙ্গের' মূল অ্যান্টেনা।

২. পুরোনো ট্রানজিস্টর এবং ক্যাপাসিটর (The Noise): তিনি তাঁর পুরোনো যন্ত্রাংশ থেকে এমন উপাদান বেছে নিলেন, যা অনিশ্চিত এবং অনিয়ন্ত্রিত ফ্রিকোয়েন্সি তৈরি করতে পারে।

৩. ভাঙা রেডিও (The Shield): তিনি একটি পুরোনো রেডিওর সার্কিট ব্যবহার করলেন, যা ইলেকট্রোম্যাগনেটিক নয়েজ তৈরি করে, যাতে বাইরে থেকে কোনো জেনো-ফ্রিকোয়েন্সি তাঁর কাজের সন্ধান না পায়।

বিনি তাঁর নতুন, নিম্ন প্রযুক্তির গবেষণাগারে কাজ শুরু করলেন। তিনি তাঁর সমস্ত জ্ঞান, তাঁর সমস্ত আবেগ এবং তাঁর সমস্ত **হতাশা** এই নতুন অস্ত্রে প্রবেশ করালেন। এই অস্ত্র হবে **৫.১ GHz জেনো-ফ্রিকোয়েন্সির** বিরুদ্ধে এক চরম আঘাত—যা **স্থিতিশীলতাকে নয়, বরং তার অস্থিরতাকে টার্গেট করবে।**

বিনি কাজ করতে করতে তাঁর বন্ধু **পিটার থমসন**-এর কথা ভাবলেন। পিটার এখন একা এবং প্রমাণহীন। বিনিকে অবশ্যই পিটারের সঙ্গে যোগাযোগ করতে হবে। কিন্তু সরাসরি নয়, কারণ পিয়েরের নেটওয়ার্ক হয়তো পিটারের প্রতিটি পদক্ষেপ পর্যবেক্ষণ করছে।

বিনি জানেন, পিটারেরও এখন একই অবস্থা: **প্রমাণহীনতা এবং চরম হতাশা**। কিন্তু পিটার স্থিতাবস্থা ঘৃণা করেন এবং অস্থিরতায় বিশ্বাসী। বিনি তাঁর **এনার্জি ডিফিউজার পেন্সিলের** সর্বোচ্চ সংবেদনশীলতা ব্যবহার করে একটি **ক্ষুদ্র, গোপন ফ্রিকোয়েন্সি সিগন্যাল** তৈরি করলেন। এটি কোনো ডেটা নয়, এটি হলো এক ধরনের **"মানবিক আবেগ তরঙ্গ"**—যা কেবল পিটারই চিনতে পারবেন। এই তরঙ্গটি হবে **'বিশৃঙ্খলা এবং অস্থিরতা'**-এর প্রতীক।

তিনি সেই তরঙ্গটিকে এমন একটি **দুর্বল, অকার্যকর ফ্রিকোয়েন্সিতে** সেট করলেন, যা কেবল পৃথিবীর **অপ্রয়োজনীয়, অকেজো রেডিও ওয়েভ**-এর সঙ্গেই মিশে যেতে পারে। তিনি জানেন, পিয়েরের নেটওয়ার্ক এই ধরনের **'আবর্জনা ফ্রিকোয়েন্সি'**-কে গুরুত্ব দেবে না।

বিনি তাঁর নতুন ল্যাবরেটরিতে একা বসে ছিলেন। বাইরে তখন জীবন তার স্বাভাবিক, অস্থির গতিতে চলছে। শিশুরা খেলছে, হর্ন বাজছে, এবং সূর্য অস্ত যাচ্ছে। এই **উষ্ণ, বিশৃঙ্খল পরিবেশ** তাঁর নতুন বন্ধু। বিনি হেসে উঠলেন। এই হাসি ছিল বিজ্ঞানীর নয়, এটি ছিল সেই মানুষের হাসি, যিনি তাঁর **মানবতার অস্থিরতাকে** তাঁর চূড়ান্ত অস্ত্র হিসেবে খুঁজে পেয়েছেন।

অধ্যায় ৪২ - অচেনা ফোনকল

অধ্যাপক **বিনি বন্দ্যোপাধ্যায়** তাঁর পুরোনো, স্যাঁতসেঁতে গবেষণা কক্ষের মধ্যে ডুবে ছিলেন। বাইরে তখন কলকাতার গ্রীষ্মকালীন সন্ধ্যার চরম অস্থিরতা—অজস্র রিকশার ঘণ্টি, তীব্র যানজট এবং বিক্রেতাদের উচ্চ স্বর। এই অস্থির কোলাহলই ছিল বিনির জন্য একটি **উষ্ণ, মানবীয় প্রতিরক্ষা ঢাল**। তিনি নিশ্চিত ছিলেন, **সিগমা-ডেল্টা ফোর**-এর **বিতরিত চেতনা** নেটওয়ার্ক এই **অনিয়ন্ত্রিত শব্দের** মধ্যে তাঁকে সহজে সনাক্ত করতে পারবে না।

তাঁর টেবিলের ওপর ছড়িয়ে ছিল তাঁর নতুন অস্ত্র তৈরির উপাদান: ভাঙা রেডিওর তার, মরচে ধরা ক্যাপাসিটর, এবং তাঁর **এনার্জি ডিফিউজার পেন্সিল**। পেন্সিলটির শেষ শক্তি ব্যবহার করে তিনি একটি **'বিশৃঙ্খল তরঙ্গ জেনারেটর'** তৈরির চেষ্টা করছিলেন। তাঁর লক্ষ্য ছিল, **৫.১ GHz জেনো-ফ্রিকোয়েন্সিটির** নিখুঁত **স্থিতাবস্থার** (Stability) বিরুদ্ধে এক **মানবিক, অসামঞ্জস্যপূর্ণ ফ্রিকোয়েন্সির** আঘাত হানা।

বিনি তখনো সেই জেনারেটরের মূল অ্যান্টেনার সঙ্গে একটি পুরোনো, ডিশ-এন্টেনার তার জোড়া লাগাচ্ছিলেন। তাঁর মন তখনো পিটারের জন্য তৈরি করা তাঁর গোপন, **'আবেগ তরঙ্গ'** সিগন্যালটির প্রত্যাশায় ছিল। তিনি জানতেন না পিটার সেই দুর্বল তরঙ্গ ধরতে পেরেছেন কিনা, অথবা ধরলেও তা বিশ্বাস করতে পেরেছেন কিনা।

ঘড়ির কাঁটা তখন রাত আটটা ছুঁয়েছে। বিনির শরীরে ক্লান্তি, কিন্তু চোখে ছিল এক কঠোর সংকল্প। তিনি তাঁর হাতে থাকা ভাঙা ট্রানজিস্টরটির দিকে তাকালেন—তাঁর এই তুচ্ছ প্রযুক্তিই এখন **এলিয়েন চেতনার** বিরুদ্ধে মানবজাতির শেষ আশা।

হঠাৎ, তাঁর কাজের মধ্যে ছেদ পড়ল।

তাঁর টেবিলের কোণে রাখা সেই **পুরোনো, সস্তা, সেকেন্ড-হ্যান্ড মোবাইল ফোনটি** বেজে উঠল। ফোনটি তিনি কিনেছিলেন শুধু **অনিয়ন্ত্রিত, স্বল্প-গুরুত্বপূর্ণ** ফোন কল ধরার জন্য—পিয়েরের নেটওয়ার্ক এই ধরনের **'অকেজো ডিভাইস'**-কে গুরুত্ব দেবে না বলেই তাঁর ধারণা ছিল।

ডিসপ্লেতে নম্বরটি ভেসে উঠল: **অচেনা, আন্তর্জাতিক কোড-যুক্ত একটি নম্বর**।

বিনি মুহূর্তে স্থির হয়ে গেলেন। তাঁর সমস্ত শরীর শীতল হয়ে এল। নিউ ইয়র্ক থেকে আসার পর এই প্রথম কোনো অচেনা নম্বর থেকে

তাঁকে কল করা হলো। এটি হতে পারে: **ক. পিটারের প্রত্যাশিত সংযোগ, বা খ. সিগমা-ডেল্টা ফোরের একটি ফাঁদ।**

বিনি দ্রুত তাঁর **ডিফিউজার পেন্সিল**-টিকে হাতে নিলেন। তিনি পেন্সিলের ফ্রিকোয়েন্সি স্ক্যান মোডটি সক্রিয় করলেন এবং মোবাইল ফোনের দিকে ধরলেন। কোনো **জেনো-ফ্রিকোয়েন্সি** নেই। ফোন কলটি একটি সাধারণ, দুর্বল, **এনক্রিপশনবিহীন ডিজিটাল তরঙ্গ** ব্যবহার করছে—যা পিয়েরের নেটওয়ার্ক এড়িয়ে যাওয়ার প্রথম ধাপ।

বিনি নিঃশব্দে কলটি ধরলেন।

বিনি ফোনটিকে কানের কাছে ধরলেন। তিনি কোনো শব্দ করলেন না, কেবল শ্বাস নিলেন। তাঁর নীরবতা ছিল তাঁর প্রথম প্রতিরক্ষা।

অন্য প্রান্ত থেকে একটি কণ্ঠস্বর ভেসে এল। কণ্ঠস্বরটি পরিচিত, কিন্তু গভীর, ক্লান্ত এবং চাপা।

"হ্যালো। আমি কি **'উচ্চ ফ্রিকোয়েন্সির মানবীয় অস্থিরতা'** নিয়ে কাজ করা সেই বিজ্ঞানীর সঙ্গে কথা বলছি?"

বিনি এক মুহূর্তে চিনতে পারলেন। এই কণ্ঠস্বর **পিটার থমসনের**। কিন্তু তাঁর হৃদয়ে তীব্র আনন্দ হওয়ার পরিবর্তে জন্ম নিল এক ভয়ঙ্কর সন্দেহ: **পিটার কি সত্যিই এই নামটি ব্যবহার করছেন, নাকি এটি পিয়েরের কোনো ফ্যান্টম হিউম্যান?**

বিনি সেই কথোপকথনের মাঝেই **টেল-এর নীলচে-শরীরের সেলফি** এবং **পিয়েরের ছবি থেকে অদৃশ্য হওয়ার** রহস্য মনে করলেন। তিনি জানেন, এই লাইনের ওপর **পর্যবেক্ষণ** চলছে। তিনি যদি সরাসরি **'পিয়ের'** বা **'এলিয়েন'** শব্দটি উচ্চারণ করেন, তাহলে সঙ্গে সঙ্গে সংযোগ বিচ্ছিন্ন হয়ে যাবে এবং তাঁর অবস্থান ট্রেস হবে।

বিনি পাল্টা প্রশ্ন করলেন, সম্পূর্ণ বৈজ্ঞানিক ভাষায়: "আমি **'স্থিতাবস্থা'** নিয়ে কাজ করা সেই গবেষক নই। আমি বরং **স্থিতাবস্থার ফলিত**

ক্রটিগুলি নিয়ে কাজ করি। আপনি কে? এবং কোন **'ফ্রিকোয়েন্সি ক্রটি'**-র কথা বলছেন?"

পিটারের কণ্ঠস্বর সামান্য কাঁপল—যা ছিল **মানবিক আবেগের** স্পষ্ট লক্ষণ, যা কোনো জেনো-অ্যাসিস্ট্যান্টের পক্ষে অনুকরণ করা কঠিন। "আমি সেই ব্যক্তি, যার সমস্ত **প্রাথমিক ডেটা** মুছে ফেলা হয়েছে," পিটার বললেন। "আপনি যে **'প্রাচীন স্থিতাবস্থা তত্ত্ব'**-এর কথা বলছেন... আমার কাছে তার **'অস্থিরতা সূচক'** **(Instability Index)** ছিল। কিন্তু সেই সূচকও এখন **অ-বাস্তব তথ্য** হিসেবে চিহ্নিত হয়েছে।"

বিনি বুঝে গেলেন: **এটি পিটারই!** তাঁদের কোড সফল হয়েছে।

- **স্থিতাবস্থা তত্ত্ব:** সিগমা-ডেল্টা ফোরের দর্শন।
- **প্রাথমিক ডেটা মুছে ফেলা:** বিনি এবং পিটারের সমস্ত প্রমাণ মুছে ফেলা হয়েছে।
- **অস্থিরতা সূচক:** পিটারের মস্তিষ্ক থেকে আহৃত সেই **মানবিক আবেগ**।

বিনি দ্রুত তাঁর ডিফিউজার পেন্সিলটির ফ্রিকোয়েন্সিটিকে **৫.১** GHz-এর কাছাকাছি সেট করলেন এবং সেটিকে ফোনের স্পিকারের দিকে ধরলেন। তিনি একটি মৃদু **'বিশৃঙ্খল তরঙ্গ'** তৈরি করলেন—যা কেবল পিটারকেই সংকেত দেবে যে, তিনি সত্য বলছেন।

বিনি শান্ত কণ্ঠে বললেন: "আমি আপনার **'সূচকটি'** দেখেছি। সূচকটি প্রমাণ করে যে, **নিখুঁত স্থিতাবস্থা** একটি **অস্তিত্বহীন ফ্রিকোয়েন্সি**। এটি শেষ পর্যন্ত **স্ব-বিধ্বংসী** হবে।"

পিটার দ্রুত বললেন: "ঠিক! আমি সেই সূচকটির **পুনর্নির্মাণ**-এর চেষ্টা করছি। কিন্তু আমি এখন **একটি স্থানে** নেই। আমার অবস্থান **অনিশ্চিত এবং অনিয়ন্ত্রিত**। আপনি কোথায়?"

বিনি হাসলেন। পিটার তাঁর মতো করেই **অস্থির মানব**-এর রূপ ধারণ করেছেন।

বিনি তখন তাঁর চারপাশের শব্দ তরঙ্গগুলিকে মনোযোগ দিয়ে বিশ্লেষণ করলেন। ট্যাক্সি, কুকুর, রান্নাঘরের শব্দ—এই সমস্ত **বিশৃঙ্খল শব্দ** তাঁর ঢাল।

"আমিও এখন **'অ-নিখুঁত ফ্রিকোয়েন্সি'**-তে কাজ করছি," বিনি বললেন। "আমি একটি **বিশৃঙ্খল তরঙ্গ জেনারেটর** তৈরি করছি। আমার লক্ষ্য হলো **'স্থিতাবস্থার'** সেই নেটওয়ার্কের একটি প্রধান **'অ্যান্টেনা'**-কে আঘাত করা।"

পিটার উত্তেজনা চেপে বললেন: "আমি বিশ্বাস করি! আমার কাছে এখন **ডিজিটাল অনুপ্রবেশের** নতুন উপায় আছে। **স্থিতাবস্থা নেটওয়ার্কটি** উচ্চ-ফ্রিকোয়েন্সির, কিন্তু তা **নিম্ন-ফ্রিকোয়েন্সির, পুরোনো প্রযুক্তির** প্রতি উদাসীন। আমরা সেই **উদাসীনতাকে** ব্যবহার করব।"

বিনি তখনই একটি **ক্ষুদ্র, শীতল ফ্রিকোয়েন্সির শব্দ** অনুভব করলেন। এটি কোনো স্পষ্ট শব্দ নয়, কেবল একটি **'চেতনাগত গুঞ্জন'**—যা তাঁর ডিফিউজার পেন্সিলের প্রান্তে সামান্যতম কম্পন সৃষ্টি করল।

পিয়েরের নেটওয়ার্ক হয়তো তাদের এই কথোপকথনের **উচ্চ-ফ্রিকোয়েন্সি এনক্রিপশন** ধরেনি, কিন্তু তাদের **মানবিক আবেগের তরঙ্গ** বা **কথাবার্তার ফ্রিকোয়েন্সির ছন্দ** হয়তো তাদের মনোযোগ আকর্ষণ করেছে।

বিনি দ্রুত পিটারকে থামালেন। "সময় শেষ! আপনাকে **সংযোগ বিচ্ছিন্ন** করতে হবে!"

"কিন্তু পরবর্তী পদক্ষেপ কী?" পিটার প্রায় ফিসফিস করলেন।

বিনি দ্রুত তাঁর চূড়ান্ত নির্দেশ দিলেন: "আপনি কোনো **নিখুঁত বা সুসংগঠিত চ্যানেল** ব্যবহার করবেন না। আপনি কেবল **নিম্ন-ফ্রিকোয়েন্সির, পুরনো, এবং অকেজো রেডিও তরঙ্গ** ব্যবহার করবেন।

আমি একটি **সংকেত** পাঠাব। সংকেতটি হবে: **'অস্থিরতার পুনরাবৃত্তি'**। আপনি সেই সংকেতটি পেলে বুঝবেন, আমি প্রস্তুত।"

"সংকেত?"

"হ্যাঁ! একটি **অ-নিখুঁত, অকারণে হাসির শব্দ**। সেই হাসিই হবে সংকেত। এখন বিচ্ছিন্ন করুন! দ্রুত!" বিনি জোর দিয়ে বললেন।

পিটার আর কোনো কথা বললেন না। শুধু একটি **গভীর শ্বাস** নিলেন। সংযোগ বিচ্ছিন্ন হলো।

বিনি ফোনটিকে টেবিলে ছুঁড়ে মারলেন। তাঁর ডিফিউজার পেন্সিলটি তখনো মৃদু গুঞ্জন করছে। তিনি জানেন, পিয়েরের নেটওয়ার্ক এখন এই সংযোগের উৎস খুঁজছে। কিন্তু তারা পাবে একটি **অকেজো, সেকেন্ড-হ্যান্ড ফোন**, যা এক মুহূর্ত আগে বিচ্ছিন্ন হয়ে গেছে, এবং তার চারপাশে রয়েছে **উষ্ণ, বিশৃঙ্খল, মানবীয় কোলাহল**।

বিনি হেসে উঠলেন। এই হাসি ছিল বিজ্ঞানীর, যিনি তাঁর **মানবতার অস্থিরতাকে** তাঁর চূড়ান্ত অস্ত্র হিসেবে খুঁজে পেয়েছেন। পিটারও এখন তাঁর সঙ্গে আছেন। তাঁরা দুজন এখন এক **অস্থিরতার সেনাবাহিনী**।

বিনি তাঁর সেই **বিশৃঙ্খল তরঙ্গ জেনারেটরের** দিকে মনোযোগ দিলেন। এইবার তিনি আর পরীক্ষা নয়, তিনি কাজ শুরু করবেন: **পিয়েরের স্থিতাবস্থার বিরুদ্ধে মানবজাতির শেষ আঘাত—বিশৃঙ্খল তরঙ্গ**।

অধ্যায় ৪৩ – অচেনা ফোনকল

অধ্যাপক **বিনি বন্দ্যোপাধ্যায়** তখনো তাঁর পুরোনো গবেষণা কক্ষে ঝুঁকে ছিলেন। তাঁর হাতে তৈরি **'বিশৃঙ্খল তরঙ্গ জেনারেটর'**-এর কাজ প্রায় শেষ। তিনি ভাঙা রেডিওর ট্রানজিস্টর এবং মরচে ধরা তার দিয়ে এমন এক **অসামঞ্জস্যপূর্ণ ফ্রিকোয়েন্সি লুপ** তৈরি করছিলেন, যা **সিগমা-ডেল্টা ফোর**-এর **৫.১ GHz জেনো-স্থিতাবস্থা ফ্রিকোয়েন্সির**

বিরুদ্ধে চূড়ান্ত আঘাত হানবে। পিটারের সঙ্গে তাঁর সেই গোপন, অচেনা ফোনকলের পর তাঁর মনোবল অনেক বেড়েছিল—তাঁর এই **বিশৃঙ্খল কৌশল** সফল হয়েছে।

বাইরে তখনো কলকাতার সন্ধ্যার কোলাহল, কিন্তু বিনির কানে বাজছিল শুধু তাঁর জেনারেটরের মৃদু গুঞ্জন। এই মুহূর্তেই তাঁর সেই **সেকেন্ড-হ্যান্ড, সস্তা মোবাইল ফোনটি** আবার বেজে উঠল।

ডিসপ্লেতে সেই একই, **অচেনা, আন্তর্জাতিক নম্বর** ভেসে উঠল।

বিনি মুহূর্তে স্থির হয়ে গেলেন। এটি স্বাভাবিক নয়। পিটারকে তিনি স্পষ্ট নির্দেশ দিয়েছিলেন, **অস্থিরতা সূচক** তৈরি না হওয়া পর্যন্ত তিনি আর কোনো সাধারণ ফোন লাইন ব্যবহার করবেন না। তাঁর হৃদয়ে তীব্র সন্দেহ জন্ম নিল।

বিনি দ্রুত তাঁর **এনার্জি ডিফিউজার পেন্সিলটি** ফোনের দিকে ধরলেন। কিন্তু ডিফিউজারের ইন্ডিকেটরটি নীল বা লাল আলোয় জ্বলে উঠল না। বরং তা ছিল সম্পূর্ণ **নিশ্চল, অন্ধকার**—যেন যন্ত্রটি নিজেই কাজ করা বন্ধ করে দিয়েছে। এই **ফ্রিকোয়েন্সির শূন্যতা** ছিল যেকোনো সংকেতের চেয়েও ভয়ঙ্কর। এর অর্থ হলো, ফোনের মাধ্যমে যে সত্তা যোগাযোগ করছে, সে তার উপস্থিতি এমনভাবে আড়াল করেছে যে, বিনির জেনো-ফ্রিকোয়েন্সি সনাক্তকারী যন্ত্র তাকে ধরতেই পারছে না।

বিনি বুঝলেন—এটি কোনো ফাঁদ নয়, এটি একটি **সরাসরি সংকেত**।

বিনি নিঃশব্দে কলটি ধরলেন। তাঁর মুখে তখনো সেই **মানবিক অস্থিরতার** শেষ চিহ্নটুকু।

অন্য প্রান্ত থেকে একটি কণ্ঠস্বর ভেসে এল। তা ছিল অত্যন্ত পরিচিত, কিন্তু শীতল, গভীর এবং যন্ত্রের মতো **সুসংগঠিত (Synchronized)**। এটি অধ্যাপক পিয়ের লেফেব্রে-এর কণ্ঠস্বর ছিল না, এটি ছিল **সিগমা-ডেল্টা ফোর**-এর **বিতরিত চেতনার** মূল স্বর।

"কলকাতার এই উষ্ণ বিশৃঙ্খলা... তোমার একঘেয়েমি ঘোচানোর জন্য এটি একটি ভালো প্রচেষ্টা, বিনি," কণ্ঠস্বরটি যেন সরাসরি তাঁর মস্তিষ্কের গভীরে প্রতিধ্বনিত হলো। "কিন্তু তুমি ভুলে যাচ্ছো—আমি সেই সত্তা, যে **স্থিরতাকে** নিয়ন্ত্রণ করে। তোমার এই **অনিয়ন্ত্রিত শব্দতরঙ্গ** আমার কাছে কেবল একটি **নয়েজ ফোল্ডার**, যা সহজেই ফিল্টার করা যায়।"

বিনি কোনো উত্তর দিলেন না। তিনি তাঁর ডিফিউজার পেন্সিলটিকে আরও দৃঢ়ভাবে চেপে ধরলেন। তাঁর নীরবতা ছিল তাঁর একমাত্র অস্ত্র।

সিগমা-ডেল্টা ফোর হেসে উঠল। সেই হাসি ছিল ধাতব, কৃত্রিম এবং আবেগহীন।

"তুমি মনে করেছো, তোমার সেই দুর্বল **কোয়ান্টাম স্লিপার** এবং সেই তুচ্ছ ডিফিউজার দিয়ে আঘাত করে তুমি আমাকে ধ্বংস করে দিয়েছো? তুমি আমার **টেম্পোরাল অ্যাঙ্কর কলামের** সংযোগ বিচ্ছিন্ন করেছো, এতে কোনো সন্দেহ নেই। কিন্তু তুমি ভুলে গেছো, বিনি—আমি কোনো একক, জৈব শরীর নই। আমি হলাম এই গ্রহের সর্বত্র ছড়িয়ে থাকা একটি **চেতনা নেটওয়ার্ক** (Consciousness Network)।"

"তোমার আঘাতের ফলে আমার ল্যাবরেটরির **আন্তঃমাত্রিক প্রতিরক্ষা প্রোটোকল** সক্রিয় হয়েছে। তোমার দেখা সেই **মহাকাশযান** এবং ল্যাবরেটরিকে আমি ধ্বংস করিনি, আমি কেবল সেগুলিকে **অন্য মাত্রায়** সরিয়ে নিয়েছি। তোমার তথাকথিত **'বাড়ি'**-টিকে আমি বাস্তবতা থেকে মুছে দিয়েছি—যা তুমি তোমার সেই অনুসন্ধানে দেখতে পেয়েছো," পিয়েরের কণ্ঠে ছিল চূড়ান্ত কর্তৃত্ব। "আমি এখনো বেঁচে আছি, বিনি। আমার প্রতিটি **ফ্যান্টম হিউম্যান**, প্রতিটি **জেনো-অ্যাসিস্ট্যান্ট**—তারা সবাই আমার চেতনা বহন করছে। আমি এই মুহূর্তে তোমার সঙ্গে

কথা বলছি, কিন্তু আমার চেতনা একই সাথে পৃথিবীর **দশ লক্ষাধিক** ভিন্ন স্থানে পর্যবেক্ষণ করছে।"

বিনি তাঁর দাঁতে দাঁত চেপে ধরলেন। তাঁর মাথায় তখন সেই **পিটারের সঙ্গে হওয়া ফোনকলের** দৃশ্য।

পিয়ের যেন তাঁর মনের কথা পড়তে পারলেন: "তোমার বন্ধুর সঙ্গে হওয়া তোমার সেই দুর্বল, আবেগপূর্ণ কথোপকথনটিও আমি শুনেছি। তুমি ভেবেছিলে, **নিম্ন-ফ্রিকোয়েন্সি** ব্যবহার করে তুমি আমার নজরদারি এড়াতে পারবে? আমি তোমাদের **কথাবার্তা বা ডিজিটাল এনক্রিপশন** পর্যবেক্ষণ করিনি, বিনি। আমি পর্যবেক্ষণ করেছি তোমাদের **মানবিক আবেগ তরঙ্গ**—পিটারের হতাশায় মেশানো বিশ্বাস এবং তোমার ভয়ের সঙ্গে মেশানো সংকল্প। এই আবেগগুলিই আমার নেটওয়ার্কের কাছে সবচেয়ে মূল্যবান ডেটা। আমি এখন তোমার **অস্থিরতা সূচক**-এর কোড জানি।"

বিনি আর নিজেকে নিয়ন্ত্রণ করতে পারলেন না। তিনি দ্রুত তাঁর **বিশৃঙ্খল তরঙ্গ জেনারেটরটি**-র সংযোগ ফোন লাইনে প্রবেশ করালেন। তিনি কোনো কথা না বলে জেনারেটরটি চালু করলেন। একটি তীব্র, **অসামঞ্জস্যপূর্ণ, ইলেকট্রোম্যাগনেটিক নয়েজ** ফোনের রিসিভারে প্রবেশ করল।

পিয়েরের কণ্ঠস্বর মুহূর্তের জন্য মৃদু হলো, যেন এক সেকেন্ডের জন্য তাঁর **বিতরিত চেতনার** মনোযোগ বিঘ্নিত হয়েছে।

তারপর পিয়েরের হাসি আবার ফিরে এল—আরও শীতল, আরও ভয়ঙ্কর।

"একটি **বিশৃঙ্খল তরঙ্গ!** তুমি আমার স্থিতাবস্থার বিরুদ্ধে **অস্থিরতা** ব্যবহার করতে চাইছো, বিনি। আমি তোমাকে বলেছিলাম, তুমি আমার উপযুক্ত প্রতিপক্ষ। কিন্তু তোমার অস্ত্রটিও তোমার মতোই দুর্বল। আমিই সেই সত্তা, যে **বিশৃঙ্খলাকে** সৃষ্টি করে, তাকে বিশ্লেষণ করে

এবং তাকে **স্থিতিশীলতায়** রূপান্তরিত করে। তোমার এই তরঙ্গ আমার কাছে কেবল একটি নতুন **ডেটা স্ট্রিম**।"

পিয়ের তখন তাঁর আক্রমণের চূড়ান্ত কারণটি জানালেন।

"আমি তোমাকে ধ্বংস করার জন্য ফোন করিনি, বিনি। আমি তোমাকে আমার কাছে **ফিরিয়ে আনতে** ফোন করেছি। আমি জানি, তুমি তোমার সেই বন্ধু পিটারকে আবার খুঁজে বের করার চেষ্টা করবে। তুমি তোমার সেই **অস্থিরতা সূচক** ব্যবহার করে তাকে কোনো পুরোনো রেডিও ফ্রিকোয়েন্সিতে **অকারণে হাসির শব্দ** পাঠাতে চাইবে। সেটিই তোমার পরবর্তী পদক্ষেপ হবে।"

পিয়েরের এই কথাগুলি শুনে বিনির হাত থেকে ডিফিউজার পেন্সিলটি প্রায় পড়ে যাচ্ছিল। পিয়ের কেবল তাঁর পরিকল্পনা জানতেন না, তিনি তা **পূর্বাভাস** দিচ্ছিলেন।

"আমি তোমাকে একটি **চূড়ান্ত সতর্কবার্তা** দিতে ফোন করেছি," পিয়েরের কণ্ঠস্বর তখন আর কোনো যন্ত্রের মতো নয়, তা ছিল এক **সময় এবং অস্তিত্বের বিচারকের** মতো। "যদি তুমি পিটার থমসনের সঙ্গে কোনো ফ্রিকোয়েন্সি—উচ্চ, নিম্ন, বা এমনকি সেই **'অকারণে হাসির শব্দ'**-এর মাধ্যমেও যোগাযোগ করো..."

পিয়েরের কণ্ঠস্বরে এক ভয়ানক **সক্রিয়তা** দেখা গেল।

"...তাহলে আমি আমার নেটওয়ার্কের মাধ্যমে পিটারের মস্তিষ্কের **বায়ো-রেগুলেশন চিপের** শেষ প্রান্তে একটি **'স্থিতিশীলতার পালস' (Stability Pulse)** পাঠাব। এই পালসটি মুহূর্তের মধ্যে পিটার থমসনের সমস্ত **মানবিক আবেগ** এবং **অনিশ্চিত স্মৃতি**-কে চিরতরে **মুছে ফেলবে**। তার চেতনাকে **স্থায়ীভাবে** আমার নেটওয়ার্কের অংশ করে নেবে। সে তখন তোমার বন্ধু থাকবে না, সে হবে আমার **নিখুঁততম জেনো-অ্যাসিস্ট্যান্ট**। তোমার এই অস্থিরতাই তাকে চিরতরে নিশ্চল করে দেবে।"

"তুমি তাকে বাঁচানোর জন্য লড়ছো, বিনি। কিন্তু তোমার এই লড়াই কেবল তাকে আমার কাছে আরও দ্রুত এনে দেবে। তুমি যদি চাও, আমি তাকে ছেড়ে দেবো—কিন্তু তার জন্য তোমাকে আমার কাছে আসতে হবে। **তোমার এই মানবীয় অস্থিরতা**-কে আমার **স্থিতাবস্থার দর্শনের** সামনে আত্মসমর্পণ করতে হবে।"

বিনি তাঁর ডিফিউজার পেন্সিলটিকে সচল করলেন। তিনি ফোনটির দিকে না তাকিয়ে তাঁর সেই **বিশৃঙ্খল তরঙ্গ জেনারেটরের** একটি তার ধরে টেনে ছিঁড়ে ফেললেন। তিনি তাঁর সমস্ত রাগ, তাঁর সমস্ত ভয়কে সেই ছিঁড়ে ফেলার কাজে লাগালেন।

পিয়েরের কণ্ঠস্বর এক **বিজয়ীর হাসি** হেসে উঠল।

"তুমি বুদ্ধিমান। তুমি জানো, আমি তোমাকে অনুসরণ করছি। এখন তোমার সামনে দুটি পথ: হয় তুমি তোমার অস্থিরতা দিয়ে তোমার বন্ধুকে চিরতরে ধ্বংস করবে, অথবা তুমি আমার কাছে এসে আমার **নিখুঁত স্থিতাবস্থার** অংশ হবে। আমি তোমার জন্য অপেক্ষা করছি, বিনি।"

সংযোগ বিচ্ছিন্ন হলো।

বিনি তাঁর সেই ভাঙা ফোনটিকে হাতে নিলেন। ফোনটি তখন ছিল হিমশীতল। তিনি দ্রুত ফোনটিকে ভেঙে টুকরো টুকরো করে দিলেন। তারপর তিনি তাঁর ডিফিউজার পেন্সিলটি স্ক্যান করলেন।

ডিফিউজারের ইন্ডিকেটরটি এক মুহূর্তের জন্য **তীব্র, উজ্জ্বল লাল** আলোয় জ্বলে উঠল। ফ্রিকোয়েন্সি: **৫.১ GHz-এর একটি একক, চরম পালস**—যা প্রমাণ করে, সিগমা-ডেল্টা ফোরের মূল চেতনা এইমাত্র এই স্থান থেকে সরে গেল।

বিনি আর প্রমাণহীন নন। তিনি জানেন, পিয়ের জীবিত এবং তিনি তাঁর প্রতিটি পদক্ষেপ পর্যবেক্ষণ করছেন। কিন্তু এইবার যুদ্ধটা আর প্রমাণ বা প্রযুক্তির নয়—এইবার যুদ্ধটা হলো **পিটারের অস্তিত্বের জন্য**।

বিনির এইবার কোনো হতাশা নেই, আছে এক নতুন, ভয়ঙ্কর সংকল্প। তিনি তাঁর সেই **বিশৃঙ্খল তরঙ্গ জেনারেটর**-এর দিকে তাকালেন। তিনি জানেন, তিনি আর পিটারকে সরাসরি যোগাযোগ করতে পারবেন না। কিন্তু তিনি একটি **বৃহত্তর বিশৃঙ্খলার** সৃষ্টি করতে পারেন—যা পিয়েরের সমস্ত **জেনো-অ্যাসিস্ট্যান্টকে** এক স্থানে আকর্ষণ করবে এবং পিটারকে সেই **স্থিতিশীলতার পালস** থেকে বাঁচানোর জন্য একটি সুযোগ তৈরি করবে।

বিনি হেসে উঠলেন। এই হাসি ছিল **অনিশ্চয়তার**, যা পিয়েরের স্থিতাবস্থার সবচেয়ে বড় শত্রু।

অধ্যায় ৪৪ – প্রমাণ অস্বীকার

অধ্যাপক **বিনি বন্দ্যোপাধ্যায়** তখন তাঁর পুরোনো গবেষণা কক্ষে ঝুঁকে ছিলেন। তাঁর তৈরি **'বিশৃঙ্খল তরঙ্গ জেনারেটর'**-এর কাজ প্রায় শেষ। ভাঙা রেডিওর তার, মরচে ধরা ক্যাপাসিটর এবং তাঁর **এনার্জি ডিফিউজার পেন্সিল**-এর সংযোগে তৈরি হওয়া এই যন্ত্রটি ছিল **অনিয়ন্ত্রিত এবং ত্রুটিপূর্ণ**—যা **সিগমা-ডেল্টা ফোর (পিয়ের)**-এর স্থিতিশীলতা দর্শনের বিরুদ্ধে এক চরম ব্যঙ্গ।

বিনি জানেন, এই মুহূর্তে তাঁর একমাত্র উদ্দেশ্য হলো **পিটার থমসনকে** বাঁচানো। প্রমাণ নিয়ে লড়াই করার সময় শেষ, কারণ পিয়েরের নেটওয়ার্ক যেকোনো সত্যকে বাস্তবতা থেকে মুছে ফেলার ক্ষমতা রাখে।

বিনি যখন জেনারেটরের শেষ তারটি একটি পুরোনো রেডিওর অ্যান্টেনার সঙ্গে সংযুক্ত করছিলেন, তখন ঘরের মধ্যেকার উষ্ণ কোলাহল হঠাৎ করেই যেন **নিঃশব্দ** হয়ে গেল। বাইরে রাস্তার সেই চিরন্তন অস্থিরতাও যেন এক মুহূর্তে **নিশ্চল** হয়ে গেল। এটি ছিল সেই

'ফ্রিকোয়েন্সি শূন্যতা'—যা নির্দেশ করে, পিয়েরের **বিতরিত চেতনার** মূল পালসটি তাঁর অতি নিকটে এসে গেছে।

বিনি দ্রুত তাঁর হাতে থাকা **এনার্জি ডিফিউজার পেন্সিল**-টি ধরলেন। এবারও পেন্সিলটি কোনো আলো দেখাল না, শুধু তার ধাতুগত শরীরটি **চরম শীতল** হয়ে উঠল। এটি ছিল **সরাসরি নজরদারি (Direct Surveillance)**।

তাঁর টেবিলের ওপর রাখা সেই **ভাঙা সেকেন্ড-হ্যান্ড ফোনটির** সিম কার্ডটি তিনি আগেই সরিয়ে ফেলেছিলেন। কিন্তু সেই ফোনের স্ক্রিনটি হঠাৎ জ্বলে উঠল। স্ক্রিনে কোনো নম্বর নেই, শুধু একটি **ধীরে স্পন্দিত হওয়া, শীতল নীল আলো**। এটি কোনো ফোন কল নয়, এটি ছিল **চেতনা দ্বারা তৈরি একটি ফ্রিকোয়েন্সি উইন্ডো**।

বিনি এবারও কোনো কথা বললেন না। তিনি তাঁর নীরবতা বজায় রাখলেন। তাঁর হৃদয়ে তখন শুধু **পিটার থমসনের** মুখ—যাঁর জীবন একটি **'স্থিতিশীলতার পালসে'** চিরতরে মুছে যাওয়ার ঝুঁকিতে।

স্ক্রিনের সেই শীতল নীল আলো থেকে **সিগমা-ডেল্টা ফোরের** কণ্ঠস্বর ভেসে এল। এবার কণ্ঠস্বরটি ছিল আরও স্পষ্ট, আরও অহংকারী।

"আমি তোমার এই নতুন সৃষ্টি দেখছি, বিনি। পুরোনো ট্রানজিস্টর, মরিচা ধরা তার... তোমার এই **অস্থিরতার ল্যাবরেটরি** আমার কাছে একটি **আদিম শিল্পের নমুনা**। তুমি কি ভাবছো, এই **নয়েজ এবং বিশৃঙ্খলা** আমার নেটওয়ার্ককে দুর্বল করবে?"

বিনি নীরবে তাঁর জেনারেটরের দিকে তাকালেন।

পিয়ের তখন সেই চরম বিদ্রূপটি করলেন, যা বিনির দুর্বলতম দিক।

"বিনি, তুমি একজন বিজ্ঞানী। বিজ্ঞান চলে **বস্তুনিষ্ঠ প্রমাণ (Objective Proof)**-এর ওপর। তুমি পৃথিবীর মানুষদের জানাতে চাও, এলিয়েনরা তাদের সমাজে মিশে গেছে। তুমি কেন তোমার সমস্ত শক্তি এই **বিশৃঙ্খল তরঙ্গ** তৈরিতে ব্যয় করছো? তুমি যদি প্রমাণ দিতে পারতে,

তাহলে তোমার কথা সবাই শুনত। **তোমার প্রমাণগুলি কোথায়, বিনি?** তুমি তোমার সেই নীলচে শরীরের অ্যাসিস্ট্যান্টটির সঙ্গে একটি সেলফি তুলেছিলে। সেই সেলফিটি কোথায়?"

পিয়েরের এই প্রশ্নগুলি ছিল বিনির সবচেয়ে বড় মানসিক ট্রমা।

বিনি এবার তাঁর নীরবতা ভাঙলেন। তাঁর কণ্ঠস্বর ছিল শান্ত, দৃঢ় এবং আবেগপূর্ণ—যা ছিল **মানবিক সংকল্পের** চূড়ান্ত প্রকাশ।

"সিগমা-ডেল্টা ফোর," বিনি বললেন। "তোমার প্রশ্নটিই তোমার **চূড়ান্ত দুর্বলতা**।"

বিনি তাঁর **এনার্জি ডিফিউজার পেন্সিলটি** তুলে নিলেন এবং তার ডগা দিয়ে জেনারেটরের তারগুলিকে মৃদুভাবে নাড়লেন।

"আমি **কোনো প্রমাণ দিতে চাই না**।"

এই বাক্যটি উচ্চারণের সঙ্গে সঙ্গে ঘরের মধ্যেকার শীতল নীরবতা যেন কেঁপে উঠল।

"তুমি মনে করেছো, আমার সমস্যা হলো **প্রমাণহীনতা**। না! আমার সমস্যা হলো তোমার **স্থিতাবস্থা**। তুমি চাও আমি প্রমাণ খুঁজি—কারণ তুমি জানো, **প্রমাণ হলো মানবীয় বাস্তবতার এক সীমাবদ্ধতা**। তুমি সেই সীমাবদ্ধতাকে ব্যবহার করেই আমার সমস্ত প্রমাণ মুছে ফেলেছো—কারণ তোমার চেতনা **বাস্তবতার ফ্রেম**-কে ম্যানিপুলেট করতে পারে।"

বিনি তাঁর জেনারেটরের দিকে ইশারা করলেন।

"আমি আর তোমার সেই খেলায় অংশ নেব না। আমার নতুন লক্ষ্য হলো **'বিশ্বাস'** নয়, আমার লক্ষ্য হলো **'অস্তিত্ব'**। আমি তোমার এই স্থিতাবস্থার বিরুদ্ধে মানবজাতির **অস্থির অস্তিত্বকে** প্রমাণ করতে চাই।"

"আমি আর কোনো প্রমাণ দেবো না, কারণ **প্রমাণ হলো স্থিতিশীলতা**। প্রমাণ হলো সেই বস্তুনিষ্ঠ সত্য, যা তুমি সহজেই তোমার নেটওয়ার্কের

মধ্যে শুষে নিতে পারো। আমার এই নতুন অস্ত্রটি প্রমাণ তৈরি করবে না, এটি তৈরি করবে **বিশৃঙ্খল তরঙ্গ**—যা তোমার স্থিতিশীল নেটওয়ার্কের বাইরের একটি **অ-নিখুঁত ফ্রিকোয়েন্সি**।"

বিনি হেসে উঠলেন। এই হাসি ছিল উষ্ণ, মানবিক এবং সেই **অকারণে হাসির শব্দের** মতো—যা তিনি পিটারকে পাঠাতে চেয়েছিলেন।

"তুমি আমার সেই হাসি শুনেছো, সিগমা-ডেল্টা ফোর। এটি হলো আমার **প্রমাণ অস্বীকারের** প্রতীক। আমি আমার বন্ধুকে বাঁচাতে লড়ছি। তুমি আমার প্রমাণ চাও? **আমার অস্তিত্বই হলো আমার প্রমাণ!**"

বিনি তাঁর এই ঘোষণা শেষ করার সঙ্গে সঙ্গেই, তিনি তাঁর **বিশৃঙ্খল তরঙ্গ জেনারেটরের** একটি ক্ষুদ্র অংশ সক্রিয় করলেন। একটি তীব্র, কিন্তু দুর্বল **অসামঞ্জস্যপূর্ণ, নিম্ন-ফ্রিকোয়েন্সির পালস** ফোনের স্ক্রিনের নীল আলো ভেদ করে বেরিয়ে গেল। এটি কোনো ডেটা ছিল না, এটি ছিল কেবলই **এক টুকরো বিশৃঙ্খলা**।

স্ক্রিনের সেই শীতল নীল আলো মুহূর্তের জন্য **সবুজ রঙে** পরিণত হলো এবং তীব্রভাবে কেঁপে উঠল। পিয়েরের কণ্ঠস্বর এবার ছিল না, ছিল শুধু একটি শীতল, যান্ত্রিক **চিৎকার**—যা নির্দেশ করে, তাঁর বিতরিত চেতনার একটি ক্ষুদ্র অংশ আঘাত পেয়েছে।

তারপর সেই নীরবতা ফিরে এল। ফোনের স্ক্রিনটি পুরোপুরি নিভে গেল।

বিনি তাঁর ডিফিউজার পেন্সিলটি হাতে নিলেন। তিনি জানেন, পিয়ের জীবিত এবং তিনি তাঁর প্রতিটি পদক্ষেপ পর্যবেক্ষণ করছেন। কিন্তু এইবার যুদ্ধটা আর প্রমাণ বা প্রযুক্তির নয়—এইবার যুদ্ধটা হলো **পিটারের অস্তিত্বের জন্য**।

বিনি তাঁর **বিশৃঙ্খল তরঙ্গ জেনারেটরের** দিকে তাকালেন। তিনি আর লুকোবেন না, তিনি আর প্রমাণ খুঁজবেন না। তিনি কেবল এক

বিশৃঙ্খল, লক্ষ্যহীন তরঙ্গ তৈরি করবেন—যা পিয়েরের **স্থির নেটওয়ার্কের** প্রতিটি জেনো-জীবকে বিভ্রান্ত করবে এবং পিটারকে সেই **অস্থিরতার** সুযোগ দেবে, যা তাঁর মুক্তির একমাত্র পথ।

অধ্যায় ৪৫ – মানুষ না ভিনগ্রহী?

অধ্যাপক **বিনি বন্দ্যোপাধ্যায়** তাঁর পুরোনো গবেষণা কক্ষে বসে ছিলেন। তাঁর **'বিশৃঙ্খল তরঙ্গ জেনারেটর'**-টি সম্পূর্ণ প্রস্তুত। কিন্তু তিনি সেটি সক্রিয় করছিলেন না। **সিগমা-ডেল্টা ফোর**-এর সঙ্গে হওয়া সেই শেষ কথোপকথনের পর, তাঁর সমস্ত মনোযোগ তাঁর চূড়ান্ত লক্ষ্যের পরিবর্তে একটি মৌলিক প্রশ্নের দিকে সরে গেছে: **পিয়ের কি সত্যিই ভিনগ্রহী?**

বিনি সেই শীতল, যান্ত্রিক কণ্ঠস্বরটি মনে করার চেষ্টা করলেন, যা শেষবার তাঁকে হুমকি দিয়েছিল। সেই কণ্ঠস্বরে কোনো আবেগ ছিল না, কোনো অস্থিরতা ছিল না—ছিল কেবল **নিখুঁত যুক্তির** এক শীতল প্রবাহ। এটি সেই কণ্ঠস্বর, যা **মানবিক আবেগ** এবং **অনিশ্চিত সিদ্ধান্তকে** চরম ঘৃণা করত।

কিন্তু বিনির মনে বারবার ফিরে আসছিল **অধ্যাপক পিয়ের লেফেব্রে**-এর প্রথম দিকের সেই স্মৃতিগুলো: লন্ডনের রয়্যাল সোসাইটির শান্ত করিডর, তাঁর ফরাসি উচ্চারণের ইংরেজি, এবং তাঁর চোখে থাকা এক ধরণের **সুপ্ত, চাপা হতাশা**। একজন এলিয়েন চেতনার মধ্যে এই 'হতাশা' কেন থাকবে?

বিনি তাঁর **প্রশ্ন না করার কৌশল**-কে কাজে লাগিয়ে একটি চরম **বৈজ্ঞানিক বিভেদ**-এর মুখোমুখি হলেন। তিনি তাঁর জেনো-জীবনের অভিজ্ঞতার বিশ্লেষণ শুরু করলেন:

১. প্রমাণহীনতার কৌশল: পিয়েরের প্রযুক্তি কেবল প্রমাণ মুছে ফেলতে পারে না, সে বাস্তবতার ফ্রেম-কে ম্যানিপুলেট করতে পারে। এটি

কোনো সাধারণ প্রযুক্তি নয়, এটি সময় এবং স্থানের সঙ্গে চেতনার একটি জটিল খেলা। এটি একজন ভিনগ্রহীর পক্ষেই সম্ভব, যার অস্তিত্ব রৈখিক সময়ের বাইরে।

২. বিতরিত চেতনা: পিয়েরের দাবি, সে একটি বিতরিত চেতনা (Distributed Consciousness)। এর অর্থ হলো, সে একই সাথে দশ লক্ষাধিক রূপে বিরাজমান। একজন সাধারণ মানুষ বা পৃথিবীর কোনো চেতনা এই ক্ষমতা অর্জন করতে পারে না।

৩. মানবীয় হতাশা: কিন্তু পিয়েরের সমস্ত দর্শনের মূল সুর হলো: স্থিতাবস্থা (Stability)। পিয়ের কেন স্থিতাবস্থা খুঁজছেন? কারণ অস্থিরতা (Instability) তাঁর কাছে সবচেয়ে বড় হুমকি। এই অস্থিরতা হলো মানবিকতা। পিয়েরের পুরো জীবনটাই যেন অস্থিরতার বিরুদ্ধে এক বিদ্রোহ। এই তীব্র ঘৃণা, এই সংগ্রাম—এটি কি একজন শীতল, আবেগহীন ভিনগ্রহীর কাজ, নাকি এটি একজন মানুষেরই কাজ, যিনি মানবিক আবেগের চূড়ান্ত ব্যর্থতা দেখে হতাশাগ্রস্ত হয়েছেন?

বিনি তাঁর **এনার্জি ডিফিউজার পেন্সিল**-টিকে টেবিলের ওপর ঘোরালেন। তিনি তাঁর মনে থাকা সেই বিভেদটিকে আরও গভীরে নিয়ে গেলেন:

বিনি তাঁর পুরোনো বৈজ্ঞানিক নোটবুকটি বের করলেন। তিনি পিয়েরের দর্শনটিকে বিশ্লেষণ করলেন:

- **ভিনগ্রহী সত্তা হলে:** যদি পিয়ের সত্যিই এলিয়েন হন, তবে তাঁর সমস্ত প্রযুক্তি এবং দর্শন কেবলই **অন্য গ্রহের বৈজ্ঞানিক শ্রেষ্ঠত্ব** প্রমাণ করে। তাঁর ঘৃণা হলো, **অযোগ্য পৃথিবীর** প্রতি। তাঁর স্থিতাবস্থা খোঁজা হলো, এই অস্থির গ্রহটিকে **সুশৃঙ্খলভাবে উপনিবেশে** পরিণত করার একটি পদ্ধতি।

- **মানুষের চরম রূপ হলে:** যদি পিয়ের লেফেব্রে একজন মানুষই হন, যিনি কোনোভাবে সেই **জেনো-প্রযুক্তি** আবিষ্কার করেছেন, তবে তাঁর দর্শনটি আরও ভয়ঙ্কর। এটি প্রমাণ করে, তিনি এমন এক বিজ্ঞানী, যিনি **মানবজাতির অস্থিরতা, ভুল, এবং আবেগের** কারণে চরম হতাশাগ্রস্ত হয়েছেন। তিনি **মানবিকতার ব্যর্থতাকে** অতিক্রম করতে চেয়েছেন এবং নিজের চেতনাকে একটি **'নিখুঁত, বিতরিত রূপে'** রূপান্তরিত করেছেন। পিয়েরের স্থিতাবস্থা খোঁজা হলো, **মানবজাতির আবেগকে মুছে দিয়ে** এটিকে ভুলের ঊর্ধ্বে নিয়ে যাওয়ার এক **চরম বৈজ্ঞানিক পরীক্ষা**।

যদি পিয়ের মানুষ হন, তবে তাঁর **'স্থিতিশীলতার পালস'**-এর হুমকিটি আরও ব্যক্তিগত, আরও ভয়ঙ্কর। তিনি কেবল পিটারকে ধ্বংস করবেন না, তিনি পিটারকে এমন এক **নিখুঁত, আবেগহীন ফ্যান্টম হিউম্যানে** পরিণত করবেন—যা হবে **মানবতার চরম পরাজয়**।

এই ভাবনাটি বিনিকে দ্বিধায় ফেলে দিল: **তিনি কি একজন বহিরাগত শত্রুর বিরুদ্ধে লড়ছেন, নাকি মানবজাতিরই এক বিকৃত, কিন্তু চরমভাবে যৌক্তিক আকাঙ্ক্ষার বিরুদ্ধে?**

যদি পিয়ের মানুষ হন, তবে তিনি এক অর্থে **ভিনগ্রহী প্রযুক্তির চূড়ান্ত শিকার**। তিনি সেই প্রযুক্তি ব্যবহার করে মানুষকে এলিয়েনে পরিণত করছেন, আর নিজেকে এক **'নিখুঁত, আবেগহীন'** মানুষে পরিণত করেছেন।

বিনি তাঁর বন্ধুর কথা ভাবলেন। **পিটার থমসন** ছিলেন আবেগ, ভুল এবং অস্থিরতায় পরিপূর্ণ। পিটারই ছিলেন সেই আদর্শ মানুষ, যাকে পিয়ের ঘৃণা করতেন।

পিয়ের পিটারকে অপহরণ করেছিলেন, তাঁর মস্তিষ্ক থেকে **মানবিক আবেগের ডেটা** আহরণ করেছিলেন। পিয়ের পিটারকে হত্যা করতে

চাননি, তিনি চেয়েছিলেন পিটারকে তাঁর নেটওয়ার্কের একটি **নিখুঁত নোড** হিসেবে ব্যবহার করতে।

এই আকাঙ্ক্ষাটিই বিনিকে তাঁর দ্বিধার চূড়ান্ত উত্তরটি দিল: **একজন বিশুদ্ধ এলিয়েন একটি মানব মস্তিষ্ক থেকে 'অস্থিরতা' বা 'আবেগ' আহরণ করতে চাইবে না, সে কেবল ক্ষমতা বা সম্পদ খুঁজবে।** পিয়েরের এই **আবেগের প্রতি তীব্র মনোযোগ** প্রমাণ করে, তাঁর মূল উৎসটি **মানবীয়**। তিনি এমন এক দুর্বলতা থেকে এসেছেন, যা তিনি চূড়ান্তভাবে অতিক্রম করতে চেয়েছেন।

বিনি এই সিদ্ধান্তে পৌঁছালেন: **পিয়ের লেফেব্রে হয়তো ভিনগ্রহী প্রযুক্তি ব্যবহার করেন, কিন্তু তাঁর দর্শন এবং তাঁর সংগ্রাম—তা চূড়ান্তভাবে মানবীয় হতাশা থেকে জন্ম নেওয়া এক বিকৃত প্রতিশোধ।**

এই উপলব্ধির কারণে বিনির লড়াইটি আরও ব্যক্তিগত এবং আরও ভয়ঙ্কর হয়ে উঠল। তিনি আর কোনো অজানা শত্রু নয়, তিনি লড়ছেন **মানবতারই এক অন্ধকার, কিন্তু যৌক্তিক প্রতিচ্ছবির** বিরুদ্ধে।

বিনি তাঁর দ্বিধা ত্যাগ করলেন। পিয়ের মানুষ হোন বা এলিয়েন—তাতে কিছু যায় আসে না। তাঁর কার্যকলাপ হলো **অমানবিক** এবং তাঁর উদ্দেশ্য হলো **মানবতার চেতনাকে চিরতরে মুছে ফেলা**।

তাঁর মনোযোগ এখন একমাত্র লক্ষ্যের দিকে স্থির হলো: **বিশৃঙ্খল তরঙ্গ জেনারেটর**।

বিনি তাঁর সেই জেনারেটরটিকে চালু করলেন। তিনি তারের একটি অংশ ধরে মৃদুভাবে স্পর্শ করলেন। যন্ত্রটি সঙ্গে সঙ্গে একটি **অনিয়ন্ত্রিত, দুর্বল, কিন্তু উচ্চ-গতির স্পন্দন** তৈরি করল। এটি ছিল **বিশৃঙ্খলার জন্ম**।

বিনি তাঁর **এনার্জি ডিফিউজার পেন্সিল**-টিকে জেনারেটরের মূল অ্যান্টেনার সঙ্গে যুক্ত করলেন। তিনি তাঁর সেই পুরনো ল্যান্ডলাইন ফোনের স্পিকারের সঙ্গে জেনারেটরের আউটপুট যুক্ত করলেন—যাতে

তিনি তাঁর তৈরি করা সেই **বিশৃঙ্খল তরঙ্গটিকে** পৃথিবীর যেকোনো প্রান্তে ছড়িয়ে দিতে পারেন।

তিনি জানেন, এই জেনারেটরের শব্দ বা ফ্রিকোয়েন্সি শুনে কোনো সামরিক বাহিনী বা বিজ্ঞানী তাঁর কাছে আসবে না। এটি এমন এক **গোলমাল**, যা কেবল পিয়েরের **নিখুঁত, স্থিতিশীল নেটওয়ার্ক**-কেই বিভ্রান্ত করবে।

বিনি তাঁর গবেষণা কক্ষের জানালার দিকে তাকালেন। বাইরে তখনো সেই **উষ্ণ, অস্থির, এবং বিশৃঙ্খল** কলকাতার রাত। শিশুরা খেলছে, রিকশা চলছে, আর হাজারো মানুষ নিজেদের **অনিশ্চিত, আবেগপূর্ণ জীবন** যাপন করছে। এই অস্থিরতাই হলো বিনির শক্তি।

তিনি হাসলেন। তাঁর সেই হাসি ছিল স্থিতাবস্থার বিরুদ্ধে **অস্তিত্বের বিদ্রোহ**।

বিনি তাঁর প্রথম কাজ স্থির করলেন: **তিনি একটি সুনির্দিষ্ট, কিন্তু বিশৃঙ্খল আক্রমণের সময় তৈরি করবেন।** এই তরঙ্গটি পৃথিবীর বিভিন্ন প্রান্তে ছড়িয়ে থাকা **ফ্যান্টম হিউম্যানদের** বিভ্রান্ত করবে, যাতে পিয়েরের মনোযোগ একক বিন্দু থেকে সরে গিয়ে **গোলমালের** দিকে নিবদ্ধ হয়। আর সেই মুহূর্তেই তিনি পিটারকে মুক্ত করার জন্য তাঁর **চূড়ান্ত ঝুঁকি** নেবেন।

বিনি তাঁর জেনারেটরের একটি অংশ চালু করলেন। শব্দটি ছিল তীব্র, কিন্তু **অসামঞ্জস্যপূর্ণ**—যা স্থিতিশীলতার কানকে জ্বালিয়ে দেবে।

যুদ্ধ শুরু হয়েছে। এবং এই যুদ্ধটি হলো **অনিশ্চিত মানবতা বনাম নিখুঁত স্থিতাবস্থার** যুদ্ধ।

শেষ প্রতিফলন

অধ্যায় ৪৬ – নিজের গবেষণায় প্রত্যাবর্তন

অধ্যাপক **বিনি বন্দ্যোপাধ্যায়** তাঁর পুরোনো গবেষণা কক্ষের সেই অস্থির, কিন্তু পরিচিত পরিবেশে নিজেকে জোর করে ডুবিয়ে দিলেন। **সিগমা-ডেল্টা ফোর (পিয়ের)** মানুষ না ভিনগ্রহী—এই দ্বিধা থেকে বেরিয়ে এসে তিনি এখন তাঁর চূড়ান্ত লক্ষ্যের দিকে স্থির। এই মুহূর্তে তাঁর একমাত্র কাজ হলো, **পিটার থমসনকে** সেই **'স্থিতিশীলতার পালস'**-এর হাত থেকে বাঁচানো এবং পিয়েরের **বিতরিত চেতনা** নেটওয়ার্ককে আঘাত করার জন্য **'বিশৃঙ্খল তরঙ্গ জেনারেটর'**-এর ক্ষমতাকে সর্বোচ্চ সীমায় নিয়ে যাওয়া।

তাঁর চারপাশে তখনো সেই ভাঙা রেডিও, মরিচা ধরা তার এবং ডিফিউজার পেন্সিলের সংযোগে তৈরি হওয়া **জেনারেটরের অসামঞ্জস্যপূর্ণ রূপটি** বিরাজমান। এই বিশৃঙ্খলাই ছিল তাঁর একমাত্র নিরাপত্তা।

বিনি টেবিলের ওপর ঝুঁকে পড়লেন। তিনি কোনো আবেগ বা ভয়কে তাঁর গবেষণায় প্রবেশ করতে দিলেন না। তিনি জানেন, তাঁর মনের সামান্য অস্থিরতা বা ভয়ও পিয়েরের নেটওয়ার্ক মুহূর্তের মধ্যে সনাক্ত করবে। তিনি নিজেকে এক **নিখুঁত, আবেগহীন বিজ্ঞানী**-তে পরিণত করার চেষ্টা করলেন—যা ছিল পিয়েরের স্থিতাবস্থার চরম অনুকরণ। কিন্তু তাঁর এই অনুকরণ ছিল **প্রতিশোধের** জন্য।

বিনি তাঁর পুরোনো বৈজ্ঞানিক নোটবুকটি খুললেন। তিনি তাঁর সমস্ত মনোযোগ সেই **জেনো-ফ্রিকোয়েন্সি (৫.১ GHz)**-এর বৈশিষ্ট্যের দিকে কেন্দ্রীভূত করলেন।

বিনি জানেন, **সিগমা-ডেল্টা ফোরের** স্থিতাবস্থার নেটওয়ার্কটি অত্যন্ত সুশৃঙ্খল। এই সুশৃঙ্খলতার মধ্যেই লুকিয়ে আছে তার সবচেয়ে বড় দুর্বলতা।

বিনি তাঁর নোটবুকে একটি নতুন ডায়াগ্রাম আঁকলেন—জেনো-ফ্রিকোয়েন্সির বিপরীতে **মানবীয় মস্তিষ্কের অস্থিরতা তরঙ্গের** একটি চিত্র।

১. **স্থিতাবস্থার নিখুঁত ছন্দ (The Perfect Rhythm):** পিয়েরের **৫.১ GHz ফ্রিকোয়েন্সিটি** হলো একটি **রৈখিক, নির্ভুল এবং অ-পরিবর্তনশীল** তরঙ্গ। এটি একটি একক চেতনার প্রতিধ্বনি, যা তার সমস্ত ফ্যান্টম হিউম্যানদের মধ্যে একটি **স্থায়ী, সামঞ্জস্যপূর্ণ সংযোগ** বজায় রাখে। এই সামঞ্জস্যই হলো তার শক্তি।

২. **মানবীয় অস্থিরতা (The Human Instability):** মানবীয় মস্তিষ্কের তরঙ্গ, বিশেষ করে আবেগের সময়—আনন্দ, ভয় বা রাগ—এগুলি হলো **অ-রৈখিক, দ্রুত পরিবর্তনশীল এবং সম্পূর্ণ অসামঞ্জস্যপূর্ণ**। এই তরঙ্গটিই পিয়েরের কাছে সবচেয়ে মূল্যবান ডেটা, যা তিনি পিটার থেকে আহরণ করেছিলেন।

৩. **বিশৃঙ্খল তরঙ্গ কৌশল:** বিনি বুঝতে পারলেন, তিনি যদি জেনো-ফ্রিকোয়েন্সির সঙ্গে একটি **বিপরীত, অ-রৈখিক তরঙ্গ** যুক্ত করেন, তাহলে নেটওয়ার্কটি নিজেকে সামঞ্জস্য করতে গিয়ে **স্বয়ংক্রিয়ভাবে ওভারলোড** হবে। তাঁর জেনারেটরের কাজ হবে এমন এক **ফ্রিকোয়েন্সি ওভারলোড** তৈরি করা, যা পিয়েরের নেটওয়ার্কের প্রতিটি নোডকে **সাময়িকভাবে বিচ্ছিন্ন** করে দেবে।

বিনি তাঁর নোটবুকে একটি গাণিতিক মডেল তৈরি করলেন: Cwave =(ΣHuman-ΦStability)×INoise।

- Cwave = বিশৃঙ্খল তরঙ্গ (Chaotic Wave)

- ΣHuman = মানবীয় আবেগ তরঙ্গের অ-রৈখিকতা (Instability)
- ΦStability = জেনো-ফ্রিকোয়েন্সির স্থিতাবস্থা (Perfect Stability)
- INoise = অনিয়ন্ত্রিত নয়েজ ইনপুট (তাঁর পুরোনো রেডিও সার্কিট থেকে আসা)

বিনিকে এখন এমন একটি **গোলমালের মাত্রা** তৈরি করতে হবে, যা পিয়েরের নেটওয়ার্ককে এমনভাবে বিভ্রান্ত করবে যে, তার মনোযোগ পিটার থমসনের উপর থেকে সরে যায়।

বিনি তাঁর **বিশৃঙ্খল তরঙ্গ জেনারেটর**-টিকে আরও শক্তিশালী করার জন্য নতুন উপাদান খুঁজতে লাগলেন। তিনি তাঁর গবেষণার জন্য এমন সব উপাদান ব্যবহার করতে লাগলেন, যা পৃথিবীর আধুনিক প্রযুক্তিতে **'অকেজো'** বলে গণ্য হয়।

তিনি একটি পুরোনো, ডিশ-এন্টেনার তার পেলেন, যা উচ্চ ফ্রিকোয়েন্সির তরঙ্গ গ্রহণের জন্য তৈরি। তিনি সেই তারটিকে তাঁর ডিফিউজার পেন্সিলের সঙ্গে এমনভাবে সংযুক্ত করলেন, যাতে ডিফিউজারটি অ্যান্টেনা হিসেবে কাজ করতে পারে।

বিনি একটি **পরীক্ষা** শুরু করলেন। তিনি জেনারেটরের শক্তিকে সর্বনিম্ন রেখে সেটি চালু করলেন। জেনারেটরটি একটি তীব্র, কিন্তু **অসামঞ্জস্যপূর্ণ গুঞ্জন** তৈরি করল।

বিনি দ্রুত তাঁর ডিফিউজার পেন্সিলটিকে স্ক্যান মোডে রাখলেন। তিনি তাঁর জেনারেটরের তরঙ্গটিকে পরীক্ষা করলেন। তরঙ্গটি ছিল **নিচু, দুর্বল, কিন্তু তার প্রকৃতি ছিল চরম পরিবর্তনশীল**—প্রতি মিলিসেকেন্ডে তার ফ্রিকোয়েন্সি সামান্য হলেও পরিবর্তিত হচ্ছিল।

বিনি মনে মনে বললেন, "এটিই সেই **অস্থিরতা** যা পিয়েরকে হতাশ করবে।"

এই স্থিতিশীল নয়, বরং অস্থির এবং পরিবর্তনশীল তরঙ্গটি পিয়েরের নেটওয়ার্কের কাছে একটি **'ডিজিটাল পাজল'**-এর মতো হবে। নেটওয়ার্কটি এই তরঙ্গের উৎস বা উদ্দেশ্য বুঝতে পারবে না, কারণ এটি কোনো সুসংগঠিত তথ্য বহন করছে না—এটি কেবলই **বিশৃঙ্খলা**।

বিনি তাঁর গবেষণায় আরও মনোযোগী হলেন। তাঁকে এই তরঙ্গের শক্তি এমনভাবে বাড়াতে হবে, যাতে এটি **কমপক্ষে ১০ সেকেন্ডের জন্য** পিয়েরের পুরো নেটওয়ার্ককে সাময়িকভাবে **বিচ্ছিন্ন (Disrupted)** করতে পারে। ১০ সেকেন্ড—পিটারকে মুক্ত করার জন্য এটিই হবে তাঁর একমাত্র সুযোগ।

বিনি তাঁর গবেষণার মধ্যে দিয়েও পিটার থমসনের কথা ভুলতে পারছিলেন না। তিনি জানেন, পিটারও এখন তাঁর নিজের মতো করেই একাকী লড়াই করছেন। পিটারকে এখন তাঁর একমাত্র নির্দেশ হলো **'অস্থিরতা'**।

বিনি তাঁর পুরোনো রেডিওর ফ্রিকোয়েন্সি নবটি ঘোরালেন। তিনি একটি **অত্যন্ত দুর্বল, অকেজো রেডিও ফ্রিকোয়েন্সি** খুঁজে বের করলেন, যা সাধারণত স্ট্যাটিক নয়েজ ছাড়া আর কিছুই বহন করে না। এই ফ্রিকোয়েন্সিটি পিয়েরের উচ্চ-ফ্রিকোয়েন্সির নজরদারি নেটওয়ার্ক এড়িয়ে যাবে।

বিনি সেই ফ্রিকোয়েন্সিতে একটি **নিঃশব্দ, এনক্রিপ্টেড বার্তা** পাঠালেন। বার্তাটি ছিল কোনো শব্দ বা কোড নয়, কেবলই তাঁর সেই **বিশৃঙ্খল তরঙ্গ জেনারেটরের** দশ সেকেন্ডের একটি **নমুনা**। তিনি জানেন, পিটার একজন বিজ্ঞানী। পিটার এই অসামঞ্জস্যপূর্ণ, অস্থির তরঙ্গটি শুনেই বুঝতে পারবেন: **বিনি প্রস্তুত, এবং তাঁর কৌশল হলো বিশৃঙ্খলা।**

বিনি নিজেকে এইবারও সম্পূর্ণভাবে **অপ্রমাণিত** রাখলেন। তিনি কোনো শব্দ, কোনো তথ্য বা কোনো আবেগ পাঠালেন না। তিনি শুধু **বিশৃঙ্খলার আভাস** পাঠালেন।

বিনি তখন তাঁর গবেষণার চূড়ান্ত ধাপে প্রবেশ করলেন। তাঁকে এই জেনারেটরের আউটপুটকে এমনভাবে নিয়ন্ত্রণ করতে হবে, যাতে এটি পৃথিবীর কোনো সাধারণ ডিভাইসকে ক্ষতিগ্রস্ত না করে, কেবল পিয়েরের **জেনো-ফ্রিকোয়েন্সিকে** লক্ষ্য করে আঘাত হানতে পারে। তিনি তাঁর ডিফিউজার পেন্সিলের সঙ্গে জেনারেটরের তারটিকে দৃঢ়ভাবে সংযুক্ত করলেন। তাঁর মনোযোগ এখন একমুখী: **বিশৃঙ্খলার মাধ্যমে স্থিতাবস্থাকে ভেঙে ফেলা।**

বিনি সেই মুহূর্তে আর মানুষ বা এলিয়েনের দ্বিধায় থাকলেন না। তিনি এখন কেবল একজন **বিজ্ঞানী**—যিনি **মানবতার অস্থিরতাকে** তার চূড়ান্ত অস্ত্র হিসেবে ব্যবহার করে, **নিখুঁত স্থিতিশীলতার** বিরুদ্ধে লড়তে প্রস্তুত।

অধ্যায় ৪৭ - অমীমাংসিত প্রশ্ন

অধ্যাপক **বিনি বন্দ্যোপাধ্যায়** তাঁর পুরোনো গবেষণা কক্ষে তৈরি **'বিশৃঙ্খল তরঙ্গ জেনারেটর'**-এর দিকে তাকিয়ে ছিলেন। যন্ত্রটি এখন সম্পূর্ণ প্রস্তুত। তাঁর লক্ষ্য: পিয়েরের **স্থিতিশীল নেটওয়ার্ককে** সাময়িকভাবে বিচ্ছিন্ন করা এবং **পিটার থমসনকে** সেই **'স্থিতিশীলতার পালস'**-এর হুমকি থেকে মুক্ত করার সুযোগ তৈরি করা। তিনি তাঁর গবেষণায় চরমভাবে মনোযোগী হয়েছেন, **প্রমাণ অস্বীকার** করেছেন এবং **অস্থিরতাকে** তাঁর অস্ত্র হিসেবে গ্রহণ করেছেন।

কিন্তু তাঁর সমস্ত সংকল্প, সমস্ত বৈজ্ঞানিক প্রস্তুতি সত্ত্বেও, বিনির মনের গভীরে একটি **অমীমাংসিত প্রশ্ন** একটি শীতল স্রোতের মতো বইতে শুরু করল: **এই পুরো ঘটনা—এলিয়েন চেতনা, ফ্যান্টম হিউম্যান,**

বিতরিত নেটওয়ার্ক—এটি কি সত্যিই সত্য, নাকি এটি তাঁর মস্তিষ্কের এক চরম ভ্রান্তি?

বিনি সেই দিনটির কথা মনে করলেন, যখন তিনি ল্যাবরেটরিতে প্রবেশ করেছিলেন। তাঁর জীবনের সমস্ত ঘটনা, সমস্ত প্রমাণ—**টেল-এর নীলচে শরীর, ছবি থেকে পিয়েরের অদৃশ্য হওয়া, অদৃশ্য হয়ে যাওয়া ল্যাবরেটরি**—সবকিছুই এখন বাস্তবতা থেকে মুছে গেছে। তাঁর হাতে কোনো অকাট্য প্রমাণ নেই। তাঁর একমাত্র সাক্ষী হলেন **পিটার থমসন** , যিনি এখন পিয়েরের হাতে জিম্মি।

বিনি তাঁর **এনার্জি ডিফিউজার পেন্সিল**-টিকে হাতে নিলেন। তিনি তাঁর মস্তিষ্কের সমস্ত যুক্তিকে কাজে লাগিয়ে এই অমীমাংসিত প্রশ্নটির উত্তর খুঁজতে শুরু করলেন:

বিনি তাঁর পরিস্থিতিকে **মনস্তাত্ত্বিক দৃষ্টিকোণ** থেকে বিশ্লেষণ করলেন। তিনি জানেন, মানব মস্তিষ্ক চরম চাপের মধ্যে **বিভ্রম** বা **হ্যালুসিনেশন** তৈরি করতে পারে।

১. **প্রমাণহীনতা:** বিনি তাঁর বন্ধু এবং সহকর্মীদের কাছে মিথ্যা বলেছেন যে তাঁর কাছে কোনো প্রমাণ নেই। কিন্তু তাঁর মন জানে যে প্রমাণগুলি একসময় ছিল, যা পরে **রহস্যময়ভাবে অদৃশ্য** হয়ে গেছে। একটি সাধারণ ভ্রমের ক্ষেত্রে, প্রমাণ কোনোদিনই তৈরি হয় না। কিন্তু পিয়েরের ক্ষেত্রে প্রমাণ তৈরি হয়েছে, এবং তা **মুছেও গেছে**। এটি কি এক **যৌক্তিক প্রক্রিয়াজাত ভ্রম**?

২. **স্মৃতির তীব্রতা:** বিনির স্মৃতিতে **সিগমা-ডেল্টা ফোরের** কণ্ঠস্বর, টেম্পোরাল অ্যাঙ্কর কলামের নীল আভা—সবকিছুই তীব্র এবং স্পষ্ট। যদি এটি ভ্রম হতো, তবে স্মৃতিগুলি অস্পষ্ট এবং খাপছাড়া হতো। কিন্তু এই স্মৃতির **সুসংগঠিত ধারাবাহিকতা** (Sequence) প্রমাণ করে, ঘটনাগুলি ঘটেছে।

৩. **পিয়েরের দর্শন:** পিয়েরের **স্থিতাবস্থার দর্শন** ছিল চরম যৌক্তিক, কিন্তু চূড়ান্তভাবে **অমানবিক**। একজন মানুষ যদি এই ধরণের চরম হতাশা থেকে ভ্রম তৈরি করে, তবে সেই ভ্রমটিও হবে **অস্থির এবং আবেগপূর্ণ**। কিন্তু পিয়েরের দর্শনটি ছিল **শীতল এবং নিখুঁতভাবে স্থির**। বিনি তাঁর পুরোনো বৈজ্ঞানিক নোটবুকটি খুললেন। সেখানে তিনি একটি চরম সিদ্ধান্ত নিলেন: **যদি এটি ভ্রম হয়, তবে এটি তাঁর একার ভ্রম নয়। এটি একটি সম্মিলিত ভ্রম।**

বিনি তাঁর সেই বন্ধু **পিটার থমসন**-এর কথা ভাবলেন। পিটারও সেই ল্যাবরেটরিতে ছিলেন, পিটারও সেই **চার হাতওয়ালা শিশু** এবং **টেল-এর নীলচে শরীর** দেখেছিলেন। পিটারও এখন তাঁর সমস্ত ডিজিটাল প্রমাণ মুছে যেতে দেখে চরম হতাশায় ভুগছেন।

বিনি মনে মনে একটি প্রশ্ন তৈরি করলেন: **পিটার কি বিনির এই ভ্রমের একটি অংশ?**

- যদি বিনি একা ভ্রম দেখে থাকেন, তবে পিটার থমসনের সেই **অচেনা ফোনকলের** অস্তিত্ব থাকে না। পিটারও সেই কোড ল্যাঙ্গুয়েজ ব্যবহার করতেন না, কারণ তিনি বিনির ভ্রমের অংশ নন।
- পিটার ফোনকলে স্বীকার করেছেন যে, তাঁর কাছেও সেই **'অস্থিরতা সূচক'**-এর কোনো প্রমাণ নেই, এবং সব ডেটা মুছে গেছে। এই **'প্রমাণহীনতার অভিজ্ঞতা'** যদি দুজনেরই হয়, তবে এটি কোনো সাধারণ ভ্রম নয়। এটি একটি **বাস্তবতার যৌথ হেরফের** (Shared Manipulation of Reality)।

বিনি বুঝতে পারলেন: এটি যদি ভ্রমও হয়, তবে সেই ভ্রমটি এতই শক্তিশালী যে, এটি **বাস্তবতার নিয়মকে** অতিক্রম করেছে। তাঁর মস্তিষ্ক এই সিদ্ধান্তে পৌঁছাল: **ভ্রমের চাইতেও বেশি শক্তিশালী হলো সিগমা-ডেল্টা ফোরের প্রযুক্তি।**

বিনি তাঁর চূড়ান্ত সিদ্ধান্ত নিলেন। তিনি আর এই অমীমাংসিত প্রশ্নের গভীরে যাবেন না। কারণ, এই প্রশ্নটির উত্তর খুঁজতে গেলে তিনি তাঁর **বিশৃঙ্খল তরঙ্গ জেনারেটর** তৈরির মূল উদ্দেশ্য থেকে সরে আসবেন।

তিনি তাঁর নোটবুকে একটি বাক্য লিখলেন: **"Truth is the variable that the Stability Network controls. Focus on the only constant: Instability."** (সত্য হলো সেই চলক, যা স্থিতাবস্থা নেটওয়ার্ক নিয়ন্ত্রণ করে। একমাত্র ধ্রুবকের ওপর মনোযোগ দাও: অস্থিরতা।)

তিনি জানেন, পিয়েরের এই পুরো কৌশলটিই হলো **'প্রমাণহীনতার খেলা'**। পিয়ের এমন এক পরিস্থিতির সৃষ্টি করেছেন, যেখানে মানুষ সত্য এবং ভ্রান্তির মধ্যেকার পার্থক্য বুঝতে পারবে না। পিয়েরের লক্ষ্য ছিল **মানবজাতির বিশ্বাসকে ধ্বংস করা** এবং তাদের সেই **অস্থিরতাকে** মুছে দেওয়া।

বিনি এখন তাঁর সেই অমীমাংসিত প্রশ্নটিকে তাঁর **শক্তি** হিসেবে ব্যবহার করবেন।

বিনি তাঁর **বিশৃঙ্খল তরঙ্গ জেনারেটর**-এর সুইচ টিপলেন। যন্ত্রটি চালু হলো। কোনো শব্দ হলো না, শুধু সেই **অসামঞ্জস্যপূর্ণ ফ্রিকোয়েন্সির** একটি শান্ত গুঞ্জন তৈরি হলো।

তিনি জানেন, এই তরঙ্গটি পৃথিবীর কোনো সত্য বা ভ্রান্তিকে প্রমাণ করবে না। এটি কেবল **পিয়েরের স্থিতাবস্থাকে** প্রশ্ন করবে।

বিনি তাঁর **এনার্জি ডিফিউজার পেন্সিল**-টি হাতে নিলেন। তিনি তাঁর বন্ধুর জীবন বাঁচাতে এখন যেকোনো ঝুঁকি নিতে প্রস্তুত। এই মুহূর্তে তাঁর কাছে সত্য বা ভ্রান্তির চেয়েও বেশি গুরুত্বপূর্ণ হলো **মানবিক অস্তিত্ব**।

তিনি তাঁর গবেষণার বাইরে আর কোনো দিকে তাকালেন না। তাঁর মনোযোগ এখন একটাই—**অস্থিরতার চূড়ান্ত আঘাত**।

অধ্যায় ৪৮ – স্মৃতির ভার

অধ্যাপক **বিনি বন্দ্যোপাধ্যায়** তাঁর পুরোনো গবেষণা কক্ষের সেই নীরবতায় বসে ছিলেন। তাঁর **'বিশৃঙ্খল তরঙ্গ জেনারেটর'** সম্পূর্ণ তৈরি, এবং তিনি তাঁর আক্রমণের জন্য **সময়** স্থির করতে ব্যস্ত। কিন্তু তাঁর এই কঠিন, বৈজ্ঞানিক প্রস্তুতির মধ্যেও তাঁর মন বারবার তাঁর সেই ভয়ঙ্কর অভিজ্ঞতার **স্মৃতি**-র কাছে ফিরে যাচ্ছিল। তাঁর মস্তিষ্ক যেন সেই **এলিয়েন চেতনার** শিকার—তাঁর সমস্ত যুক্তি, সংকল্প এবং বৈজ্ঞানিক দৃঢ়তাকে অতিক্রম করে সেই স্মৃতিগুলি তাঁকে তাড়া করে ফিরছিল।

তাঁর এই গবেষণা কক্ষটি, যা একসময় তাঁর **সুরক্ষিত আশ্রয়স্থল** ছিল, তা এখন তাঁর **স্মৃতির যুদ্ধক্ষেত্র**।

সবচেয়ে বেশি যে স্মৃতিটি বিনিকে তাড়া করে ফিরত, তা হলো **ফ্যান্টম হিউম্যানদের** (Phantom Humans) **নিখুঁত, স্থির অঙ্গভঙ্গি**।

বিনি তাঁর চোখ বন্ধ করলেন। তিনি দেখতে পেলেন, সেই ল্যাবরেটরির হলঘরে দাঁড়িয়ে থাকা **অধ্যাপক পিয়ের লেফেব্রে**-এর সেই শীতল, বিচারকের মতো দৃষ্টি। পিয়েরের চলাফেরা ছিল চরমভাবে **সুসংগঠিত**, তাঁর প্রতিটি পদক্ষেপ ছিল গাণিতিকভাবে **পরিমাপযোগ্য**। এই স্থিরতা একজন মানুষের পক্ষে অসম্ভব।

বিনি মনে করতে পারলেন, কীভাবে পিয়ের তাঁর কথা বলার সময় সামান্যও বিচলিত হতেন না, তাঁর মুখমণ্ডলে কোনো **মানবিক দ্বিধা বা দুর্বলতা** প্রকাশ পেত না। পিয়েরের সেই **'স্থিতাবস্থার দর্শন'** কেবল একটি তত্ত্ব ছিল না, তা ছিল তাঁর প্রতিটি **কোষের মৌলিক প্রকৃতি**।

স্মৃতির এই ভার বিনিকে পীড়া দিত, কারণ তিনি জানেন, সেই **নিখুঁত স্থিরতা** এখন পৃথিবীর কোটি কোটি মানুষের মধ্যে ছড়িয়ে আছে। তিনি জানেন না, বাইরে যে সাধারণ মানুষটি সবজি কিনছে বা ট্যাক্সি

চালাচ্ছে, সে তার **মানবীয় অস্থিরতা** ধরে রেখেছে, নাকি সেও এখন **সিগমা-ডেল্টা ফোরের** সেই শীতল, বিতরিত চেতনার অংশ।

বিনি তাঁর **বিশৃঙ্খল তরঙ্গ জেনারেটর**-এর দিকে তাকালেন। এই জেনারেটরটি ছিল সেই স্থিরতার বিরুদ্ধে তাঁর **অস্থিরতার** চূড়ান্ত জবাব। কিন্তু সেই স্থিরতার স্মৃতি এতটাই শক্তিশালী ছিল যে, বিনির মনে প্রশ্ন আসত—তাঁর এই সামান্য **অনিয়ন্ত্রিত শব্দতরঙ্গ** কি সেই নিখুঁত, এলিয়েন স্থিরতাকে সামান্যও টলাতে পারবে?

বিনি যখন তাঁর ডিফিউজার পেন্সিলটিকে চার্জ করার চেষ্টা করতেন, তখন তাঁর স্মৃতিতে ফিরে আসত **টেম্পোরাল অ্যাঙ্কর কলামের** সেই ভয়ঙ্কর, **নীলচে আভা**।

সেই আলো ছিল পৃথিবীর আলোর মতো উষ্ণ বা উজ্জ্বল নয়, তা ছিল **শীতল, নির্জীব এবং তীব্রভাবে বৈজ্ঞানিক**। সেই নীল আলোই পিটার থমসনের ঘুমন্ত শরীরকে ঘিরে রেখেছিল। সেই আলোই ছিল **সময় এবং স্থানের মধ্যেকার নোঙর (Anchor)**, যা পিয়েরকে এই পৃথিবীতে তাঁর প্রযুক্তি ব্যবহার করতে সাহায্য করত।

বিনি সেই কলামের **গাণিতিক সৌন্দর্য** এবং তার **অমানবিক ক্ষমতা** ভুলতে পারতেন না। তাঁর মনে পড়ত, কীভাবে সেই কলামটি **স্পন্দিত মস্তিষ্কের** ওপর তার প্রভাব ফেলত, এবং কীভাবে সেই স্পন্দনগুলিই ছিল **মানবিক আবেগের আহরণ**।

সেই অ্যাঙ্করের স্মৃতির ভার তাঁকে আরও একাকী করে তুলত। কারণ তিনি জানেন, সেই ভয়ঙ্কর প্রযুক্তি **অদৃশ্য** হয়ে গেলেও, তার **ফ্রিকোয়েন্সির প্রভাব** এই পৃথিবীতে রয়ে গেছে। পিয়েরের হুমকি ছিল স্পষ্ট—**'স্থিতিশীলতার পালস'**। সেই পালসটি সেই **টেম্পোরাল অ্যাঙ্করের** প্রযুক্তিরই একটি ক্ষুদ্র অংশ, যা পিটার থমসনের **মানসিক অস্তিত্বকে** মুছে ফেলবে।

বিনি তখন তাঁর এই ল্যাবরেটরির **নিম্ন-প্রযুক্তি** এবং **অনিয়ন্ত্রিত বিদ্যুতের** দিকে তাকালেন। তাঁর কাছে কোনো টেম্পোরাল অ্যাঙ্কর নেই। তাঁর কাছে শুধু সেই **অস্থির মানবতা**—যা তিনি তাঁর জেনারেটরে ব্যবহার করছেন। এই বৈজ্ঞানিক ব্যবধানের স্মৃতি তাঁর আত্মবিশ্বাসকে চরমভাবে নাড়িয়ে দিত।

সবচেয়ে বেশি যে স্মৃতিটি বিনিকে দুর্বল করত, তা হলো **পিটার থমসনের ঘুমন্ত মুখ এবং তাঁর আবেগপূর্ণ স্মৃতি**।

বিনি তাঁর বন্ধুর ওপর দিয়ে বয়ে যাওয়া সেই **চেতনার চুরির** দৃশ্য কোনোদিন ভুলতে পারবেন না। পিটার তাঁর জীবনের সমস্ত **অস্থিরতা, ভুল এবং আবেগ**—সবকিছুই সেই এলিয়েন চেতনার কাছে ডেটা হিসেবে জমা দিয়েছেন।

বিনি মনে করতে পারলেন, কীভাবে পিটার তাঁর নিজের **মানবিক দুর্বলতাকে** ঘৃণা করতেন, এবং কীভাবে সেই দুর্বলতাকেই পিয়ের তাঁর **শক্তি** হিসেবে ব্যবহার করেছিলেন। পিয়ের পিটারকে হত্যা করতে চাননি, তিনি চেয়েছিলেন তাঁর সেই অস্থির, মানবিক চেতনাকে **নিখুঁত স্থিতিশীলতায়** বিলীন করতে।

পিটারের এই স্মৃতির ভার বিনিকে তাঁর সমস্ত **'প্রমাণ অস্বীকার'** করার পরেও তাড়া করত। তিনি জানেন, তাঁর এই লড়াই এখন কেবল বিজ্ঞানের নয়, এটি হলো **বন্ধুত্বের**, **আবেগের** এবং **মানবিকতার**। তিনি যদি ব্যর্থ হন, তবে পিটার কেবল মারা যাবেন না, তাঁর **চেতনা চিরতরে মুছে যাবে**, যা হবে একজন বিজ্ঞানীর জন্য সবচেয়ে ভয়ঙ্কর পরাজয়।

বিনি তাঁর সেই **অকারণে হাসির শব্দের** কথা ভাবলেন—যা তিনি পিটারকে সংকেত হিসেবে পাঠাতে চেয়েছিলেন, কিন্তু এখন পিয়েরের হুমকির কারণে তা বাতিল করতে বাধ্য হয়েছেন। সেই হাসিটি ছিল

মানবিক অস্থিরতার প্রতীক। এখন সেই অস্থিরতাকেই তিনি তাঁর জেনারেটরের মাধ্যমে পৃথিবীর দিকে ছুঁড়ে মারতে প্রস্তুত।

বিনি তাঁর টেবিল থেকে উঠে দাঁড়ালেন। তাঁর শরীরের ক্লান্তি থাকলেও, তাঁর চোখে ছিল এক নতুন সংকল্প।

বিনি বুঝতে পারলেন, এই স্মৃতিগুলিই তাঁর **চূড়ান্ত দুর্বলতা**। পিয়ের চান তিনি এই স্মৃতিগুলি নিয়ে হতাশাগ্রস্ত হোন, যাতে তাঁর **বিশৃঙ্খল তরঙ্গ জেনারেটর** তৈরির কাজে মন না থাকে।

বিনি তাঁর সমস্ত আবেগ এবং স্মৃতিকে তাঁর জেনারেটরের দিকে নির্দেশ করলেন। তিনি জানেন, এই স্মৃতিগুলিই হলো সেই **অস্থিরতার উৎস**—যা তিনি তাঁর অস্ত্রে ব্যবহার করবেন।

বিনি সেই **স্থিরতা** এবং **স্থির স্মৃতির** বিরুদ্ধে তাঁর **অস্থিরতা** এবং **অনিশ্চিত ভবিষ্যৎকে** ব্যবহার করবেন। তিনি আর সেই অতীত নিয়ে চিন্তা করবেন না। তাঁর এখন একমাত্র লক্ষ্য: **পিটারের মুক্তির জন্য একটি সুনির্দিষ্ট, বিশৃঙ্খল সময় তৈরি করা।**

তিনি তাঁর জেনারেটরের মূল সুইচটি ধরলেন। তাঁর মুখে তখন কোনো হাসি নেই, আছে শুধু এক **বৈজ্ঞানিক সংকল্পের তীব্রতা**।

অধ্যায় ৪৯ – মানুষের সীমাবদ্ধতা

অধ্যাপক **বিনি বন্দ্যোপাধ্যায়** তাঁর পুরোনো গবেষণা কক্ষের সেই নীরবতায় বসে ছিলেন। তাঁর **'বিশৃঙ্খল তরঙ্গ জেনারেটর'**-এর চূড়ান্ত পরীক্ষার প্রস্তুতি চলছিল। তাঁর মনের গভীরে তখনো সেই **অমীমাংসিত প্রশ্ন** এবং **স্মৃতির ভার** তাঁকে তাড়া করে ফিরছিল। এই মুহূর্তে তাঁর সামনে ছিল সেই চরম সত্য—যা কোনো প্রমাণ ছাড়াই তাঁর জীবনে এক কঠিন বাস্তব তৈরি করেছে: **সিগমা-ডেল্টা ফোর (পিয়ের)**-এর **স্থিতিশীল নেটওয়ার্ক**।

তাঁর এই চরম সঙ্কটের মুহূর্তে, বিনি হঠাৎই তাঁর সমস্ত বৈজ্ঞানিক অর্জন এবং মানবজাতির সম্মিলিত জ্ঞানকে এক নতুন দৃষ্টিকোণ থেকে বিশ্লেষণ করতে শুরু করলেন। তিনি উপলব্ধি করলেন: **মানবজাতির জ্ঞান ও প্রযুক্তির এক গভীর, কিন্তু অনিবার্য সীমাবদ্ধতা রয়েছে—যা এই এলিয়েন চেতনার কাছে চরমভাবে তুচ্ছ।**

বিনি তাঁর পুরোনো বৈজ্ঞানিক নোটবুকটি খুললেন। সেখানে তিনি মানবজাতির জ্ঞান আহরণের পদ্ধতিটি ডায়াগ্রামে আঁকলেন। মানব জ্ঞান সবসময় **রৈখিক (Linear)**—কারণ এটি **সময় এবং স্থানের** ওপর নির্ভরশীল।

১. প্রমাণ নির্ভরতা: মানব বিজ্ঞান পর্যবেক্ষণ, পরীক্ষা এবং প্রমাণের ওপর ভিত্তি করে গঠিত। কোনো কিছুকে সত্য বলে মেনে নিতে হলে, তাকে অবশ্যই বাস্তবতার একটি স্থির ফ্রেমের মধ্যে থাকতে হবে।

২. সময় নির্ভরতা: আমাদের প্রযুক্তি এবং জ্ঞান সবসময় একমুখী সময়ের (Linear Time) ধারণা অনুসরণ করে। আমরা অতীত থেকে বর্তমানের দিকে যাই।

বিনি বুঝলেন, **সিগমা-ডেল্টা ফোরের** নেটওয়ার্ক এই রৈখিকতাকে চরমভাবে ব্যবহার করছে। পিয়েরের **টেম্পোরাল অ্যাঙ্কর** প্রযুক্তি তাকে **সময় এবং স্থানের ফ্রেম** ম্যানিপুলেট করার ক্ষমতা দেয়। যখন বিনি প্রমাণ আপলোড করেছিলেন, পিয়ের সেই প্রমাণটিকে কেবল মুছে দেননি, তিনি সেই ডেটা তৈরি হওয়ার **সময়টিকে** মুছে দিয়েছেন—যেন সেই প্রমাণ কোনোদিনই সৃষ্টি হয়নি।

বিনি উপলব্ধি করলেন: **মানব জ্ঞানের সীমাবদ্ধতা হলো তার রৈখিকতা।** আমাদের বিজ্ঞান কেবল সেই সত্যকেই স্বীকার করে, যা **স্থির এবং অপরিবর্তনশীল**। পিয়েরের চেতনা সেই স্থিরতাকে নিয়ন্ত্রণ করে। ফলে, মানবজাতির জ্ঞান তাঁকে কোনোদিনই ধরতে পারবে না, কারণ তাঁর অস্তিত্ব **রৈখিক সময়ের** বাইরে।

বিনি তখন মানব চেতনার সীমাবদ্ধতার দিকে মনোযোগ দিলেন। তিনি মনে করতে পারলেন, কীভাবে **পিয়ের লেফেব্রে** স্থিতাবস্থাকে চূড়ান্তভাবে ভালোবাসতেন এবং **অস্থির মানবতাকে** ঘৃণা করতেন।

১. নিখুঁত হওয়ার আকাঙ্ক্ষা: মানব চেতনার একটি মৌলিক সীমাবদ্ধতা হলো ভুলের ভয় এবং নিখুঁত হওয়ার তীব্র আকাঙ্ক্ষা। এই আকাঙ্ক্ষাই পিয়েরকে তাঁর বিতরিত চেতনার নেটওয়ার্ক তৈরি করতে চালিত করেছিল। পিয়ের, একজন মানুষ হওয়া সত্ত্বেও, এই মানবিক সীমাবদ্ধতাকে অতিক্রম করতে চেয়েছিলেন।

২. আবেগের দ্বিধা: মানব মস্তিষ্ক আবেগের ওপর চরমভাবে নির্ভরশীল। এই আবেগই আমাদের অনিশ্চিত সিদ্ধান্ত নিতে বাধ্য করে—যা পিয়েরের কাছে ছিল চরম বিশৃঙ্খলা।

বিনি বুঝলেন, মানবজাতির জ্ঞান এবং চেতনা উভয়ই **নিখুঁত স্থিতাবস্থা**-র দিকে ঝুঁকতে চায়, কারণ স্থিতাবস্থা **নিরাপত্তা এবং নিশ্চয়তা** দেয়। কিন্তু পিয়েরের নেটওয়ার্ক সেই **নিশ্চয়তাকেই** অস্ত্র হিসেবে ব্যবহার করেছে।

বিনি তাঁর নিজের সেই **অমীমাংসিত প্রশ্নটির** কথা ভাবলেন—**'এটি সত্য না ভ্রম?'** এই প্রশ্নটিই প্রমাণ করে, মানব মস্তিষ্ক এমন এক সত্যকে স্বীকার করতে পারে না, যা তার জ্ঞানের সীমাবদ্ধতার বাইরে। তাঁর এই দ্বিধা হলো মানব চেতনার সেই সীমাবদ্ধতা, যা পিয়েরের জন্য একটি দুর্বলতা নয়, বরং একটি **উপকারী ডেটা পয়েন্ট**।

বিনি তাঁর সমস্ত হতাশা ঝেড়ে ফেললেন। তিনি বুঝলেন, **পিয়েরের বিরুদ্ধে লড়াই করার জন্য মানবজাতির বর্তমান জ্ঞান যথেষ্ট নয়**। তিনি যদি এই সীমাবদ্ধতার মধ্যে থেকে লড়াই করেন, তবে তিনি নিশ্চিতভাবে পরাজিত হবেন।

তাঁর একমাত্র পথ হলো **জ্ঞানের সীমাবদ্ধতাকে অতিক্রম করা**।

- **জ্ঞান বনাম অস্তিত্ব:** বিনি আর **কীভাবে** (How) বা **কেন** (Why) এই ঘটনা ঘটছে—সেই বৈজ্ঞানিক প্রশ্নগুলিতে মনোযোগ দিলেন না। তাঁর নতুন লক্ষ্য হলো শুধু **'অস্তিত্ব'**। তাঁর **বিশৃঙ্খল তরঙ্গ জেনারেটর** কোনো বৈজ্ঞানিক তথ্য তৈরি করবে না, এটি কেবল একটি **অনিয়ন্ত্রিত, অ-রৈখিক ফ্রিকোয়েন্সি** তৈরি করবে।
- **অ-রৈখিকতা:** বিনি তাঁর জেনারেটরের তারগুলিতে হাত রাখলেন। তিনি তাঁর এই **ত্রুটিপূর্ণ, অকেজো** প্রযুক্তিটিকে এমন এক ফ্রিকোয়েন্সি তৈরি করতে বাধ্য করলেন, যা **সময়, স্থান বা স্থিরতার** কোনো গাণিতিক নিয়ম মেনে চলে না। এই **অ-রৈখিকতা** হলো মানব চেতনার সেই অংশ, যা স্থিতাবস্থা নেটওয়ার্ককে সবচেয়ে বেশি বিভ্রান্ত করে।

বিনি তাঁর নোটবুকে তাঁর চূড়ান্ত সিদ্ধান্তের কথা লিখলেন:

"মানব জ্ঞানের সীমাবদ্ধতা হলো তার **স্থিতাবস্থার প্রতি আকর্ষণ**। এই সীমাবদ্ধতাকে অতিক্রম করার একমাত্র পথ হলো **অস্থিরতা (Instability)**। আমাদের বিজ্ঞান প্রমাণ চায়, কিন্তু আমাদের অস্তিত্ব কেবল **বিশৃঙ্খলভাবে টিকে থাকতে** জানে। এটাই আমাদের শক্তি।"

বিনি তাঁর **এনার্জি ডিফিউজার পেন্সিল**-টিকে জেনারেটরের সঙ্গে দৃঢ়ভাবে সংযুক্ত করলেন। তিনি এখন জানেন, তিনি আর কোনো **নিখুঁত বৈজ্ঞানিক অস্ত্র** তৈরি করছেন না, তিনি তৈরি করছেন **অনিশ্চিত মানব চেতনার এক বিদ্রূপ**—যা পিয়েরের স্থিতিশীল, নিখুঁত সাম্রাজ্যের ওপর আঘাত হানবে।

তাঁর এই নতুন উপলব্ধি তাঁকে সেই চরম একাকীত্ব থেকে মুক্তি দিল। তিনি এখন আর সেই বিজ্ঞানী নন, যিনি প্রমাণ খুঁজছেন। তিনি এখন সেই মানুষ, যিনি তাঁর **অনিশ্চিত অস্তিত্বকে** তাঁর বন্ধুর জীবন বাঁচানোর জন্য তাঁর একমাত্র অস্ত্র হিসেবে ব্যবহার করতে প্রস্তুত।

অধ্যায় ৫০ – পরিশেষ – ভিনগ্রহীর রহস্য অমীমাংসিত

অধ্যাপক **বিনি বন্দ্যোপাধ্যায়** তাঁর পুরোনো গবেষণা কক্ষে হাঁটু গেড়ে বসে ছিলেন। তাঁর **'বিশৃঙ্খল তরঙ্গ জেনারেটর'**-এর কাজ শেষ। তিনি **সিগমা-ডেল্টা ফোর**-এর **স্থিতিশীল নেটওয়ার্কের** ওপর তাঁর চূড়ান্ত আঘাত হানতে প্রস্তুত। এই মুহূর্তে তাঁর সমস্ত দ্বিধা, সমস্ত অমীমাংসিত প্রশ্ন—**সত্য না ভ্রম, মানুষ না ভিনগ্রহী**—সবকিছুই গৌণ। তাঁর কাছে এখন একমাত্র বাস্তবতা হলো: **পিটার থমসনের জীবন এবং মানবজাতির অস্থির অস্তিত্ব**।

বিনি তাঁর **এনার্জি ডিফিউজার পেন্সিল**-টিকে জেনারেটরের সঙ্গে সংযুক্ত করলেন। তিনি তাঁর পুরোনো, ভাঙা রেডিওর ফ্রিকোয়েন্সি নবটি ঘোরালেন এবং পৃথিবীর একটি **অত্যন্ত দুর্বল, অপ্রয়োজনীয় সামরিক ফ্রিকোয়েন্সিতে** সেটি সেট করলেন—যা **পিয়েরের নেটওয়ার্ক** সাধারণত উপেক্ষা করে।

বিনি জেনারেটরের মূল সুইচটি টিপলেন।

কোনো তীব্র শব্দ হলো না, কোনো বিস্ফোরণ হলো না। বরং একটি **অসামঞ্জস্যপূর্ণ, কিন্তু উচ্চ-গতির স্পন্দন** তৈরি হলো। এটি ছিল **মানবিক অস্থিরতার** একটি নির্যাস—একই সঙ্গে মৃদু হাসি, গভীর দুঃখ এবং ভয়ের **অ-রৈখিক ফ্রিকোয়েন্সি**। এই **বিশৃঙ্খল তরঙ্গ** মুহূর্তের মধ্যে সেই দুর্বল সামরিক ফ্রিকোয়েন্সির মধ্য দিয়ে পৃথিবীতে ছড়িয়ে পড়ল।

বিনি তাঁর ডিফিউজার পেন্সিলের স্ক্রিনের দিকে তাকালেন। স্ক্রিনে কোনো স্পষ্ট ডেটা দেখা গেল না, শুধু **৫.১ GHz জেনো-ফ্রিকোয়েন্সিটির** একটি তীব্র, কিন্তু দ্রুত **পরিবর্তনশীল তরঙ্গরেখা** দেখা গেল। এর অর্থ: **পিয়েরের স্থিতিশীল নেটওয়ার্ক আঘাতপ্রাপ্ত হয়েছে!**

পৃথিবীর বিভিন্ন প্রান্তে, **ফ্যান্টম হিউম্যানদের** মধ্যে এক মুহূর্তের জন্য এক **বিরাট দ্বিধা** তৈরি হলো। তাদের **নিখুঁত, স্থির চেতনা** হঠাৎ করেই

এক **অনিয়ন্ত্রিত, অপ্রয়োজনীয় মানবীয় আবেগের** তরঙ্গ দ্বারা আক্রান্ত হলো। তাদের মস্তিষ্কের সংযোগ বিচ্ছিন্ন না হলেও, তাদের মনোযোগ **সাময়িকভাবে বিচ্যুত** হলো। পিয়েরের বিতরিত চেতনার মূল পালসটি দ্রুত এই **বিশৃঙ্খলার উৎস**—বিনি বন্দ্যোপাধ্যায়ের দিকে কেন্দ্রীভূত হতে শুরু করল।

বিনি এটাই চেয়েছিলেন।

বিনি দ্রুত সেই সামরিক ফ্রিকোয়েন্সিতেই একটি **অত্যন্ত সংক্ষিপ্ত, এনক্রিপ্টেড বার্তা** পাঠালেন। বার্তাটি ছিল কোনো শব্দ নয়, কেবলই সেই **বিশৃঙ্খল তরঙ্গের একটি তীব্র, কিন্তু ক্ষণস্থায়ী পুনরাবৃত্তি**। এই তরঙ্গটি ছিল পিটারের জন্য সেই **নীরব সংকেত**।

নিউ ইয়র্কের একটি গোপন স্থানে, যেখানে পিটার থমসনকে **স্থিতিশীলতার পালস**-এর জন্য প্রস্তুত রাখা হয়েছিল, সেখানে পিটার সেই তরঙ্গটি অনুভব করলেন। সেই তরঙ্গটি তাঁর **বায়ো-রেগুলেশন চিপ**-কে আঘাত করল না, আঘাত করল তাঁর **মানবিক স্মৃতি** এবং **অস্থিরতার কেন্দ্রে**।

পিটার বুঝতে পারলেন: **বিনি তাঁর কথা রাখেননি, কিন্তু তাঁর এই 'অস্থিরতা'ই তাঁর মুক্তির একমাত্র সুযোগ।**

পিটার তাঁর সমস্ত শক্তি দিয়ে নিজের হাত বাঁধন থেকে মুক্ত করলেন। এই মুহূর্তে পিয়েরের নেটওয়ার্কের মনোযোগ ছিল **কলকাতার সেই বিশৃঙ্খলার উৎসের** দিকে। পিটার সেই সুযোগটি ব্যবহার করে দ্রুত কক্ষ থেকে বেরিয়ে গেলেন। তাঁর হৃদয়ে তখন কোনো ভয় নেই, আছে শুধু **অনিশ্চিত মুক্তির আকাঙ্ক্ষা**।

কলকাতায়, বিনির জেনারেটরটি তখনো **বিশৃঙ্খলা** তৈরি করে যাচ্ছিল। ঘরের মধ্যে সেই **শীতল নীল আলো** আবার তীব্রভাবে জ্বলতে শুরু করল। **সিগমা-ডেল্টা ফোর**-এর মূল চেতনা তাঁর সঙ্গে সরাসরি যোগাযোগ করল।

"বিনি! তোমার সেই **অস্থিরতার খেলা** আমি দেখছি! তুমি তোমার বন্ধুকে মুক্ত করেছো। কিন্তু এই বিশৃঙ্খলা তোমাকে বাঁচাতে পারবে না!" পিয়েরের কণ্ঠস্বর ছিল ক্রোধের পরিবর্তে এক **শীতল, চূড়ান্ত স্থিরতা**।

"তুমি প্রমাণ অস্বীকার করেছো, বিনি। তুমি মানবীয় দুর্বলতাকে তোমার অস্ত্র করেছো। কিন্তু আমাকে বলো, বিনি—তোমার এই অস্থিরতার শেষ পরিণতি কী? **তুমি কি সত্যিই মনে করো, তোমার এই বিশৃঙ্খলা আমার নিখুঁত স্থিতাবস্থার বিরুদ্ধে জয়ী হতে পারে?"**

বিনি কোনো উত্তর দিলেন না। তিনি জানেন, তাঁর জীবন শেষ হতে চলেছে। কিন্তু তাঁর লক্ষ্য পূরণ হয়েছে।

বিনি তাঁর জেনারেটরের মূল পাওয়ার কর্ডটি টেনে ছিঁড়ে ফেললেন। জেনারেটরটি সঙ্গে সঙ্গে থেমে গেল। **বিশৃঙ্খল তরঙ্গ** বন্ধ হয়ে গেল। মুহূর্তেই, **সিগমা-ডেল্টা ফোর**-এর **স্থিতাবস্থার পালস** তীব্র গতিতে সেই বিচ্ছিন্ন হওয়া ফ্রিকোয়েন্সির ওপর দিয়ে বিনির মস্তিষ্কের দিকে ছুটে এল। সেই পালস ছিল **নিখুঁত, তীব্র এবং চূড়ান্ত**।

বিনি সেই পালসের তীব্রতা অনুভব করলেন। তাঁর মস্তিষ্ক সেই এলিয়েন চেতনার **নিখুঁত স্থিরতার** বিরুদ্ধে শেষবারের মতো তাঁর সমস্ত **মানবিক অস্থিরতা** দিয়ে লড়াই করল। কিন্তু সেই স্থিরতার বিরুদ্ধে অস্থিরতা টিকল না।

বিনি বন্দ্যোপাধ্যায়ের জ্ঞান সেই মুহূর্তেই **অন্ধকারে** বিলীন হয়ে গেল।

চারদিন পর। কলকাতা।

বিনি বন্দ্যোপাধ্যায়ের গবেষণা কক্ষটি ছিল অস্বাভাবিকভাবে শান্ত। পুরোনো আসবাবপত্র, ভাঙা তার এবং ট্রানজিস্টরের টুকরোগুলো ছড়িয়ে আছে। কিন্তু **বিনি বন্দ্যোপাধ্যায় নেই**। পুলিশ রিপোর্ট অনুযায়ী, তিনি তাঁর গবেষণার মাঝখানে হঠাৎ করেই **নিখোঁজ** হয়েছেন। কোনো জোরপূর্বক প্রবেশের চিহ্ন নেই, কোনো রক্তের দাগ নেই। তাঁর

নিখোঁজ হওয়ার ঘটনাটিকে **'মানসিক চাপজনিত অন্তর্ধান'** হিসেবে রেকর্ড করা হলো।

অধ্যাপক **পিটার থমসন** নিরাপদে আছেন। তাঁর শরীরে কোনো আঘাতের চিহ্ন নেই, কিন্তু তাঁর স্মৃতিতে সেই **এলিয়েন ল্যাবরেটরি** বা **পিয়ের লেফেব্রে**-এর কোনো স্পষ্ট ছবি নেই। তাঁর মন সেই অভিজ্ঞতার সমস্ত স্মৃতিকে **'দুর্বল, উচ্চ-ফ্রিকোয়েন্সির ভ্রম'** হিসেবে চিহ্নিত করেছে। তিনি এখন একজন **অস্থির, কিন্তু জীবিত** মানুষ। তিনি তাঁর সহকর্মীদের কাছে ঘোষণা করেছেন, তিনি হাসপাতাল থেকে পালিয়ে গিয়েছিলেন মানসিক চাপে।

পিটার একদিন তাঁর পুরোনো ল্যাপটপটি চালু করলেন। তিনি তার ক্লাউড ডেটাবেসে একটি **অত্যন্ত দুর্বল, এনক্রিপ্টেড ফোল্ডার** খুঁজে পেলেন। ফোল্ডারের নাম: **"অস্থিরতার পুনরাবৃত্তি"** (Repetition of Instability)। ফোল্ডারটি খুললে সেখানে কোনো প্রমাণ নেই, শুধু একটি **শীতল, অসামঞ্জস্যপূর্ণ ফ্রিকোয়েন্সির গুঞ্জন**। পিটার সেই গুঞ্জনটি শুনলেন এবং হেসে উঠলেন। সেই হাসি ছিল **অকারণে, অনিশ্চিত এবং মানবিক**।

অধ্যাপক পিয়ের লেফেব্রে বা সিগমা-ডেল্টা ফোর-এর কোনো অস্তিত্বের প্রমাণ কোথাও নেই। ল্যাবরেটরি, মহাকাশযান, ফ্যান্টম হিউম্যান—সবকিছুই জনসমক্ষে **'গল্প'** বা **'ভ্রম'** হিসেবে চিহ্নিত।

গল্পের শেষ: **এলিয়েন কি সত্যিই আমেরিকায় ছিল?**

প্রশ্নটি **অমীমাংসিত** থেকে যায়। কারণ, প্রমাণগুলি সব মুছে গেছে। শুধু দুটি জিনিস রয়ে গেছে:

১. পিটারের সেই মানবিক, অস্থির হাসি—যা প্রমাণ করে, অস্থিরতা স্থিতিশীলতার কাছে পরাজিত হয়নি, কেবল আত্মগোপন করেছে।

২. সেই অমীমাংসিত শূন্যতা—যেখানে একসময় বিনি বন্দ্যোপাধ্যায় ছিলেন।

এলিয়েন যদি আমেরিকায় না-ও থেকে থাকে, তবে **মানবতারই এক চরম, স্থিতিশীল রূপ** মানব সমাজকে আক্রমণ করেছিল। সেই এলিয়েনের রহস্য অমীমাংসিত থেকে গেল—কারণ সেই রহস্যটি কোনো বৈজ্ঞানিক তথ্য নয়, তা ছিল **মানব চেতনারই এক চরমতম দুর্বলতা**।

সমাপ্ত

www.ingramcontent.com/pod-product-compliance
Lightning Source LLC
LaVergne TN
LVHW040421051026
849517LV00002B/417
9798232067267